Über dieses Buch Pearl Tull ist zierlich und zäh, reizbar und oft schwierig im Umgang; und sie kämpft immerzu gegen irgendwelche Komplikationen an. Für die ist meist Ehemann Beck zuständig. Erst verordnet dieser ambitionierte Reisende für Landwirtschaftsgeräte mit dem ganovenhaften Chic und der ständigen Hoffnung auf die große Chance Frau und Kindern zahlreiche Umzüge, dann beschließt er eines schönen Tages, doch lieber allein weiterzuziehen und die Familie hinfort sich selbst zu überlassen. Pearl, soeben fünfzig geworden, nimmt eine Stelle als Kassiererin im Supermarkt an, rackert sich ab für die Kinder und ist im übrigen fest entschlossen, die Fiktion von der heilen Familie aufrechtzuerhalten.

Doch so sehr sie sich auch müht, immer durchkreuzt das wirkliche Leben Pearls ehrgeizige Pläne: Sohn Ezra wird weder Lehrer noch Professor, sondern landet in der Küche eines Spezialitätenrestaurants, Tochter Jenny heiratet zweimal den Falschen und beim drittenmal einen Menschen mit sechs Kindern, und überhaupt scheint keiner so glücklich, wie er sein sollte. Symptomatisch für diese liebenswert-komplizierte Familie, die ständig auseinanderzufallen droht, sind Ezras gefürchtete Familienessen in seinem ›Heimweh-Restaurant‹: allesamt finden sie ein vorzeitiges und abruptes Ende mit Streit und Tränen oder weil garantiert irgendwas schiefläuft.

Die Autorin Anne Tyler, 1941 in Minneapolis geboren, promovierte Slawistin, hat sich inzwischen zu einer der erfolgreichsten Autorinnen in den USA entwickelt. In bisher 11 Romanen hat sie ihr besonderes Geschick bewiesen, Alltagsprobleme mit psychologischem Feinsinn, liebenswürdigem Verständnis, sehr viel Witz und einem ausgeprägten Gespür für die schillernde Grenze zwischen Komik und Traurigkeit zu schildern.

Die amerikanische Literaturkritik hat sie »den weiblichen Updike« genannt. Für ihren 1988 erschienenen Roman ›Atemübungen‹ (lieferbar bei S. Fischer) wurde ihr der Pulitzer-Preis verliehen.

Im *Fischer Taschenbuch Verlag* erschienen außerdem die Romane ›Nur nicht stehenbleiben‹ (Bd. 5154), ›Caleb oder Das Glück aus den Karten‹ (Bd. 8255) und ›Die Reisen des Mr. Leary‹ (Bd. 8294).

Anne Tyler

Dinner im Heimweh-Restaurant

Roman

Aus dem Amerikanischen von
Ulrike von Puttkamer

Fischer Taschenbuch Verlag

7.–8. Tausend: Dezember 1989

Ungekürzte Ausgabe
Veröffentlicht im Fischer Taschenbuch Verlag GmbH,
Frankfurt am Main, November 1987
Lizenzausgabe mit freundlicher Genehmigung
des Marion von Schröder Verlags GmbH, Düsseldorf
Die amerikanische Originalausgabe erschien 1982
unter dem Titel ›Dinner at the Homesick Restaurant‹
bei Alfred A. Knopf Inc., New York.

Druck und Bindung: Clausen & Bosse, Leck
Printed in Germany
ISBN 3-596-28254-3

Inhalt

1
Was ich euch noch sagen wollte

Als Pearl Tull im Sterben lag, kam ihr ein komischer Gedanke. Er ließ ihre Lippen zucken und ihren Atem rasseln, und sie fühlte, wie ihr Sohn sich vorbeugte von seinem Platz, wo er neben ihrem Bett Wache hielt. »Besorgt euch . . .«, sagte sie zu ihm. »Ihr hättet euch . . .«

Ihr hättet euch eine Reserve-Mutter anschaffen sollen, wollte sie eigentlich sagen, so wie wir uns Reserve-Kinder angeschafft haben, nachdem das erste so krank wurde. Das war Cody. Der ältere Junge. Nicht Ezra, hier neben ihrem Bett, sondern Cody, der Störenfried – ein schwieriges Baby, spät in ihrem Leben geboren. Danach wollten sie keine Kinder mehr haben. Und dann bekam er Pseudokrupp. 1931 war das, als Krupp etwas Ernstes war. Sie war verzweifelt. Sie hatte einen Molton über sein Babybett gespannt und rundherum Kessel, Pfannen und Eimer mit Wasser aufgestellt, das sie auf dem Herd heiß gemacht hatte. Sie lüftete das Tuch, um den Dampf einzufangen. Der Atem des Babys ging stockend und rauh, wie wenn man etwas durch festgestampften Kies schleift. Seine Haut glühte, und sein Haar klebte steif an den Schläfen. Gegen Morgen schlief er ein. Pearl im Schaukelstuhl ließ ihren Kopf sinken und schlief auch, die Finger immer noch um das Messinggitter des Bettchens gekrampft. Beck war geschäftlich unterwegs und kam nach Hause, als das Schlimmste vorbei war – Cody wackelte schon wieder herum, nur seine Nase lief noch ein bißchen, sein Husten war jetzt locker, nicht mehr beunruhigend, und wurde von Beck nicht einmal bemerkt.

»Ich möchte mehr Kinder«, sagte Pearl zu ihm. Er tat überrascht, aber angenehm berührt. Er erinnerte sie, daß sie gemeint hatte, sie sei einer weiteren Entbindung nicht gewachsen.

»Aber ich möchte ein paar in Reserve«, sagte sie, denn während des Krupps war ihr eingefallen: Wenn Cody starb, was blieb ihr dann noch? Dieses kleine, gemietete Haus, mit soviel rührender

Sorgfalt gepflegt; das Kinderzimmer mit dem Gänsemutter-Motiv; und Beck natürlich, aber er war mit seiner Tanner Corporation so beschäftigt, mehr unterwegs als zu Hause und selbst daheim in ständiger Aufregung über Geschäftliches: wer aufsteigen würde und wer fallen, wer hinter seinem Rücken schädliche Gerüchte verbreitet hatte und ob man ihm wohl kündigen würde, jetzt, in diesen schlechten Zeiten.

»Ich weiß nicht, wieso ich geglaubt habe, ein einziger kleiner Junge wäre genug«, sagte Pearl.

Aber so einfach war das nicht, wie sie angenommen hatte. Als zweites Kind kam Ezra, so süß und pummelig, daß es einem das Herz brach. Sie war in größerer Gefahr als je zuvor. Cody, und dann Schluß, das wäre das beste gewesen. Aber sie hatte immer noch nichts gelernt. Nach Ezra kam Jenny, ein Mädchen – was für ein Spaß, sie anzuziehen und ihre Haare mal so, mal so zu frisieren. Mädchen sind eine Art Luxus, fand Pearl. Auch Jenny wollte sie keinesfalls wieder hergeben. Jetzt hatte sie nicht nur einen Verlust zu fürchten, sondern drei. Trotzdem, dachte sie, war das damals wohl eine gute Idee gewesen: Reserve-Kinder, wie Reserve-Reifen oder diese Extra-Florstrümpfe, die jedem Paar kostenlos beilagen.

»Ihr hättet für eine Zweitmutter sorgen sollen, Ezra«, sagte sie. Oder wollte sie sagen. »Wie kurzsichtig von euch.« Aber offenbar gelang es ihr nicht, die Worte zu formen, denn sie hörte, wie er sich ohne Kommentar wieder zurücklehnte und eine Seite in seiner Zeitschrift umschlug.

Seit dem Frühjahr 1975, vor viereinhalb Jahren, als sie ihr Augenlicht zu verlieren begann, hatte sie Ezra nicht mehr deutlich gesehen. Sie sah ein bißchen verschwommen. Sie ging wegen einer Brille zum Arzt. Es wären die Arterien, sagte er ihr; etwas mit ihren Arterien. Sie war einundachtzig, immerhin. Aber er war sicher, da ließe sich etwas machen. Er schickte sie zu einem Spezialisten, und der schickte sie zu jemand anders . . . also, um es kurz zu machen, sie fanden, sie könnten ihr nicht helfen. Etwas hinter ihren Augen war verschrumpelt. »Ich werde allmählich schrottreif«, sagte sie zu den Kindern. »Ich habe mich selbst überlebt.« Sie lachte ein bißchen. Um die Wahrheit zu sagen, sie glaubte es nicht. Sie gab die passenden Töne von sich: erst Kummer, dann Ergebenheit, schließlich forsche Heiterkeit; aber innerlich war sie entschlossen, es nicht zuzulassen. Sie wollte einfach nichts davon hören, das war alles. Sie war immer schon eine willensstarke Frau gewesen. Einmal, als Beck beruflich unterwegs war, war sie anderthalb Tage mit einem gebrochenen Arm herumgelaufen, bis er kommen konnte, um auf die Kinder aufzupassen. (Das war gleich nach einer seiner Versetzungen. Sie war fremd im Ort und konnte sich an niemand wenden.) Sie hielt nicht einmal von Aspirin etwas; abhängig sein, etwas verlangen lag ihr nicht. »Der Arzt sagt, ich werde blind«, erzählte sie den Kindern, aber insgeheim hatte sie so etwas keineswegs vor.

Trotzdem war ihre Sehkraft jeden Tag schwächer geworden. Das Licht, fand sie, nahm irgendwie ab und schwand. Ihr Sohn Ezra, auf dessen stillem Gesicht ihr Blick so gern verweilte – er wurde undeutlich. Selbst bei heller Sonne fiel es ihr jetzt schwer, seine Gestalt zu erkennen. Sie konnte kaum seinen Umriß ausmachen, wenn er auf sie zukam – dieser große, gebeugte Körper, der im mittleren Alter ein wenig zur Fülle neigte. Sie fühlte seine Flanellwärme, wenn er neben ihr auf der Couch saß und ihr beschrieb, was auf ihrem Fernseher vor sich ging, oder sich ihre Schublade mit Fotos vornahm, wie sie es ihn oft tun ließ. »Was hast du da, Ezra?« fragte sie dann.

»Anscheinend ein paar Leute beim Picknick«, sagte er etwa.

»Picknick? Was für ein Picknick?«

»Weißes Tischtuch auf dem Gras. Weidenkorb. Dame in Matrosenbluse.«

»Das könnte Tante Bessie sein.«

»Also deine Tante Bessie erkenne ich inzwischen.«

»Oder Cousine Elsa. *Sie* trug gern Matrosenblusen.«

Ezra sagte: »Ich wußte gar nicht, daß du eine Cousine hast.«

»O ja, ich hatte Cousinen.«

Sie kippte ihren Kopf nach hinten und dachte an Cousinen, Tanten und Onkel, einen Großvater, dessen Atem nach Mottenkugeln gerochen hatte. Seltsam, wie ihr Gedächtnis zusammen mit ihrer übrigen Person zu erblinden schien. Sie sah kaum die Gesichter, sondern hörte eher den Fluß ihrer Stimmen, fühlte die steifen Rüschen der Damenblusen, roch die Pomaden und das Lavendelwasser und den scharfriechenden Kristallflakon, den die kränkliche Cousine Bertha gegen ihre Ohnmachtsanfälle bei sich hatte.

»Ich hatte eine Menge Cousinen«, sagte sie zu Ezra.

Alle hatten gedacht, sie würde eine alte Jungfer. Sie waren taktvoll geworden – verletzend taktvoll. Gespräche über Hochzeiten und Wochenbetten anderer verstummten, wenn Pearl auf der Veranda erschien. Onkel Seward bot eine College-Ausbildung an – im Meredith College, direkt dort in Raleigh, damit sie nicht von zu Hause fortmußte. Zweifellos hatte er Angst, sie immer und ewig unterstützen zu müssen: einen Mühlstein, eine verwaiste, unverheiratete Nichte, die sein Gästezimmer in Beschlag nahm. Aber sie erklärte, College sei nichts für sie. Aufs College zu gehen, fand sie, hätte geheißen, eine Niederlage einzugestehn.

Aber was war denn eigentlich das Problem? Sie sah nicht übel aus. Sie war klein und zierlich, mit heller Haut und blondem, aufgestecktem Haar, aber das Haar wurde trocken wie Staub, und die Anspannung wurde allmählich um die gekräuselten und beweglichen Mundwinkel sichtbar. Sie hatte Verehrer im Überfluß, mehr, als sie beim Namen nennen konnte; aber es hielt nie lange an, irgendwie. Es schien, als gäbe es irgendein Zauberwort, das alle kannten, nur nicht Pearl – all die Scharen von Mädchen, um Jahre jünger, die einfach in die Ehe hineinstolperten. War sie zu ernst? Sollte sie mehr aus sich herausgehn? Sich herablassen und kichern, wie diese gedankenlosen, blöden Winston-Zwillinge? Onkel Seward, *du* mußt es doch wissen. Aber Onkel Seward zog nur an seiner Pfeife und schlug einen Sekretärinnen-Kurs vor.

Dann begegnete sie Beck Tull. Sie war dreißig Jahre alt. Er war vierundzwanzig – Reisevertreter bei der Tanner Corporation, die ihre Landwirtschafts- und Gartengeräte an der ganzen Ostküste verkaufte und bei der er es bestimmt, ganz bestimmt zu etwas bringen würde, smarter, junger Bursche, der er war. Damals war er mager und schlaksig. Seine schwarzen Haare waren extravagant gewellt, und seine Augen strahlten in einem Blau, das fast unwirklich schien. Man hätte sagen können, er sei . . . nun, ein bißchen ungewöhnlich. Auffallend. Nicht ganz Pearls Klasse. Und bestimmt zu jung für sie. Sie wußte, daß es solche Bedenken gab. Aber was machte ihr das aus? Sie fühlte sich leichtsinnig und fesch, berstend vor Möglichkeiten.

Sie traf ihn vor einer Kirche – der Charity Baptist Church, die Pearl nur deshalb besuchte, weil ihre Freundin Emmaline Gemeindemitglied war. Pearl selbst war keine Baptistin. Sie gehörte der Episkopalkirche an, aber in Wahrheit nicht einmal das; sie dachte von sich als einer Nichtgläubigen. Trotzdem – als sie zur baptistischen Kirche ging und Beck Tull da stehen sah, einen Fremden, glattrasiert und in einem glänzenden, blauen Anzug, und er innerhalb von zwei Minuten fragte, ob er sie wohl besuchen dürfte, da brachte sie das irgendwie abergläubisch mit dieser Kirche in Verbindung – als sei Beck ihre Belohnung dafür, daß sie zu den Baptisten ging. Sie wagte nicht, wieder damit aufzuhören. Zum Entsetzen ihrer Familie trat sie über, und wurde in der Baptist Church verheiratet, und ging in alle möglichen baptistischen Kirchen in dieser oder jener Stadt, ihr ganzes Eheleben lang, um ihre Belohnung nicht zu verlieren. (Gehörte dazu vielleicht, fiel ihr ein, nicht doch eine Art von Glaube?)

Er warb um sie, er brachte Schokolade und Blumen und dann – da wurde es ernst – Prospekte mit Beschreibungen der Produkte der Tanner Corporation. Er begann, ihr in allen Einzelheiten von seiner Arbeit und seinen Plänen für sein Vorwärtskommen zu erzählen. Er machte ihr Komplimente, die sie in Verlegenheit brachten, bis sie sich allein in ihr Zimmer zurückziehn konnte, um sie auszukosten. Sie sei die kultivierteste und feinste kleine Dame, die er je gekannt habe, sagte er, mit den besten Manieren, und die allerreizendste. Er verglich gern ihre Hand mit seiner eigenen, Handfläche auf Handfläche, und staunte dann, wie winzig sie war. Im Gegensatz zum Ruf, in dem Reisevertreter standen, benahm er sich stets untadelig und grapschte nie nach ihr, wie es manche Männer sicher getan hätten.

Dann bekam er seine Versetzung, und danach ging alles so rasch; es kam gar nicht in Frage, daß er sie zurückließ, sondern er wollte sie sofort heiraten und mitnehmen. So kamen sie zu ihrer baptistischen Hochzeit – beide atemlos, dachte Pearl später immer – und verbrachten ihre Flitterwochen mit dem Umzug nach Newport News. Sie kam nicht einmal dazu, ihren neuen Status bei ihren Freundinnen zu genießen. Sie hatte keine Zeit, auch nur ein einziges Kleid aus ihrer Aussteuer vorzuführen oder ihre beiden Goldringe zur Schau zu tragen – den schmalen Ehering und den Verlobungsring mit der Perle und der Inschrift »Für die Perle der Frauen«. Alles schien so wenig befriedigend.

Sie zogen um, und zogen wieder um. In den ersten sechs Jahren hatten sie keine Kinder, und die Umzüge waren ziemlich einfach. Sie sah sich jeden neuen Ort mit hoffnungsvollen Augen an und dachte: Hier könnte es sein, wo ich meinen Sohn bekomme. (Denn inzwischen hatte Schwangerschaft den Glanz angenommen, den Heirat einst gehabt hatte – ein Reichtum, der allen außer ihr so leicht zufloß.) Dann wurde Cody geboren, und das Umziehn schien viel schwieriger. Kinder hatten eine Art, die Dinge zu komplizieren, fand sie. Da waren die Ärzte und die Schulzeugnisse – und dies und das und noch etwas.

Mittlerweile begann sie sich umzusehen und erkannte, daß sie ohne, recht zu merken wie, von den meisten ihrer Verwandten abgeschnitten war. Tanten und Onkel waren gestorben, während sie so weit weg war, daß sie nur eine Beileidskarte schicken konnte. Das Haus, in dem sie geboren worden war, wurde an einen Mann aus Michigan verkauft; Cousinen heirateten Fremde, deren Familiennamen sie nie gehört hatte; selbst die Straßennamen hatten sich geändert, so daß sie sich verirrt hätte, wäre sie je zurückgekommen. Einmal, als sie vierzig war, fiel ihr plötzlich ein, daß sie wirklich keine Ahnung hatte, was aus dem Großvater mit dem Mottenkugel-Atem geworden war. Der konnte doch nicht mehr am Leben sein, oder doch? War er gestorben, und niemand hatte daran gedacht, sie zu benachrichtigen? Vielleicht hatten sie die Anzeige auch an eine veraltete Adresse geschickt, drei oder vier Jahre zurück. Oder sie hatte es erfahren und schlicht vergessen, im Trubel irgendeiner Versetzung. Möglich war alles.

Ach, diese Versetzungen. Immer gab es irgendeinen Anreiz –

eine Chance der Beförderung oder ein ergiebigeres Gebiet. Viel kam dabei selten heraus. Lag das an Beck? Er behauptete, nein, aber sie wußte nicht recht; sie wußte es wirklich nicht. Er behauptete auch, er werde von mißgünstigen Menschen verfolgt. »Es gibt so viele gemeine Menschen auf dieser Welt«, sagte er. Sie betrachtete ihn mit geschürzten Lippen. »Warum schaust du mich so an?« fragte er. »Ich sorge für dich. Ich lasse meine Familie nie hungern.« Soweit stimmte sie zu, blieb aber von tiefer Sorge geplagt. Ihre gerunzelte Stirn schien sich nie mehr zu glätten. Das war nicht die Person, auf die sie sich verlassen konnte, spürte sie – dieser Vertreter mit seinem lauten Jargon, wie er seinem Spiegelbild morgens, wenn er seine Krawatte band, viel zuviel Beachtung schenkte, seine Tolle hoch und feucht und lockig kämmte und dann den Kamm in die Brusttasche zurücksteckte, die voller Bleistifte, Füllhalter, Lineale war, dazu sein Terminkalender und Reifendruckmesser, alles mit greller Werbung verschiedener Firmen bedruckt.

Bei seinem Abendbier (er war kein Trinker, kein Mißverständnis, bitte) sang er gern und zupfte an seinem Gesicht. Sie wußte nicht, weshalb das Bier ihn dazu brachte – er bearbeitete seine Gesichtshaut kreisförmig, wie eine Gummimaske, und beim Zubettgehn hatten seine Wangen etwas Loses, Ausgeleiertes an sich. Er sang »Nobody Knows the Trouble I've Seen« – sein Lieblingslied. Nobody knows but Jesus: So war er wohl, nahm sie an – nur Jesus kannte seinen Kummer. Was dachte er im Innern, hinter seinem Gesicht, das langsam breiter wurde, unter dem Helm schwarzer Haare? Sie hatte nicht die geringste Ahnung.

Eines Sonntagsabends im Jahr 1944 sagte er, er wolle nicht verheiratet bleiben. Sie schickten ihn nach Norfolk, sagte er; aber er fände es am besten, wenn er allein ginge. Pearl fühlte, wie sie in der Mitte zusammensackte, wie jemand, den man in den Magen geboxt hat. Dabei empfand ein Teil von ihr eine Art wachsames Interesse, als geschähe dies in irgendeiner Geschichte. »Warum?« fragte sie ihn, ziemlich ruhig. Er antwortete nicht. »Beck? Warum?« Er schaute nur starr auf seine Fäuste. Er wirkte wie ein kleiner, kriegerischer Schuljunge, der eine Strafpredigt aussitzt.

Sie bemühte sich, noch ruhiger zu sprechen. Es war wichtig, den Grund zu erfahren. Wollte er ihn ihr nicht genau sagen? Er hätte es ihr gesagt, war die Antwort. Sie ließ sich, zitternd, in den Sessel gegenüber sinken. Sie betrachtete seine linke Schläfe, wo eine Ader pulsierte. Es war bloß eine vorübergehende Stimmung. Morgen früh würde er anders denken. »Wir wollen es überschlafen«, sagte sie zu ihm.

Aber er meinte: »Ich gehe heute abend.«

Er ging ins Schlafzimmer und nahm seinen Koffer, er holte seinen zweiten Anzug aus dem Schrank. Inzwischen versuchte Pearl verzweifelt, Zeit zu gewinnen, und fragte, ob sie die Sache nicht besprechen könnten? Noch mal gründlich überlegen? Nicht nötig, sich so zu beeilen, oder? Er ging zwischen Kommode und Bett, zwischen Schrank und Bett hin und her und packte seine Sachen. Es war gar nicht viel. In zwanzig Minuten war er fertig. Er holte Luft, und sie dachte: Jetzt sagt er es mir. Aber da kam nur: »Ich bin kein verantwortungsloser Mensch. Ich habe fest vor, dir Geld zu schicken.«

»Und die Kinder«, sagte sie, sich an eine neue Hoffnung klammernd. »Du wirst doch die Kinder besuchen wollen.«

(Er würde ihnen Geschenke mitbringen, und sie würde ihm die Tür aufmachen – parfümiert, in ihrem Sonntagskleid, vielleicht mit ein bißchen Rouge. Sie hatte immer gefunden, künstliche Farben sähen billig aus, aber vielleicht war das falsch gewesen.)

Beck sagte: »Nein.«

»Was?«

»Ich werde die Kinder nicht besuchen.«

Sie setzte sich aufs Bett.

»Ich versteh' dich nicht«, sagte sie.

Es müßte eine ganz eigene Sprache geben, dachte sie, für Worte, die wahrer sind als andere Worte – für die vollkommene, absolute Wahrheit. Es war die klarste Tatsache ihres Lebens: Sie verstand ihn nicht, und würde ihn nie verstehn.

Zu der Zeit lebten sie in Baltimore, in einem Reihenhaus in der Calvert Street. Die Kinder waren vierzehn, elf und neun. Sie waren alt genug, um Verdacht zu schöpfen, wenn sie nicht vorsichtig war. Sie war unendlich vorsichtig. Am Morgen, nachdem Beck gegangen war, stand sie auf und zog sich an, steckte ihr Haar auf wie immer und kochte Haferbrei für das Frühstück der Kinder. Cody und Jenny aßen stumm; Ezra erzählte einen langen, unzusammenhängenden Traum. (Er war der einzige, der morgens munter war.) Es gab ein bißchen Enttäuschung, weil keine Rosinen im Brei waren. Niemand fragte nach Beck. Schließlich ging er montags oft fort, ehe sie wach wurden. Und es war schon vorgekommen – oft sogar –, daß er die ganze Woche ausblieb. Es war nicht weiter ungewöhnlich.

Als der Freitagabend herankam, sagte sie, er sei aufgehalten worden. Er hatte versprochen, mit ihnen in den Liliputaner-Zirkus zu gehen, und sie sagte, sie würde es an seiner Stelle tun.

Noch eine Woche verstrich. Enge Freunde hatte sie keine, und wenn sie eine Zufallsbekanntschaft im Lebensmittelgeschäft traf, erwähnte sie, daß sie heute zum Glück keine Fleischpunkte bräuchte. Ihr Mann sei geschäftlich unterwegs, sagte sie. Die Leute nickten, zeigten kein Interesse. Er war fast immer geschäftlich unterwegs. Kaum jemand hatte ihn je gesehn.

Nachts, vor allem Freitag nachts, lag sie im Dunkeln im Bett und lauschte auf das Knirschen der Absätze auf dem Trottoir. Schritte kamen näher und entfernten sich wieder. Sie ließ den angehaltenen Atem entweichen. Ein neues Paar Schritte näherte sich. Diesmal war es bestimmt Beck. Sie wußte, wie zögernd er aufsperren würde, aufs Schlimmste gefaßt – die Tränen seiner Kinder, die Vorwürfe seiner Frau. Statt dessen würde er alles unverändert finden. Sie würden ihn unbefangen begrüßen. Pearl würde ihn auf die Wange küssen und fragen, ob er eine gute Reise gehabt habe. Später würde er ihr danken, weil sie sein Geheimnis bewahrt hatte. Er würde so leicht wieder aufgenommen werden, weil nur sie beide wußten, daß er weggegangen war; Außenstehende würden glauben, die Tulls seien eine glückliche Familie, wie bisher. Was sie ja auch wirklich waren. Ach, sie waren immer so glücklich gewesen! Sie waren völlig aufeinander angewiesen, wegen der vielen Ortswechsel. Das hatte sie einander sehr nahe gebracht. Er kam bestimmt wieder.

Die Witwe von Onkel Seward schickte ihr Glückwünsche zum Geburtstag. (Pearl hatte überhaupt nicht daran gedacht.) Pearl bedankte sich umgehend. *Wir haben zu Hause gefeiert,* schrieb sie. *Beck überraschte mich mit einer besonders hübschen Halskette . . . Grüße an die andern,* setzte sie hinzu und stellte sie sich alle im Wohnzimmer ihres Onkels vor; sie sehnte sich nach ihnen, nahm sich aber zusammen bei dem Gedanken, wie sicher sie alle gewesen waren, daß kein Mann sie je heiraten würde. Sie konnte ihnen niemals sagen, was passiert war.

Ihre alte Freundin Emmaline kam vorbei, auf dem Weg zu ihrer Schwester in Philadelphia. Pearl sagte, Beck sei unterwegs; ein Glück für sie beide; sie konnten nach Herzenslust tratschen, wie in alten Zeiten. Statt im Gästezimmer ließ sie Emmaline neben sich im Doppelbett schlafen. Sie blieben die halbe Nacht wach, schwätzten und kicherten. Einmal hätte Pearl fast ihre Hand auf Emmalines Arm gelegt und gesagt: »Emmaline. Hör zu. Ich fühle mich scheußlich, Emmaline.« Aber zum Glück beherrschte sie sich. Der Moment ging vorbei. Am Morgen verschliefen sie, und Pearl mußte sich beeilen, damit die Kinder nicht zu spät zur Schule kamen; es wurde also nicht viel gesprochen. »Wir sollten das öfter machen«, sagte Emmaline zu ihr, als sie ging, und Pearl sagte, Beck werde es leid tun, daß er sie verpaßt hatte. »Er konnte dich schon immer gut leiden«, sagte sie. In Wirklichkeit aber hatte Beck immer behauptet, Emmaline erinnere ihn an ein Murmeltier.

Ostern kam, und Jenny hatte eine Rolle im Osterspiel ihrer Schule. Als der Tag da war und Beck immer noch nicht zu Hause war, weinte Jenny. Konnte er denn überhaupt *nie* zu Hause sein? Es war nicht seine Schuld, sagte Pearl zu ihr. Es war Krieg, und die Produktion stieg; er konnte nichts machen, wenn die Firma ihn jetzt mehr beanspruchte. Sie sollten stolz sein, sagte sie. Jenny trocknete ihre Tränen und erzählte jedem, ihr Vater müsse bei der Kriegsanstrengung mithelfen. Der Krieg war schon alt inzwischen, er schleppte sich so dahin; niemand war beeindruckt. Trotzdem fühlte sich Jenny besser. Pearl ging allein zu der Aufführung und trug dazu eine flotte Kappe mit Schirm, im Stil der Kopfbedeckung des weiblichen Armeepersonals nachempfunden.

Nachdem Beck einen Monat fort war, schrieb er kurz aus Norfolk, ihm gehe es gut, und er hoffe, daß es ihr und den Kindern an nichts fehle. Er legte einen Scheck über fünfzig Dollar bei. Das reichte weder vorn noch hinten. Pearl lief einen Vormittag im Haus herum. Zuerst ließ sie sich seine Zeilen durch den Kopf gehn. Suchte Wort für Wort nach einer verborgenen Bedeutung. Doch da war kaum etwas Bedeutsames dran: *recht gutes Appartement mit Kochplatte* und *Verkaufsleiter scheint's mit mir zufrieden*. Dann dachte sie ans Geld. Um die Mittagszeit zog sie ihren Mantel an, setzte ihre »Armeekappe« auf und ging um die Ecke zur Lebensmittelhandlung Sweeny Bros. Grocery and Fine Produce, wo ein Schild, *Kassierer gesucht*, seit Wochen im Fenster vergilbte. Sie stellten sie mit Begeisterung ein. Der jüngere der Sweeny-Brüder zeigte ihr, wie die Kasse funktionierte und sagte, sie könne am nächsten Morgen anfangen. Als ihre Kinder aus der Schule kamen, erklärte sie ihnen, sie hätte einen Job angenommen, um die Zeit auszufüllen. Sie bräuchte etwas zur Beschäftigung, sagte sie, jetzt, wo sie größer wurden und mehr ihrer eigenen Wege gingen.

Zwei Monate verstrichen. Drei Monate. Monatlich fünfzig Dollar von Beck. Als der zweite Scheck kam, lag kein Brief dabei. Sie riß den Umschlag auseinander, vielleicht war etwas innen steckengeblieben, aber kein Wort. Mit dem dritten Scheck schrieb er dann wieder, er gehe nach Cleveland, wo die Firma einen neuen Zweig eröffnen wolle. Er schrieb, diese Versetzung sei ein gutes Zeichen – oder vielmehr dieses »Angebot«, wie er es nannte. Ein Angebot für diese wichtige Expansion nach Westen. Er begann den Brief: *Liebe Pearl, liebe Kinder*, aber Pearl zeigte ihn den Kindern nicht. Sie faltete ihn wieder ordentlich und legte ihn zusammen mit dem ersten in einem Strumpfkarton in ihren Schreibtisch, wo selbst Cody, der überall seine Nase hatte, bestimmt nicht auf die Idee kam, nachzuschaun. Im vierten Umschlag war wieder nur ein Scheck. Sie sah, daß er mit ihr keine »Verbindung« hatte (wie sie es ausdrückte), sondern nur hie und da Kontakt aufnahm. Eigentlich erklärte er nichts weiter, außer: *Inliegend* ... Sie kam nicht darauf, ihm zu antworten. Trotzdem hob sie seine Briefe weiter auf.

Manchmal hatte sie seltsame Gedanken, die sie selbst verwunderten. Zum Beispiel: Wenigstens habe ich jetzt mehr Platz im Schrank. Und in den Schubladen.

Nachts träumte sie, daß Beck wieder neu und wundervoll war, jemand, den sie eben erst kennengelernt hatte. Er betrachtete sie voller Verehrung und brachte eine unbekannte Mitte in ihr zum Beben. Er half ihr über die Straße, beim Treppensteigen. Seine Hand legte sich warm um ihren Ellenbogen oder um ihre Taille oder stützte sie im Kreuz. Sie fühlte sich umhegt. Beim Aufwachen hatte sie nur den einen Wunsch, in ihren Traum zurückzusinken. Sie wollte ihre Augen geschlossen halten. Abergläubisch wollte sie sich stillhalten und nicht rühren, als könne sie dem Traum weismachen, sie schliefe noch. Aber das gelang nie. Sie stand schließlich auf, um welche Zeit auch immer, und ging hinunter, um sich Kaffee zu machen. Sie stand am Küchenfenster mit ihrer Tasse, sah zu, wie der Himmel über den Giebeln heller wurde, und entdeckte ihr dunkles, transparentes Spiegelbild – ihr kleines Gesicht mit dem runden Kinn, seit diesen letzten paar Jahren von angegriffenem Aussehen; das kummervolle Dach ihrer farblosen Augenbrauen; die fahlen Haarfransen, die die Querfalte auf ihrer Stirn frei ließen. Diese Falte war keine Runzel, sondern eine Narbe von einem Unfall als Kind. O nein, sie war nicht so alt! Sie war gar nicht so schrecklich alt! Sie erinnerte sich dann an den Unfall: Sie hatte versucht, auf dem Fahrrad einer Cousine zu fahren, dem allerersten in der Familie. »Das Rad«, nannten sie es. Versucht, radzufahren. Und heute schrieb man 1944, und Räder waren überall, aber so modernisiert, daß sie fast nicht mehr zur selben Gattung gehörten. Ihre drei Kinder konnten alle radfahren und hätten längst eigene Fahrräder besessen, wenn der Krieg nicht gewesen wäre. Wie war es soweit mit ihr gekommen? Sie war eben fünfzig geworden. Es gab keinerlei Hoffnung auf Becks Rückkehr. Er hatte eine Jüngere gefunden, eine zum Vorzeigen und Lustigsein, noch imstande, Kinder zu kriegen. Die beiden lachten über sie – wie sie doch immer schon eine alte Jungfer war, wirklich, im Grunde ihres Herzens eine ewige alte Jungfer war und blieb. Wie sie zurückzuckte, wenn er sich ihr im Dunkeln zuwandte, nach all diesen Jahren immer noch vor seiner Körperlichkeit erschrak – dem kratzigen Backenbart, der salzig riechenden Haut, dem schweren Körper. Wie sie alles immer perfekt haben wollte, die Wäsche in beschrifteten Fächern im Schrank und die herabgezogenen Rouleaus exakt vor den Fenstern. Wie sie nie gelernt hatte, sich gehenzulassen, nachzugeben, sich dem Fluß eines Tages zu überlassen, sondern stets herumfuhrwerkte und an losen Fäden zupfte und Sachen zurechtrückte; und – am allerschlimmsten – wie sie *wußte*, daß sie das tat, während sie es tat, und sich doch nicht bremsen konnte.

Er kam nie mehr zurück.

Es war an der Zeit, den Kindern Bescheid zu sagen. Eigentlich war sie erstaunt, daß sie es so lange vor ihnen hatte geheimhalten können. Hatten sie sich immer so leicht zum Narren halten lassen? Einen Vorteil gab es, wenn sie es ihnen sagte: Sie würden sich dichter um sie scharen. Sie gab es ungern zu, aber die Jungen entglitten ihr allmählich. Anstatt sie zu unterstützen – den Müll rauszutragen, ihr auf die verschiedenste Art als männliche Beschützer beizustehn –, schienen sie ihr wegzulaufen; ja, auch Ezra. Sie vergaßen ihre bisherigen Pflichten im Haushalt, und neue nahmen sie schon gar nicht auf sich. Cody war eigentlich fast nie zu Hause. Ezra war verträumt und zerstreut, und es konnte passieren, daß er mitten in der Arbeit davonrannte. Wenn sie jetzt sagte, was los war, dachte sie, dann wären die Jungen bestimmt entsetzt, daß sie sie so im Stich gelassen hatten. Sie fragten bestimmt, warum sie es die ganze Zeit verheimlicht, was sie sich nur dabei gedacht hatte.

Bloß konnte sie es ihnen nicht sagen.

Sie malte sich aus, wie sie es machen würde – sie auf dem Sofa um sich versammeln, im Lampenschein, eines Abends nach dem Abendbrot. »Kinder. Ihr Lieben«, würde sie sagen. »Was ich euch noch sagen wollte . . .« Aber weiter würde sie nicht kommen; vielleicht mußte sie weinen. Vor den Kindern zu weinen war undenkbar. Oder vor sonst jemand. O ja, sie hatte ihren Stolz! Sie war keine sanfte Frau; sie verlor oft die Fassung, wurde bissig, teilte Ohrfeigen aus, sagte Dinge, die sie später bereute – aber Gott sei Dank zeigte sie keine Tränen. Sie ließ Tränen einfach nicht zu. Sie war Pearl Cody Tull, die aus Raleigh weggefahren war, triumphierend mit ihrem frisch angetrauten Ehemann, und ohne sich einmal umzudrehen. Selbst jetzt am Küchenfenster, ganz allein, ihrem angespannten und alternden Gesicht gegenüber, weinte sie nicht.

Jeden Morgen ging sie also zum Geschäft der Sweeny Bros. Sie behielt stets ihren Hut auf, damit es aussah, als sei sie bloß so vorbeigekommen, um aus Gefälligkeit auszuhelfen, weil es gerade einen Engpaß gab. Immer wenn ein Kunde kam (meist jemand, den sie zumindest vom Sehen kannte), nickte sie kurz und zwinkerte dann mit einem angedeuteten Lächeln. Sie ließ die Kasse fachmännisch klingeln, während ein Junge namens Alexander die Einkäufe eintütete. »Danke, und guten Tag«, sagte sie zum Schluß mit einem weiteren sehr knappen Lächeln. Sie wollte entschieden und professionell wirken. Wenn Nachbarn erschienen, Leute, die sie näher kannte, hatte sie innerlich das Gefühl, zu sterben, verlor aber nicht die Haltung. Sie behandelte sie sogar noch knapper. Sie hatte ihren bestimmten Rhythmus, wie sie die Tasten drückte und die Waren über die hölzerne Theke schob; das lenkte ihre Gedanken ab. Wenn sie sich erlaubte, nachzudenken, kamen die Sorgen. Der Sommer war da, und ihre Kinder hatten den ganzen Tag keine Schule. Keine Ahnung, was sie gerade anstellten.

Um halb sechs ging sie heim, vorbei an Knäueln von Kindern, die »Himmel und Hölle« spielten oder über Murmelspielen hockten, vorbei an Babys, die im Wagen an die Luft gestellt waren, an Frauen, die auf der Vordertreppe thronten und sich gegen die Hitze fächelten. Sie stieg die Stufen hinauf und wurde an der Tür meist mit schlechten Neuigkeiten empfangen: »Jenny ist die Treppe runtergefallen und hat sich die Lippe durchgebissen und mußte zu Mrs. Simons gehn, wegen Eis und Verbandzeug.«

»Oh, Jenny, Schätzchen!«

Es war, als hielten sie Katastrophen zu ihrer Begrüßung bereit, als sparten sie all ihre Unfälle extra für sie auf. Sie hätte so gern ihren Hut abgesetzt, ihre Schuhe ausgezogen und sich aufs Sofa fallen lassen; aber nein, es hieß: »Das Klo ist verstopft« und »Ich habe mir die Hose zerrissen« und »Cody hat Ezra mit dem Orangensaftkrug gehauen.«

»Könnt ihr mich denn nicht mal in Ruhe lassen?« fragte sie dann. »Könnt ihr mir nicht ein paar Minuten für mich gönnen?«

Sie machte Abendessen aus Dosen, die sie heimgebracht hatte, nichts Besonderes. Beim Abspülen hörte sie Radio. Jenny hätte abtrocknen sollen, aber sie spielte draußen Fangen mit den Jungen. Pearl trat vor die Hintertür, um das Spülwasser in den Hof zu schütten, blieb stehn und sah ihnen zu – Cody und Jenny dunkel und schnell, überdreht, berstend vor Lachen; Ezra blaß, ein Schimmer im Zwielicht, langsamer und zerstreuter in seinen Bewegungen. Manchmal waren da auch Nachbarskinder, aber meist nur die drei. Sie blieben unter sich, meistens jedenfalls.

Sie wusch sich die Haare, spülte einen Slip aus. Rief Cody zu, die andern zwei zu holen und hereinzukommen.

Spätabends machte sie die Hausarbeit. Wenn man sie so sah – ein altmodisches Frauenzimmer, zart gebaut und mit Hohlkreuz, als hätten die vorne gebauschten Kleider ihrer Mädchenzeit irgendwie ihre Figur geformt –, hätte man es nie vermutet, aber Pearl konnte gut mit Werkzeug umgehen. Sie stopfte einen Riß, glaste ein Fenster ein, erneuerte zwei Trittbretter der Kellertreppe. Sie reparierte einen Lichtschalter und strich die Küchenschränke an. Solche Sachen hatte sie sogar früher schon gemacht; Beck war nicht besonders geschickt mit den Händen. »Dieses Haus liegt ganz und gar auf meinen Schultern«, sagte sie manchmal zu ihm, und sie meinte es als Vorwurf; aber der Gedanke hatte auch etwas Beruhigendes, irgendwie. Sie wußte, daß sie den Dingen gewachsen war. Vom Beginn ihrer Ehe, von dem Moment an, als ihr klar wurde, wie oft sie umziehn würden, hatte sie sich darauf konzentriert, jedes Haus perfekt zu machen – luftdicht und rostfrei und wasserdicht. Sie gab die Strapaze auf, immer wieder neue Nachbarn kennenzulernen, und brachte ihnen nicht mehr die Kuchenformen – frisch gefüllt – zurück, die sie herüberbrachten, wenn sie ankam. Sie war nur darauf bedacht, das Haus abzudichten, wie vor einem Hurrikan. Nachts wachte sie auf und sorgte sich, ob der Keller trocken sei, und lief barfuß hinunter, um nachzusehn. Sie konnte die Sonntagsausflüge nicht genießen, das Haus hätte ja in ihrer Abwesenheit niederbrennen können. (Sie stellte sich ihre Rückkehr äußerst lebhaft vor: eine Leere, wo das Haus vorher gestanden hatte, ein zerfetztes Loch statt des Kellers.) Hier in Baltimore, nahm sie an, galt sie als unfreundlich, sogar unheimlich – die Hexe der Calvert Street. Was für eine Idee! Sie hatte solche Hexen in ihrer Kindheit gekannt; sie selbst war doch ganz anders. Sie wollte nur in Ruhe weitermachen mit dem, was wichtig war: Fensterrahmen streichen, die Tür abdichten. Mit Werkzeug war sie ganz sie selbst, fähig und stark. Sie empfand einen nachsichtigen Zorn gegen ihre Kinder, die ihr Geschick nicht geerbt hatten. Cody fehlte die Geduld, Ezra war ungeschickt, Jenny zu flüchtig. Bemerkenswert, dachte Pearl, wie Menschen bei jedem kleinen Vorhaben ihr Wesen offenbaren.

Mit Nägeln wie Stacheln im Mund hämmerte sie auf ein loses Dielenbrett ein und ließ die Zeit verstreichen. Es mußte etwa halb elf oder elf sein. Dann standen ihre Kinder in der Tür, ganz verschwitzt und mit Grasflecken, und blinzelten in die plötzliche Helligkeit. »Himmel! Ins Bett mit euch«, befahl sie ihnen. »Ich dachte, ich hätte euch schon vor Stunden hereingerufen.« Aber eine Weile, nachdem sie weg waren, fühlte sie sich verlassen, auch wenn an ihrer Gesellschaft nicht viel dran gewesen war. Sie legte den Hammer hin, stand auf und ging durchs Haus, strich ihren Rock glatt und griff geistesabwesend nach den Haarsträhnen, die aus dem Knoten fielen. Treppauf zur Diele, an dem kleinen Zimmer vorbei, wo Jenny schlief, und in ihr eigenes Zimmer mit dem schiefen Schrank aus Pappe, dessen Anstrich Holzmaserung vortäuschen sollte, mit dem leeren Schreibtisch, dem durchgelegenen Bett. Dann wieder raus und weiter die Treppe zum Zimmer der Jungen hinauf, dem Schlafzimmer im dritten Stock, das nach Hitze roch. Die vertrauensvollen Atemzüge ihrer Söhne machten sie neidisch. Sie drehte sich um und ging die Treppe hinunter, ganz hinunter bis in die Küche. Die Hintertür stand offen, und das Fliegengitter wimmelte von Nachtfaltern. Aus den Nachbarhäusern drang Gelächter, ein paar geborstene Töne aus einer Trompete, ein verstimmtes Klavier spielte »Chattanooga Choo-Choo«. Sie schloß die Tür, sperrte ab und zog das Papierrouleau herunter. Sie ging die Stiegen wieder hinauf, legte ihre Kleidung ab, Stück für Stück, zog ihr Nachthemd an und ging zu Bett.

Sie träumte, er habe das Rasierwasser an sich, das er benutzt hatte, als er um sie warb. Sie hatte es jahrelang nicht gerochen, nie mehr daran gedacht, aber jetzt kam es ihr deutlich zurück – scharf, prickelnd und würzig. Ein prahlerischer, angeberischer Geruch, hatte sie damals schon gewußt; aber wenn sie ihn in die Nase bekam, sobald Beck auf der Vorderveranda von Onkel Seward erschien, um sie abzuholen, hatte sie sich verwegen gefühlt. Sie hatte die Tür so weit aufgerissen, daß sie gegen die Wand krachte, und er hatte gelacht und gesagt: »Na, na. Na, so was«, als sie dastand und ihm entgegenlächelte.

Sie hatte gehört, man könne einen Geruch nicht träumen oder in der Erinnerung riechen; wenn sie aufwachte, war sie deshalb überzeugt, Beck sei ins Haus gelangt und sitze am Rand des Betts, um sie im Schlaf zu betrachten. Aber da war niemand.

Tanzen! Ach, lieber nicht, sagte sie sich im stillen. Ich bin für diese ganze Sache verantwortlich, weißt du, und wenn ich bloß einen Moment den Rücken kehre, bricht die ganze Party auseinander, in lauter kleine Stücke. Wer immer es war, zog sich zurück. Ezra schlug eine Seite seiner Illustrierten um. »Ezra«, sagte sie. Sie spürte, wie er sich nicht mehr bewegte. Das war bei ihm so – immer schon –, daß er völlig regungslos wurde, wenn ihn jemand ansprach. Das war liebenswert, aber irgendwie auch anstrengend, denn was immer sie dann zu ihm sagte (»Es zieht mir« oder »Der Zeitungsjunge verspätet sich wieder«), mußte ihn enttäuschen, nicht? Wie konnte sie Ezras Erwartungen gerecht werden? Sie zupfte an ihrer Bettdecke. »Ich hätte gern ein bißchen Wasser«, sagte sie zu ihm.

Er goß ihr aus der Kanne auf dem Tisch ein. Sie hörte keine

Eiswürfel klingeln; sie mußten geschmolzen sein. Dabei konnte es höchstens Minuten her sein, daß er einen ganzen frischen Nachschub gebracht hatte. Er hob ihr den Kopf, stützte ihn gegen seine Schulter und neigte das Glas gegen ihre Lippen. Lauwarm, ja – aber es machte ihr nichts aus. Sie trank dankbar, mit geschlossenen Augen. Er legte sie wieder auf dem Kissen zurecht.

»Doktor Vincent kommt um zehn«, sagte er ihr.

»Wie spät ist es jetzt?«

»Acht Uhr dreißig.«

»Acht Uhr dreißig morgens?«

»Ja.«

»Bist du die ganze Nacht hier gewesen?«

»Ich hab' ein bißchen geschlafen.«

»Schlaf jetzt, ich brauche dich nicht mehr.«

»Na ja, vielleicht, nachdem der Doktor da war.«

Pearl kam es darauf an, den Arzt zu täuschen. Sie wollte nicht ins Krankenhaus. Ihr Befund lautete auf Lungenentzündung, da war sie sich fast sicher; sie vermutete das nach einer früheren Erfahrung. Sie erkannte es an der Art, wie sich die Krankheit in ihrem Rücken niederließ. Wenn Dr. Vincent dahinterkam, würde er sie ins Union Memorial schicken, unter ein Plastikzelt legen. »Vielleicht solltest du dem Arzt überhaupt absagen«, sagte sie zu Ezra. »Es geht mir viel besser, glaube ich.«

»Laß ihn das entscheiden.«

»Aber ich weiß doch, wie ich mich selber fühle, Ezra.«

»Laß uns jetzt nicht darüber streiten«, sagte er.

Er konnte einen erstaunen, dieser Ezra. Erst ließ er einfach alles mit sich machen, um dann unversehens einen tiefen und steinharten Eigensinn zu zeigen. Sie seufzte und strich ihre Decke glatt. Anscheinend hatte sie ein bißchen Wasser darauf verschüttet.

Sie erinnerte sich an Ezra als Kind, noch in der Volksschule. »Mutter«, hatte er gesagt, »wenn eines Tages Geld auf Bäumen wachsen würde, nur einen Tag lang und nie wieder, dürfte ich dann zu Hause bleiben und es pflücken?«

»Nein«, antwortete sie.

»Warum nicht?«

»Die Schule ist wichtiger für dich.«

»Aber andere Mütter würden ihre Kinder lassen, wette ich.«

»Andere Mütter haben keine Pläne für ihre Kinder, daß etwas aus ihnen werden soll.«

»Aber nur für einen Tag?«

»Pflück es nach der Schule. Oder vorher. Wach extra früh auf; stell deinen Wecker eine Stunde vor.«

»Eine Stunde!« sagte er. »Eine kleine Stunde, für etwas, was auf der ganzen Welt nur einmal passiert.«

»Ezra, läßt du das jetzt? Mußt du mich so plagen? Warum bist du so eigensinnig?« hatte Pearl ihn gefragt.

Erst jetzt, unter ihrer klammen Decke, fiel ihr ein, sich zu fragen, warum sie nicht gesagt hatte: Ja, er könnte zu Hause bleiben. Wenn das Geld wirklich eines Tages auf Bäumen wachsen würde, dürfte er pflücken, soviel er wollte, hätte sie sagen sollen. Was für einen Unterschied hätte das gemacht?

Oh, sie war eine reizbare Mutter gewesen. Sie war dauernd am Rand ihrer Kräfte, hatte sich überlastet gefühlt und viel zu allein. Und nachdem Beck gegangen war, war sie völlig damit beschäftigt, die Miete zu bezahlen und mit dem Haushaltsgeld zu jonglieren und diesen großen Kindern mit ihren Riesenfüßen neue Schuhe zu besorgen. Sie war es, die morgens um zwei den Arzt rief, als Jenny Blinddarmentzündung bekam; und sie war es, die in der Nacht, als sie das unheimliche Geräusch gehört hatten, mit einem Baseballschläger die Treppe hinuntermarschierte. Sie legte die Kohle im Herd nach, sie stellte den Raufbold der Nachbarschaft, wenn Ezra verprügelt worden war, sie besprengte das Dach mit dem Schlauch, als im Schornstein von Mrs. Simmons Feuer ausgebrochen war. Und wenn Cody von der Geburtstagsparty irgendeines Mädchens betrunken nach Hause kam, wer mußte sich darum kümmern? Pearl Tull, die im Leben nichts Stärkeres getrunken hatte als ein Glas Wein zu Weihnachten. Sie setzte ihn elegant auf einen Küchenstuhl, ignorierte sein Gestöhn, beugte sich über den Tisch zu ihm – und hatte keine Ahnung, was sie sagen sollte.

Dann hatte Cody die High-School abgeschlossen, und Ezra war

schon in der zehnten Klasse, und Jenny eine hochgewachsene junge Dame in der achten. Beck hätte sie nicht erkannt. Und sie hätten Beck nicht erkannt, vielleicht. Sie fragten nie nach ihm. Bewies das nicht, wie wenig Bedeutung ein Vater hat? Der unsichtbare Mann. Die abwesende Anwesenheit. In Pearl zuckte eine zornige Freude. Offenbar war ihr das gelungen – den Übergang so glatt zu machen, daß kein Mensch dahinterkam. Es war der größte Triumph ihres Lebens. Meine einzige, wirkliche Leistung, dachte sie. (Wie schade, daß es niemand gab, vor dem sie sich hätte brüsten können.) Ohne es selbst überhaupt zu bemerken, hatte sie aufgehört, die Baptistenkirche zu besuchen. Sie sprach nicht mehr von Beck – wenn sie allerdings Weihnachtskarten an die Verwandten in Raleigh schrieb, erwähnte sie, es ginge ihm gut, und er ließe grüßen.

Eines Abends warf sie seine Briefe weg. Es war kein geplanter Entschluß. Sie räumte nur gerade ihren Schreibtisch auf und fand es sinnlos, sie weiter aufzuheben. Sie setzte sich neben den Papierkorb im Schlafzimmer und ließ *›geht scheint's aufwärts mit mir‹* und *›kleine Bude günstig zum Bahnhof‹* und *›sagte mir, ich wäre sehr tüchtig‹«* hineinfallen. Es waren nicht sehr viele – drei etwa im vergangenen Jahr. Wann hatte sie aufgehört, die Umschläge mit zittrigen Händen aufzureißen und die Zeilen rasch und gierig zu überfliegen? Sie fand, daß der Mann, um den sie immer noch trauerte, spät in schlaflosen Nächten, überhaupt keine Ähnlichkeit hatte mit dem Mann, der diese ermüdenden Mitteilungen machte. *Ed Ball setzt sich im Juni zur Ruhe*, las sie, unendlich gelangweilt, *und ich übernehme sein Gebiet, das das höchste Per-capitta-Einkommen von Delaware hat.* Es war ihr eine große Genugtuung, daß er »Capita« falsch geschrieben hatte.

Ihre Kinder wurden erwachsen und begannen, ihr eigenes Leben zu führen. Ihre Söhne fingen an, finanziell etwas beizutragen, und Pearl nahm das gerne an. (Sie hatte sich nie geschämt, Geld anzunehmen – weder in alten Zeiten von Onkel Seward noch von Beck, noch jetzt von den Söhnen. Wo sie herkam, erwartete eine Frau, daß der Mann sie versorgte.) Und als Cody so erfolgreich wurde, kaufte er das Reihenhaus, für das sie so viele Jahre Miete gezahlt hatte, und überreichte ihr die Urkunde eines Weihnachtsmorgens. Sie hätte damals sofort im Lebensmittelladen aufhören können, aber sie schob es auf, bis ihre Augen nachzulassen begannen. Was sollte sie sonst mit ihrer Zeit anfangen? »Leeres Nest« nannte man das. Heute war das der Ausdruck dafür. Es war komisch, im hohen Alter zurückzuschaun und festzustellen, für wie kurze Zeit ihr Nest nicht leer gewesen war. Relativ betrachtet, war das nichts – leer viel länger als voll. Soviel von ihr selbst war in diese Kinder investiert worden; kaum glaublich, wie kurz sie nur bei ihr gewesen waren!

Wenn sie an die Kinder in ihren verschiedenen Stadien dachte – wie sie sich zuerst an sie klammerten, dann losließen und davontrieben –, fiel ihr die Dielenlampe ein, die sie immer brennen ließ, damit sie sich im Dunkeln nicht fürchteten. Später dann hatte sie nur die Lampe im Bad angelassen, weiter den Gang hinunter in all den verschiedenen Häusern, wo sie wohnten; und noch später nur das untere Licht, wenn eins von ihnen abends außer Haus war. Ihr Erwachsenwerden entsprach also einem allmählichen Verblassen des Lichts vor ihrer Schlafzimmertür, als nähmen sie ein Leuchten mit sich, während sie sich von ihr entfernten. Sie hätte das besser planen sollen, dachte sie manchmal. Sie hätte ein paar Freunde finden oder einem Club beitreten sollen. Aber sie war nicht der Typ. Es hätte sie nicht getröstet.

Letzten Sommer war sie von einem Kirchenlied aus ihrem Radiowecker halb wach geworden – »In the Sweet Bye and Bye«, von irgendeinem populären Sänger trauervoll gesungen, bevor Norman Vincent Peales Kurzpredigt begann. *Wir werden uns an jener schönen Küste begegnen . . .* Sie geriet in einen Traum, in dem ein Fremder ihr sagte, die »schöne Küste« sei Wrightsville Beach, North Carolina, wo sie und Beck und die Kinder einmal einen Sommerurlaub verbracht hatten. Nachdem sie ihre Schwimmanzüge angezogen hatten, trafen sie sich zum ersten Bad am allerersten Tag am Strand. Beck sah gut aus, und Pearl fühlte sich graziös, und die Kinder waren noch sehr klein; sie hatten runde, aufgeregte, fröhliche Gesichter und pummelige, kleine

Körper. Sie staunte über ihre Unschuld, auch über Becks und ihre eigene. Sie streckte die Arme nach den Kindern aus – und wachte auf. Als sie später mit Cody telefonierte, kam sie zufällig auf den Traum zu sprechen. Wäre es nicht hübsch, sagte sie, wenn Wrightsville Beach der Himmel wäre? Wenn sie nach ihrem Tod die Augen öffnen würden und sich dort auf dem warmen, sonnigen Strand wiederfänden, alle jung und glücklich, wie damals, und die Wellen von damals rollten an den Strand? Aber Cody konnte ihre Stimmung nicht teilen. *Hübsch?* hatte er gefragt. Er fragte, ob das ihre ganze Vorstellung vom Himmel sei? Wrightsville Beach, wo sie sich doch, wie er sich erinnerte, zwei volle Wochen damit gequält hatte, sie habe womöglich den Herd zu Hause brennen lassen? Und hatte sie bedacht, fragte er, daß er da vielleicht eigene Wünsche haben könnte? Glaubte sie, er wolle die Ewigkeit als ein Kind verbringen? »Aber Cody, ich habe ja nur gemeint . . .«, sagte sie.

Etwas stimmte nicht mit ihm. Etwas stimmte mit all ihren Kindern nicht. Sie waren so entmutigend – attraktive, liebenswerte Menschen, alle drei, aber vor ihr verschlossen auf eine widernatürliche Art, die sie nicht recht kennzeichnen konnte. Sie spürte zudem im Leben aller drei eine Art durchgehenden Webfehler. Cody neigte zu sinnlosen Wutanfällen; Jenny war so unbekümmert; Ezra schöpfte seine Möglichkeiten nie aus. (Er betrieb ein Restaurant auf der St. Paul Street – keineswegs das, was sie mit ihm vorgehabt hatte.) Sie fragte sich, ob ihre Kinder ihr Vorwürfe machten. Wenn sie bei Familienzusammenkünften im engen Kreis beieinandersaßen (Gatten und Nachkommen ein wenig, Nichtmitglieder für immer abseits), schienen sie sich nur an Armut und Einsamkeit erinnern zu können – Spielsachen, die sie ihnen abschlagen mußte, Partys, zu denen sie nicht eingeladen waren. Cody besonders sprach dauernd von Pearls Reizbarkeit und schilderte sie im Kontrast zu erschrockenen Kindergesichtern, so traurig und verwirrt, daß Pearl sie kaum wiedererkannte. Ehrlich, dachte sie, gab es denn gar keine Verjährung? Wann würde er sie freisprechen? Er war ein Mann mittleren Alters. Es stand ihm nicht mehr zu, sie verantwortlich zu machen.

Und Beck: Nun, er war noch am Leben, falls das was bedeutete. Inzwischen mußte er alt sein. Sie hätte wetten mögen, daß ihm das Altwerden nicht stand. Sicher trug er ein Toupet oder allzu weiße und regelmäßige falsche Zähne, oder eine schwungvolle, jugendliche Frisur, die ihn lächerlich aussehn ließ. Seine Krawatten waren bestimmt zu bunt und seine Anzüge zu auffallend kariert. Was hatte sie jemals in ihm gesehn? Sie kaute auf der Innenseite ihrer Lippen. *Der* Fehler ihres Lebens; ein simples Fehlurteil. Es hätte nicht derart weitreichende Folgen haben dürfen. Man sollte denken, das Leben sei ein bißchen nachsichtiger.

Ein- oder zweimal im Jahr kam ein Brief von ihm, auch jetzt noch. (Das Geld war allerdings ausgeblieben, als Jenny achtzehn geworden war – oder zwei Monate danach, was hieß, daß er ihren Geburtstag nicht mehr genau wußte, dachte Pearl.) Typisch für ihn, daß er nicht soviel Takt hatte, den endgültigen Abgang zu finden. Seine Abschiede dauerten zu lang, er schwätzte in der offenen Tür, ließ die Kälte herein. Er war aus der Tanner Corporation ausgeschieden, schrieb er. Er blieb am Ort seiner letzten Versetzung, Richmond, wie ein Stück Strandgut hängen; aber offenbar reiste er noch ein bißchen. 1967 schickte er ihr eine Postkarte von der Weltausstellung in Montreal und 1972 eine aus Atlantic City, New Jersey. Verschiedene völlig übertriebene Anlässe schienen ihn dazu anzuspornen – zum Beispiel der erste Schritt eines Menschen auf dem Mond (ein Ereignis, das weder Pearl noch andere vernünftige Leute ernsthaft interessierte). *Na also!* schrieb er. *Wir haben es wohl geschafft.* Seine Begeisterung schien etwas weit hergeholt, vielleicht vom Alkohol beflügelt. Sie zuckte zusammen und zerriß den Brief in lauter Vierecke.

Später, als ihre Augen nachließen, hob sie ihre Post für Ezra auf. Sie hielt einen Umschlag hoch. »Woher ist das? Ich kann es nicht richtig erkennen.«

»Nationaler Schützenbund.«

»Wirf es weg. Und das?«

»Republikanische Partei.«

»Wirf es weg. Und das?«

»Etwas Handschriftliches. Aus Richmond.«

»Wirf es weg.«

Er fragte nicht, warum. Keines ihrer Kinder besaß einen Funken Neugier.

Sie träumte, daß ihr Onkel Prinz anspannte und sie zu einem Preiswettbewerb fuhr; aber sie konnte kein Stück auswendig und stand wie ein dummes Ding auf der Bühne, während alle flüsterten. Als sie aufwachte, war sie böse auf sich. Sie hätte »Dat Boy Fritz« aufsagen sollen; in Dialekt war sie immer gut gewesen. Außerdem wußte sie das heute noch auswendig. Ihr Gedächtnis hatte nicht im geringsten nachgelassen. Ärgerlich schob sie ihr Kissen zurecht. Ihre Messer wurden eben schartig, überlegte sie sich. Sie schlief wieder und träumte, daß das Haus brannte. Ihre Haut vertrocknete in der Hitze, und ihr Haar schien ihr in die Ohren zu zischen. Jenny rannte hinauf, um ihren Modeschmuck zu retten, und ihre Schritte hörten plötzlich auf, als sei sie ins Weltall gefallen. »Halt!« schrie Pearl. Sie machte die Augen auf. Jemand saß neben ihr, in dem Ledersessel, der quietschte. »Jenny?« sagte sie.

»Ich bin's, Ezra, Mutter.«

Armer Ezra. Er mußte erschöpft sein. Sollte nicht eigentlich die Tochter kommen und einen pflegen? Sie wußte, daß sie ihn wegschicken sollte, aber sie konnte sich nicht dazu bringen. »Du wirst sicher in dein Restaurant zurückwollen«, sagte sie zu ihm.

»Nein, nein.«

»Du bist wie eine Glucke mit deinem Laden dort.« Sie schniefte. Dann fragte sie: »Ezra, riechst du Rauch?«

»Warum fragst du?« meinte er (vorsichtig wie immer).

»Ich habe geträumt, das Haus ist abgebrannt.«

»Ist es aber nicht.«

»Hm.«

Sie wartete, nahm sich zusammen. Ihre Muskeln waren so verspannt, daß ihr alles weh tat. Schließlich sagte sie: »Ezra?«

»Ja, Mutter?«

»Vielleicht könntest du mal nachschaun.«

»Was nachschaun?«

»Im Haus, natürlich. Nachschaun, ob es brennt.«

Sie spürte, daß er nicht wollte.

»Mir zuliebe«, sagte sie zu ihm.

»Na, also gut.«

Sie hörte, wie er aufstand und hinausschlurfte. Anscheinend war er in Strümpfen; sie erkannte das schleifende Geräusch. Er blieb so lange aus, daß sie begann, das Schlimmste zu befürchten. Sie lauschte auf das Brüllen von Flammen, hörte aber nur das Hupen vorbeifahrender Autos, das elektrische Flüstern des Weckers, eine Fahrradklingel unter dem Fenster. Dann kam er wieder, schwer und langsam auf der Treppe. Offenbar war die Lage nicht kritisch. Er ließ sich wieder im Sessel nieder. »Alles in Ordnung«, sagte er.

»Dank dir, Ezra«, sagte sie demütig.

»Bitte, bitte.«

Sie hörte, wie er die Zeitschrift zur Hand nahm.

»Ezra, mir ist was eingefallen. Hast du denn auch im Keller nachgesehn?«

»Ja.«

»Du bist die Treppe ganz hinuntergegangen.«

»Ja, Mutter.«

»Das Geräusch der Heizung gefällt mir irgendwie nicht.«

»Sie ist in Ordnung«, sagte er zu ihr.

Sie war in Ordnung. Sie beschloß, ihm zu glauben. Sie beruhigte sich selbst, indem sie im Geist von einem Ende zum andern durch das Haus wanderte und aufzählte, wie gut sie alles gemacht hatte. Der Rauchfang des Kamins war gegen die Kälte geschlossen. Die Rohre waren frei und die Hähne dicht, und die Heizkörper hatte sie selbst entlüftet – ohne sehen zu können, hatte sie den Schlüssel in dem Moment scharf zurückgedreht, als sie das Wasser zischen hörte. Der Randstein war gefegt, und das Dach ließ nichts durch, und der Eisschrank summte in der Küche. Alles verlief nach Vorschrift.

»Ezra«, sagte sie.

»Ja, Mutter.«

»Du kennst das Adreßbuch in meinem Schreibtisch.«

»Was für ein Adreßbuch?«

»Hör zu, Ezra. Ich habe nur das eine. Nicht das kleine rote Buch für Telefonnummern, sondern das schwarze, in der Schublade mit dem Briefpapier.«

»Ach, ja.«

»Ich möchte, daß alle, die drinstehn, zu meiner Bestattung eingeladen werden.«

Dröhnendes Schweigen, als hätte sie ein obszönes Wort gebraucht.

»Beerdigung, Mutter? Du stirbst doch nicht?«

»Nein, natürlich nicht«, versicherte sie ihm. »Aber eines Tages«, sagte sie schlau. »Nur für alle Fälle, weißt du . . .«

»Laß uns nicht davon sprechen.«

Sie schwieg, sammelte ihre Geduld. Was erwartete er denn – daß sie ewig weitermachen würde? Es war so ermüdend. Aber typisch Ezra. »Ich sage ja nur«, sagte sie, »ich möchte, daß diese Leute eingeladen werden. Hörst du zu? Die Leute in meinem Adreßbuch.«

Ezra antwortete nicht.

»Im Adreßbuch in meiner Briefpapier-Schublade.«

»Briefpapier-Schublade«, echote Ezra.

Gut; er hatte es. Er blätterte eine Seite um und sagte nichts mehr, aber sie wußte, daß er begriffen hatte.

Sie stellte sich vor, wie alt dieses Adreßbuch inzwischen sein mußte – den Schubladengeruch, das brüchige Papier. Es reichte weit in die Zeit zurück, ehe ihre Sehkraft nachzulassen begann. Emmaline stand drin, und Emmaline war seit mindestens zwanzig Jahren tot. Ebenso Mrs. Simmons in St. Petersburg, unten in Florida, und Onkel Sewards Witwe und auch seine Tochter, vielleicht. Überhaupt alle in dem Buch waren unter der Erde, nahm sie an, alle außer Beck.

Sie erinnerte sich, daß er eine ganze Seite einnahm – ein Ort nach dem andern durchgestrichen. Sie hatte die Adressen weitergeführt, weil sie sich dachte, es könne nötig sein, ihn in einer Notlage zu rufen. An was sie dabei wohl gedacht hatte? Sie konnte sich keinen Notstand vorstellen, den seine Anwesenheit im geringsten erleichtern würde. Sie hätte gern sein Gesicht gesehen, wenn er eine Einladung zu ihrer Bestattung bekam. Eine »Einlade« würde er es nennen. »Na, so was!« würde er sagen, ganz schokkiert. »Jetzt hat sie mich zuerst verlassen. Da liegt diese Einlade zu ihrer Bestattung.« Sie konnte ihn förmlich hören.

Sie lachte.

Der Arzt kam herein und stampfte mit den Füßen. »Schneit es draußen?« fragte sie ihn.

»Schneien? Nein.«

»Sie haben Ihre Schuhe abgetreten.«

»Nein«, sagte er, »es ist bloß kalt.« Er setzte sich auf ihre Bettkante. »Als ob mir gleich die Zehen abfallen«, sprach er zu ihr. »Meine Kniegelenke sagen, daß wir heute nacht Frost bekommen.«

Sie wischte die Floskeln mit der Hand weg. »Hören Sie mal«, sagte sie, »Ezra hat Sie aus Versehen gerufen.«

»Soso!«

»Es geht mir wirklich gut. Vielleicht hatte mir das Wetter zugesetzt, aber jetzt fühle ich mich schon viel besser.«

»Aha«, sagte er. Er nahm ihr Handgelenk zwischen seine eisigen, runzligen Finger. (Er war fast so alt wie sie und hatte seine Praxis praktisch aufgegeben.) Er hielt es fest, mehrere Minuten, so schien es. Dann fragte er: »Und wie lang dauert das jetzt schon?«

»Ich weiß nicht, wovon Sie reden.«

»Wo steht das Telefon?« fragte er Ezra.

»Moment! Doktor Vincent! Moment!« rief Pearl.

Er hatte ihr Handgelenk losgelassen, aber jetzt legte er seine Hand auf die ihre, und sie fühlte, wie er sich über sie beugte, roch den Atem des Pfeifenrauchers. »Ja?« fragte er.

»Ich gehe in kein Krankenhaus.«

»Natürlich gehn Sie.«

Sie sprach klar, vielleicht ein bißchen zu laut, ihre Stimme gegen die Zimmerdecke gerichtet. »Also, ich habe mir das gut überlegt«, sagte sie. »Ich will diese Kurbelbetten nicht und diese professionellen Gerüche. Es würde mich umbringen.«

»Meine liebe Dame . . .«

»Und Sie wissen, daß die mir kein Penizillin geben können.«

»Penizillin nicht . . .«

»Das habe ich dreiundvierzig genommen.«

»Sie sollen sich nicht anstrengen«, sagte der Arzt. »Ich weiß das noch genau.«

Oder vielleicht war das 1944. Aber Beck war noch nicht weggegangen. Er war auf einer Geschäftsreise gewesen und brachte den Kindern Pfeil und Bogen mit. Für was er alles sein Geld ausgab! Wo es ihnen nie gutging, auch nicht in den besten Zeiten. Er nahm die Sachen auf ihren Sonntagsausflug mit, nagelte die Zielscheibe aus Segeltuch an einen Baumstamm. Nie hatte er an Gefahr gedacht. Er war nicht der Typ, der nachts wach gelegen und sich alles aufgezählt hätte, was schiefgehn konnte. Na, wie auch immer. Sie hätte nicht sagen können, wie es wirklich passiert war (sie stellte gerade einen Strauß aus Wintergräsern zusammen, an Sportlichem beteiligte sie sich nicht mehr), aber irgendwie wurde sie getroffen. Cody war es, der den Bogen gespannt hatte, aber das war Zufall; Cody hatte sie nichts vorzuwerfen, nach der ersten kleinen Aufregung. Sie gab Beck die Schuld, der sie aus schierer Gedankenlosigkeit, wenn nicht mit Absicht, durchs Herz geschossen hatte; oder nicht direkt ins Herz, sondern in den fleischigen Teil darüber, zwischen Brust und Schulter. Es war ein ganz seltsames Gefühl, etwas wie ein Schlag – nicht etwa ein Stich, sondern ein Schwirren und dann ein runder, heller Blutfleck auf ihrer Lieblingsbluse. »Oh!« sagte sie und sah darauf hinunter, die Grashalme in der Hand. Dann kam der Schmerz. Beck, weiß im Gesicht, zog den Pfeil heraus. Jenny fing an zu weinen. Sie fuhren sofort nach Hause, vergaßen, die Zielscheibe vom Baum zu nehmen, und als sie ankamen, hatte die Blutung aufgehört, und es schien nicht wirklich gefährlich zu sein. Pearl versorgte die Wunde selbst – mit Jod und Verbandzeug. Zwei Tage später fiel ihr etwas unangenehm auf. Die Wunde war nicht besser, sondern schlechter, war entzündet, und Pearl hatte Fieber. Beck war wieder auf Reisen, und sie mußte allein zum Arzt gehen, lief atemlos und mit schiefsitzendem Hut weg, weil sie zurück sein wollte, ehe die Kinder aus der Schule kamen. Damals baute Dr. Vincent gerade seine Praxis auf, nachdem er seinen Pflichtdienst in der Armee geleistet hatte. Sie erinnerte sich, daß er noch alle Haare auf dem Kopf hatte und noch keine Brille trug. Er gab ihr eine Spritze mit Penizillin – eine Wunderdroge, die er zuerst in Europa benutzt hatte, wie er sagte. Auf dem Heimweg fühlte sie sich ungeheuer wohl, wie jeder Patient, wenn ein Arzt die Last der Krankheit auf sich genommen hat; aber in der Nacht brach sie zusammen. Erst kam ein Ausschlag, dann Schüttelfrost, dann eine verschwommene, wimmelnde Landschaft. Cody hatte den Krankenwagen gerufen. Im Krankenhaus, nachdem die Krise vorüber war, waren alle streng und vorwurfsvoll zu ihr, als sei es ihre Schuld gewesen. »Sie sind fast gestorben«, sagte eine Schwester zu ihr. Aber das war Unsinn. Natürlich wäre sie nicht gestorben; sie hatte doch Kinder. Wenn man Kinder hat, ist man verpflichtet zu leben. Sie verschloß vor den Worten der Schwester die Augen. Dann kamen zwei Ärzte herein, zogen sich Stühle neben ihr Bett und erklärten ihr feierlich und unheilvoll alles über Penizillin. Pearl paßte nicht besonders auf (sie entwarf im Geist ein Gesuch auf Entlassung, um zu ihren Kindern nach Hause zu dürfen), aber sie merkte sich, daß sie sagten: »Einmal ist Ihre Grenze. Zweimal wäre tödlich für Sie.« Das machte ihr Eindruck. Es war wie etwas im Märchen – wie ein Zaubertrank, den man nur einmal und nie wieder anwenden durfte. Und den hatte sie auf einen so armseligen Anlaß verschwendet: eine Wunde von einem Pfeil. Keine Wunder mehr! In späteren Jahren, als Penizillin ein alltäglicher Begriff war und ihre Enkel es für jede Kleinigkeit bekamen, redete sie immer wieder davon. »Ihr Glücklichen. Ich Arme. Besser, ich bekomme keine Infektion, kann ich nur sagen, oder eitrige Mandeln oder Lungenentzündung.«

Lungenentzündung.

Da war eine Art Wasserrauschen in ihren Ohren, das es ihr erschwerte, ihre eigene Stimme zu hören. Sie mußte abwarten, bis es aufhörte, ehe sie sprechen konnte. »Doktor Vincent«, sagte sie.

»Ich bin da.«

Seine Hand lag immer noch auf ihrer. Sie war nicht mehr eisig.

Er hatte sich an ihrer Haut erwärmt, als wäre sie ein Ofen. Sie nahm ihre Stimme zusammen: »Sagen Sie Ezra, daß ich dableibe.«

»Aber . . .«

»Ich weiß, was ich tue.«

Er schwieg.

»Sagen Sie ihm«, sprach sie energisch, »daß es nichts ist. Verstehen Sie? Ich will keine Kliniken. Es würde mich töten, einfach töten, diese Lautsprecher zu hören, wie sie Namen von Ärzten aufrufen, die ich nie gehört habe. Es ist bloß eine Erkältung. Sagen Sie es ihm.«

»Also gut«, antwortete Dr. Vincent. Er räusperte sich. Er zog seine Hand zurück. »Sind Sie sicher?« fragte er.

»Ganz sicher.«

Er schien zu überlegen. Er wandte sich ab und dann Ezra zu: »Sie haben gehört, was sie sagt?«

»Ja«, antwortete Ezra, näher, als Pearl erwartet hatte.

»Ich schlage trotzdem vor, daß Sie Bruder und Schwester verständigen.«

In Pearl regte sich leises Interesse.

»Aber wenn es so ernst ist . . .«, meinte Ezra.

»Warten wir ab, was geschieht«, sagte der Doktor zu ihm. Er legte eine Hand auf Pearls Stirn.

Danach war er wohl gegangen. Das Rauschen kam in ihre Ohren zurück, und sie konnte ihn nicht richtig weggehn hören. Sie war in Gedanken bei Cody und Jenny; es wäre wirklich schön, all ihre Kinder beisammen zu haben. Dann plötzlich verbreitete sich ein eisiges Frösteln in ihrer Brust. O nein, dachte sie. Warum läßt Doktor Vincent das zu? Ja, wirklich, er läßt es zu. Das ist es also!

Bestimmt nicht.

Der Tod hatte sie schon seit Jahren beschäftigt; aber ein Aspekt war ihr vorher nie in den Sinn gekommen: Wenn man stirbt, erlebt man nicht mehr, wie alles weitergeht. Fragen, die man gestellt hat, bleiben auf ewig unbeantwortet. Wird das eine meiner Kinder Fuß fassen? Wird das andere lernen, glücklicher zu sein? Werde ich je herausfinden, was mit dem oder jenem gemeint war? All diese

Jahre, stellte sich heraus, hatte sie erwartet, Beck wieder zu begegnen. Wie seltsam, sie hatte es nicht bemerkt. Sie hatte auch angenommen, es werde eine Art Wendepunkt geben, einen Lichtstrahl, in dem sie plötzlich das Geheimnis entdecken würde; eines Tages würde sie weiser und zufriedener aufwachen und sich abfinden. Aber es war nicht eingetreten. Jetzt würde es nicht mehr dazu kommen. Sie hatte geglaubt, auf ihrem Sterbebett ... Sterbebett! Und das war jetzt dieses alltägliche, gewöhnliche Bett der Firma Posturepedic, nicht die verzierte Messing-Angelegenheit, die sie sich früher immer ausmalte. Sie hatte sich vorgestellt, wie sie auf dem Sterbebett ihren um sie versammelten Kindern noch etwas Endgültiges zu sagen hatte. Aber es gab nichts Endgültiges. Es gab nichts, was sie ihnen hätte sagen können. Sie empfand eine Art Scheu; sie war dem nicht gewachsen. Sie bewegte unruhig die Füße und suchte nach einem kühleren Fleck auf dem Kissen.

»Kinder«, hatte sie gesagt. Das war, kurz ehe Cody aufs College ging, der Tag, an dem sie Becks Briefe verbrannt hatte. »Kinder, ich möchte etwas mit euch besprechen.«

Cody redete von einem Job. Er brauchte einen, um die vollen Studiengebühren zahlen zu können. »Ich könnte in der Uni-Cafeteria arbeiten«, sagte er gerade, »oder vielleicht außerhalb der Uni, ich weiß noch nicht, wo.« Dann hörte er, daß seine Mutter sprach, und sah sie an.

»Es ist wegen euerm Vater«, sagte Pearl.

Jenny meinte: »Mir wäre die Cafeteria lieber.«

»Ihr wißt, meine Lieben«, sprach Pearl zu ihnen, »ich sage immer, euer Vater ist geschäftlich unterwegs.«

»Aber außerhalb wird vielleicht mehr bezahlt«, sagte Cody, »und jeder Penny zählt.«

»In der Cafeteria wärst du aber mit deinen Klassenkameraden zusammen«, entgegnete Ezra.

»Ja, daran hab' ich auch gedacht.«

»Mit den ganzen Studentinnen«, fügte Jenny noch hinzu. »Den Cheerleaders, die beim Football auftanzen – Mädchen in den kurzen, weißen Socken.«

»Mädchen in den engen Pullis«, betonte Cody.

»Ich möchte euch etwas wegen euerm Vater erklären«, sagte Pearl zu ihnen.

»Nimm die Cafeteria«, schlug Ezra vor.

»Kinder?«

»Die Cafeteria«, sagten sie.

Und alle drei schauten sie an, kühl und unverwandt, aus grauen, ehrlichen Augen, ganz wie ihre eigenen.

Sie träumte, es sei ihr neunzehnter Geburtstag, und der teuflische John Dupree hätte ihr eine Packung Pralinen und einen brandverzierten Lederschmuck für ihr Haar gebracht. »Ach John, wie niedlich! Nimm dir was«, sagte sie zu ihm. In ihrem Traum dachte sie verwundert, daß John Dupree seit einundsechzig Jahren tot war. Die deutschen Hunnen hatten ihn im Argonnerwald getötet. Sie erinnerte sich, wie sie seiner Mutter einen Beileidsbesuch machen wollte, die dann aber keinen Besuch empfing. »Es war alles ein Fehler, anscheinend«, sagte Pearl zu John Dupree. Und sie steckte ihr Haar mit dem Lederschmuck auf.

»Keine Frage«, sagte Jenny. »Wir müssen einen Krankenwagen rufen. Was ist los mit Doktor Vincent? Ist er senil?«

»Er macht sich gut für sein Alter« antwortete Ezra. Wie üblich schien ihm etwas Wesentliches zu entgehn; selbst Pearl merkte das. Jenny seufzte – oder raschelte vielleicht auch nur ungeduldig mit ihren Kleidern.

»Ein Glück, daß du mich gerufen hast«, sagte sie. »Ich komme und finde alles in Auflösung vor.«

»Nichts ist in Auflösung.«

»Und warum liegt sie flach? Man sieht doch, wie schwer sie atmet. Wo ist das große grüne Kissen, das Becky für sie gemacht hat?«

Für Pearl war die Zeit ins Rutschen gekommen – einen Augenblick lang: Sie bereitete sich vor, mit dem Krankenwagen zu fahren und ihre Pfeilwunde behandeln zu lassen. Sie machte sich auf die riskante, kippelige Reise auf einer Bahre die Treppe hinunter gefaßt. Die Erwähnung von Becky brachte sie wieder ins

Lot. Becky war ihre Enkelin, Jennys älteste Tochter. »Jenny?« sagte sie.

»Wie fühlst du dich?« fragte Jenny.

»Ist Cody auch da?«

Anscheinend nicht. Jenny beugte sich über das Bett und gab ihr einen Kuß. Pearl streichelte Jennys Haar und fand es schlecht geschnitten – es fühlte sich struppig an –, aber dieses eine Mal schimpfte sie nicht. (Jenny hatte schönes, dichtes Haar, das sie meist vernachlässigte, schlecht behandelte, als käme es wirklich nicht aufs Aussehen an.) »Nett, daß du gekommen bist«, sagte Pearl zu ihr.

»Du meine Güte, ich war besorgt«, entgegnete Jenny. »Du bist die einzige Mutter, die wir haben.«

Pearl empfand, daß Jenny den Nagel auf den Kopf getroffen hatte. »Ihr hättet euch eine Reserve anschaffen sollen«, sagte sie.

»Wie bitte?«

Sie wiederholte es nicht. Sie wandte ihr Gesicht auf dem Kissen ab und wurde von einem plötzlichen Zorn geschüttelt. Warum hatten sie sich keine Reserve besorgt? In all den Jahren, als sie die einzige war, die einzige Stütze, der einsame hohe Baum auf der Weide, der auf den Blitzschlag wartet . . . Nun, ja. Ihr liefen anscheinend die Gedanken davon. »Hast du die Kinder mitgebracht?« fragte sie.

»Diesmal nicht, ich habe sie bei Joe gelassen.«

»Joe?« Ach ja, ihr Mann. »Warum ist Cody nicht hier?« fragte Pearl.

»Du weißt doch«, antwortete Ezra, »er ist immer so schwer aufzutreiben.«

»Wir finden, du solltest ins Krankenhaus gehn«, sagte Jenny zu Pearl.

»Ach, danke, Liebes, aber ich möchte eigentlich lieber nicht.«

»Dein Atem ist nicht in Ordnung. Wo ist das Kissen, das Becky gemacht hat, als sie klein war? Das mit dem erhebenden Motto«, fragte Jenny. *»Ruh, o tapferer Held, auf deinem Bett aus Stein.«* Sie kicherte durch die Nase, und Pearl lächelte bei der Vorstellung, wie Jenny jetzt – wie gewöhnlich –, die Hände vor den Mund schlug, als sei sie überwältigt, absolut erschlagen von der Albernheit des Lebens. »Jedenfalls«, sagte Jenny und nahm sich zusammen, »Ezra, du bist doch meiner Meinung, nicht?«

»Hm«, räusperte sich Ezra.

Schweigen. Man konnte diesen einen Augenblick aus der Ewigkeit herauspflücken, dachte Pearl, und immer noch so viel von ihren Kindern erfahren – selbst von Cody: Schon seine Abwesenheit war ein Wesenszug, vielleicht sein wichtigster. Und Jenny war so flott und lebhaft, aber ... ja, man könnte sagen, etwas undurchlässig, eine reflektierende Oberfläche, die einem das eigene Ich zurückwarf und nichts über Jennys Ich verriet. Und Ezra, der sanfte Ezra; zweifellos zupfte er verwirrt an dem blonden Haarschopf, der ihm in die Stirn hing, überlegte und überlegte ... »Na ja«, sagte er, »ich weiß nicht ... Ich meine, wenn wir ein bißchen warten würden ...«

»Aber wie lange. Wie lange können wir uns leisten, zu warten?«

»Ach, vielleicht nur bis heute abend, oder bis morgen ...«

»Bis morgen! Und was ist, wenn es Lungenentzündung ist?«

»Es könnte doch nur eine Erkältung sein, weißt du.«

»Ja, aber ...«

»Und wir wollen doch nicht, daß sie geht, wenn es sie unglücklich macht.«

»Nein, aber ...«

Pearl hörte lächelnd zu. Sie kannte das Ergebnis schon. Sie würden stundenlang überlegen – eine Antwort das Echo der andern –, Fragen wiederholen und umformulieren, ausweichen, sich zurückziehn und streiten um des Streitens willen, und schließlich nirgendwo landen. »Ihr habt den Dingen nie ins Auge gesehn«, sagte sie gütig.

»Was, Mutter?«

»Ich habt euch immer gedrückt und versteckt.«

»Versteckt?«

Sie lächelte wieder und schloß die Augen.

Es war eine solche Erleichterung, sich treiben zu lassen, endlich. Warum hatte sie so lange gebraucht, um das zu lernen? Der

Verkehrslärm – Hupen und Glocken und Fetzen von Musik – floß um die Stimmen in ihrem Zimmer. Immer wieder ordnete sie sich in der Zeit falsch ein, aber das machte nichts; alles, woran sie sich erinnerte, war gleich angenehm. Sie erinnerte sich an das Gefühl, wenn der Wind in Sommernächten blies – wie er durchs Haus zieht und die Vorhänge bläht und nach Teer und Rosen riecht. Wie ein schlafendes Baby schwer auf der Schulter wiegt, wie eine reife Frucht. Das herrliche Alleinsein unterwegs im Regen unter dem Tröpfeln und Prasseln des eigenen Regenschirms. Sie erinnerte sich an eine ländliche Auktion, die sie vor vierzig Jahren besucht hatte, wo ein antikes Messingbett angeboten wurde, komplett mit allem Bettzeug – Laken und Decken, Kissen in Leinenbezug, mit Vergißmeinnicht bestickt. Zwei Männer rollten es auf das Podium, und die Rüschen des Bettüberwurfs bewegten sich wie die Petticoats eines jungen Mädchens. Hinter ihren Augenlidern stieg Pearl Tull hinein und legte ihren Kopf aufs Kissen und wurde weggetragen an den Strand, wo ihr drei kleine Kinder lachend entgegenliefen, über den sonnenbeschienenen Sand.

2

Wie man der Katze das Gähnen beibringt

Während Codys Vater die Zielscheibe an den Baumstamm nagelte, prüfte Cody den Bogen. Er zog die Sehne zurück, legte seine Wange an und fixierte mit zusammengekniffenen Augen das Ziel. Sein Vater schlug die Stifte mit seinem Schuh ein; er hatte den Hammer vergessen. Er sah blöd aus, fand Cody. Er besaß keine Freizeitkleidung, so wie andere Väter, sondern war in seinem steif wirkenden braungestreiften Vertreteranzug, im weißen, gestärkten Hemd und marineblauen Schlips mit den bunt verstreuten Rechtecken und Kreisen drauf hierhergefahren. Daß es Sonntag war, erkannte man erst, als er den letzten Stift eingeschlagen hatte und sich umdrehte: Er hatte die Krawatte nicht festgezogen. Sie hing lose und etwas schief, wie bei einem Betrunkenen. Eine Haartolle, schwarz wie bei Cody, aber gewellt, stand über der Stirn in die Höhe.

»Also!« sagte er und stapfte zurück, den Schuh noch in der Hand. Er ging mit Schlagseite und lächelte Cody zu – oder blinzelte gegen die Sonne. Es war noch keineswegs Frühling, aber dafür war die Luft erstaunlich warm, und eine blasse Sonne goß Wärme wie eine Flüssigkeit über Codys Schultern. Cody bückte sich und zog einen Pfeil aus einer Pappröhre. Er legte ihn an die Sehne. »Warte mal, mein Sohn«, sagte sein Vater. »Du willst es doch richtig machen.«

Natürlich lief dies auf ein Stück Erziehung hinaus, samt unausweichlicher Belehrung und Kritik. Cody seufzte und ließ den Bogen sinken. Sein Vater bückte sich, um seinen Schuh anzuziehen. Er bohrte dabei seinen Fuß hinein, ohne die Bänder aufzumachen; Codys Mutter konnte das nicht ausstehn. Die Ferse seiner schwarzen Kunstseidensocke war bis zur Durchsichtigkeit dünngescheuert. Cody schaute weg. Er war vierzehn – zu groß, um noch auf Familienausflüge mitgeschleppt zu werden, und entschieden zu groß für Pfeil und Bogen, außer natürlich, man hätte die

Sachen ihm und seinen Freunden einfach überlassen, und sie Unfug treiben lassen, oder ein Wettschießen veranstalten oder aus Jux Fensterscheiben oder Straßenlampen kaputtschießen lassen. Wie kam sein Vater bloß auf solche Ideen? Das hier würde noch weniger bringen als seine andern Einfälle. Codys Mutter, die gänzlich unsportlich war, pflückte vertrocknete Blumen an einem Zaun. Seine kleine Schwester knöpfte mit aufgesprungenen, blauen Händen ihren Pullover zu. Sein Bruder Ezra, elf Jahre alt, kaute auf einem Halm und summte. Er vermißte seine Flöte, bestimmt – eine Bambusflöte mit sechs Grifflöchern, auf der er fast pausenlos Melodien spielte. Er hatte sie mitgeschmuggelt, aber der Vater hatte verlangt, daß sie im Wagen blieb.

Gerade jetzt sahen die beiden besten Freunde von Cody einen Film: »Air Force« mit John Garfield und Faye Emerson. Cody hätte alles gegeben, um dabeizusein.

»Also, dein linker Arm macht *so*«, sagte sein Vater und rückte ihn zurecht. »Du möchtest dir ja nicht am Handgelenk weh tun. Und steh gerade. Bogenschießen hat uns die richtige Haltung gelehrt; steht in der Anleitung. Früher sind alle bloß irgendwie herumgelatscht, alle, außer den Bogenschützen. Wetten, daß du das nicht gewußt hast, oder?«

Nein, er wußte es nicht. Er stand da, wie etwas aus Lehm, während sein Vater an ihm herumknuffte und -puffte und ihn in Form brachte. »In alten Zeiten . . .«, sagte sein Vater.

Cody ließ die Bogensehne los. Zack. Der Pfeil traf den Rand der Scheibe, mehr seitlich als mit der Spitze, sprang harmlos ab und fiel zwischen die Baumwurzeln. »Also, sag mal! Was denkst du dir eigentlich?« fragte ihn der Vater. »Hab' ich dir vielleicht schon gesagt, daß du schießen sollst? Hab' ich das?«

»Er ist mir ausgerutscht«, entschuldigte sich Cody.

»Ausgerutscht?«

»Und überhaupt, er hätte gar nicht im Ziel steckenbleiben können. Nicht mit dem harten, dicken Baumstamm dahinter.«

»Und ob er das gekonnt hätte«, sagte der Vater. »Du hast einfach drauflosgemacht, wie immer. Impulsiv. Immer nach deinem Kopf. Wann fängst du endlich an, dich besser im Zaum zu halten?«

Codys Vater (der sich selbst in keiner Weise im Zaum hielt, wie ihm Codys Mutter ständig vorhielt) machte ein paar Sätze in Richtung Zielscheibe, brabbelte dabei und riß Pflanzenstengel in Büscheln aus und warf sie wieder weg. Körner und trockene Hülsen schwirrten um ihn durch die Luft. »Eigensinniger Junge; hört nie zu. Warum mach' ich das überhaupt?«

Codys Mutter schirmte die Augen mit der Hand und rief: »Hat er getroffen?«

»Nein, er hat nicht getroffen. Wie soll er auch; ich war noch nicht mal mit Erklären fertig.«

»Es soll schon Leute gegeben haben, die ein Ziel getroffen haben, ohne daß ihnen jemand vorher was erklärt hat«, murmelte Cody.

»Sagst du was?«

»Laßt Ezra versuchen«, schlug Codys Mutter vor.

Der Vater hob den Pfeil auf und rammte ihn ins Schwarze, genau in die Mitte. »Und du willst behaupten, er kann nicht steckenbleiben?« fragte er Cody. Er zeigte auf den Pfeil, der sich nicht rührte. »Schau hin: Stahlspitzen. Natürlich bleibt er stecken. Und Baumschwamm auf der Rinde. Ich hab' den Baum ausgesucht. Natürlich bleibt er stecken. Du hättest ihn leicht reinkriegen können.«

»Haha«, sagte Cody und trat gegen einen Erdklumpen.

»Sagst du was, Sohn?«

»Laßt Ezra versuchen«, rief Pearl wieder. »Beck? Laß Ezra versuchen.«

Ezra war ihr Liebling, ihr Schatz. Die ganze Familie wußte das. Ezra sah verlegen drein und schob seinen Halm in die andere Mundecke. Beck kam zurückgewatet. »Ach, ich weiß nicht, ich weiß nicht. Manchmal denke ich . . .«, sagte er.

Ezra kam herüber, kaute dabei auf seinem Halm und nahm den Bogen von Cody entgegen. Jetzt gab es was zu lachen. Niemand war so ungeschickt wie Ezra. Als er seine Stellung einnahm, machte er alles falsch, er sah einfach falsch aus, auf eine Weise, die man kaum feststellen konnte. Seine Ellbogen standen ab wie Flügel; das schlaffe, gelbliche Haar geriet fiedrig in seine Augen. »Warte, warte doch«, sagte Beck immerzu. »Was ist denn hier verkehrt?« Er ging um Ezra herum, drückte seine Schultern gerade, korrigierte seinen Griff am Bogen. Ezra blieb geduldig. Vielleicht war er im Geist sogar ganz woanders; es sah aus, als gälte seine Aufmerksamkeit einer Wolkenformation dort im Süden. »Na gut«, meinte Beck schließlich, er gab auf. »Laß ihn fliegen, Ezra. Ezra?«

Ezras Finger an der Sehne lockerten sich. Der Pfeil sauste eine gerade, rasche Bahn, ohne jeden Bogen. Wie von einem unsichtbaren Faden gezogen – oder schlimmer noch, vom schiersten und natürlichsten Glück gesteuert – spaltete er den Pfeil, den Beck bereits eingerammt hatte, der Länge nach und landete im Zentrum des Schwarzen, nachzitternd. Es gab ein jähes, befangenes Schweigen. Dann sagte Beck: »Schau sich einer das an.«

»Also, Ezra«, sagte Pearl.

»Ezra«, schrie Jenny, die Schwester der Jungen. »Ezra, schau, was du gemacht hast! Was du mit dem Pfeil gemacht hast!«

Ezra nahm den Halm aus dem Mund. »Tut mir leid«, sagte er zu Beck. (Es war nicht das erste, was er kaputtgemacht hatte.)

»Leid?« fragte Beck.

Er schien nach dem richtigen Tonfall zu suchen. Schließlich hatte er ihn. »Hör zu, Sohn«, sprach er, »dies beweist nur, daß es sich lohnt, Anweisungen zu folgen. Schau her, Cody! Siehst du, was passiert? Ein Volltreffer. Verdammt noch mal. Wenn du genau zugehört hättest, so wie Ezra, und nicht zu früh drauflosgemacht hättest . . .«

Er ging auf die Zielscheibe zu, während er sprach; ruderte durchs hohe Gras, und Jenny rannte, um zuerst dazusein. Cody konnte deshalb nicht schießen, obwohl er an der Reihe war und darauf brannte. Er mußte unbedingt diesen zweiten Pfeil spalten, wie Ezra den ersten gespalten hatte. Es war undenkbar, das nicht zu tun. Warum sollte das nicht klappen? Er fühlte ein federndes Schwirren im Innern, als sei er selbst die Sehne. Er bückte sich, holte einen neuen Pfeil aus der Röhre und legte ihn an. Er spannte und zielte auf ein Gesträuch, dann auf den staubig blauen Nash seines Vaters und dann auf Ezra, der bereits wieder davonwanderte, verträumt wie immer. Verlangend zielte Cody auf Ezras blonden, zerzausten Kopf. »Peng. Wumm. Aaaah, du hast mich erwischt«, sagte er. Was für eine Befriedigung. Ezra drehte sich langsam um und sah ihn. »Nein!« schrie er.

»Was?«

Ezra rannte auf ihn zu, mit flatternden Armen wie ein Idiot und stammelte: »Halt, halt, halt! Nein! Stopp!« Glaubte er wirklich, Cody wollte ihn erschießen? Cody starrte ihn an, mit gespanntem Bogen. Ezra sprang in die Luft, mit ausgebreiteten Armen wie ein Liebhaber. Er bekam Cody in einer Art heftiger Umarmung zu fassen und schmiß ihn flach auf den Rücken. Cody ging fast die Luft aus; er konnte unter Ezras warmer, knochiger Last nur noch keuchen. Und was war aus dem Pfeil geworden, inzwischen? Erst nach Minuten konnte er sich mühsam aufrichten und Ezra mit den Ellenbogen wegschieben. Er schaute über das Gras und sah seine Mutter, auf den Arm seines Vaters gestützt, wie sie auf ihn zuhumpelte, einen kreisrunden Fleck von Blut leuchtend an der Schulter ihrer Bluse. »Pearl, mein Gott. Ach, Pearl«, hörte er den Vater sagen. Cody drehte sich um und schaute Ezra an, der mit bleichem und erschrockenem Gesicht dastand. »Siehst du?« fragte ihn Cody. »Siehst du, was du angerichtet hast?«

»Hab' ich das getan?«

»Mir wieder mal angetan«, sagte Cody, stand schwankend auf und ging weg.

An einem Werktag, als sein Vater verreist war, seine Mutter gerade einkaufen ging fürs Abendbrot und sein Bruder und seine Schwester in ihren Zimmern Hausaufgaben machten, nahm Cody sein Luftgewehr und schoß ein Loch ins Küchenfenster. Dann schlich er hinaus und fädelte ein Stück Angelschnur durch das Loch. Von der Küche aus zog er an der Schnur, bis der rostige Schraubenschlüssel, den er ans andere Ende gebunden hatte, flach von außen an der Scheibe anlag. Er hielt ihn dort fest, indem er die Schnur unter einem Begonientopf verankerte. Als seine Mutter vom Einkaufen zurückkam, saß Cody am Küchentisch und malte eine Karte von Asien bunt aus.

Nachdem sie mit den Hausaufgaben fertig waren, gingen Jenny und Ezra zur Hintertür hinaus. Die ganze Woche hatte Ezra mit Jenny geübt, wie man einen Softball schlägt. (Anscheinend wurde sie immer als letzte gewählt, wenn ihre Klasse ein Spiel austrug.) Sobald sie durch die Küche gegangen waren, stand Cody auf und ging ans Fenster. Er sah, wie sie in der Dämmerung ihre Plätze auf dem Hof einnahmen, der zu beiden Seiten von den Hecken der Nachbarn begrenzt war. Sie waren lächerlich nahe beieinander. Jenny stand am nächsten zum Haus und hielt ihren Schläger steif nach oben, so zimperlich, als wollte sie irgendein kleines Tier erschlagen. Ezra warf ihr sanft den Ball zu. (Er spielte selbst nicht besonders gut.) Jenny holte schwungvoll aus, schlug daneben und suchte den Ball zwischen den Mülleimern neben der Hintertür. Ihr Überhandschlag fiel dann so steif und krumm aus, daß Cody sich wunderte, wieso Ezra sich überhaupt damit abgab. Er fing und schlug zurück. Als der Ball im Bogen auf Jennys Schläger zuflog, tastete Cody nach der Angelschnur unter dem Begonientopf. Er gab ihr einen schnellen Ruck. Die Fensterscheibe prasselte nach innen und zerbrach in mehrere Stücke. Jenny flog herum, mit aufgerissenen Augen. Ezras Mund blieb offenstehn. »Was war das?« rief Pearl aus dem Eßzimmer.

»Ezra hat nur wieder mal ein Fenster kaputtgemacht«, antwortete Cody.

An einem Wochenende kam ihr Vater nicht nach Hause, und er kam auch nicht am nächsten oder am übernächsten. Oder vielmehr: Cody erwachte eines Morgens, und es fiel ihm auf, daß es schon eine Weile her war, seit der Vater zu Hause gewesen war. Er hätte nicht sagen können, er hätte es von Anfang an bemerkt. Seine Mutter lieferte keine Rechtfertigung. Wachsam wie ein Spion beobachtete Cody ihr zerfurchtes, zerstreutes Gesicht, und wie sie die Hände rang. Der Gedanke, daß er sich das letzte Zusammensein mit seinem Vater nicht vorstellen konnte, bekümmerte ihn. Er kramte im Gedächtnis nach irgendeinem Auftritt, der Becks Weggehn hätte erklären können, kam aber nur auf allgemeine Szenen, überblendet durch dutzendfache Wiederholung: durch Streit verdorbene Mahlzeiten, gestörte Mahlzeiten, wenn Ezra seine Milch vergossen hatte, Fahrten aufs Land, wenn sein Vater den Weg verlor und seine Mutter ihm gequält und verzweifelt die Richtung wies. Er dachte an das eine Mal, als Dampf aus dem Kühler des Nash aufschoß und sein Vater hilflos sein Jackett drübergeworfen hatte. »Nein, ehrlich«, sagte seine Mutter. Aber das lag weit zurück; es war Jahre her, oder nicht? Cody wanderte durch die verschiedenen Kabuffs und Winkel des Hauses und spürte all die Accessoires der »Phasen« seines Vaters auf (wie seine Mutter das nannte): die Badminton-Schläger, das Schmetterlingsnetz, Pfeil und Bogen, die Kamera mit dem unhandlichen Blitzlicht und der Schuhkarton voller ausländischer Briefmarken, noch in ihren durchsichtigen Umschlägen. Aber daß diese Sachen noch da waren, bedeutete nichts. Beunruhigend war seines Vaters Hälfte der Kommode: eine leere Strumpfschublade, auch die Schublade für Unterwäsche leer. In der Hemdenschublade ein ungebrauchtes Sporthemd, das die drei Kinder Beck zu seinem letzten Geburtstag, dem vierundvierzigsten, gekauft hatten. Und ein ganzes Sortiment Pyjamas; aber er schlief ja immer in der Unterwäsche. Im Kleiderschrank nur ein Bügel mit Krawatten – seinen ältesten, fadesten, fransigsten und fleckigsten Krawatten – und ein Paar Schuhe, so uralt, daß die Spitzen hochstanden.

Codys Bruder und Schwester waren umwerfend in ihrer Achtlosigkeit. Sie flatterten im Haus ein und aus wie Vögel – Ezra blies auf seiner Flöte, Jenny sang Bruchstücke von Seilhüpf-Versen. Cody hatte den Eindruck, daß ihre Köpfe zum Überfließen voll von musikalischen Noten waren; da blieb kein Platz für etwas Ernsthaftes. *Tantchen zieht das Blaue an, Schuh' und Gummischuh' sodann* . . . Irgendwie beruhigten ihn ihre klare, dünne Stimme und die unbekümmert fliegenden Zöpfe. Was konnte schließlich so Schlimmes passieren, solange sie mit ihrem ausgefransten Seil vorbeihüpfte? Was konnte so furchtbar schiefgehn?

Dann sagte sie eines Samstags: »Ich mache mir Sorgen wegen Daddy.«

»Warum?« fragte Cody.

»Cody«, sprach sie in ihrer altklugen Art, »du siehst doch, daß er nicht mehr nach Hause kommt. Ich glaube, er hat uns verlassen.«

»Sei nicht blöd«, sagte Cody zu ihr.

Sie betrachtete ihn einen Moment, mit einer Gelassenheit, die ihm unbehaglich war, und als er nichts mehr sagte, drehte sie sich um und ging auf die Veranda hinaus. Er hörte die Schaukel quietschen, als sie sich niederließ. Aber sie fing nicht an zu singen. Überhaupt war das Haus ungewöhnlich still. Das einzige Geräusch kam von den Absätzen seiner Mutter, die oben hin und her klapperten, während sie die Wäsche einräumte. Und Ezra spielte nicht auf seiner Flöte. Cody hatte keine Ahnung, wo Ezra war.

Er ging ins Schlafzimmer seiner Mutter hinauf. Sie legte ein Laken zusammen. »Was machst du?« fragte er. Sie warf ihm einen Blick zu. Er setzte sich in einen Sprossenstuhl und schaute ihr bei der Arbeit zu. Sie trug ein Hauskleid, das er scheußlich fand, beige mit dunkelroten Schrägstreifen wie Pinselstriche. Die Schulterteile waren dreieckige Polster, abknöpfbar und abnehmbar, wenn das Kleid in die Wäsche mußte. Cody hatte oft daran gedacht, diese Polster zu stehlen. Mit diesen verbreiteten Schultern sah seine Mutter stark und hart und furchterweckend aus. An den Füßen trug sie zehenfreie Schuhe und kurze weiße Socken. Sie wanderte rasch zwischen dem Wäschekorb und dem Bett hin und her, auf dem sie Stöße von Kleidungsstücken ausbreitete. Kein Stoß für seinen Vater.

»Wann kommt Dad nach Hause?« fragte er.

»Ach«, sagte sie, »ziemlich bald.«

Sie wich seinem Blick aus.

Cody sah sich um und bemerkte zum erstenmal, daß die Art, wie dies Haus dekoriert war, etwas Spärliches und Kümmerliches hatte. Auf der Kommode seiner Mutter stand keine einzige Parfümflasche oder Porzellanfigur. Keine Bilder an den Wänden. Selbst die Nachttische waren vollkommen nackt; und in all den Schubladen im Zimmer, das wußte er, war jeder Gegenstand in

Reih und Glied angeordnet – die Kleidung nach Art und Farbe, von Weiß über Pastell bis zu dunklen Tönen; Kamm und Bürste parallel; Handschuhe paarweise und gefaltet, wie eine Reihe geballter Fäuste. War das nicht wirklich zum Davonlaufen? Er richtete sich auf, Angst überkam ihn. In diesem Augenblick trat seine Mutter zu ihm und strich sein Haar glatt. »Mein Gott«, sprach sie lächelnd zu ihm, »wie groß du schon bist, ich kann es gar nicht glauben.«

Er zuckte zurück in seinem Stuhl.

»Du bist jetzt bald groß genug, um mir eine Stütze zu sein«, sagte sie.

»Ich bin erst vierzehn«, antwortete Cody.

Er schlüpfte aus dem Stuhl und verließ das Zimmer. Die Badezimmertür war verschlossen; er hörte die Dusche laufen, Ezra sang »Greensleeves«. Er machte die Tür einen Spalt breit auf, zwängte einen Arm hinein und drehte das heiße Wasser über dem Becken auf. Dann marschierte er durchs ganze Haus, von der Küche zum unteren Badezimmer bis in den Keller, und drehte methodisch jeden Heißwasserhahn auf, so weit es ging. Allerdings hätte man kaum sagen können, daß er mit dem Herzen dabei war.

»Tull?« fragte der Mann.

»Ja.«

»Wohnt hier Familie Tull?«

»Ja, richtig.«

»Darryl Peters«, stellte sich der Mann vor und zeigte eine Geschäftskarte.

Cody trank einen Schluck Bier und nahm die Karte entgegen. Während er sie las, schüttelte er geistesabwesend die Bierflasche, um obendrauf viel Schaum zu kriegen. Er trug einen Latzanzug und sonst nichts; es war ein glühendheißer Augusttag. Das Haus dagegen war ziemlich kühl – das Wohnzimmer dämmerig, die Papierrouleaus waren ganz heruntergezogen und leuchteten gelb in der Nachmittagssonne. Mr. Peters schaute sehnsüchtig hinein, blieb aber auf der Veranda, den Hut in der Hand. Er war übertrieben gut angezogen, für August.

»Aha«, sagte Cody. Er stieß das Fliegengitter mit dem nackten Fuß auf. Mr. Peters bekam es zu fassen und trat ein.

»Ist deine Mutter vielleicht da?«

»Sie geht arbeiten.«

»Ja, aber dein ... ist Ezra Tull dein Vater?«

»Das ist mein Bruder.«

»Bruder. Aha.«

»Er ist zu Hause.«

»Na, also dann«, sagte Mr. Peters.

»Ich hol' ihn.«

Cody ging hinauf und in Jennys Zimmer. Jenny und Ezra spielten auf dem Fußboden Dame. Ezra trug Shorts und ein Unterhemd voller Löcher, er streichelte seine Katze, Alicia, und schaute stirnrunzelnd auf das Brett. »Da ist jemand für dich«, sagte Cody.

Ezra sah auf. »Wer denn?«

Cody zuckte die Achseln.

Ezra stand auf, die Katze im Arm. Cody ging bis zur Treppe mit. Dort blieb er stehn und beugte sich grinsend übers Geländer, um zu lauschen. Ezra trat jetzt ins Wohnzimmer. »Sie wollen mich sprechen?« hörte Cody ihn fragen.

»Ezra Tull?« sagte Mr. Peters.

»Ja.«

»Also, hm ... vielleicht ist da ein Fehler passiert.«

»Was für ein Fehler?«

»Ich komme von Peacefull Hills Memorial Gardens«, sagte Mr. Peters. »Ich dachte, du hättest den Wunsch, eine Ruhestätte zu erwerben.«

»Ruhestätte?«

»Ich dachte, du hättest diesen Antwortschein ausgefüllt: Ezra Tull, deine Unterschrift. *»Ja, ich möchte ein ewiges Heim für mich und/oder meine Lieben. Ich bin mit einem Vertreterbesuch einverstanden.«*

»Das war ich nicht«, sagte Ezra.

»Du hast das nicht ausgefüllt? Du bist nicht an einem Platz interessiert?«

»Nein, vielen Dank.«

»Das hätte ich wissen sollen«, sagte Mr. Peters.

»Es tut mir leid.«

»Macht nichts, ich sehe ja, daß du nichts dafür kannst.«

»Vielleicht, wenn ich älter bin, oder so . . .«

»Ist schon gut, Sohn. Schon in Ordnung.«

Cody stieg in den stickigen, heißen dritten Stock hinauf, wo Lorena Schmidt auf seinem Bett saß, den Rücken gegen die Wand gelehnt. Sie war neu in der Nachbarschaft – ein hell gebräuntes Mädchen mit langen, schwarzen Haaren, eine Locke drehte sie um ihren Finger. »Wer war das?« fragte sie Cody.

»Ein Bestattungsvertreter.«

»Huch!«

»Er wollte Ezra sprechen.«

»Wer ist Ezra?«

»Mein Bruder, Döskopf.«

»Und woher soll ich das wissen?« fragte Lorena. »Du meinst den Bruder da unten? Blonder Bursche, gutaussehend?«

»Gutaussehend? Ezra?«

»Ich mag das ernste Gesicht, das er hat«, sagte Lorena. »Und diese hellgrauen Augen.«

»Meine Augen sind grau.«

»Na, wie auch immer«, meinte Lorena.

»Übrigens«, sagte Cody, »er kriegt Anfälle.«

»Was?«

»Er täuscht einen. Er schaut so normal aus wie alle andern, und dann plötzlich – patsch! – liegt er platt auf dem Boden, Schaum vor dem Mund.«

»Das glaub' ich dir nicht.«

»Manche Leute glauben, daß er gefährlich ist. Ich bin der einzige, der den Mut hat, ihm näher zu kommen, wenn er so ist.«

»Ich glaub' dir kein Wort«, sagte Lorena.

Sie rutschte ans Kopfende von Codys Bett und hob eine Ecke des Rouleaus hoch. »Da kommt deine Mutter.«

»Was? Wo denn?«

Sie drehte sich um und grinste ihn an. Von einem ihrer Schneidezähne fehlte ein Stückchen, das gab ihr etwas Instabiles, Unbeherrschtes. »War nur ein Spaß«, sagte sie.

»Hm.«

»Du hättest dein Gesicht sehen sollen. Ha! Ich hab' doch deine Mutter überhaupt nicht kennengelernt. Wie soll ich dann wissen, ob sie kommt?«

»Du mußt sie gesehen haben«, sagte Cody. »Sie ist jetzt Kassiererin bei Sweeny Brothers. Die Leute hier nennen sie die Kassenhexe.«

»Wir kaufen bei Esmond ein.«

»Das täte ich auch.«

»Wieso arbeitet sie? Wo ist euer Vater?«

»Gefallen.«

»Ach je, tut mir leid.«

Er machte eine sorglose Handbewegung und trank einen Schluck Bier. »Sie bedient die Kasse«, erzählte er weiter. »Schau das nächstemal bei Sweeny ins Fenster, wenn du vorbeikommst. Du erkennst sie sofort. Geh rein und sage: ›Ma'am, diese Suppendose hat eine Beule. Krieg' ich sie billiger?‹ ›Suppe ist Suppe‹, sagt sie dann. ›Bitte geh.‹«

»Ach, so eine«, meinte Lorena.

»Strammen kleinen Knoten am Hinterkopf. Einen Mund wie voller Stecknadeln. Wenn einer trödelt, seine Zeit verschwendet, sagt sie: ›Weiter, bitte. Bitte weitergehn.‹«

Er lächelte zwar, während er mit Lorena sprach, aber im Innern fühlte er plötzlich einen Stich. Er stellte sich seine Mutter an der Kasse vor, mit dieser ängstlichen Linie, die wie eine Haarsträhne oder eine dünne, zarte Schneidernaht über ihre Stirn lief.

Cody nahm alle Decken und Laken von Ezras Bett, dazu das Kissen und die Matratze. Darunter waren vier Holzlatten, quer auf den Rahmen gelegt. Er nahm sie heraus und stellte sie in den Kleiderschrank. Mit großer Vorsicht legte er die Matratze wieder auf den Rahmen. Er atmete tief und wartete. Die Matratze blieb liegen. Er tat das Bettzeug zurück, klopfte das Kissen auf und legte es sanft aufs Kopfende. Dann schleppte er einen Stoß Zeitschriften aus ihrem Versteck in seiner Kommode herbei, schlug sie auf und verstreute sie auf dem Boden. Danach machte er das Licht aus und ging in sein Bett, das gegenüber stand.

Ezra stapfte barfuß herein; er aß gerade ein Butterbrot. Er trug Pyjamahosen, die Taillenschnur hing herunter. »Ach ja«, seufzte er und sank ins Bett. Es krachte. Der Boden zitterte, und ihre Mutter schrie auf und kam schwer die Treppe hinauf. Als sie das Licht anmachte, hob Cody den Kopf und starrte sie schläfrig und verwirrt an. Sie preßte eine Hand aufs Herz. Sie rang nach Luft. Jenny bibberte hinter ihr, ein abgewetztes Stoffkaninchen an sich gedrückt. »Gott schütz' uns«, sagte die Mutter.

Ezra sah aus, als läge er in einer Badewanne voller Tücher. Er versuchte mühsam, sich aus seinen Laken zu befreien. In einer Hand hielt er immer noch das Butterbrot fest. »Ezra, Schatz«, sagte Pearl, aber dann kam: »Aber, Ezra«. Sie hatte die Illustrierten entdeckt. Sie lagen offen da, man sah nichts als Frauen in Nachthemden, in Badeanzügen, in Strumpfhaltern und schwarzen Spitzen-BHs, in Badetüchern, mit überflüssigen, durchsichtigen Fetzchen drapiert, oder in gar nichts. »Ezra Tull!« sagte sie.

Ezra gelang es endlich, über den Rand seines Bettrahmens zu spähen.

»Ehrlich, Ezra, das hätte ich von dir nie erwartet«, sagte sie zu ihm. Dann kehrte sie um und verließ das Zimmer, Jenny nahm sie mit.

Ezra tauchte aus seinem Bett, er stürzte sich durch die Luft und auf Cody. Er packte eine Handvoll Haare und schüttelte Codys Kopf. Cody konnte nur unterdrückt keuchen, die Mutter durfte ja nichts hören. Schließlich schaffte er es, Ezra ins Knie zu beißen, so daß er schnaufend und schluchzend herunterrollte. Er mußte sich vorher an etwas gestoßen haben, denn sein linkes Auge schwoll an. Damit sah er noch trauriger aus. Cody stand auf und zeigte ihm, wo er die Latten versteckt hatte. Sie brachten sie wieder an, hoben die Matratze auf den Rahmen zurück und versuchten, die Laken glattzustreichen. Dann machte Cody das Licht aus, sie stiegen in ihre Betten und schliefen ein.

Manchmal träumte Cody von seinem Vater. Er trat zur Tür herein, in einem seiner Vertreteranzüge, und hatte die Nachmittagszeitung mitgebracht, wie immer am Freitag. Seine Gewöhnlichkeit war erstaunlich – die dicken Haarsträhnen und die müden, gelblichen Schwellungen unter den Augen. (Im wachen Erinnern wirkte er in letzter Zeit nicht so echt, eher verschwommen und allgemein und ohne Details.) »Wie war die Woche bei euch?« fragte er wie immer. Codys Mutter antwortete: »Ach, ganz in Ordnung.«

In diesen Träumen war Cody nicht der Cody von heute. Er war irgendwie zurückgeglitten und wieder ein kleines Kind, das auf kurzen, fetten Beinchen herumwackelte und nach Aufmerksamkeit gierte. »Schau mal! Schau mal da! Schau, ich kann Purzelbaum! Schau, wie ich den Wagen zieh'!« Jede Handlung war von seiner Kleinheit bestimmt; er spürte ein verzweifeltes Bedürfnis, zu lernen, wie man alles macht, die Führung in seiner Umgebung zu übernehmen. Wenn er im Dunkeln aufwachte, streckte er zuerst immer seine langen Beine und hob seine Arme mit den sichtbaren Adern und den Muskeln wie Seile. Er dachte, wie er sein würde, wenn sein Vater irgendwann in der Zukunft heimkäme, wenn Cody schon ein Mann war. »Schau, was ich geleistet habe«, würde Cody zu ihm sagen. »Schau, was aus mir geworden ist, wie weit ich gekommen bin ohne dich.«

War es etwas, was ich gesagt habe? War es etwas, was ich getan habe? Oder etwas, was ich nicht getan habe, weshalb du weggegangen bist?

Die Schule fing an, und Cody kam in die neunte Klasse. Er und seine beiden besten Freunde landeten im selben Klassenzimmer. Manchmal begleiteten Pete und Boyd ihn nach Hause; zusammen gingen sie den weiten Weg und mieden dabei das Lebensmittelgeschäft, wo Codys Mutter arbeitete. Cody mußte die Dinge getrennt halten – seine Freunde gehörten zur einen Hälfte seines Lebens und seine Familie zur anderen. Seine Mutter konnte es nicht ausstehn, wenn Cody sich mit Außenstehenden abgab. »Warum läßt du nie jemand herkommen?« fragte sie manchmal, aber er fiel keine Sekunde darauf herein. Er sagte dann: »Wozu, ich brauche niemand«, und man sah, daß ihr das gefiel. »Du hast genug an deiner Familie, stimmt's?« fragte sie. »Was für ein Glück, daß wir uns haben.«

Er ließ seine Freunde nur ins Haus, wenn seine Mutter bei der Arbeit war, und manchmal – warum, wußte er selber nicht – führte er ihnen ihre Habseligkeiten vor. Er zog die kleinste, obere Kommodenschublade auf und zeigte ihnen die echte Goldbrosche, die sein Vater ihr geschenkt hatte, als er um sie warb. »Er hält eine Menge von ihr«, sagte er dann. »Er hat ihr massenweise Sachen geschenkt. Massenweise. Es gibt noch eine Menge anderes Zeug, ich hab' es jetzt bloß nicht greifbar.« Seine Freunde blickten gelangweilt drein. Cody änderte seine Taktik und zeigte ihnen ihre gebügelten Taschentücher, die so exakt gestapelt waren, als hielte sie eine unsichtbare, rechteckige Schachtel zusammen. »Ich denke mir«, sagte er, »eure Mütter tun das nicht, oder? Oder? Weiber!« Und dann, grübelnd über einer mysteriösen Metallklammer oder etwas, was offenbar zum Befestigen von Strümpfen diente: »Wer versteht sie schon? Wirklich: Könnt ihr sie begreifen? Sie hat Ezra am liebsten, meinen dummen Bruder Ezra. Ezra, die alte Heulsuse. Ich finde, wenn es Jenny wäre, das könnte ich verstehn – Jenny ist eben ein Mädchen und so weiter. Aber Ezra? Wer mag schon Ezra? Wißt ihr einen einzigen Grund dafür?«

Seine Freunde zuckten die Achseln, schauten sich beiläufig im Zimmer um und klimperten mit den losen Münzen in ihren Taschen.

Er versteckte Ezras linken Turnschuh, seine Mathematik-Hausaufgaben, seinen Baseball-Handschuh, seine Füllfeder und seinen Lieblingspullover. Er sperrte Ezras Katze im Wäschefach ein. Er nahm Ezras Bambusflöte in die Schule mit und steckte sie in die Jacke von Josiah Payson, Ezras bestem Freund – einem wild dreinschauenden Jungen, so groß wie ein ausgewachsener Mann, von dem manche dachten, er sei schwachsinnig. Typisch für Ezra, daß er Josiah von ganzem Herzen liebte und ihn sogar nach Hause mitgebracht hätte, hätte die Mutter sich nicht vor ihm gefürchtet.

Cody kam vorbei, als Ezras Klasse gerade beim Mittagessen war; er schlüpfte hinter die Garderobenwand und steckte die Flöte in die Tasche von Josiahs riesiger, schwarzer Matrosenjacke. Danach war eine Zeitlang Altweibersommer, und Josiah ließ seine Jacke offenbar hängen, wo sie hing, also blieb die Flöte tagelang verschwunden. Ezra war deshalb sehr beunruhigt. »Hast du meine Flöte gesehn?« fragte er jeden. Jedenfalls mußte Cody nicht »Greensleeves« und »The Ash Grove« hören, auf dieser kleinen Flöte, deren Skala so begrenzt war, daß Ezra für die hohen Töne besonders stark blasen mußte und einem das Trommelfell platzen ließ. »Du hast sie genommen«, sagte Ezra zu Cody, »du warst es! Ich weiß, daß du es warst.«

»Was soll ich mit einer blöden Spielzeugflöte anfangen?« antwortete Cody.

Er hoffte, Ezra würde Josiah die Schuld geben, wenn die Flöte in Josiah Paysons Tasche auftauchte. Aber es kam anders. Was immer zwischen den beiden geschah, wurde ohne jedes Tamtam geregelt, und die beiden blieben Freunde. Und wieder sprudelte »The Ash Grove«, quietschend und unrein, aus allen Winkeln des Hauses.

Ihre Mutter bekam einen ihrer Wutanfälle. »Pearl ist auf dem Kriegspfad«, warnte Cody Bruder und Schwester. Zu solchen Zeiten nannte er sie immer Pearl. »Seid bloß vorsichtig. Sie hat alle Schubladen von Jennys Kommode ausgeleert.«

»Ach – ach«, sagte Ezra.

»Sie schmeißt mit Sachen herum und redet mit sich selbst.«

»Junge, Junge«, sagte Jenny.

Cody hatte die beiden andern auf der Veranda abgefangen; sie waren länger in der Schule gewesen. Er machte ihnen stumm die Tür auf, und sie schlichen die Treppe hinauf. Jeder machte einen großen, weit ausholenden Schritt über die Stufe, die knarrte – obwohl ihre Mutter sie bestimmt nicht gehört hätte. Dazu machte sie in der Küche zuviel Lärm. Es klang, als flögen Töpfe durch die Fensterscheiben.

Auf Zehenspitzen gelangten sie über den Flur in Jennys Zimmer. »So eine Schweinerei«, flüsterte Ezra. Kleiderhaufen bedeckten den Fußboden. Leere Schubladen lagen überall herum. Der Kleiderschrank stand offen, die Bügel nackt, und Jennys Kleid mit den Puffärmeln lag als Häufchen da. Jenny starrte von der Tür aus auf alles. »Jen?« fragte Cody. »Was hat du getan?«

»Nichts«, sagte Jenny mit zitternder Stimme.

»Denk nach! Irgendwas Kleines, was du vergessen hast . . .«

»Nichts. Ich schwöre.«

»Na, dann hilf mir mal, diese Schubladen wieder reinzuschieben«, sagte er zu Ezra.

Es war eine Arbeit für zwei. Die Schubladen waren aus Eiche, klobig und blieben leicht stecken. Cody und Ezra murrten, während sie sie in die Kommode einpaßten. Jenny lief im Zimmer herum und hob ihre Kleider auf. Tränen waren ihr in die Augen gestiegen, und sie tupfte immer wieder ihre Nase mit einem gefalteten Paar Socken. »Hör auf damit«, sagte Cody zu ihr. »Sie macht es alles noch mal, wenn sie Rotz an deinen Socken findet.«

Er und Ezra suchten Höschen und Haarbänder zusammen, schüttelten Blusen aus, versuchten, die Kleider wieder auf die Bügel zu bekommen, wie sie vorher waren. Manche waren hoffnungslos zerknauscht, und die strichen sie glatt, so gut es ging, und versteckten sie hinten im Schrank. Währenddessen kniete Jenny auf dem Boden und faltete schniefend Unterhemden zusammen.

»Ich wünschte, wir könnten einfach verschwinden«, sagte Ezra, »und erst wiederkommen, wenn es vorbei ist.«

»Es wird nicht vorbei sein, ehe sie ihre Szene gehabt hat«, antwortete Cody. »Du weißt doch. Wir kommen nicht drum rum.«

»Ich wünschte, Daddy wäre hier.«

»Ist er eben nicht, also sei still.«

Ezra strich eine Schärpe glatt.

Nachdem sie alles in Ordnung gebracht hatten, setzten sich die drei in einer Reihe auf Jennys Bett. Die Geräusche aus der Küche klangen jetzt anders – Geschirr klapperte, Gläser klirrten. Anscheinend deckte ihre Mutter den Tisch. Bald würde es Abendbrot geben. Cody hatte einen solchen Druck in der Kehle – nie wieder wollte er etwas essen. Ohne Zweifel fühlten die andern dasselbe; Ezra schluckte immer wieder. Jenny sagte: »Laß uns von hier weglaufen.«

»Wir haben nichts, wo wir hingehn könnten«, entgegnete Cody.

Die Mutter kam an den Fuß der Treppe und rief sie. Ihre Stimme war dünn, wie das Gesumm einer Mücke: »Kinder.«

Hintereinander marschierten sie hinunter, mit schleppenden Schritten. Im Badezimmer des ersten Stocks machten sie halt, schrubbten äußerst gründlich ihre Hände, besonders die Handrücken. Einer wartete auf den andern. Dann gingen sie in die Küche. Die Mutter schnitt einen Brocken Dosenfleisch in Scheiben. Sie sah sie nicht an, fing aber augenblicklich an zu sprechen, als sie sich gesetzt hatten. »Es reicht nicht, daß ich bis fünf Uhr nachmittags arbeiten muß; dann komm' ich heim, und es ist nichts getan, keine Hausarbeit erledigt, ihr Kinder bleibt einfach weg, mit gemeinen Typen auf der Straße, oder verschwendet eure Zeit mit dem Schulchor, mit Club-Treffen; Tisch nicht gedeckt, Frühstücksgeschirr nicht abgewaschen, Abendbrot nicht gekocht, Böden nicht gekehrt, die Post ein kleiner Haufen auf dem Abstreifer . . . und keine Spur von einem einzigen von euch. Aber ich weiß, was los ist! Rumstreuner seid ihr, ihr gebt euch mit jedem ab. Was soll ich denn bloß machen? Wie soll ich fertig werden? Nutzlose Tochter, große, ungezogene Raufbolde . . . Ich weiß, was die Leute sagen. Glaubt ihr, es macht meinen Kunden keinen Spaß, es mir zu erzählen? Kommen und grinsen albern: ›Also, Mrs. Tull, ihr ältester Junge wird jetzt wirklich erwachsen. Hab' ihn gesehn, mit einem Päckchen Camel, vor dem Haus der Barlow-Mädchen.‹ Und ich muß lächeln und es hinnehmen. Muß am Pranger stehn, und alle denken: ›Arme Mrs. Tull, ich weiß nicht, wie sie den Kopf oben behält. Ist doch klar, daß sie völlig außerstande ist, diese Kinder im Zaum zu halten; schaun Sie nur, wie sie ihr Schande machen.‹ Kartoffeln auf den Auspuff stecken und die Luft aus Reifen lassen und mit dem Luftgewehr nach Straßenlaternen schießen und Radkappen stehlen und Verkehrszeichen klauen und Mrs. Corellis Madonna auf Sonnyboy Browns Küchenveranda stellen und um Hydranten herumhängen, mit Mädchen, die richtige Luder sind, in hautengen Pullovern, mit Kettchen um die Knöchel, ja, das höre ich überall . . .«

»Aber nicht von mir, Mama«, sagte Jenny.

»Wie bitte?«

»Ich mach' das alles nicht.«

Sie natürlich nicht (eigentlich nur Cody), aber Jenny hätte das nicht betonen sollen. Jetzt hatte sie die Aufmerksamkeit auf sich gelenkt. Pearl drehte sich um, sammelte Kräfte und stürzte sich auf sie. »Du! Dich kenn' ich. Ich konnte meinen Ohren nicht trauen. Ich brauchte bloß die Kirchentreppe am Sonntag herunterkommen, da seh' ich dich mit dieser Melanie Miller aus deiner Bibelklasse. ›Ach, Melanie . . .‹« Sie machte ihre Stimme schrill und affektiert nach, eigentlich gar nicht wie die von Jenny. »›Melanie, ich liebe dein Kleid einfach. Ich wünschte, ich hätte auch so eins.‹ Ihr müßt wissen«, sagte sie an die Jungen gewandt, »es war ein billiges, kleines Fähnchen von Sears. Die Karos paßten nicht, am Saum saß eine Rüsche wie bei einem . . . Kleid für den Square dance, und ein künstlicher Blumenstrauß war an der Taille befestigt. Ein absolut unpassender Aufzug für eine Neunjährige, oder für sonst jemand. Aber was sagt eure Schwester: ›Ach, ich wünschte, ich hätte auch so eins‹, damit jeder denken soll: ›Arme Mrs. Tull, sie kann nicht mal ein Kleid von Sears & Roebuck mit künstlichen Blumen erschwingen; ich weiß nicht, wie sie zurechtkommt, den ganzen Tag in diesem Laden schuften und abends sich mit dem Haushaltsgeld abärgern, hier etwas streichen und dort, sich fragen, ob sie durchkommt, flehen, daß keins der Kinder eine Arztrechnung macht, daß die Füße ihrer Kinder nicht weiterwachsen . . .‹

Und Melanies Mutter – na, das ist ja, wie wenn man so eine Person ins Haus läßt. Als nächstes wird sie noch in voller Lebensgröße hier hereinmarschieren: ›Mrs. Tull, ich habe zufällig noch den Katalog, nach dem wir Melanies Kleid bestellt haben, wenn Sie gern eins für Jenny hätten.‹ Als ob ich meine Tochter wie ein Waisenkind anziehn würde! Als ob ich sie als Abklatsch von einem anderen Kind herumlaufen ließe! ›Nein, danke, Mrs. Miller‹, würde ich sagen. ›Vielleicht kann ich mir nicht allzuviel leisten, aber wenn ich was kaufe, dann wenigstens etwas mit versäuberten Säumen. Nein, Mrs. Miller, behalten Sie nur ihr sogenanntes Buch der Wünsche, ihren halben Zentimeter Nahtzugabe, ihre zerdrückten Filzblumen . . .‹ Was stimmt bei uns nicht, wüßte ich gern? Sind wir nicht gut genug für meine Tochter, mein Fleisch und Blut? Merkt sie nicht, daß ich mein Bestes, mein Möglichstes tue, um sie zu versorgen? Muß sie sich mit Gesindel abgeben? Muß sie Abschaum nach Hause bringen? Wir sind eine Familie! Wir waren uns doch so nah! Was ist mit uns passiert? Warum muß sie so treulos handeln?«

Sie setzte sich gelassen hin, als sei das Thema für sie für immer erschöpft, und griff nach einer Schüssel Erbsen. Jennys Gesicht war tränenüberströmt, aber sie gab keinen Ton von sich, und Pearl schien sie nicht zu bemerken. Cody räusperte sich.

»Aber das war am Sonntag«, sagte er.

Pearls Vorlegelöffel blieb in der Luft, mitten zwischen Schüssel und Teller. Sie wirkte höflich interessiert. »Ja, und?« fragte sie.

»Heute ist Mittwoch.«

»Ja.«

»Mittwoch, verdammt noch mal; drei Tage später. Warum bringst du was vom Sonntag zur Sprache?«

Pearl warf ihm den Löffel ins Gesicht. »Du Großmaul«, sagte sie. Sie stand auf und gab ihm eine Ohrfeige. »Du Schuft, du gräßliches Ungeheuer.« Sie packte einen von Jennys Zöpfen und riß so daran, daß Jenny vom Stuhl fiel. »Blöder Tolpatsch«, sagte sie zu Ezra, und sie nahm die Erbsenschüssel und schüttete sie ihm über den Kopf. Die Schüssel zerbrach nicht, aber die Erbsen flogen überall herum. Ezra duckte sich und schützte seinen Kopf mit den Armen. »Schmarotzer«, sagte sie zu ihnen. »Ich wünschte, ihr würdet alle sterben und mich von euch befreien. Ich wünschte, ich fände euch tot in euren Betten.«

Danach ging sie nach oben. Die drei wuschen das Geschirr, trockneten ab und räumten es auf. Sie wischten den Tisch und die Arbeitsflächen sauber und wuschen den Küchenboden auf. Der

Anblick eines Krümels oder Fleckens war eine Erleichterung, ein Vergnügen; sie gingen mit einem scharfen Putzmittel dagegen vor. Sie zogen die Rouleaus an den Fenstern herunter und sperrten die Hintertür ab. Draußen organisierten die Nachbarskinder Versteckspielen, aber ihre Stimmen waren so schwach, daß sie in Zeit und Raum weit weg schienen. Sie waren wie Leute aus längst vergangenen Zeiten, sie lachten und riefen nur in der Erinnerung, oder in einem der unheimlich lebenswahren Träume, die man beim Einschlafen träumt.

Kurz vor dem Erntedankfest im November wurde ein Mädchen namens Edith Taber an ihre Schule versetzt. Cody war so oft selbst »der Neue« gewesen, daß ihm ihre trotzige Kopfhaltung bekannt erschien, als sie in sein Klassenzimmer trat. Sie hatte eine Kladde mit Reißverschluß dabei, die ganz verkehrt war, und trug über ihrem Rock eine Art Männerhemd, etwas ganz Unerhörtes. Sie hatte aber starkes, schwarzes Haar und ein gewisses zigeunerhaftes Aussehen, das Cody gefiel; auch faszinierte ihn die stolze und hochmütige Art, wie sie allein in ihre Stunden ging – ohne Freunde, wie er selbst, dachte Cody, oder zumindest so allein, wie er sich innerlich fühlte. An jenem Nachmittag also ging er ziemlich dicht hinter ihr her (es ergab sich, daß sie nur eine Straßenecke nördlich von ihm wohnte), und am nächsten Nachmittag holte er sie ein und ging neben ihr her. Sie schien seine Gesellschaft angenehm zu finden und redete fast pausenlos auf ihn ein, ab und zu hielt sie ihren Mantelkragen eng um ihren Hals zu, eine Bewegung, die ihm weltläufig erschien. Ihr Bruder war bei der Marine, sagte sie, und hatte versprochen, ihr einen seidenen Kimono mitzubringen, wenn er heil über den Krieg kam. Sie fand, Baltimore sei nicht sehr kosmopolitisch, und Miß Saunders, die Englischlehrerin, sähe wie Lana Turner aus. Sie sagte, sie fände es wirklich attraktiv, wenn Jungen ihr Haar nicht schwungvoll zurückkämmten, sondern es glatt in die Stirn fallen ließen, wie Cody es tat. Cody fuhr sich mit den Fingern durch die Haare und meinte, er wüßte nicht so recht; er hätte eigentlich immer angenommen, daß Mädchen eine kleine Welle oder Locke oder so was besonders gern hätten. Sie sagte, sie fände Locken bei einem Jungen einfach gräßlich. Den Rest des Weges sagte sie nichts mehr, Cody pfiff nur Bruchstücke der einzigen Melodie, die ihm einfiel, und das war ausgerechnet »The Ash Grove«.

Am Mittwoch konnte er sie nicht heimbegleiten, weil er nachsitzen mußte, und am nächsten Tag war Erntedankfest. Bis Montag war dann keine Schule mehr. Den ganzen Donnerstagmorgen hing er in der feuchten Novemberkühle auf der Vorderterrasse herum, starrte nach Norden zu Ediths Straße hinaus und schwang sich dann herum und boxte ein Scheinmatch gegen Kissen auf der Schaukel. Schließlich erschien seine Mutter, gerötet vom Kochen, und lockte ihn hinein. »Cody, Schatz, du wirst noch erfrieren. Komm und schäl mir ein paar Pekannüsse.« Das Essen würde mager ausfallen – kein Truthahn –, aber sie hatte versprochen, einen Kuchen als Nachspeise zu machen. Das Haus roch bereits anders: würziger, festlicher. Cody wäre sicher ewig auf der Veranda geblieben, hätte er sich eine Chance ausgemalt, Edith zu sehen.

Nach dem Abendessen spielten sie alle Monopoly. Im allgemeinen ließ Codys Familie ihn nicht mitspielen. Gewinnen war sein Problem. Er bestand absolut darauf, jedes Spiel zu gewinnen, in dem er mitspielte. Und er gewann auch – aus schierer Wut, weil es ihm am meisten darauf ankam. (Man wußte aber auch, daß er schwindelte.) Manchmal gewann er sogar, wenn niemand merkte, daß es überhaupt einen Wettstreit gab. Dann aß er mehr Erdnüsse, schälte seinen Maiskolben am schnellsten oder war zuerst mit seiner Seite Comics fertig. »Geh weg«, hieß es dann, wenn er näher kam (lässig mischte er die Karten oder warf ein paar Würfel). »Du weißt, was wir gesagt haben. Nie wieder!« Aber an diesem Nachmittag ließen sie ihn spielen. Er versuchte, sich zu beherrschen, doch sobald er ein Hotel an der Seestraße gekauft hatte, war der Teufel los. »Oje, ich hätte mir das denken können«, sagte die Mutter. »Was hat er bei dem Spiel zu suchen?« Dabei lächelte sie. Sie hatte ihr blaues Wollkleid an, und ihr Haar löste sich aus dem Knoten, was ihr etwas Entspanntes gab. Ihre Spielmarke war das Bügeleisen. Sie sprang über die Seestraße hinaus, aber Ezra war der nächste und traf. Er hatte überhaupt nicht das

Geld dafür. Cody wollte ihm etwas leihen; er haßte es, wenn Leute einfach aufgaben. Ihm gefiel es, wenn alle mit Tausenden von Dollars bei ihm verschuldet waren und verzweifelt kämpften, bis zum bitteren Ende. Aber Ezra sagte: »Nein, nein, ich höre auf« und stieg aus – er hielt die Handfläche hoch, eine seiner typischen Bewegungen, wie alte Männer sie an sich haben. Cody mußte also nur mit Jenny und seiner Mutter weiterspielen, und schließlich mit der Mutter allein. Sie spielten stundenlang bis ganz zum Schluß, als sie schließlich auf der Seestraße mit einem Guthaben von drei Dollar landete. Cody hatte jedenfalls seinen Spaß gehabt.

Dann überredeten die beiden Jüngeren Cody und Pearl, ihre alte Parodie aufzuführen, »Der abgelaufene Pfandbrief«. »O, doch! Bitte! Sonst ist es kein echter Feiertag.« Schließlich ließen Cody und Pearl sich breitschlagen, obwohl sie aus der Übung waren und Cody den Tanzschritt vergessen hatte, der zum Schluß kam. Es handelte sich um ein gerettetes Überbleibsel aus der Kindheit ihrer Mutter, ein Stück, wie es Amateure bei Rezitations-Wettbewerben oder ums Lagerfeuer aufführten. Pearl spielte Ivy, das Mädchen in Not, und Cody gab den Schurken ab, der seinen gewachsten Schnurrbart zwirbelt. »Ivy, süße, süße Ivy, stütz dich auf meinen Arm«, flötete er mit einem bösen Grinsen, während Pearl die Augen rollte und sich in eine Ecke drückte. Sie hätte Schauspielerin werden können, dachten die Kinder; sie beherrschte es bis zum I-Tüpfelchen, den Blick, das Erröten und den altmodischen Singsang ihrer Antworten. Am Schluß erschien der Held und rettete sie. Ezra und Jenny behaupteten immer, sie seien zu schüchtern, also mußte Cody auch die Heldenrolle übernehmen. »Ich werde für die Hypothek auf der Farm zahlen«, sagte er zur Jungfer und tanzte mir ihr ins Eßzimmer. Der Tanzschritt fiel ihm schließlich wieder ein, aber seine Mutter versprach sich und sagte anstatt »Eheweib« »Weheweib« und konnte vor Kichern nicht weiter. Jenny und Ezra riefen sie dreimal mit ihrem Applaus »zur Bühne« zurück.

Am selben Abend ging Cody auf die Terrasse und sah wieder nach Norden. Ezra kam auch und setzte sich in die Schaukel, die er mit der Hacke eines Turnschuhs in Bewegung hielt. »Gehn wir zur Sloop Street?« fragte Cody.

»Was soll auf der Sloop Street sein?«

»Nichts Besonderes. Dieses Mädchen, das ich kenne, Edith Taber.«

»Ach ja, Edith.«

»Kennst du sie?«

»Sie hat so eine Flöte«, sagte Ezra, »auf der man ganz leicht Dur und Moll spielen kann.«

»Edith Taber?«

»Eine Blockflöte.«

»Du denkst an jemand anders«, beschied ihn Cody.

»Ja, möglich.«

Cody schwieg einen Moment, ans Verandageländer gelehnt. Ezra ließ gemütlich die Schaukel quietschen. Dann meinte Cody: »Ein schwarzhaariges Mädchen. Neuntkläßlerin.«

»Neu in der Stadt«, stimmte Ezra zu.

»Wann hast du sie gesehn?«

»Erst gestern«, sagte Ezra. »Ich ging von der Schule nach Hause und spielte auf meiner Flöte, und sie holte mich ein und sagte, daß es ihr gefällt, und hat gefragt, ob ich ihre Blockflöte sehen wollte. Also ging ich mit ihr heim und habe sie angeschaut.«

»Zu ihr nach Hause? Hat sie gewußt, daß du mein Bruder bist?«

»Also nein, ich glaube nicht«, antwortete Ezra. »Sie hat einen Sittich, der rülpst und sagt: ›Verzeihung‹. Ihre Mutter hat uns Kekse angeboten.«

»Du hast ihre Mutter kennengelernt?«

»Es wäre schön, eine echte Blockflöte zu haben, später einmal.«

»Sie ist zu alt für dich.«

Ezra machte ein überraschtes Gesicht. »Aber natürlich«, sagte er. »Sie ist vierzehneinhalb.«

»Was will sie schon mit einem kleinen Sechstkläßler?«

»Sie wollte mir ihre Flöte zeigen«, erwiderte Ezra.

»Schiet!«

»Cody? Gehn wir zur Sloop Street?«

»Nee«, sagte Cody und trat gegen einen Pfeiler.

»Wenn ich Mutter bitten würde«, fragte Ezra, »glaubst du, sie würde mir so eine Blockflöte zu Weihnachten kaufen?«

»Du Dummkopf«, sagte Cody. »Du wahnsinniger Idiot. Glaubst du, sie hat Geld übrig für verdammte Flöten?«

»Nein, ich glaube nicht«, meinte Ezra.

Dann ging Cody ins Haus und sperrte die Tür ab, und als Ezra anfing, dagegen zu poltern, sagte er zur Mutter, das sei nur Mr. Milledge, der wieder mal verrückt spiele.

Am Montagmorgen hielt er auf dem Schulweg Ausschau nach Edith, sah sie aber nicht. Sie war zu spät dran, wie sich herausstellte. Es hatte eben geläutet, als sie im Klassenzimmer erschien. Er versuchte, ihren Blick zu erhaschen, aber sie schaute nicht in seine Richtung; unverwandt starrte sie den Klassenleiter während all seiner Ansagen an. Und als die Glocke zum erstenmal wieder läutete, ging sie mit Sue Meeks und Harriet Smith zum eigentlichen Unterricht. Offensichtlich war sie nicht mehr ohne Freunde.

Nach der zweiten Pause war klar, daß sie ihm auswich. Er kam nicht einmal in ihre Nähe; ständig hatte sie eine Leibwache. Aber was hatte er falsch gemacht? Er belegte Barbara Pace mit Beschlag – eine dickliche, fröhliche Rothaarige, die als eine Art zentrale Schaltstelle für Paare der neunten Klasse diente.

»Was ist mit Edith los?« fragte er.

»Mit wem?«

»Edith Taber. Wir sind so gut miteinander ausgekommen, und jetzt redet sie nicht mehr mit mir.«

»Ach«, sagte sie. Sie schob ihre Bücher zurecht. Sie trug ein Männerhemd über dem Rock. Das tat übrigens die Hälfte der andern Mädchen inzwischen. »Also – ich glaube, sie mag jetzt jemand anders.«

»Meinen Bruder etwa?«

»Wer ist dein Bruder?«

»Ezra. Mein Bruder Ezra.«

»Ich hab' nicht mal gewußt, daß du einen Bruder hast«, sagte sie und blinzelte ihn an.

»Auf jeden Fall hab' ich ihr letzte Woche noch ganz gut gefallen. Was ist passiert?«

»Schau«, erklärte sie ihm geduldig, »sie ist jetzt auf ein paar Partys gewesen, und natürlich hat sie jetzt neue Interessen. Sie hat jetzt . . . eine Art größeren Überblick, und außerdem hat sie nichts von deinem Ruf gewußt.«

»Was für einen Ruf?«

»Also, Cody, du trinkst doch. Und den ganzen Sommer bist du mit dieser ordinären Lorena Schmidt herumgehangen; und über Allerheiligen hätten sie dich fast verhaftet.«

»Hat ihr das mein Bruder gesagt?«

»Was soll das mit deinem Bruder? Jeder hat es ihr gesagt. Es ist ja nicht gerade ein Geheimnis.«

»Ich habe noch nie behauptet, ich sei ein Heiliger.«

»Sie sagt, du siehst wirklich gut aus und alles, aber sie möchte einen Jungen, den sie respektieren kann. Sie findet, daß ihr jetzt Francis Elburn ganz gut gefällt.«

»Francis Elburn! Dieser Schwule.«

»Er ist wirklich mehr ihr Typ«, sagte Barbara.

»Er hat Locken.«

»Und?«

»Francis Elburn; Himmel – Herrgott.«

»Kein Grund zum Fluchen«, erklärte Barbara.

Cody ging alleine heim, lang nachdem die andern weg waren, und nahm Straßen, wo er sicher war, Edith oder ihren Freunden nicht zu begegnen. Einmal bog er in die falsche Querstraße ein und empfand plötzlich, daß er immer noch ein Außenseiter war, mit der Nachbarschaft nicht vertraut. Seine Mitschüler waren hier geboren und aufgewachsen, jedenfalls die meisten, und gingen lockerer miteinander um, als er es je hoffen konnte. Seine beiden besten Freunde zum Beispiel: Ihre Eltern gingen zusammen ins Kino; ihre Mütter telefonierten miteinander. Seine Mutter dagegen . . . Er trat gegen den Pfosten eines Verkehrszeichens. Was würde er um eine Mutter geben, die sich verhielt wie andere Mütter! Wie schön wäre es, wenn er sie mit einem kleinen Trupp anderer Frauen in der Küche sähe, wo sie schwätzten, ihr das Haar auf Wickler aufdrehten, Kosmetik-Tips austauschten. Karten spielten und die Zeit verstreichen ließen – »Ach, du meine Güte, schaut mal auf die Uhr! Und noch nicht mal mit dem Abendbrot angefangen; mein Mann bringt mich um. Raus mit euch, Mädchen.« Er wünschte, sie hätte eine Verbindung nach draußen, irgend etwas außerhalb dieses erstickenden Hauses.

Und sein Vater: Er hatte die Familie immer wieder entwurzelt, sie losgerissen – kaum hatten sie sich eingewöhnt – und irgendwo anders wieder fallenlassen. Aber wo war er jetzt, wo Cody sich *wünschte*, entwurzelt zu werden, jetzt, wo ein schlechter Ruf auf ihm lastete, wo er verzweifelt weg wollte und neu anfangen? Sein Vater hatte ihr Leben zerstört, dachte Cody – erst auf eine Art und dann auf eine andere. Er stellte sich vor, wie es wäre, wenn er ihn ausfindig machte und plötzlich vor seiner Tür stand: »Es geht mir schlecht; du allein bist schuld. Ich habe einen schlechten Ruf, ich muß die Stadt verlassen, du mußt mich aufnehmen.« Aber das wäre auch wieder nur eine weitere fremde Stadt, eine weitere neue Schule, die er allein betreten mußte. Und auch dort würden seine Noten schlechter werden, wahrscheinlich, und die Nachbarn würden sich beschweren, und die Lehrer würden anfangen, ihn als ersten zu verdächtigen, wenn irgendeine Kleinigkeit schiefging; und bald wäre auch Ezra da, zäh, ernsthaft und eifrig, wie immer, und alle sagten dann bestimmt zu Cody: »Warum kannst du nicht etwas mehr wie dein Bruder sein?«

Er sperrte die Haustür auf – es roch nach dem Kohl von gestern abend. Es war fast dunkel, und die Luft schien dick; es war, als müsse er sich anstrengen, um durchzukommen. Müde stieg er die Treppe hinauf. Er kam an Jennys Zimmer vorbei, wo sie im winzigen gelblichen Lichtkegel der Lampe über ihren Hausaufgaben saß. Ihr Gesicht war schmal und beschattet, und sie beachtete ihn nicht. Er stieg weiter zu seinem eigenen Zimmer hinauf und knipste das Licht an. Als er seine Bücher auf die Kommode gelegt hatte, merkte er erst, daß Ezra da war. Eingeschlafen, wie gewöhnlich – auf seinem Bett zusammengerollt, mit einem Stoß Hausaufgabenblätter daneben. Dieser Ezra war so langsam und lahm, er konnte immer schlafen. Sein Mund stand offen. Alicia, seine Katze, lag in seiner Armbeuge, schnurrte und wirkte zufrieden mit sich und der Welt.

Cody kniete sich neben sein Bett und zog eine halbvolle Flasche Bourbon hervor, eine leere Ginflasche, fünf leere Bierflaschen, ein zerdrücktes Päckchen Camel und eine Schachtel Brezeln. Er verstreute sie um Ezra und arrangierte alles passend. Dann ging er zum Vorratsschrank auf der Diele und nahm die Kamera seines Vaters, eine Six-20-Brownie, heraus. Von der Zimmertür aus zielte er, hielt an und drückte auf den Auslöser. Ezra wachte nicht auf, erstaunlicherweise. (Das Blitzlicht war so stark, daß man noch Minuten, nachdem man damit photographiert wurde, schwimmende blaue Kreise sah.) Nur die Katze schien sanft erschrocken. Sie stand auf und gähnte. Was für ein Gähnen – gewaltig und verachtungsvoll! Das wäre ein herrliches Bild geworden: Ezra, der Schnorrer, und seine nichtsnutzige Katze, beide mit offenem Maul. Cody fragte sich, ob sie es wohl noch mal machen würde. »Gähnen!« befahl er ihr und drehte den Film fürs nächste Photo weiter. »Alicia? Gähnen!« Sie verzog bloß das Maul und ließ sich wieder nieder. Er gähnte selbst und machte es ihr vor, aber anscheinend wirkten solche Dinge auf Katzen nicht anstekkend. Er hielt die Kamera tiefer und kam näher; er strich ihr über den Kopf, kraulte sie unter dem Kinn, streichelte ihre Kehle. Nichts wirkte. »Gähnen sollst du, verdammt«, fluchte er und versuchte, ihre Zähne mit Gewalt auseinanderzustemmen. Sie fuhr in die Höhe, mit großen, glühenden Augen. Ezra wachte auf.

»Deine Katze ist nicht normal«, sagte Cody zu ihm.

»Hmm?«

»Ich kann sie nicht zum Gähnen bringen.«

Ezra griff neben sich, ganz sachlich, und legte seinen Arm um die Katze. Sie gähnte genießerisch und schmiegte sich an ihn, und Ezra schlief wieder ein. Cody versuchte dann allerdings kein Bild mehr. Er hatte noch nie jemand erlebt, der einem derart den Spaß verderben konnte wie Ezra.

Cody, Ezra und Jenny gingen ein Weihnachtsgeschenk für ihre Mutter besorgen. Jeder von ihnen hatte vier Wochen Taschengeld gespart, das hieß vierzig Cent pro Kopf, und Cody hatte einen Dollar extra, den er aus Miß Saunders' mittlerer Pultschublade genommen hatte. Das machte zwei Dollar und zwanzig Cent – genug für ein Paar Winterhandschuhe, schlug Cody vor. Jenny sagte, Handschuhe wären langweilig, und sie wolle einen Diamantring kaufen. »So was Blödes«, meinte Cody. »Sogar du müßtest wissen, daß du für zwo zwanzig keinen Diamantring bekommst.«

»Ich meine keinen echten, ich meine Glas. Oder irgendwas, bloß hübsch muß es sein und nicht nützlich.«

Sie waren auf Läden in der Nähe angewiesen, weil sie kein Fahrgeld ausgeben wollten. Es war Mitte Dezember, und Massen anderer Leute waren ebenfalls zum Einkaufen unterwegs – sie pflügten sich mit Armen voller Päckchen vorbei, atmeten weiße Wölkchen in die frostige Luft. Weiter stadteinwärts waren die Schaufenster der Kaufhäuser sicher üppig und leuchtend wie das Innere von Schmuckkästen, dort gab es Weihnachtslieder und klingelnde Messingglocken und Lamettagirlanden an den Verkehrsampeln, während die Läden hier in der Nachbarschaft kleiner waren, dunkler, mit einem einzigen Kranz über der Tür dekoriert, oder einem Nikolaus aus Pappe, der ein Päckchen Chesterfield trug. Soldaten auf Urlaub bummelten in Grüppchen vorbei und wirkten ganz verloren. Die Einkäufer hatten etwas grimmig Entschlossenes an sich – selbst die mit den prächtigsten Päckchen. Es sah aus, als wollten sie jeden, der ihnen in den Weg kam, niedermähen. Cody ergriff einen Zipfel von Jennys Mantel, um sie nicht zu verlieren.

»Das ist mein Ernst«, sagte sie gerade. »Ich möchte nicht, daß sie was Warmes kriegt. Was Notwendiges. Was . . .«

»Verwendbares«, ergänzte Ezra.

Sie verzogen alle das Gesicht.

»Aber wenn wir ihr einen Ring kaufen«, meinte Ezra, »dann stört sie vielleicht die Verschwendung. Vielleicht hat sie dann nicht wirklich was davon.«

Cody haßte den strahlenden Ernst, der manchmal auf Ezras Gesicht erschien; dieser Gesichtsausdruck zeigte, daß er sich völlig bewußt war, wie umsichtig er war. »Was wünscht du dir denn zu Weihnachten?« fragte er grob. »Den Weltfrieden?«

»Welt . . ., was? Ich hätte gern eine Blockflöte«, antwortete Ezra.

Zusammen mit einem Schwarm von Matrosen gingen sie über eine Kreuzung. »Du kriegst aber keine«, sagte Cody.

»Das weiß ich.«

»Du kriegst eine Mütze mit Ohrenklappen und eine Cordhose.«

»Cody!« empörte sich Jenny. »Du solltest es doch nicht verraten.«

»Macht nichts«, meinte Ezra.

Sie wichen einer Frau aus, die stehengeblieben war, um ihrem Kind Fäustlinge anzuziehn. »Früher«, sagte Jenny, »haben wir immer Spielzeug zu Weihnachten bekommen, und Süßigkeiten. Wißt ihr noch, wie schön letztes Weihnachten war?«

»Diesmal wird es auch schön«, erklärte Ezra.

»Wißt ihr noch, unten in Virginia, wie Daddy uns einen Schlitten gekauft hat und Mutter das verrückt fand, weil es kaum jemals schneit – und dann sind wir am sechsundzwanzigsten Dezember aufgewacht, und alles war voller Schnee?«

»Das war eine Gaudi«, sagte Ezra.

»Wir hatten den einzigen Schlitten in der ganzen Stadt«, fuhr Jenny fort. »Cody fing an, Geld fürs Mitfahren zu verlangen. Daddy hat uns gezeigt, wie man die Kufen wachst, und wir haben ihn auf diesen Hügel raufgezogen . . . Wie hieß der Hügel noch mal? Er hatte so einen komischen . . .«

Dann blieb sie plötzlich auf dem Trottoir stehn. Fußgänger drängelten sich um sie herum. »Na schön«, sagte sie.

Cody und Ezra schauten sie an.

»Er kommt wirklich nie mehr nach Hause. Wirklich nicht«, stellte sie fest.

Keiner antwortete. Eine Minute später gingen sie weiter, zu dritt nebeneinander, und Cody packte auch einen Zipfel von Ezras Mantel, damit sie sich in der Menge nicht verloren.

Cody sortierte die Post, für seine Mutter legte er ein paar Umschläge beiseite, die nach Weihnachtsgrüßen aussahen. Eine Kaufhausreklame und einen Brief von seiner Schule warf er weg. Den Umschlag mit dem Stempel von Cleveland steckte er in die Tasche.

Er ging in sein Zimmer hinauf und machte die Schwanenhalslampe neben seinem Bett an. Während sich die Birne erwärmte, schaute er pfeifend aus dem Fenster. Dann prüfte er die Birne mit den Fingern, und als sie heiß genug schien, hielt er den Umschlag drumherum und zählte langsam bis dreißig. Danach öffnete er mühelos die Klappe und zog ein einzelnes Blatt Papier und einen Scheck heraus: *... sagt, sie sollten ihre Produktionskapazität im Juni 45 erreicht haben,* schrieb sein Vater. *Bedaure, daß Beiliegendes etwas geringer ist als erwartet, da ich ein paar ...* Es war der übliche Brief, so wie sonst. Cody faltete ihn zusammen und steckte ihn in den Umschlag zurück, obwohl es kaum der Mühe wert schien. Dann hörte er die Haustür zuknallen. »Ezra Tull?« rief Pearl. Ihre klappernden hohen Absätze kamen schnell die Treppe herauf. Cody steckte den Umschlag in seine Kommode und machte die Schublade zu.

»Er ist nicht da«, sagte er.

Sie stand jetzt im Türrahmen. »Wo ist er?« fragte sie. Sie war außer Atem, sah unordentlich aus. Ihr Hut saß schief, und sie hatte noch den Mantel an.

»Er ist die Wäsche holen gegangen, wie du ihm gesagt hast.«

»Was weißt du davon?«

Sie stürzte auf ihn zu, einen Packen Photos in der Hand. Das oberste war so unscharf und dunkel, daß Cody es kaum erkennen konnte. Er nahm ihr das Ganze aus der Hand. Ach ja: Da lag der betäubte Ezra, umgeben von Schnapsflaschen. Cody grinste. Er hatte nie mehr an das Bild gedacht.

»Was soll das heißen?« fragte seine Mutter. »Ich bringe einen Film in die Drogerie und komme mit dem Schock meines Lebens zurück. Ich wollte bloß den Photoapparat für Weihnachten fertig haben. Ich habe ein paar Szenen vom vergangenen Sommer erwartet, oder Jennys Geburtstagskuchen vielleicht ... und da finde ich Ezra als Wrack vor! Ordinär betrunken! Sieht es nicht danach aus? Antworte mir?«

»Er ist nicht so vollkommen, wie du glaubst«, sagte Cody.

»Aber er hat mir nie einen Augenblick Kummer gemacht.«

»Du würdest dich wundern, was er alles gemacht hat.«

Pearl setzte sich auf sein Bett. Sie schüttelte den Kopf, mit verblüfftem Gesicht. »Ach, Cody, es ist ein solcher Kampf, Kinder großzuziehn«, sagte sie. »Ich weiß, ihr müßt denken, daß ich schwierig bin. Ich verliere die Geduld, ich führe mich auf wie eine Hexe, manchmal, aber wenn du dir bloß vorstellen könntest, wie ... hilflos ich mich fühle! Wie unheimlich es ist, zu wissen, daß alle, die ich liebe, von mir abhängig sind! Ich fürchte immer, ich mache etwas falsch.«

Sie griff nach oben – nach den Photos, dachte er und hielt sie ihr hin; aber nein, sie wollte seine Hand. Sie nahm sie und zog ihn neben sich herunter. Ihre Haut fühlte sich heiß und trocken an. »Wahrscheinlich war ich zu hart zu dir«, sagte sie. »Aber jetzt brauche ich deine Hilfe, Cody. Du bist die einzige Person, an die ich mich wenden kann; vielleicht sind wir beide uns ähnlicher, als du glaubst. Cody, was soll ich bloß machen?«

Sie rückte näher, und Cody wich aus. Selbst aus ihren Augen schien Hitze zu strömen. »Also, weißt du ...«, begann er.

»Wer hat überhaupt dieses Bild gemacht? Du etwa?«

»Schau«, sagte er. »Es war nur zum Spaß.«

»Zum Spaß?«

»Ezra hat das Zeug nicht getrunken. Ich habe nur ein paar Flaschen um ihn herumgestellt.«

Ihr Blick irrte über sein Gesicht.

»Er hat nie einen Tropfen angerührt«, erklärte Cody.

»Ach so.« Sie ließ seine Hand los. »Na, alles, was ich sagen kann, ist: Was für ein Spaß, junger Mann.« Dann stand sie auf und ging ein paar Schritte von ihm weg. »Du hast wirklich Sinn für Humor.«

Cody zuckte die Achseln.

»Ich kann mir denken, daß das sehr komisch ist, die Mutter halb um den Verstand zu bringen. Deinen kleinen Bruder zu verleumden. Das muß hinreißend sein, für jemand wie dich.«

»Ich habe einfach einen schlechten Charakter, wahrscheinlich«, meinte Cody.

»Du warst gemein vom Tag deiner Geburt an«, antwortete sie.

Danach war sie hinausgegangen, und er machte sich daran, den Brief seines Vaters wieder zu verschließen.

Ezra landete auf der Parkstraße und Cody verkündete: »Aha! Parkstraße mit einem Hotel: fünfzehnhundert Dollar!«

»Armer, armer Ezra«, sagte Jenny.

»Wie hast du das gemacht?« fragte Ezra Cody.

»Wie hab' ich was gemacht?«

»Wie bist du zu einem Hotel auf der Parkstraße gekommen. Vor einer Minute ist es verpfändet worden.«

»Ich habe eben geknausert und gespart«, antwortete Cody.

»Hier geht doch was Seltsames vor.«

»Mutter!« rief Jenny. »Cody schwindelt schon wieder.«

Die Mutter brachte gerade die Kerzen am Weihnachtsbaum an. Sie sah herüber und sagte: »Cody.«

»Was hab' ich getan?« fragte Cody.

»Was hat er getan, Kinder?«

»Er ist der Bankier«, erklärte Jenny. »Er hat drauf bestanden, die Bank und die Urkunden und die Häuser zu verwalten. Und jetzt hat er ein Hotel auf der Parkstraße und lauter extra Geld. Das ist ungerecht!«

Pearl stellte die Schachtel mit den Kerzen hin und ging zu den Kindern rüber: »Also gut, Cody, gib's zurück. Jenny kümmert sich von jetzt an um die Urkunden; Ezra macht die Bank. Ist das klar?«

Jenny griff nach den Papieren. Ezra fing an, das Geld einzusammeln.

»Und das sag' ich dir«, mahnte Pearl. »Wenn ich noch ein Wort höre, Cody Tull, dann bist du aus dem Spiel. Für immer! Verstanden?« Sie beugte sich vor, um Ezra zu helfen. »Immer schwindeln, quälen, Schwierigkeiten machen . . .« Sie legte die Fünfer neben die Einer, die Zehner neben die Fünfer. »Cody? Hörst du, was ich sage?«

Er hörte es wohl, nahm sich aber nicht die Mühe zu antworten. Er lehnte sich zurück und lächelte, aus sicherer Entfernung, und sah zu, wie sie das Geld stapelte.

3
Von der Liebe zerstört

I

Es hieß, aus Jenny Tull würde eines Tages eine Schönheit werden, aber die Leute, die das zu ihr sagten, waren so alt, daß sie bis dahin leicht schon tot sein konnten, und niemand in ihrem eigenen Alter fand sie sonderlich vielversprechend. Mit siebzehn war sie mager und ernst und sichtlich fleißig. Ihre Knochen waren so spitz, als könnten sie sich durch ihre Haut bohren. Sie hatte störrisches dunkles Haar, an dem sie dauernd herummachte, sehr zum Mißfallen ihrer Mutter – eine Woche stutzte sie es zu einer stumpfen, eckigen Fasson; in der nächsten schnitt sie sich einen Pony, der aus Versehen schief nach links hing; und dann, um den Fehler zu korrigieren, kürzte sie ihn so rigoros, daß es verunstaltet und peinlich aussah. Während ihre Mitschülerinnen (im Jahre 1952) gebauschte Röcke und fesche Blusen trugen, hatte Jenny die Kleider ihrer Mutter übernommen: schlapp und schmal, wie man sie in den vierziger Jahren trug, mit zuviel Schulter und zuwenig Rock. Und da ihre Mutter bequeme offene Schuhe schlampig fand, mußte Jenny die gleichen plumpen, braunen Halbschuhe tragen wie ihre Brüder. Jeden Morgen sah sie verlegen und mißgestimmt aus, wenn sie zur Schule latschte. Kein Wunder, daß kaum jemand Lust hatte, mit ihr zu reden.

Bald würde sie, zum allerererstenmal, das einzige Kind im Haus sein. Ihr Bruder Cody war auf dem College. Ihr Bruder Ezra hatte sich geweigert aufs College zu gehn und hatte angefangen – nur vorübergehend, wie seine Mutter ausdrücklich hoffte –, in Scarlattis Restaurant zu arbeiten, wo er Gemüse für Salate kleinschnitt; aber gerade als er zu den Saucen aufrücken sollte, kam seine Einberufung. Niemand in seiner Familie konnte sich das vorstellen: den friedlichen Ezra, wie er durch Korea stapft und bei jeder Gelegenheit über sein Seitengewehr stolpert. Er hatte doch sicher etwas – eine Schwäche der Wirbelsäule oder der Augen –, was ihn retten konnte. Aber nein, er wurde für kerngesund befunden und im Februar in ein Ausbildungslager unten im Süden beordert. Jenny saß auf seinem Bett, während er packte. Sie war gerührt, daß er seine kleine Blockflöte aus Birnenholz mitnahm, die er sich von seinem ersten Wochenlohn gekauft hatte. Sie glaubte nicht, daß ihm wirklich klar war, was ihn erwartete. Er bewegte sich vorsichtig und bedächtig wie immer und sortierte aus, was zur Aufbewahrung in den Keller kommen sollte. Da seine Mutter vorhatte, sein Zimmer zu vermieten, konnte er nicht alles liegen- und stehenlassen. Das Bett seines Bruders Cody war bereits für einen Mieter frisch bezogen, das Laken straff wie ein Trommelfell auf der schmalen Matratze, und Codys Sportsachen waren in Kartons verpackt.

Sie sah zu, wie Ezra eine Schublade mit Unterhemden ausräumte, die meisten voller Löcher. (Irgendwie gelang es ihm stets wie ein Waisenkind auszusehen.) Er war inzwischen zu einem Mann mit kräftigem Knochenbau herangewachsen, aber sein Gesicht war immer noch kindlich rund, mit den großen Augen, den flaumigen Backen und den zarten Lippen eines Schuljungen. Sein Haar schien aus Schichten von Seide in verschiedenen Gelb- und Beigetönen zu bestehn. Immer waren Mädchen hinter ihm her, das wußte Jenny, aber er war zu schüchtern, sich das zunutze zu machen – oder es vielleicht überhaupt zu bemerken. Geistesabwesend und besinnlich ging er durchs Leben, als dächte er über irgendeine komplizierte mathematische Aufgabe nach und würde aufschaun, sollte man denken, sobald er die Lösung gefunden hätte. Aber das tat er nie.

»Wenn ich weg bin«, sagte er zu Jenny, »würdest du dann von Zeit zu Zeit bei Scarlattis Restaurant vorbeischaun?«

»Vorbeischaun und was tun?«

»Nun, mit Mrs. Scarlatti sprechen, meine ich. Nur nachsehn, ob es ihr gutgeht.«

Mrs. Scarlatti war seit Jahren ohne Ehemann, wenn sie jemals einen hatte, und ihr einziger Sohn war kürzlich im Krieg gefallen. Jenny wußte, daß sie sicher einsam war. Aber sie war eine düstere und auffallende Frau, so modisch angezogen, daß es wie eine

Beleidigung dieser Gegend von Baltimore wirkte. Jenny konnte sich nicht vorstellen, was sie mit ihr reden sollte. Trotzdem, alles für Ezra. Sie nickte.

»Und Josiah auch«, sagte Ezra.

»Josiah!«

Josiah war noch viel schwieriger – sogar regelrecht erschrekkend: Ezras Freund Josiah Payson, fast zwei Meter groß, leicht erregt und irgendwie gestört. Alle fanden, daß er nicht richtig im Kopf war. Damals in der Grundschule hatten die andern Kinder ihn aufgezogen, und sie zogen auch Ezra auf und fragten Jenny, weshalb ihr Bruder sich mit Blödmännern abgäbe: »Jeder weiß, daß Josiah eigentlich weg muß. Er gehört in die Klapsmühle; das sagen alle.«

»Ezra, ich kann nicht mit Josiah sprechen. Ich würde ihn nicht verstehn«, fügte Jenny hinzu.

»Natürlich würdest du ihn verstehn«, entgegnete Ezra. »Er spricht Englisch, oder nicht?«

»Er brabbelt, er sabbelt, er stottert!«

»Wahrscheinlich hast du ihn nur gesehn, wenn sie auf ihm herumgehackt haben. Sonst ist er nämlich prima. Ach, wenn Mutter ihn bloß einmal ins Haus gelassen hätte, dann würdest du das wissen. Er ist prima! Er ist so gescheit wie du und ich und vielleicht sogar gescheiter.«

»Na gut, wenn du es sagst«, antwortete Jenny.

Aber überzeugt war sie nicht.

Nachdem Ezra weg war, fiel ihr auf, daß er nur von Außenseitern gesprochen hatte. Er hatte nichts davon gesagt, sie solle sich um ihre Mutter kümmern. Vielleicht dachte er, Pearl könne allein zurechtkommen. Das stimmte, sie konnte es sehr gut, aber Ezras Weggang schien ein Stück von ihr mitzunehmen. Sie zögerte die Vermietung seines Zimmers hinaus. »Ich weiß, wir brauchen das Geld«, sagte sie zu Jenny, »aber ich bin dem jetzt noch nicht gewachsen. Das Zimmer hat noch seinen Geruch. Vielleicht sollte ich ein bißchen lüften . . . Seine Gestalt ist immer noch drin, weißt du, was ich meine? Ich schaue hinein und fühle etwas Warmes im ganzen Zimmer. Ich finde, wir sollten ein bißchen warten.«

So lebten sie also allein im Haus. Jenny fühlte sich noch schmächtiger als ohnehin schon, überwältigt von soviel leerem Raum. Wenn sie am Nachmittag aus der Schule heimkam, war ihre Mutter noch bei der Arbeit, und Jenny öffnete die Tür und trat zögernd ein. Manchmal war ihr, als sei da eine aufgeschreckte Bewegung oder ein Innehalten von Bewegung, irgendwo tief im Haus, während sie die Schwelle überschritt. Dann blieb sie stehn, mit Herzklopfen, wachsam wie ein Reh, aber niemals war wirklich etwas im Gange. Sie schloß die Tür hinter sich und ging in ihr Zimmer hinauf, machte ihre Leselampe an und zog ihre Schulkleider aus. Sie war ein ordentliches, gewissenhaftes Mädchen, hängte ihre Sachen immer auf und behandelte ihre Dinge gut. Sie legte ihre Bücher ordentlich auf dem Tisch bereit, reihte ihre Bleistifte auf und stellte die Lampe so, daß sie im richtigen Winkel schien. Dann arbeitete sie sich systematisch durch ihre Aufgaben durch. Ihr größter Traum war es, Ärztin zu werden, was hieß, daß sie ein Stipendium erlangen mußte. In drei Jahren High-School hatte sie nie eine schlechtere Note als ein A – also eine Eins – bekommen.

Um fünf Uhr ging sie dann hinunter und schrubbte die Kartoffeln oder fing an, das Hähnchen zu braten – je nachdem, was auf dem Zettel ihrer Mutter auf dem Küchentisch angeordnet war. Bald danach kam auch ihre Mutter heim. »Also, weißt du, diese alte Pendle ist eine Qual und eine Plage, einfach eine Plage, läßt mich all ihre Sachen eintippen, und dann sagt sie: ›Augenblick, ich muß erst nachschaun, ach je, ich habe überhaupt nicht das Geld, um all das zu bezahlen.‹ Und fummelt in ihrer ausgefransten Stoffbörse herum, während alle hinter ihr von einem Fuß auf den andern treten . . .« Sie band dann eine Schürze über ihr Kleid und nahm Jennys Platz am Herd ein. »Darling, gib mir das Salz, ja? Ich sehe, da ist keine Post von den Jungen. Sie haben uns ganz vergessen, scheint's. Jetzt sind wir beide alles, was wir haben.«

Nur sie beide, ja, aber da war überall das Echo der andern – der verrückte, komische Cody, der friedliche Ezra, wie sie das Schweigen aufluden, während sich Jenny und ihre Mutter an den Tisch setzten. »Darling, gießt du die Milch ein, bitte? Nimm dir von den Bohnen.« Manchmal bildete Jenny sich ein, auch ihr

Vater mache seine Abwesenheit spürbar, obwohl sie sich sein Gesicht nicht vorstellen konnte und nur wenig Erinnerung an die Zeit hatte, ehe er sie verließ. Natürlich erwähnte sie das ihrer Mutter gegenüber nie. Ihre Unterhaltung war belanglos und glitt sicher über alles dahin, was darunterliegen mochte. »Wie geht es der armen, kleinen Carroll, Jenny? Hast du bemerkt, ob sie ein bißchen Gewicht verloren hat?«

Jenny wußte, daß ihre Mutter eine gefährliche Person war, in Wirklichkeit – heißblütig und voller Wut und unberechenbar. Das Trockene, Strohige ihrer Augenwimpern hätte gut die Folge irgendeiner Feuersbrunst sein können, ihr fahles Haar konnte elektrisch aus dem Knoten knistern, und ihre Augen wurden manchmal schmal wie Hutnadeln. War je eines ihrer Kinder ihren schmerzhaften Ohrfeigen entgangen, mit der klauengefaßten Perle in ihrem Verlobungsring; nur ein Schlag, und die Lippe blutete? Jenny hatte gesehn, wie die Mutter Cody die Treppe hinuntergestoßen hatte. Sie hatte gesehn, wie Ezra sich duckte, mit erhobenen Ellenbogen, um einen Angriff abzuwehren. Sie selber war, mehr als einmal, gegen die Wand geknallt worden, »Schlange« genannt, »Küchenschabe«, »gräßliche, kleine, schniefende Straßendirne«. Aber Pearl saß da und erkundigte sich wohlanständig nach Julia Carrols Übergewicht. Jenny nährte eine zaghafte, zitternde Hoffnung, die Zeiten könnten sich geändert haben. Vielleicht lag es an den Jungen. Vielleicht konnten sie selbst und ihre Mutter – intelligente Frauen, immerhin – für immer ohne solche Szenen leben. Aber sie fühlte sich nie ganz in Sicherheit, und abends, wenn Pearl einen Kuß in die Mitte von Jennys Stirn plaziert hatte, ging Jenny hinauf ins Bett und träumte, was sie immer geträumt hatte: Ihre Mutter gab das kreischende Gelächter einer Hexe von sich; zerrte Jenny aus ihrem Versteck, während die Nazis die Treppe herauftrampelten; klagte sie an wegen Sünden und Verbrechen, an die Jenny nie gedacht hatte. Ihre Mutter erklärte ihr – sachlich und entgegenkommend –, sie ziehe Jenny auf, um sie zu essen.

Cody schrieb fast nie, und wenn, waren seine Briefe knapp und sachlich. *Ich werde in den Frühjahrsferien nicht nach Hause kommen. Alle meine Noten sind gut, außer Französisch. Dieser neue Job bringt mehr ein als der alte.* Ezra schickte sofort, nachdem er im Lager angekommen war, eine Postkarte und ließ ihr drei Tage später einen Brief folgen, in dem er seine Umgebung beschrieb: Er war länger als mehrere von Cody zusammengenommen, aber was Jenny wissen wollte, stand nicht drin. *Da ist jemand zwei Ecken weiter, der auch aus Maryland ist, höre ich, aber ich habe keine Gelegenheit gehabt, mit ihm zu sprechen, und ich glaube sowieso nicht, daß er aus Baltimore ist, sondern woandersher, wo ich mich nicht auskenne, also zweifle ich, ob wir viel ...* Was wollte er damit sagen, eigentlich? Hatte er Freunde gefunden oder nicht? Wenn Menschen so eng beieinander leben, müßten sie doch ins Gespräch kommen, denkt man. Jenny stellte sich vor, wie die andern ihn ignorierten, oder schlimmer: ihn quälten und wegen seiner Unfähigkeit aufzogen. Er war einfach kein Soldat. Aber: *Ich habe ziemlich viel über mein Gewehr gelernt,* schrieb er. *Cody würde sich wundern.* Sie versuchte, sich seine langen, sensiblen Finger vorzustellen, wie sie ein Gewehr reinigten und ölten. Sie begriff, daß er offenbar überlebte, mehr oder weniger, aber sie kam nicht dahinter, wie. Sie stellte ihn sich vor, auf dem Bauch, im Staub des Schießplatzes, den Finger am Abzug. Sein Blick war so nachdenklich, wie konnte er ein Ziel treffen? *Sie sagen, unser ganzer Haufen wird am koreanischen Konflikt teilnehmen, sobald wir ...* O Gott, die würden ihn wegputzen wie eine Fliege! Er würde sich doch höchstens zu seiner Verteidigung bücken und seinen Kopf schützen.

Ich denke oft an Scarlattis Restaurant, und wie gut der Salat roch, wenn ich ihn in die Schüssel zupfte, schrieb er – die einzige Andeutung von Heimweh, falls überhaupt. Pearl schnaubte eifersüchtig. »Als ob Salat einen Geruch hätte!« Auch Jenny war eifersüchtig; er hätte sich statt dessen daran erinnern können, wie er mit mir am Montagabend immer auf dem Boden lag und dem Programm der »Cities Service Band of America« zuhörte. Was fand er überhaupt an diesem Restaurant? Dann rührte sich ein kleiner Knoten des Unbehagens in ihrer Brust. Da war etwas, was sie nicht getan hatte, etwas Unangenehmes, was sie nicht tun mochte . . . Nach Mrs. Scarlatti sehn. Sie fragte sich, ob Ezra wirklich gemeint hatte, sie würde ihr Versprechen halten. Eigentlich konnte er das nicht von ihr erwarten, oder? Aber er wahrscheinlich doch. Wenn er etwas sagte, meinte er es wörtlich.

Also faltete sie Ezras Brief und steckte ihn in die Tasche. Dann zog sie ihren Mantel an und ging in die St. Paul Street, bis zu einem schmalen Backsteingebäude inmitten einer Zeile von Läden und Geschäften.

Scarlattis Restaurant war das einzige gepflegte und elegante Eßlokal der Nachbarschaft. Es gab nur Abendessen, meist für Leute aus besseren Gegenden der Stadt. Um diese Zeit – fünf Uhr dreißig etwa – war es sicher noch nicht offen. Sie ging zur Rückseite, wo sie ein paarmal mit Ezra gewesen war. Sie wich zwei Mülltonnen aus, die von welkem Grünzeug überquollen, ging die Stufen hinauf und klopfte an die Tür. Dann wölbte sie eine Hand gegen die Fensterscheibe und spähte hinein.

Männer in schmutzigen Schürzen rannten in der Küche herum, einer Masse aus Dampf und Stahlgeschirr, Topfdeckelklappern und Schüsseln so groß wie Vogelbäder, gehäuft voll gehacktem Gemüse. Kein Wunder, daß man sie nicht gehört hatte. Sie drehte den Knauf, aber die Tür war abgesperrt. Und noch ehe sie stärker klopfen konnte, entdeckte sie Mrs. Scarlatti. Sie lehnte lässig im Eingang zum Speiseraum, eine brennende Zigarette in der Hand – eine Frau mit weißem Gesicht in einem Kleid wie ein scharfes, schwarzes Messer. Was immer sie sagte, Jenny konnte es nicht verstehn, aber sie hörte den rauhen, lässigen Ton ihrer Stimme. Und sie sah, wie Mrs. Scarlattis schwarzes Haar völlig nach rechts gerafft war, wie bei einem dieser extravaganten Mannequins in der Zeitschrift »Vogue«, und wie sie auch ihren Kopf nach rechts geneigt hielt, daß es wirkte, als sei sie beladen, grausam mißbraucht, als hielte sie sich aufrecht unter einer erschöpfenden Last, die etwas mit Männern und Erfahrung zu tun hatte. Sich vorzustellen, daß Ezra eine solche Person kannte! Daß er sich bei ihr wohl fühlte, ihr nahe genug stand, um sich Sorgen um sie zu machen. Jenny trat zurück. Sie begriff ganz plötzlich, daß ihre Brüder erwachsen und weggegangen waren. Ihr inneres Bild von ihnen war überholt – Ezra, wie er die Bambusflöte spielt, die er schon in der Grundschule hatte, Cody, wie er triumphierend die Würfel über ihr altes Monopolybrett klappern läßt. Sie dachte an ein ausgebleichtes Flanellhemd, das Ezra so oft getragen hatte, daß es wie eine zweite Haut war. Sie dachte daran, wie er vor- und zurückwippte, mit den Händen in den Gesäßtaschen, wenn er nicht wußte, was er sagen sollte, oder mit dem Turnschuh ein Loch in den Boden scharrte. Und wie er, wenn Jenny von einem der Wutanfälle ihrer Mutter ganz vernichtet war, sich nach unten in die Küche schlich und ihr einen Becher heiße Milch machte, mit Honig drin und mit Zimt bestreut. Er erfaßte die Stimmung in der Familie immer ganz schnell und bot sofort Speis und Trank und wortlosen Rückhalt an.

Sie wanderte die Allee hinunter und bog, anstatt den Heimweg einzuschlagen, erst in die Bushnell und dann in die Putnam Street ein. Es wurde kälter; sie mußte ihren Mantel zuknöpfen. An der dritten Kreuzung der Putnam Street stand ein Gebäude, so verwittert und trostlos, daß man es für ein verlassenes Lagerhaus halten konnte, bis man das Schild sah: *Tom'n Eddie's Body Shop*. Sie war oft hier gewesen, um Ezra nach Hause zu holen, hatte aber immer nur in der Einfahrt seinen Namen gerufen; sie war nie drin gewesen. Diesmal trat sie in die Düsternis und sah sich um. Tom und Eddie (vermutlich) sprachen mit einem Mann im Straßenanzug; einer von ihnen hielt ein Schreibbrett. Im Hintergrund schwang Josiah Payson einen riesigen Gummihammer gegen die Stoßstange eines Lieferwagens. Jenny wurde von einem Stück Erinnerung überfallen, einem rätselhaften Fragment: Josiah auf dem Schulhof, vor langer Zeit, wie er heftig mit einem Rohr oder einer Art Eisenstange um sich schlug, einen verzweifelten, sausenden Kreis damit in die Luft schnitt und etwas Unverständliches brüllte, während Ezra zwischen ihm und einer Gruppe von Kindern Wache stand. »Alles wird wieder gut; geht einfach weg«, sagte Ezra zu den andern.

Aber was war dann passiert? Wie hatte es geendet? Wie hatte es angefangen? Sie war verwirrt. Währenddessen schwang Josiah seinen Hammer. Er war grotesk in seiner Größe, hager wie das Gerüst für eine nie vollendete Statue. Sein gestutztes schwarzes Haar stand borstig um den ganzen Kopf, sein Schädel von einem Gesicht glänzte, und er biß seine Zähne zusammen, die so schartig und weiß und eng beieinander waren, so zusammengewürfelt und krumm und schief, daß es aussah, als hätte er sie sich ausgebissen und wolle sie gleich ausspucken.

»Josiah«, rief sie ängstlich.

Er hielt ein und sah sie an. Oder schaute er woandershin? Seine Augen waren kohlschwarz – lidlos und fast orientalisch. Unmöglich zu sagen, wohin sein Blick gerichtet war. Er wuchtete den Hammer auf einen Haufen Rupfensäcke und segelte auf sie zu, mit freudestrahlendem Gesicht. »Ezras Schwester!« sagte er. »Ezra!«

Sie lächelte und verschränkte die Arme.

Er kam direkt vor ihr zum Stehn und strich sein Stoppelhaar glatt. Seine Arme schienen länger, als sie hätten sein sollen. »Ist Ezra okay?« fragte er sie.

»Es geht ihm gut.«

»Nicht verwundet oder . . .«

»Nein.«

Ezra hatte recht; Josiah sprach so deutlich wie jedermann, mit einer polternden, erwachsenen Männerstimme. Er wußte nur nicht, was er mit seinen Händen anfangen sollte, und rieb sie schließlich gegeneinander, als wolle er die Handflächen von Schmutz oder Fett befreien, oder sogar von einer Schicht Haut. Sie bemerkte, daß Tom und Eddie neugierig zu ihr herüberblickten, wie ihre Unterhaltung ins Stocken geriet. »Komm mit raus«, sagte sie zu Josiah. »Ich zeige dir seinen Brief.«

Draußen war Dämmerung, fast zu dunkel zum Lesen, aber Josiah nahm trotzdem den Brief und überflog die Zeilen. Zwischen seinen Augenbrauen stand eine Falte, so tief, als hätte jemand dort ein Axtblatt eingedrückt. Sie sah, daß sein Overall, rührend sauber gewaschen, so kurz für ihn war, daß man die rutschenden weißen Socken und seine behaarten Schienbeine sah. Seine Lippen konnten sich über diesem Chaos von Gebiß kaum schließen; sein Mund wirkte wie aufgestülpt, und die Anstrengung hatte sein Kinn verlängert.

Er gab ihr den Brief zurück. Sie ahnte nicht, was er da herausgelesen hatte. »Wenn sie mich lassen würden, wäre ich mit ihm gegangen. Es hätte mir nichts ausgemacht, zu gehn. Aber sie haben behauptet, ich wäre zu groß.«

»Zu groß?«

So etwas hatte sie noch nie gehört.

»Also mußte ich dableiben«, sagte er, »aber ich wollte nicht. Ich möchte nicht mein ganzes Leben in einer Autoreparaturwerkstatt arbeiten; ich möchte etwas anderes machen.«

»Zum Beispiel?«

»Ach, ich weiß nicht. Etwas mit Ezra zusammen finden, wahrscheinlich, sobald er aus der Armee entlassen wird. Ezra, er kam mich hier immer besuchen und hat sich umgeschaut und gesagt: ›Wie hältst du das aus? Den ganzen Lärm‹, sagte er dann. ›Wir müssen etwas anderes für dich finden.‹ Aber ich wußte nicht, wo ich mit Suchen anfangen sollte, und jetzt ist Ezra weg. Der Lärm ist noch nicht mal so schlimm, aber es ist heiß im Sommer und kalt im Winter. Meine Füße leiden unter der Kälte, sie kriegen überall an den Zehen diese juckenden Dinger.«

»Frostbeulen vielleicht«, vermutete Jenny. Sie fühlte sich angenehm gelangweilt; es war, als hätte sie Josiah schon ewig gekannt. Sie strich mit dem Daumennagel an einer Falte von Ezras Brief entlang. Josiah sah sie entweder an oder direkt durch sie hindurch (schwer zu sagen, was) und knackte mit seinen Fingerknöcheln.

»Was ich wahrscheinlich tun werde, ist, für Ezra arbeiten«, sagte er, »sobald Ezra sein Restaurant eröffnet.«

»Wovon redest du? Ezra macht doch kein Restaurant auf.«

»Aber sicher.«

»Wie sollte er denn auf *die* Idee kommen? Sobald er sich zusammengerissen hat, geht er aufs College und studiert und wird Lehrer.«

»Wer sagt das?« fragte Josiah.

»Na, meine Mutter. Er hat die Geduld dafür, sagt sie. Vielleicht wird er sogar Professor«, erklärte ihm Jenny. Aber sie war jetzt nicht mehr so sicher. »Ich meine, das ist kein Lebenszweck, Restaurants.«

»Und warum nicht?«

Sie wußte keine Antwort.

»Ezra will sich einen Platz schaffen, wo Leute hinkommen, wie zu einem Familiendinner«, sagte Josiah. »Er wird jeden Tag etwas Spezielles für sie kochen und es auf ihre Teller tun, und alles soll solide und gesund sein, richtig wie zu Hause.«

»Ezra hat dir das gesagt?«

»Richtig wie zu Hause.«

»Also, ich weiß nicht, vielleicht gehn Leute ins Restaurant, um von zu Hause wegzukommen.«

»Es wird berühmt sein.«

»Deine Idee ist völlig verkehrt«, sagte Jenny zu ihm. »Wie bist du auf so was Verrücktes gekommen?«

Dann, ohne Warnung, war Josiah wieder der alte – oder ihr altes Bild von ihm. Er ließ seinen Kopf sinken, wie eine Marionette, wenn die Schnüre reißen. »Ich muß gehn«, sagte er zu ihr.

»Josiah?«

»Möchte mich von diesen Leuten nicht anschreien lassen.«

Er trottete davon, ohne auf Wiedersehen zu sagen. Jenny sah ihm so bedauernd nach, als wäre er Ezra selbst. Er drehte sich nicht um.

Cody schrieb, er würde von verschiedenen Unternehmen interviewt. Er wollte in die Wirtschaft gehn, wenn er mit der Schule fertig war. Ezra schrieb, er könne jetzt zwanzig Meilen in einem marschieren, ohne sich sehr anzustrengen. Allmählich schien es weniger ausgefallen, sogar völlig natürlich, daß Ezra Soldat war. Schließlich war er doch ein ausdauernder Typ, geduldig, fröhlich in der Erfüllung seiner Pflicht, oder? Jenny hatte sich umsonst Sorgen gemacht. Auch ihre Mutter schien sich etwas zu entspannen. »Es ist wirklich das beste, wenn man es genau betrachtet«, sagte sie. »Eine Dienstzeit in der Armee ist oft genau das richtige; ein Junge hat Zeit, zu sich selber zu kommen. Ich wette, wenn er zurückkommt, wird er aufs College wollen. Ich wette, er will dann irgendwo unterrichten.«

Jenny erzählte ihr nichts von Ezras Restaurant.

Nach ihrem ersten Besuch bei Josiah schaute sie noch zweimal bei ihm vorbei. Nach der Schule blieb sie vor dem Body Shop, der Werkstatt, stehn, und Josiah kam dann einen Moment heraus, wedelte mit den Armen, schaute durch sie durch und sprach von Ezra: »Hab' selber einen Brief von ihm gekriegt, drüben zu Hause. Behauptet, er marschiert viel.«

»Zwanzig Meilen«, sagte Jenny.

»Teilweise bergauf.«

»Er muß inzwischen ganz schön in Form sein.«

»Gelaufen ist er immer schon gern.«

Als sie zum drittenmal kam, war es fast dunkel. Sie hatte noch im Chor mitgesungen. Josiah war gerade im Gehen. Er zog eben seine Jacke an, die aus einem großen, zottigen Plaid in gedämpften Blau- und Brauntönen gemacht war. Sie dachte an die Jacken, die kleine Jungen in den unteren Klassen trugen.

»Dieser Tom«, sagte Josiah und bohrte die Fäuste in die Taschen. »Dieser Eddie.« Er marschierte schnell das Trottoir entlang, Jenny konnte kaum Schritt halten. »Es ist ihnen egal, wie sie mit einem reden. Kein Gedanke, wie einem dabei zumute ist; daß man fühlt wie alle andern . . .«

Sie fiel zurück, da sie fand, daß er vielleicht lieber allein sein wollte, aber noch vor der nächsten Ecke blieb er stehn, drehte sich um und wartete. »Bin ich denn kein menschliches Wesen?« fragte er, als sie bei ihm angekommen war. »Fühle ich mich nicht schlecht, wenn mich jemand anschreit? Ich wünschte, ich wäre irgendwo draußen im Wald, wo mich keiner von diesen Leuten stören kann. Kampieren in einer Toten-, Totenstille mit einem kleinen, eigenen L.-L.-Bean-Zelt und einem L.-L.-Bean-Schlafsack.« Er drehte sich um und eilte weiter; Jenny mußte fast rennen. »Ich bin nahe dran, zu kündigen«, sagte er.

»Warum tust du es dann nicht?«

»Meine Mama braucht das Geld.«

»Du könntest etwas anderes finden.«

»O nein, das ist nicht leicht.«

»Warum nicht?«

Er antwortete nicht. Sie rannten an einem Schmuck-Discountgeschäft vorbei, an einer Bäckerei, an einer Reihe privater Appartements mit anheimelnden, gelben Fenstern. Dann sagte er: »Komm und iß bei uns zu Abend.«

»Was? Aber ich kann nicht.«

»Ezra ist oft gekommen, damals, bevor er im Restaurant gearbeitet hat und nicht mehr weg konnte. Meine Mutter hat immer gern einen Teller extra hingestellt, immer, jederzeit. Aber deine Mutter hat es nicht oft zugelassen; deine Mutter mag mich nicht.«

»Ach, weißt du . . .«

»Ich möchte, daß du bloß Abendbrot mit uns ißt.«

Sie schwieg. Dann willigte sie ein: »Aber gern.«

Er schien nicht überrascht. (Jenny dagegen wunderte sich über sich selbst.) Er grunzte und rannte weiter. Seine schwarzen Haarbüschel standen um seinen Kopf. Er führte sie eine Seitenstraße hinunter, dann durch einen Durchgang, den Jenny nicht kannte.

Von vorn mußte sein Haus dem ihrigen sehr ähnlich sein – ein Backstein-Reihenhaus auf einem winzigen Grundstück. Aber sie kamen von hinten, wo ein angeklebter, grauer Holzanbau dem Haus ein baufälliges Aussehen gab. Der Anbau erwies sich als unheizbarer Vorratsraum mit einem rissigen Linoleumboden. Hier blieb Josiah stehn, um sich aus seiner Jacke herauszuarbeiten, dann griff er nach Jennys Mantel und hängte beides an Haken neben der Tür. »Mama?« rief er. Er führte Jenny in die Küche. »Besuch zum Abendessen, Mama.«

Mrs. Payson stand am Herd – eine kleine, rundliche Frau, in bräunliche Farben gekleidet. Sie erinnerte Jenny an einen unauffälligen braunen Vogel. Ihr Gesicht war rund, glatt und glänzend. Sie sah auf und lächelte, und da Josiah vergaß, sie vorzustellen, sagte Jenny: »Ich bin Jenny Tull.«

»Ach, irgendwie mit Ezra verwandt?«

»Ich bin seine Schwester.«

»Ich mag diesen Jungen einfach zu gern«, meinte Mrs. Payson. Sie nahm den Topf vom Herd und stellte ihn auf den Tisch. »Als er eingezogen wurde, habe ich geweint, hat Josiah dir das erzählt? Hab' mich hingesetzt und geweint. Ach ja, er war wie ein Sohn für mich, lief hier rein und raus . . .« Sie legte drei Gedecke auf, während Josiah die Milch einschenkte. »Ich werde nie vergessen«, sagte sie, »wie Ezra damals, als Josiahs Vater starb – er hat sich zu uns gesetzt, uns was zu essen gemacht und Kakao gekocht. Ich sagte: ›Ezra, ich komme mir egoistisch vor, wenn ich dich von deiner Familie abhalte‹, aber er sagte: ›Machen Sie sich deshalb keine Sorgen, Mrs. Payson.‹«

Jenny fragte sich, wann das gewesen sein könnte. Ezra hatte den Tod von Mr. Payson nie erwähnt.

Das Abendessen bestand aus Spaghetti und einem Salat, mit Schokoladenkuchen als Nachspeise. Jenny aß mäßig, da sie vorhatte, noch einmal zu essen, wenn sie heimkam, damit ihre Mutter nichts merkte; aber Josiah nahm mehrere Portionen von allem. Mrs. Payson füllte seinen Teller immer wieder auf. »Wenn man ihn anschaut«, sagte sie, »ahnt man nicht, daß er so viel ißt, nicht? Dürr wie ein Zaunpfahl. Ich denke mir, er ist immer noch im Wachstum.« Sie lachte, und Josiah grinste schüchtern mit niedergeschlagenen Augen – ein Gerippe von einem gebeugten, zusammengekauerten Mann. Jenny hatte sich nie klargemacht, daß Josiah der Sohn von jemand war, der größte Schatz irgendeiner Frau. Seine stumpfen schwarzen Wimpern waren gesenkt, sein struppiger Kopf über den Teller gebeugt. Er war so sicher, daß er geliebt wurde – hier, wenn schon sonst nirgends. Sie schaute weg.

Nach dem Essen half sie beim Abwasch und stellte jeden sauberen Teller und jedes Glas in ein offenes Holzregal, dessen Kanten mit vielen Farbschichten rund geworden waren. Ihre Mutter war inzwischen bestimmt außer sich, aber Jenny ließ sich beim Abtrocknen jeder einzelnen Gabel Zeit. Dann begleitete Josiah sie nach Hause. »Komm uns wieder besuchen!« rief Mrs. Payson von der Haustür. »Knöpf dich ja zu!«

Jenny dachte an . . . war das »Hans und der Bohnenstiel«? . . . oder vielleicht ein anderes Märchen, wo die bescheidene Witwe, ehrlich und warmherzig, mit ihrem Sohn in einer Hütte lebt. Alles andere – die kalte Dunkelheit der Straße, das Bild ihrer eigenen herumfuhrwerkenden Mutter – schien brüchig im Vergleich, ohne die sanft gerundete Vollkommenheit von Josiahs Leben.

Sie gingen schweigend die Calvert Street hinauf, Dampfwölkchen vor dem Mund. Sie wechselten auf die andere Seite zu Jennys Haus und stiegen die Verandastufen hinauf. »Also«, sagte Jenny, »danke, daß du mich eingeladen hast, Josiah.«

Josiah machte irgendeine ungeschickte, ruckartige Bewegung, als bemühe er sich, etwas zu sagen. Er torkelte näher, hüllte sie in einen Kreis von grobem Plaid und küßte sie auf die Lippen. Zuerst begriff sie kaum, was passierte. Dann empfand sie eine schreckliche Bestürzung, nicht so sehr ihretwegen als Josiahs wegen. Ach, wie traurig, er hatte alles mißdeutet; wie peinlich für ihn! Aber wie konnte er auch einen solchen Fehler machen? Sie überlegte (ob sie wollte oder nicht, gegen sein Stoppelkinn, seine Wulstlippen gepreßt) und sah die Dinge plötzlich von seinem Gesichtspunkt aus: Ihre zarte, kleine »Romanze« (wie er es sicher nannte), so nahtlos wie die Märchenexistenz der Witwe Payson. Sie sehnte sich danach; sie wünschte, es wäre wahr. Schmerzlich sehnte sie sich, mit einer Art Nostalgie, nach einem zufriedenen Leben mit seiner Mutter in ihrem traulichen Heim, nach einer unschuldigen, beschützenden Ehe. Sie erwiderte seinen Kuß und fühlte durch alle Wollschichten hindurch, wie sein Körper sich spannte und zitterte.

Dann brach Licht aus dem Haus, die Haustür wurde aufgerissen, und die Stimme ihrer Mutter ergoß sich über sie. »Was? Was? Was soll das heißen?«

Sie fuhren auseinander.

»Du Dreckstück«, schrie Pearl Jenny an. »Du Schlampe. Du minderwertiges Ding. Also da warst du drauf aus! Sagst mir nicht mal, wo du bist, kein Essen vorbereitet, ich verrückt vor Sorge – und hier find' ich dich! Knutschend? Knutschend mit einem, mit einem . . .«

Da ihr wohl das Wort nicht kam, schlug sie zu. Sie schlug Jenny hart ins Gesicht. Jennys Augen füllten sich mit Tränen. Josiah, als sei er selbst geschlagen worden, wandte scharf sein Gesicht ab und starrte auf irgendeinen fernen Punkt. Sein Mund arbeitete, aber es kam kein Ton.

»Mit einem Irren! Einem Idioten! Einem Spätzünder. Das hast du mir zum Trotz getan«, fuhr sie fort. »Das ist deine Art, dich über mich lustig zu machen. Diese ganzen Nachmittage, die ich im Geschäft geschuftet habe, warst du in irgendwelchen Gassen unterwegs, nicht wahr, bist herumgestreunt mit diesem Tier, diesem Gorilla, hast ihn seinen Spaß haben lassen, bloß um mir Schande zu machen.«

Josiah stotterte: »A-a-aber . . .«

»Nur um mich bloßzustellen, wo ich so große Pläne mit dir hatte. Schule geschwänzt, sicherlich, mit ihm im Gebüsch und auf Rücksitzen von Autos herumgelegen, und vielleicht sogar hier in diesem Haus, was weiß denn ich, während ich weg bin und mich bei Sweeny Brothers schinde . . .«

»Aber! Aber! Uuch!« schrie Josiah, und er spuckte so, daß Jenny weiße Schaumflecken im Lampenlicht fliegen sah. Dann warf er seine Vogelscheuchenarme zur Seite, stürzte die Stufen hinunter und verschwand.

Sie sah ihn nicht wieder, natürlich. Sie wählte ihre Wege sorgfältig und kam nie mehr in seine Nähe, ging nie an einen Ort, wo er sich vielleicht aufhielt; und sie nahm an, daß er dasselbe tat. Es war, als hätten sie sich darauf geeinigt, die Stadt unter sich aufzuteilen.

Und außerdem hatte sie keinen Grund, ihn zu sehn: Ezras Briefe hörten auf. Ezra erschien in Person. Da war er, eines Sonntagmorgens saß er in der Küche, als Jenny zum Frühstück herunterkam. Er trug seine alten Zivilkleider, die mit Mottenkugeln weggepackt gewesen waren – Jeans und einen schlabberigen, blauen Pullover. Sie hingen an ihm, wie etwas Geliehenes. Es war beunruhigend, wieviel Gewicht er verloren hatte. Sein Haar war unkleidsam kurz, und sein Gesicht blässer, älter, mit Schatten unter den Augen. Er saß vorgebeugt, die Hände zwischen den Knien verkrampft, während Pearl ein Stück verbrannten Toast ins Becken kratzte. »Marmelade oder Honig, was soll's sein?« fragte sie gerade. »Jenny, schau, wer da ist! Ezra, gesund und munter! Ich gieß' dir noch Kaffee nach, Ezra.« Ezra sagte nichts, er schenkte Jenny nur ein mattes Lächeln.

Er war entlassen worden, wie sich herausstellte. Wegen Schlafwandelns. Er wußte nicht, daß er im Schlaf herumging, er träumte nur jede Nacht denselben Traum: Er marschierte durch dasselbe Terrain mit rissigen Lehmflächen, kein Baum, kein Grashalm, ein blanker, blauer Himmel darübergewölbt. Er setzte einen Fuß vor den andern und marschierte und marschierte und marschierte. Am Morgen taten ihm dann die Muskeln weh. Er dachte, das käme von seinen Märschen im Wachen, bis man ihn aufklärte. Die ganze Nacht, erzählten sie ihm, durchstreifte er das Lager und trottete zwischen den Zeltreihen dahin. Soldaten wachten auf, setzten sich hin und sagten: »Tull? Bist du's?«, und dann ging er. Er antwortete nicht, er wachte nicht auf, sondern ging einfach woandershin. Manche Soldaten, die jüngsten von ihnen, erschreckte sein Schweigen. Es gab Beschwerden. Man schickte ihn zu einem Arzt, der ihm eine Schachtel mit gelben Pillen gab. Mit den Pillen lief er immer noch herum, aber von Zeit zu Zeit fiel er hin und blieb da, wo er hingefallen war, einfach bis zum Morgen liegen. Einmal mußte er aufs Gesicht gestürzt sein; als sie ihn aufweckten, war seine Nase blutig, und sie dachten, sie sei vielleicht gebrochen. Das war sie nicht, aber er hatte tagelang dunkelrote Ringe unter den Augen. Dann schickten sie ihn zu einem Kaplan, der fragte, ob Ezra irgend etwas Bestimmtes auf der Seele liege. Gab es Schwierigkeiten zu Hause, vielleicht? Mit einer Frau? Krankheit in der Familie? Ezra sagte nein. Er sagte dem Kaplan, es sei alles in Ordnung; er könne sich überhaupt nicht denken, was da los sei. Der Kaplan fragte, ob er denn gern bei der Armee sei, und Ezra sagte, nun ja, es ging nicht so sehr um mögen oder nicht mögen; die Armee sei eher etwas, wo man eben durchmüßte. Er sagte, die Armee sei nicht ganz sein Stil – das viele Gebrüll, der Lärm –, aber er käme schon zurecht. Er denke, es gäbe nichts an ihm auszusetzen. Der Kaplan sagte, er solle eben versuchen, nicht schlafzuwandeln, wenn das so sei; aber gleich in der nächsten Nacht ging Ezra bis in die Stadt, viereinhalb Meilen in seiner schmutzigoliven Unterwäsche, die Augen weit geöffnet, aber stumpf wie Fenster, und eine Kellnerin in einer Imbißstube mußte ihn aufwecken und ihren Schwager holen, damit er ihn ins Lager zurückfuhr. Am nächsten Tag riefen sie einen anderen Arzt, und der Arzt stellte ihm eine Reihe von Fragen, unterschrieb ein paar Papiere und schickte ihn heim. »Also bin ich hier«, sagte Ezra mit tonloser Stimme. »Entlassen.«

»Aber ehrenhaft«, meinte seine Mutter.

»O ja.«

»Wenn ich daran denke! Die ganze Zeit, die das gedauert hat, hast du nie ein Wort gesagt.«

»Ja, aber wie hättest du helfen können?«

Die Frage schien sie alt zu machen, sie sank zusammen.

Nach dem Frühstück ging er nach oben, fiel auf sein Bett und schlief den ganzen Tag; Jenny mußte ihn zum Abendessen aufwecken. Selbst dann konnte er kaum die Augen offenhalten. Er saß benommen schwankend da, aß fast nichts, nickte mitten im Kauen ein. Dann ging er wieder ins Bett. Jenny wanderte durchs Haus und zupfte an den Schnüren der Rouleaus herum. Ob er so blieb, wie er jetzt war? Hatte er sich für immer verändert?

Aber am Montagmorgen war er wieder der alte Ezra. Noch bevor sie angezogen war, hörte sie, wie er auf seiner kleinen Birnenholz-Blockflöte »Greensleeves« spielte. Als sie herunterkam, machte er Rühreier, so wie er es mochte, mit Käse und kleingeschnittenen Pepperoni, während Pearl die Zeitung las. Und beim Frühstück meinte er: »Ich denke, ich schaue, daß ich meinen alten Job wiederkriege.« Pearl sah zu ihm hin, sagte aber nichts. »Wieso hast du nie nach Mrs. Scarlatti gesehn?« fragte Ezra Jenny. »Sie hat geschrieben, daß du nie gekommen bist.«

Jenny antwortete: »Weißt du, ich wollte . . .«

Sie senkte den Blick, hielt den Atem an und wartete. Jetzt würde er gleich Josiah erwähnen. Aber er tat es nicht. Sie sah auf – er bestrich gerade eine Scheibe Toast mit Butter – und atmete wieder. Nie würde sie sicher sein, was Ezra wußte oder nicht wußte.

II

Als Jenny ins College-Alter kam, war aus ihr die Schönheit geworden, die jedermann prophezeit hatte. Oder lag es nur daran, daß sie in Mode gekommen war? Ihr Spiegel zeigte dasselbe Gesicht, soweit sie wußte, aber die meisten Anrufe in ihrem Studentenheim waren für sie, und wenn sie nicht hätte arbeiten müssen, um das Studium zu finanzieren (beim Essen bedienen, Wäsche falten, in der Bibliothek Bücher in Regale ordnen), hätte sie jeden Abend ausgehn können. Fern von Baltimore hatte ihr Aussehen etwas von seiner Sprödigkeit verloren. Sie ließ ihr Haar wachsen und entwickelte ein atemloses, flatterndes Wesen. Aber sie dachte immer an ihr Medizinstudium. Sie sah ihre Zukunft stets klar vor sich: einen geraden Weg zu einer Kinderarzt-Praxis in einer mittelgroßen Stadt, möglichst nicht weit von einer Küste. (Sie hatte gern das Gefühl, daß sie jederzeit weg konnte. Fühlten sich denn die Leute im Mittelwesten nicht irgendwie festgelegt?) Freunde neckten sie wegen ihrer Zielstrebigkeit. Ihre Zimmergenossin beschwerte sich über Jennys Arbeitslampe, regte sich über die pedantische Art auf, wie sie ihr Material auf ihrem Tisch ausbreitete. In dieser Hinsicht hatte sich Jenny jedenfalls nicht geändert.

Inzwischen war ihr Bruder Cody ein erfolgreicher Mann geworden – er war durch mehrere verschiedene Firmen aufwärtsgeschossen, vor allem wegen seiner Ideen, wie man die Zeit der Arbeiter besser nutzen konnte; schließlich hatte er sich als Rationalisierungs-Fachmann selbständig gemacht. Und Ezra arbeitete noch für Mrs. Scarlatti, aber auch er war vorangekommen. Er hatte die Leitung der Küche übernommen, während Mrs. Scarlatti vorne die Wirtin spielte. Jennys Mutter schrieb, es sei eine Schande, eine Schande und ein Verbrechen. *Ich sage ihm, je länger er im Restaurant dieser Frau seine Zeit vertrödelt, desto schwerer wird es ihm fallen, auf seinen Weg zurückzufinden, du weißt, daß er immer aufs College gehen wollte . . .*

Pearl kassierte immer noch im Lebensmittelgeschäft, aber jetzt, seit Jennys Stipendium und Gelegenheitsarbeit die letzte finanzielle Last von ihr genommen hatten, war sie besser angezogen und sah weniger vergrämt aus. Jenny kam sie zweimal im Jahr besuchen – zu Weihnachten und kurz vor Semesterbeginn im September. Für die übrigen Ferien erfand sie Ausreden, und den Sommer über arbeitete sie immer in einem Kleidergeschäft in einer kleinen Stadt nicht weit vom College. Es lag nicht daran, daß sie ihre Mutter nicht sehen wollte. Sie dachte oft an die drahtige Energie, an die Kraft, mit der sie ihre Kinder ganz allein großgezogen hatte, und an ihr nimmermüdes Interesse am Fortschritt, den die Kinder machten. Aber wann immer Jenny zurückkam, fühlte sie sich fast sofort von der Atmosphäre des Hauses gelähmt – der Mangel an Helligkeit, das Gefühl der Enge in den tapezierten Zimmern, eine gewisse verbissene Dürftigkeit. Sie fragte sich fast, ob sie eine Art Allergie hatte. Es war wie eine Erkrankung der Atemwege; manchmal glaubte sie, sie müsse ersticken. Ihr Kopf war so benommen wie sonst nur, nachdem sie zu lange ohne Unterbrechung gelernt hatte. Sie war gereizt zu den Leuten. Sogar Ezra irritierte sie, mit seiner Ruhe und seiner Fügsamkeit.

Also hielt sie Abstand, und nachdem sie ihre Familie eine Weile vermißt hatte, verdrängte sie allmählich jede Erinnerung. Sie wurde energischer, geschäftiger, eiliger. Ezras Briefe – schwerfällig wie seine Reden, schon fast langweilig – tauchten am Rand des Waschbeckens auf oder zerknüllt zwischen der Bettwäsche, wo Jenny sie mitten im Satz weggelegt hatte. Ihr Denken wanderte ab, das war alles. Und zweimal, während ihrer ersten beiden College-Jahre, kam Cody sie auf einer Geschäftsreise durch Pennsylvania besuchen, und jedesmal freute sie sich darauf (er war so elegant und sah so gut aus, sie gab gern mit ihm an), aber sobald er da war, wurde sie immer schweigsamer. Es war nicht ihre Schuld, es war seine. Es schien, als ob alles, was sie sagte, für ihn wie das Echo ihrer Mutter klang. Sie sah, wie er erstarrte. Sie wußte genau, was er dachte. »Wie steht's mit deinen Finanzen?« pflegte er zu fragen. »Brauchst du ein paar neue Kleider?« Sie antwortete dann: »Nein danke, Cody, es geht mir gut« und meinte es auch so, sie brauchte wirklich nichts; aber sie sah in seinem Gesicht, wie er ihre Worte verstanden hatte: »Nein, nein«, in Pearls dünner Stimme, »kümmere dich ja nicht um mich . . .« Sie konnte nicht seinen Schlips geradeziehn, ihm kein Kompliment wegen seines Anzugs machen, auch nicht nach seinem derzeitigen Leben fragen, ohne diesen wachsamen Ausdruck auf seinem Gesicht hervorzurufen. Sie fühlte sich ungerecht beschuldigt. Glaubte er wirklich, sie könnte so herrschsüchtig, so vorwurfsvoll oder so zudringlich werden? »Schau«, versuchte sie einmal, »laß uns von vorn anfangen. Das, wovon du denkst, daß ich es beabsichtige, habe ich nicht beabsichtigt.« Aber sein argwöhnischer, schiefer Blick sagte ihr, daß er genau diesen Verdacht hegte. Sie konnten sich auf keine Weise aus dieser Verstrickung befreien. Sie ließ ihn abreisen. Wieder in ihrem Studentenzimmer studierte sie ihr Spiegelbild, den Schwung ihrer schwarzen Haare und ihre schmale Taille. Danach gab sie sich für eine Weile fröhlicher als sonst und hatte ein Gefühl, wie wenn man in die Hände geschlagen hat, um sie von einem dicken und anhaftenden Staub zu befreien.

Gegen Ende des letzten Schuljahrs verliebte sie sich. Sie war schon vorher verliebt gewesen, natürlich – einmal in einen, der Englisch als Hauptfach hatte und zu besitzergreifend geworden war, Stück für Stück; und einmal in einen stiernackigen Fußballstar, der ihr heute, im Rückblick, als Symptom einer vorübergehenden Geisteskrankheit erschien. Aber dies war etwas anderes. Dies war Harley Baines, ein Genie, ein Junge mit einer solchen Intelligenz, daß sogar seine verschmierte Schildpattbrille, seine schlohweiße Haut und seine durch Polypen näselnde Stimme bei seinen Mitschülern Ehrfurcht hervorriefen. Er befand sich nicht so sehr außerhalb von Jennys Gruppe als darüber, jenseits – eine Gruppe in sich selbst. Das Gerücht ging um, er hätte seinen Dr. phil. mit zwölf machen können, aber seine Eltern hätte ihn daran gehindert, weil sie wollten, daß er eine normale Kindheit genießen konnte. Nächstes Jahr würde er an die Paulham University gehn, außerhalb Philadelphias, um wissenschaftliche Forschung auf dem Gebiet der Genetik aufzunehmen. Auch Jenny ging nach Paulham; sie war gerade in den medizinischen Zweig aufgenommen worden. Dadurch war sie auf Harley Baines aufmerksam geworden. Behütet inmitten ihrer eigenen lautstarken Gruppe (zu der sie nicht mehr lange gehören würde, da die Gruppe bald durch den Abschluß auseinanderfliegen, sie schutzlos zurücklassen würde), sah sie über den Campus hin und entdeckte Harley Baines, wie er vorbeiging mit seinem Gang wie ein Storch, in unmodernen Flanellhosen mit Bügelfalte und einem viel zu großen Pullover, offensichtlich von seiner Mutter gestrickt. Sein Haar, das einer Wäsche bedurft hätte, war von einem besonders dichten Schwarz. Sie fragte sich, ob er wußte, daß sie nach Paulham ging. Sie fragte sich auch, ob es ihm etwas ausmachen würde, ob er Mädchen überhaupt seiner Beachtung wert fand. Ob er unzugänglich war? Unerreichbar? Ihre Freunde mußten mehrmals ihren Namen rufen und lachten über ihre nachdenkliche Miene.

Das war im Frühling 1957 – er kam ungewöhnlich spät und zögernd. Die Professoren öffneten die Fenster der Klassenzimmer mit Haken an langen Stangen, und der Duft von Lilien kam herein. Jenny trug ärmellose Blusen, weite Röcke und Ballerinaschuhe. Harley Baines räumte seinen handgestrickten Pullover weg. Nackt waren seine Arme muskulös, mit schwarzen Haaren bedeckt. Um den Hals trug er etwas Rundes aus Gold oder Messing. Sie hätte zu gern gewußt, was es war. Eines Tages, im Deutschunterricht, fragte sie ihn. Er sagte, es sei eine Medaille, die er bei einem wissenschaftlichen Wettbewerb gewonnen hätte, für ein Experiment über die Stoffwechselraten von weißen Ratten. Sie fand es komisch, daß er sie jetzt immer noch trug, sagte aber nichts. Statt dessen berührte sie die Medaille leicht mit den Fingerspitzen. Sie hing genau in seinem Hemdausschnitt und war fast heiß.

Bei anderen Gelegenheiten (sie holte ihn auf dem Gang ein, richtete es so ein, daß sie in der Cafeteria in der Schlange hinter ihm stand) fragte sie ihn, ob er sich auf die Paulham University freue und wie er dort untergebracht sei und was er von den öffentlichen Verkehrsmitteln dort gehört habe. Sie äußerte diese Fragen in gemessenem, unverbindlichem Ton und fühlte sich wie einer von diesen Zirkusdompteuren, die einem Tier nur den Rücken der geschlossenen Hand zeigen, um nicht als Drohung zu wirken. Sie wollte ihn nicht erschrecken. Aber Harley schien überhaupt nicht alarmiert, er antwortete ihr höflich und sachlich. (War das gut oder schlecht?) Als die Prüfungen begannen, ging sie mit ihren Notizen über Genetik zu ihm und fragte, ob er ihr beim Lernen helfen könne. Sie saßen draußen auf dem Rasen, gegenüber der Student Union, auf einem blauen Chenille-Bettüberwurf, den sie aus ihrem Zimmer mitgebracht hatte. Rund um sie lagerten ihre Mitschüler auf anderen Bettdecken – darunter ein paar von Jennys Freunden, die ihr erstaunte, zweifelnde Blicke zuwarfen und dann rasch an ihr vorbeisahen. Sie hatte gehofft, sie würden herüberschlendern und Harley in die Gruppe aufnehmen. Aber dann mußte sie einsehn, daß das nie passieren würde.

Während sie ihre Fragen formulierte (sie gab sich nicht so schwer von Begriff, daß es ihn abgeschreckt hätte, aber gerade noch seiner Hilfe bedürftig), hörte Harley zu und zerrupfte einen Grashalm. Er trug schwere, modische Schuhe, die sich auf dem Bettüberwurf seltsam ausnahmen. In seinen prüfenden Händen wirkte der Grashalm wie das Objekt eines wissenschaftlichen Experiments. Er antwortete ihr vernünftig, ohne Fragezeichen am Ende der Sätze; er setzte voraus, daß sie ihn verstand. Was sie auch wirklich tat, und selbst dann getan hätte, wenn sie ihr Thema nicht schon vorher beherrscht hätte. Seine Logik schritt unbeirrbar von A zu B zu C. In seiner Langsamkeit und Gründlichkeit erinnerte er sie an Ezra – obwohl sie so verschieden waren, andererseits! Als er fertig war, fragte er, ob jetzt alles klar sei. »Ja, danke«, sagte sie, und er nickte und stand auf, um wegzugehn. War das alles? Sie stand ebenfalls auf und fühlte sich plötzlich schwindlig – nicht vom Stehen, sondern vor Liebe, glaubte sie. Es war ihm tatsächlich gelungen, sie völlig umzuwerfen. Sie dachte, was er wohl tun würde, wenn sie ihre Arme um ihn werfen und an seine Brust sinken würde, ihr Gesicht an seiner weißen, weißen Brust, seine Medaille brennend an ihrer Wange. Statt dessen fragte sie: »Hilfst du mir, bitte, die Decke zusammenzulegen?« Er bückte sich, um ein Ende aufzuheben, und sie nahm das andere. Er gab ihr sein Ende und wischte dann nüchtern jedes Grashälmchen, jedes Blütenblatt und Samenkorn von seiner Seite der Decke. Danach nahm er die Decke an sich, offenbar in der Annahme, sie würde ihre

Seite abwischen. Sie sah auf in sein Gesicht. Er trat vor, schwang die Decke wie einen Kapuzenmantel um sich, wickelte sie in das Dunkel mit ein und küßte sie. Seine Brille stieß gegen ihre Nase. Jedenfalls war es ein ungeschickter Kuß, zu unvorbereitet, und sie mußte sich unwillkürlich das Bild vorstellen, das sie abgaben – eine Säule aus blauer Chenille mitten auf dem Campus, eine Zwillingsmumie. Sie lachte. Er ließ die Decke fallen und machte auf dem Hacken kehrt und ging ganz schnell weg. Ein Haarbüschel nickte auf seinem Hinterkopf wie ein Hahnenschwanz.

Jenny ging in ihr Zimmer zurück, nahm ein Bad und zog ein Rüschenkleid an. Sie lehnte sich aus dem offenen Fenster und summte. Harley kam nicht. Schließlich ging sie zum Abendessen, aber in der Cafeteria war er auch nicht. Am nächsten Tag, nach ihrer letzten Prüfung, rief sie in seinem Wohnheim an. Irgendein schläfrig klingender, mürrischer Junge antwortete. »Baines ist nach Hause gefahren«, teilte er ihr mit.

»Nach Hause? Aber wir haben doch noch gar nicht die Abschlußfeier gehabt.«

»Er hat nicht vor, sich dem zu unterziehn.«

»Oh«, sagte Jenny. Sie hatte die offizielle Feier nicht mit einer Vorstellung von »sich unterziehen« verbunden, auch wenn es stimmte, daß man sein Diplom einfach per Post bekommen konnte. Für Leute wie Harley Baines, nahm sie an, war ein Abschluß nicht wichtig. (Jennys Familie dagegen würde sich für dieses Ereignis auf den ganzen weiten Weg nach Summerfield machen.) Sie sagte: »Na gut, vielen Dank jedenfalls«, und hing auf, in der Hoffnung, ihre Stimme sei Harleys Mitschüler nicht ganz so verloren vorgekommen wie ihr selbst.

In jenem Sommer arbeitete sie nach dem Abschluß wieder in dem Laden »Molly's Togs« in der Kleinstadt nahe dem College. Bisher hatte sie diesen Job immer angenehm gefunden, aber dieses Jahr deprimierte sie das betont Legere der Bekleidung für verheiratete Frauen – ihre Bermudas fürs Golfspielen und ihre um die Hüften weit geschnittenen Khakihemden. Wenig hilfreich schaute sie weg, wenn ihre Kundinnen fragten: »Steht es mir? Finden Sie es zu jugendlich?« Nächstes Jahr um diese Zeit würde sie in Paulham sein. Sie überlegte, wann sie wohl so weit war, einen gestärkten weißen Mantel anzuziehen.

Im Juli kam ein Brief von Harley Baines, von ihrer Mutter zu Hause umadressiert. Als Jenny nach der Arbeit in ihre Pension zurückkam, fand sie ihn auf dem Tisch in der Diele. Sie stand einen Moment davor und sah ihn an. Dann steckte sie ihn in ihre strohgeflochtene Tasche und ging die Treppe hinauf. Sie schloß ihr Zimmer auf, warf die Tasche aufs Bett und machte das Fenster auf. Sie holte eine eckige Dose aus einer Schublade und gab den beiden Goldfischen im Glas auf dem Schreibtisch Futter. All das, ehe sie Harleys Brief öffnete.

Wußte sie bereits, was darin stand?

Später dachte sie sich, daß es wohl so gewesen war.

Seine Handschrift war so klein und getrennt wie Maschinenschrift. Von einem Genie hätte sie etwas Schwungvolleres erwartet. Er setzte einen Doppelpunkt hinter die Anrede, als handele es sich um einen Geschäftsbrief.

18. Juli 1957

Liebe Jenny:
Ich habe mich unvernünftigerweise an etwas gestoßen, was, in der Tat, eine natürliche Reaktion Deinerseits war. Ich muß lächerlich gewirkt haben.

Was ich beabsichtigt hatte, vor unserem Mißverständnis, war, daß wir uns den Sommer über besser kennenlernen sollten und dann heiraten im Herbst. Ich halte die Ehe immer noch für eine lebensfähige Alternative. Ich weiß, dies scheint plötzlich – wir sind uns nicht gerade auf normale amerikanische Weise nähergekommen –, aber schließlich gehört keiner von uns zu den oberflächlichen Leuten.

Denke daran, daß wir beide nächstes Jahr in Paulham sein werden und zusammen ein Appartement nehmen könnten, Lebensmittel in wirtschaftlichen Mengen kaufen etc. Auch habe ich das Gefühl, daß du gewisse finanzielle Probleme hast, und ich würde gerne diese Verantwortung übernehmen.

Obenstehendes klingt pragmatischer, als ich wollte. In Wirklichkeit denke ich mir, daß ich dich liebe, und erwarte deine Antwort zum frühestmöglichen Zeitpunkt.

Aufrichtig, Harley Baines

PS: Ich weiß, daß du intelligent bist. Du hättest all diese Fragen über Genetik nicht vorzuschieben brauchen.

Das PS war der ergreifendste Teil des Briefs, dachte sie. Es war lockerer geschrieben, eher impulsiv, während das übrige wie nach einem Entwurf kopiert und wieder kopiert wirkte. Sie las den Brief noch einmal, faltete ihn dann zusammen und legte ihn auf ihr Bett. Sie ging hinüber und beobachtete ihre Goldfische, die zuviel Futter übriggelassen hatten, das jetzt auf der Wasseroberfläche schwamm. Sie würde die Rationen kürzen müssen. *Lieber Harley*, probte sie. *Was für eine Überraschung, als* . . . Nein. Für Überschwenglichkeit hatte er sicher nichts übrig. Was sie eigentlich sagen wollte, war: »Ja.« Die Gefühle, die sie früher für ihn gehabt hatte, trieben sie dabei wenig an (sie schienen jetzt verblichen und seicht, eine Schulmädchen-Verliebtheit aufgrund von Abschlußpanik). Was ihr mehr zusagte, war das Kantige an der Situation – der mächtige Sprung in den Weltraum mit jemand, den sie kaum kannte. War das nicht, was Heiraten sein sollte? Wie bei diesen Filmkatastrophen – Schiffbruch oder Erdbeben oder feindliche Gefängnisse –, wo Fremde, von den Umständen eng zusammengesperrt, ihre wahren Stärken und Schwächen zeigten.

In letzter Zeit schien ihr Leben enger zu werden. Die aufeinanderfolgenden Stadien – das eigentliche Medizinstudium, dann Assistenz und Niederlassung – waren so leicht vorherzusehn. Sie hatte in den Spiegel geschaut, erst kürzlich, und plötzlich begriffen, daß die klare, zarte Haut um ihre Augen eines Tages Fältchens entwickeln würde. Sie würde alt werden, wie alle andern auch.

Sie nahm Papier aus der Schreibtischschublade und schraubte ihren Füllfederhalter auf. *Lieber Harley*, schrieb sie. Sie pflückte ein mikroskopisches Härchen von der Spitze der Feder. Sie dachte eine Zeitlang nach. Dann schrieb sie: *Einverstanden* und darunter ihren Namen – das Äußerste an Mitteilung ohne Mätzchen. Selbst Harley konnte das nicht übertrieben finden.

Am nächsten Abend kam Jenny in Baltimore an, gerade vor dem Abendessen. Sie hatte alle Brücken hinter sich abgebrochen: ihren Job gekündigt, ihre Goldfische verschenkt und alles in ihrem Zimmer zusammengepackt. Es war das radikalste Verhalten, das sie je gezeigt hatte. Im Greyhound-Bus saß sie stolz und aufrecht, nur manchmal mußte sie den schnarchenden Soldaten abschütteln, der immer wieder gegen sie fiel. Als sie am Bahnhof ankam, rief sie ein Taxi, anstatt auf den städtischen Bus zu warten, und fuhr in großem Stil nach Hause.

Niemand hatte erfahren, daß sie kommen würde, deshalb war sie verwundert, daß die Eingangstür, als Jenny gerade den Fahrer bezahlte, weit aufging und ihre Mutter heraustrat, durch die Veranda und die Stufen herunterkam, in einem fließenden, geblümten Kleid, hochhackigen Pumps und einem Hut, dessen schwarzer Netzschleier mit etwas wie Schönheitspflästerchen gepunktet war. Hinter ihr kam Ezra in einer Bekleidung, die etwas zu üppig geschnitten war, und zuletzt Cody, dunkel und hübsch und »newyorkerisch« in einem leichten, grauen Maßanzug mit gestreifter Seidenkrawatte. Eine Sekunde lang hatte Jenny die Vorstellung, sie gingen auf eine Beerdigung. So würden sie aussehn – formell gekleidet und im Waffenstillstand –, wenn Jenny nicht mehr unter ihnen weilte. Dann schüttelte sie den Gedanken ab und stieg aus dem Taxi.

Ihre Mutter blieb auf dem Trottoir stehn. »Du lieber Himmel! Ezra, wenn du ›Familienessen‹ sagst, dann ist es auch ein Familienessen!« Sie hob ihren Schleier, um Jenny auf die Wange zu küssen. »Warum hast du uns nicht gesagt, daß du kommst? Ezra, hast du das so eingerichtet?«

»Ich habe überhaupt nichts davon gewußt«, erwiderte Ezra. »Ich wollte dir eigentlich schreiben, Jenny, aber ich dachte mir, du würdest dir wegen eines Abendessens nicht den ganzen weiten Weg machen.«

»Abendessen?« fragte Jenny.

»So eine Idee von Ezra«, erklärte Pearl. »Er hatte erfahren, daß Cody hier durchkommt, vielleicht über Nacht bleibt, und hat gesagt: ›Ich möchte, daß ihr beide euch feinmacht . . .‹«

»Ich bleibe nicht über Nacht«, wandte Cody ein. »Ich bin hier an meinen Plan gebunden, begreift ihr das endlich? Ich sollte nicht einmal zum Abendbrot bleiben. Ich sollte schon in Delaware sein.«

»Ezra hat etwas, was er uns sagen will«, meinte Pearl und zupfte ein Fädchen von Jennys Strandkleid, »er will uns etwas mitteilen und führt uns in Scarlettis Restaurant. Bei dieser Hitze ist ein Salatblatt vermutlich alles, was ich vertrage. Jenny, Liebes, du bist dünn wie eine Bohnenstange! Und was hast du alles in diesem großen Koffer? Wie lange willst du bleiben?«

»Ach, weißt du . . . nicht lang«, antwortete Jenny. Sie hatte Hemmungen, ihre Neuigkeit mitzuteilen. »Vielleicht sollte ich mich umziehn. Ich bin nicht so fein wie ihr alle.«

»Nein, nein, du bist fein genug«, meinte Ezra. Er rieb sich die Hände, wie immer, wenn er zufrieden war. »Alles paßt so schön wie nie! Ein richtiges Familienessen! Wie vom Schicksal bestellt.«

Cody trug Jennys Koffer ins Haus. Inzwischen machte die Mutter ihr Theater: strich Jennys Haar glatt, schnalzte beim Anblick ihrer nackten Beine mit der Zunge. »Keine Strümpfe! In einem öffentlichen Verkehrsmittel.« Cody kam zurück und öffnete die Tür von einem glänzendblauen Wagen am Straßenrand. Er half Pearl hinein, indem er ihren Ellbogen stützte. »Wie gefällt dir mein Wagen?« fragte er Jenny.

»Sehr. Hast du ihn neu gekauft?«

»Wie denn sonst?« antwortete er. »Ein Pontiac. Riech mal, riecht ganz nach neuem Auto.« Er ging auf die Fahrerseite. Jenny und Ezra setzten sich in den Fond; Ezras knochige Handgelenke hingen zwischen seinen Knien.

»Natürlich ist er noch nicht abbezahlt«, meinte Cody und ordnete sich in den Verkehr ein, »aber das dauert nicht mehr lange.«

»Cody Tull!« sagte seine Mutter. »Du hast doch deshalb keine Schulden gemacht.«

»Warum nicht? Ich werde reich, sag' ich euch. Heute in fünf Jahren kann ich zu jedem Autohändler gehn, jedem Händler – Cadillac –, und Hartgeld auf die Theke werfen und sagen: ›Ich nehme drei. Oder sagen wir lieber vier.‹«

»Aber nicht jetzt«, betonte Pearl. »Noch nicht. Du weißt, was ich vom Kaufen auf Zeit halte.«

»Aber ich handele mit Zeit«, wandte Cody ein. Er lachte und schoß bei gelb über eine Kreuzung. »Paßt doch bestens zusammen. Noch zehn Jahre, und du fährst in einer Limousine.«

»Warum sollte ich das wollen?«

»Und Ezra kann nach Princeton gehn, wenn er will. Und ich kann Jenny eine Klinik kaufen, ganz für sie allein. Ich gebe ihr das Geld, und sie kann sich auf jedem Gebiet spezialisieren, hintereinander weg.«

Das war der Augenblick für Jenny, um Harley zu erwähnen, aber sie schaute in die Gegend und sagte nichts.

In Scarlattis Restaurant führte man sie zu einem Tisch in der Ecke, am Ende des langen, brokatverhangenen Speisezimmers. Es war früh am Abend, noch nicht dunkel. Das Restaurant war fast leer. Jenny fragte sich, wo wohl Mrs. Scarlatti war. Sie wollte nach ihr fragen, aber Ezra war mit der Beaufsichtigung des Essens zu beschäftigt. Er hatte vorbestellt, offenbar, und gab nun bekannt, daß vier Personen essen würden, anstatt drei. »Meine Schwester ist auch dabei. Es wird ein richtiges Familiendinner.« Der Kellner, der Ezra zu mögen schien, nickte und ging in die Küche.

Ezra lehnte sich zurück und lächelte die andern an. Pearl polierte eine Gabel mit ihrer Serviette. Cody redete immer noch vom Geld. »Ich habe vor, etwas in Baltimore County zu kaufen«, sagte er, »in nicht allzu ferner Zukunft. Es gibt keinen besonderen Grund, mein Standquartier in New York zu haben. Ich wollte immer schon ein Stück Land, wogendes Maryland-Farmland. Vielleicht züchte ich Pferde.«

»Pferde! Aber Cody, wirklich, das paßt doch nicht zu uns«, meinte Pearl. »Was willst du mit Pferden anfangen?«

»Mutter«, antwortete Cody, »alles paßt zu uns. Verstehst du nicht? Es gibt keine Grenzen. Mutter, weißt du, wer letzte Woche meine Dienste in Anspruch genommen hat? Die Tanner Corporation.«

Pearl legte die Gabel hin. Jenny versuchte, sich zu erinnern, wo sie den Namen bereits gehört hatte. Er kam ihr entfernt bekannt vor; so wie ein primitiver Haushaltsgegenstand, den man nie beachtet und der einem erst auffällt, wenn man nach vielen Jahren Abwesenheit zurückkehrt. »Tanner?« fragte sie Cody. »Was ist das?«

»Wo unser Vater gearbeitet hat.«

»Ach ja.«

»Oder es noch tut, was weiß ich. Aber, Jenny, du hättest das sehen sollen. So ein Groschenbetrieb ... ich meine, nicht klein, großer Gott, mit diesem Durcheinander von Zweigbüros, die sich überschneiden und konkurrieren, sondern so ... kleinkariert. Wirklich so leicht zu durchschauen. Und ich hab' mir gedacht: Sieh mal einer an, einfach so – ich habe sie in meiner Gewalt. Die Tanner Corporation! Die große, allmächtige Tanner Corporation! An dem Nachmittag bin ich hingegangen und habe meinen Pontiac bestellt.«

»Da war nie«, sagte Pearl, »irgend etwas Kleinkariertes an der Tanner Corporation.«

Ihre Vorspeisen kamen auf gekühlten Tellern, zusammen mit einer schlanken, blaßgrünen Flasche Wein. Der Kellner goß Ezra einen Schluck ein, der ihn schmeckte, als ginge es um etwas Wichtiges. »Gut«, meinte er. (Es war seltsam, ihn in einer Autoritätsposition zu sehn.) »Cody? Versuch diesen Wein.«

»Nie«, sagte Pearl, »nicht im allergeringsten, nie im Leben hatte die Tanner Corporation etwas Billiges an sich.«

»Ach, Mutter, gib's zu«, sprach Cody zu ihr. »Ein Müllhaufen. Ich werde den Laden bis auf die Knochen umkrempeln.«

Man hätte denken können, er spräche von etwas Lebendigem – einem Tier, irgendeinem leidensfähigen Geschöpf. Auch Pearl mußte das empfunden haben. Sie sagte: »Cody, warum mußt du dich mir gegenüber auf diese Weise benehmen?«

»Ich benehme mich in keiner Weise.«

»Hab' ich dir jemals Unrecht getan, absichtlich? Dir jemals Kummer gemacht?«

»Bitte«, sagte Ezra. »Mutter? Cody? Es ist ein Familiendinner. Jenny? Einen Toast.«

Jenny hob hastig ihr Glas. »Einen Toast«, stimmte sie zu.

»Mutter? Einen Toast.«

Pearl richtete ihren Blick unwillig auf Ezra. »Ach«, sagte sie, nach einer Pause. »Danke, Lieber, aber Wein bei dieser Hitze würde sich wie ein Stein auf meinen Magen legen.«

»Es ist ein Toast auf mich, Mutter. Auf meine Zukunft. Ein Toast«, sprach Ezra, »auf den Teilhaber von Scarlattis Restaurant.«

»Teilhaber? Wer soll das sein?«

»Ich, Mutter.«

Dann öffneten sich die Flügel der Küchentür, und herein kam Mrs. Scarlatti – berückend wie immer schritt sie auf schlanken, geschmeidigen Beinen daher und warf ihre asymmetrische Frisur zurück. Sie mußte auf ihr Stichwort gewartet haben – gelauscht, mit anderen Worten. »So!« begann sie und legte eine Hand auf Ezras Schulter. »Wie finden Sie meinen Jungen hier?«

»Ich verstehe nicht«, sagte Pearl.

»Na ja, Sie wissen doch, daß er so lange meine rechte Hand war, seit mein Sohn tot ist, eigentlich besser als mein Sohn, wenn ich die Wahrheit sagen soll; der arme Billy hat sich nie so sehr für das Restaurant interessiert . . .«

Ezra stand auf, als stünde etwas von großer Tragweite bevor. Während Mrs. Scarlatti mit ihrer rauhen, verbrauchten Stimme weitersprach – seiner eigenen Mutter erzählte, was für ein Engel Ezra sei, so ein Süßer, so begabt, solche Achtung vor dem Essen, vor anständigem Essen, anständig serviert, mit einem so »göttlichen« (sagte sie) Instinkt für Gewürze –, während all dem zog er seine lederne Brieftasche hervor. Er schaute hinein, wirkte einen Moment besorgt, sagte dann: »Oh!« und zog eine zerschlissene Dollarnote heraus. »Mrs. Scarlatti«, sprach er, »mit diesem Dollar erwerbe ich hiermit die Teilhaberschaft an Scarlattis Restaurant.«

»Sie gehört dir, Herzchen«, sagte Mrs. Scarlatti und nahm das Geld.

»Was ist hier los?« fragte Pearl.

»Die Papiere haben wir gestern nachmittag im Büro meines Anwalts unterschrieben«, erklärte Mrs. Scarlatti. »Ist doch eine gute Sache, oder nicht? Wem soll ich dies verdammte Lokal hinterlassen, wenn es mich umhaut – meinem Chihuahua? Ezra kennt sich hier inzwischen von oben bis unten aus. Ezra, gib mir ein Glas Wein.«

»Aber ich dachte, du gehst aufs College«, sagte Pearl zu Ezra.

»Ich was?«

»Ich dachte, du hättest vor, Lehrer zu werden. Vielleicht Professor. Ich verstehe nicht, was passiert ist. Oh, ich weiß, das geht mich alles nichts an. Ich war nie der Typ, der sich dreinmischt. Nur eins will ich dir sagen: Es wird sehr, sehr merkwürdig aussehn für Leute, die nicht alle Tatsachen kennen. So ein Geschenk anzunehmen! Und von einer Frau noch dazu! Es ist eine Begünstigung; es gibt keine Teilhaberschaft für einen Dollar; dein ganzes Leben wirst du verpflichtet sein. Ezra, wir Tulls verlassen uns auf uns selbst, nur auf uns untereinander. Wir erwarten von der übrigen Welt keinerlei Hilfe. Wie konntest du dich dafür hergeben?«

»Mutter, ich mache gern Essen für Leute«, erwiderte Ezra.

»Er ist ein Wunder«, fügte Mrs. Scarlatti hinzu.

»Aber die Verpflichtung!«

Cody sagte: »Laß ihn in Ruhe, Mutter.«

Sie schwang so rasch zu ihm herum, als wolle sie sich auf ihn stürzen. »Ich weiß, daß dir das Spaß macht!«

»Es ist sein Leben.«

»Was bedeutet dir sein Leben? Du willst doch nur zusehn, wie wir auseinanderbrechen, uns in der Außenwelt auflösen.«

»Bitte«, sagte Ezra.

Aber Pearl stand auf und marschierte zur Tür. »Du hast nicht gegessen!« rief Ezra. Sie blieb nicht stehn. An ihrer geraden Haltung erkannte Jenny von hinten die ersten Anzeichen des Alterns ihrer Mutter – ihre ausgeprägten Sehnen und zerbrechlichen Knochen. »Mein Gott«, rief Ezra aus, »ich hatte mir so ein schönes Essen vorgenommen.« Er rannte hinter Pearl her. Die paar Gäste hoben die Köpfe, überlegten einen Moment und wandten sich wieder ihrem Essen zu.

Übrig blieben Cody, Jenny und Mrs. Scarlatti. Mrs. Scarlatti schien nicht besonders bekümmert. »Mütter«, sagte sie sanft. Sie steckte sich die Dollarnote in ihren schwarz gewandeten Busen.

Cody sagte: »Also, sind wir damit fertig? Ich hätte nämlich vor einer Stunde in Delaware sein müssen. Kann ich dich mitnehmen, Jenny?«

»Ich denke, ich gehe zu Fuß«, antwortete Jenny.

Das letzte, was sie von Mrs. Scarlatti sah, war, wie sie da ganz allein stand und die unberührten Vorspeisen mit einem amüsierten Gesichtsausdruck musterte.

Nachdem Cody weggefahren war, ging Jenny langsam in Richtung Zuhause. Sie sah weder Pearl noch Ezra irgendwo vor sich. Es war Dämmerung – ein stickiger Abend, mit dem Geruch von heißen Reifen. Während sie in ihrem Strandkleid an Läden vorbeizog, fühlte sie sich langsam wie die romantische Vision, die irgend jemand von einem jungen Mädchen hatte. Sie versuchte einen Tagtraum von Harley Baines, aber es ging nicht. Was wußte Jenny von der Ehe? Warum sollte sie überhaupt heiraten wollen? Sie war noch ein Kind; sie würde immer ein Kind bleiben. Ihre Heiratspläne erschienen behelfsmäßig und gewollt – ein Scharade. Sie fand sich närrisch. Sie versuchte, sich an Harleys Kuß zu erinnern, aber er war ganz und gar entschwunden, und Harley selbst war wenig mehr als ein Papiermännchen in einem Versandhauskatalog.

Im Süßigkeitengeschäft stritten zwei Kinder, während sich ihre Mutter eine Hand gegen die Stirn preßte. Dann kam die Apotheke, und dann die Wahrsagerin – ein verschmiertes Spiegelfenster, mit *Mrs. Emma Parkins* drauf, *Handlesen und Beratung*, in verschnörkelten Goldbuchstaben, die an den Rändern abblätterten. Handgeschriebene Schilder waren auf dem Fensterbrett aufgestellt, wie im nachhinein: *Strengste Vertraulichkeit* und *Keine Bezahlung, wenn nicht voll zufrieden*. Im Schein einer verstaubten Kugellampe ging Mrs. Parkins persönlich im Raum hin und her –

ein fettes, düsteres, altes Weib mit einem Pappfächer an einem Eisstil.

Jenny kam bis zur Ecke, blieb stehn und kehrte um. Sie ging bis zur Tür der Wahrsagerin zurück. Sollte sie klopfen oder einfach hineingehn? Sie probierte die Klinke. Die Tür schwang auf, und ein Glöckchen darüber klingelte. Mrs. Parkins ließ den Fächer sinken und sagte: »Na, so was! Eine Kundin.«

Jenny drückte ihre Handtasche an die Brust.

»Warm genug?« fragte Mrs. Parkins.

»Ja.« Jenny glaubte, Hustensirup zu riechen, den bitteren dunklen mit dem Kirscharoma.

»Warum setzen Sie sich nicht«, sagte Mrs. Parkins.

Es gab zwei schwülstige Armsessel einander gegenüber an dem kleinen, runden Tisch, auf dem die Lampe stand. Jenny setzte sich in den, der der Tür am nächsten war. Mrs. Parkins zupfte ihr Kleid hinten von den Hüften los und ließ sich mit einem Stöhnen nieder, den Fächer immer noch in der Hand. »Das Radio sagt, daß das Wetter morgen endlich umschlägt«, erklärte sie, »aber ich weiß nicht, ob ich es bis dahin durchstehe. Scheint wie jedes Jahr, aber die Hitze trifft mich einfach härter.«

Trotzdem war ihre Hand, mit der sie nach Jennys griff, kühl und trocken, mit festen, kleinen Polstern an den Fingerspitzen. Sie fächelte sich, während sie Jennys Handfläche studierte. Das gab ihrem Tun etwas Alltägliches. »Langes Leben, gute Karrierelinie ...«, murmelte sie, als blättere sie eine Kartei durch. Jenny entspannte sich.

»Ich nehme an, es gibt etwas Besonderes, was Sie wissen wollen«, sagte Mrs. Parkins.

»Na ja ...«

»Unsinn, drum herumzureden.«

»Sollte ich ... also ... sollte ich heiraten?«

»Heiraten«, sagte Mrs. Parkins.

»Ich meine, ich könnte. Ich habe diese Möglichkeit. Ich bin gefragt worden.«

Mrs. Parkins prüfte weiter Jennys Hand. Dann verlangte sie

stumm die andere, die sie kaum ansah. Danach lehnte sie sich zurück und fächelte sich weiter, den Blick zur Decke gerichtet.

»Heiraten«, meinte sie schließlich. »Also, ich sage Ihnen, Sie sollten, oder Sie sollten nicht. Wenn Sie es nicht tun, werden Sie andere Anträge bekommen. Bestimmt. Aber hier ist mein Rat: Vorwärts, tun Sie es.«

»Was, heiraten?«

»Wenn Sie es nicht tun, sehn Sie«, sagte Mrs. Parkins, »kommt eine Menge Herzeleid auf Sie zu. Eine Menge Schwierigkeiten in Ihrem romantischen Leben. Von mehreren, unterschiedlichen Leuten. Was ich sagen will«, erklärte sie, »wenn Sie nicht hingehn und heiraten, wird die Liebe Sie zerstören.«

»Ach«, sagte Jenny.

»Das macht zwei Dollar, bitte.«

Beim Suchen in ihrer Börse kam Jenny ein interessanter Gedanke. Wenn man Ezras Wechselkurs zugrunde legte, hätte sie für denselben Betrag zwei Restaurants kaufen können.

Sie heiratete Harley Ende August, in der kleinen Baptistenkirche, die die Tulls gelegentlich besucht hatten. Cody spielte den Brautvater und Ezra wies die Plätze an. Die Gäste, die er geleitete, waren: Pearl, Mr. und Mrs. Baines und eine Tante von Harley mütterlicherseits. Jenny trug ein weißes Ösenkleid mit Sandalen. Harley trug einen schwarzen Anzug, ein weißes Hemd und mattschwarze Schuhe, die vorne breit gerundet waren. Jenny schaute während der ganzen Zeremonie auf diese Schuhe hinunter. Sie erinnerten sie an die bohnenförmigen Lakritzbonbons.

Pearl vergoß keine Träne, denn, so sagte sie, sie war froh, daß die Dinge sich so gestaltet hatten, auch wenn gewisse Leute sie früher hätten informieren können. Es sei eine Erleichterung, eine Tochter in sichere Hände zu geben, sagte sie – eine Last weniger. Mrs. Baines weinte die ganze Zeit, aber sie war eben so eine Frau. Sie sagte nach der Hochzeit zu Jenny, dies bedeutet bestimmt nicht, daß sie etwas gegen diese Eheschließung hätte.

Dann fuhren Harley und Jenny mit dem Zug nach Paulham, wo sie ein kleines Appartement gemietet hatten. Sie besaßen noch keine Möbel und verbrachten ihre Hochzeitsnacht auf dem Fußboden. Jenny war besorgt wegen Harleys Unerfahrenheit. Sie war sicher, daß er über Dinge wie Sex stets erhaben gewesen war; er wußte bestimmt nicht, wie man es macht, und sie auch nicht, und zum Schluß würden sie an etwas scheitern, was alle Welt ohne Überlegung bewältigte. Aber wie sich herausstellte, wußte Harley sehr wohl, was er zu tun hatte. Sie hatte den Verdacht, er habe es erforscht. Sie stellte sich Harley an einem Tisch in der Bibliothek vor, wie er die Theorien der Fachleute verglich und eifrig in der angemessenen Form Notizen machte.

III

»Onkel Otto onaniert tagtäglich«, sagte Jenny zu der Landschaft, die an ihrem Fenster vorübereilte, »aber Fridolin vögelt gerne viele alte Huren.«

Auf diese Weise prägte man sich unter Studenten die Schädelnerven ein: Oefaktorius, Optikus, Okulomotorikus . . . Sie runzelte die Stirn und sah in ihrem Lehrbuch nach. Man schrieb 1958 – Beginn des ersten Wochenendes im Mai, aber eigentlich kein Wochenende, das sie zur freien Verfügung hatte. Sie machte einen Besuch in Baltimore, während sie sich in Paulham hätte verkriechen und lernen müssen. Sie hatte ihre Mutter per Ferngespräch angerufen. »Könntest du Ezra bitten, mich am Zug abzuholen?«

»Ich dachte, du hättest so viel zu arbeiten.«

»Ich kann da unten genauso arbeiten.«

»Kommt Harley mit?«

»Nein.«

»Stimmt was nicht?«

»Alles in Ordnung.«

»Mir gefällt dein Ton nicht, junge Dame.«

Pearls Stimme am Telefon war matt und gestört, leicht zu behandeln. »Ach, Mutter, wirklich«, hatte Jenny gesagt. Aber jetzt fuhr der Zug in Baltimore ein, und der Anblick von Fabrikschornsteinen, rußgeschwärzten Backsteinen und vom Regen zerwaschenen Reklamewänden – eine Szenerie, die ihr »Heimat« bedeutete – dämpfte ihr Selbstbewußtsein. Sie hoffte, Ezra würde sie allein abholen. Sie rieb ein Fleckchen Fenster sauber und starrte auf meilenweite Gleisanlagen hinaus; dann flogen die ersten Stahlmasten vorbei, dann kamen sie langsamer, deutlicher, und schließlich eine dunkle Treppe. Der Zug kreischte und hielt ruckartig. Jenny machte ihr Buch zu. Sie stand auf, wand sich an einer schlafenden Frau vorbei und holte einen kleinen Koffer aus dem Netz oben runter.

Dieser Bahnhof hatte immer noch etwas von einer Baustelle, dachte sie. Als sie oben auf der Treppe angekommen war, hörte sie das Wimmern eines elektrischen Geräts – eines Bohrers oder einer Säge. Das Geräusch verlor sich fast unter der hohen Decke. Da stand Ezra und lächelte ihr entgegen, die Hände in den Taschen seiner Windjacke. »Wie war deine Reise?« fragte er.

»Gut.«

Er nahm ihren Koffer. »Harley in Ordnung?«

»Oh, ja.«

Sie schlängelten sich durch spärliche Grüppchen von Menschen in Regenmänteln. »Mutter ist noch bei der Arbeit«, sagte Ezra, »aber sie müßte zu Hause sein, bis wir kommen. Und ich habe Cody angerufen. Ich dachte, wir könnten alle morgen im Restaurant zu Abend essen; er kommt wahrscheinlich hier vorbei.«

»Wie geht es dem Restaurant?«

Ezra sah unglücklich drein. Er führte Jenny durch die Tür, in einen tröpfelnden Nebel hinaus, der sich kühl auf ihre Haut legte. »Es geht ihr gar nicht gut«, meinte er.

Jenny wunderte sich, weshalb er von dem Restaurant mit »sie« sprach, als sei es ein Schiff. Aber dann sagte er: »Die Behandlung schadet ihr nur. Sie kann nichts bei sich behalten«, und dann verstand sie, daß er wohl Mrs. Scarlatti meinte. Im letzten Herbst hatte Mrs. Scarlatti für eine Krebsoperation ins Krankenhaus gemußt – ihre zweite, dabei hatte bis dahin niemand etwas von der ersten gewußt. Das hatte Ezra sehr schwer getroffen. Er trottete betrübt die Reihe der Taxis entlang und sagte: »Sie beklagt sich fast nie, aber ich weiß, daß sie leidet.«

»Du führst also das Restaurant allein?«

»O ja, das tue ich schon seit November. Alles: anstellen und kündigen, neue Hilfe finden, wenn jemand weggeht. Ein Restaurant besteht nicht nur aus Essen, weißt du. Manchmal scheint es, als sei das Essen das wenigste. Ich fürchte manchmal, das Lokal fällt mir auseinander, aber Mrs. Scarlatti sagt, ich soll mir keine Sorgen machen. So sieht es immer aus, sagt sie. Leben heißt, dauernd etwas abstützen, sagt sie, gegen dies und jenes, was einfach ausgehöhlt wird und wegbröckelt. Langsam glaube ich, daß sie recht hat.«

Sie waren bei seinem Auto angekommen, einem zerbeulten grauen Chevy. Er machte ihr die Tür auf und schob ihren Koffer in den Fond, mitten in das Chaos von Zeitschriften, schmutzigen Kleidern und einer Art Zangen oder Fleischspießen in der Plastiktüte eines Küchengeschäfts namens »Kitchen Korner«. »Entschuldige das Durcheinander«, sagte er, während er sich ans Steuer setzte. Er ließ den Motor an und fuhr rückwärts aus seiner Parklücke. »Kannst du inzwischen fahren?«

»Ja. Harley hat es mir beigebracht. Ich fahre ihn jetzt überall hin; er hat gern den Kopf frei zum Denken.«

Sie hatten die Charles Street erreicht. Der Regen war so dünn, daß Ezra nicht einmal die Scheibenwischer angemacht hatte, und die Scheiben begannen sich zu beschlagen. Jenny spähte nach vorn. »Kannst du sehen?« fragte sie Ezra.

Er nickte.

»Zuerst will er, daß ich ihn fahre«, berichtete sie, »und dann kritisiert er jede kleinste Kleinigkeit an meiner Fahrweise. Er ist so klug; du weißt nicht, wie weit seine Klugheit reicht. Ich meine, er weiß nicht nur alles über Mathe oder Genetik, er weiß auch, was die wirksamste Hitze ist, um Fleisch zu schmoren, wie ich meine Küche am besten organisieren sollte – alles, fertig geplant im Kopf. Wenn ich fahre, sagt er: ›Also, Jennifer, du weißt doch genau, daß drei Ecken weiter dieses Stoppschild ist, wo du dich links einordnen mußt, was hast du also auf der rechten Spur zu suchen? Du mußt weiter vorausdenken‹, sagt er. ›Drei Blöcke!‹ sage ich. ›Du liebe Zeit! Laß mich doch erst mal dort sein.‹

›Zwischen hier und diesem Stoppschild‹, sage ich zu ihm, ›kann alles mögliche sein‹, und er sagt: ›Eigentlich nicht. Nein, wirklich nicht. Alle drei Kreuzungen haben eine Spur für Linksabbieger, das weißt du sicher noch, also brauchst du auch nicht zu warten, bis . . .‹ Nichts, was nicht geplant wäre, bei Harley. Man sieht förmlich, wie sich die numerierten Seiten in seinem Kopf umblättern. Und nie ein einziger Fehler.«

»Na ja«, meinte Ezra, »wahrscheinlich sieht eben alles anders aus, wenn man ein Genie ist.«

»Nicht, daß ich nicht gewarnt worden wäre«, fuhr Jenny fort, »aber ich habe nicht begriffen, daß es eine Warnung war. Ich war zu jung, um die Zeichen zu erkennen. Ich dachte, er wäre eben wie ich, weißt du, ein vorsichtiger Mensch; ich war immer vorsichtig, aber jetzt, verglichen mit Harley, bin ich das scheint's überhaupt nicht. Ich hätte etwas ahnen müssen, als ich vor der Hochzeit seine Eltern besuchen fuhr und alle Bücher in seinem Zimmer nach Höhe und Farbe sortiert waren. Alphabetisiert, das hätte ich verstehen können; oder nach Themen getrennt. Aber diese tyrannische, fixierte Anordnung der Sachen – dreißig Zentimeter Rot, dreißig Zentimeter Schwarz, nichts Gebundenes zwischen den Taschenbüchern . . . schlimmer als Mutters Kommodenschubladen. Vom Regen in die Traufe, so ist es! Als Harley mich zum erstenmal küßte, mußte er erst die Bettdecke, auf der wir saßen, nach Krümeln absuchen. Das hätte mir doch etwas sagen müssen, oder? Heute hockt er sich jeden Abend, ehe er schlafen geht, auf die Bettkante und wischt sich die Fußsohlen ab. Diese nackten, weißen Füße, unberührt – wovon sollen die schmutzig werden? Er trägt Schuhe, den ganzen Tag, und Slipper bei jedem Schritt in der Nacht. Aber nein, da sitzt er, ganz methodisch, ganz exakt, eins nach dem andern, wie es sich gehört, wisch, wisch . . . manchmal denke ich, ich schlage gleich zu. Ich bin fasziniert, ich stehe da und sehe zu, wie er zuerst den linken Fuß abwischt, dann den rechten, und keiner darf auch nur einmal den Boden berühren, wenn er damit fertig ist, und ich denke: ›Harley, ich schlag' dir gleich den Schädel ein.‹«

Ezra räusperte sich. »Das ist die Gewöhnung«, sagte er. »Ja, genau: Gewöhnung. Das erste Ehejahr. Das ist alles, ich bin sicher.«

»Na ja, vielleicht«, meinte Jenny.

Sie wünschte, sie hätte nicht so viel geredet.

Als sie zu Hause ankamen – wo ihre Mutter selbst eben eingetroffen war –, erzählte Jenny deshalb überhaupt nichts von Harley. (Pearl fand Harley wunderbar, bewundernswert – vielleicht in der Unterhaltung nicht ganz einfach, aber die einzig mögliche Person, um ihre Tochter zu heiraten.) »Jetzt sag mal«, fragte Pearl, nachdem sie Jenny geküßt hatte, »wieso hast du denn deinen Mann nicht mitgebracht? Ihr habt doch nicht irgendeinen blöden Streit gehabt.«

»Nein, nein. Es ist bloß meine Arbeit. Die anstrengende Arbeit«, antwortete Jenny. »Ich wollte kommen und mich ausruhn, und Harley konnte sein Labor nicht allein lassen.«

Es stimmte: das Haus schien gemütlich, jetzt auf einmal. Nachdem Ezra in Scarlattis Restaurant gegangen war, ging die Mutter mit Jenny in die Küche und goß ihr eine Tasse Tee auf. Mit Tee hatte Pearl nie geknausert. Sie lief hin und her, setzte den fleckigen, braunen Teetopf auf, summte irgendeine alte, zittrige Weise. Das feuchte Wetter hatte ihr Haar zu kleinen Korkenzieherlöckchen gedreht und der Dampf ihre Wangen rosig gefärbt; sie sah geradezu hübsch aus. (Was für eine Art von Ehe hatte sie gehabt? Irgend etwas mußte schrecklich schief damit gegangen sein; trotzdem konnte Jenny sie sich nicht anders als vollkommen denken, aus einem Guß, ihre Eltern für immer vereint. Daß ihr Vater weggegangen war, war ein unguter Zufall – irgendein Mißverständnis, das sich aufklären würde.)

»Ich dachte, wir essen etwas ganz Leichtes zum Abendbrot«, schlug ihre Mutter vor. »Vielleicht einen Salat oder so was.«

»Das wäre prima«, sagte Jenny.

»Etwas Schlichtes und Einfaches.«

Schlicht und einfach war genau, was Jenny brauchte. Sie entspannte sich; endlich war sie in Sicherheit, am einzigen Ort, wo die Menschen sie genau kannten und sie liebten, wie sie war.

Es war deshalb um so seltsamer, daß sie nach dem Abendbrot

bei ihrem Rundgang durchs Haus ein Zucken des Mitleids für Ezra verspürte, als sie sich in seinem Zimmer umsah. »Immer noch hier!« dachte sie beim Anblick der bubenhaften Schottendecke auf seinem Bett, der abgeschabten Flöte auf dem Fensterbrett, des gehämmerten Blechtabletts auf seiner Kommode mit Haufen alter, grünlicher Pennystücke. »Wie erträgt er das bloß?« fragte sie sich, und sie ging wieder die Treppe hinunter, kopfschüttelnd und verwundert.

Was Jenny mitgebracht hatte, waren Kleider, um einmal zu wechseln, Harleys Brief, in dem er ihr die Heirat antrug und sein Photo im Silberrahmen. Beim Auspacken stellte sie das Photo entschlossen auf ihren Schreibtisch und sah es prüfend an. Sie hatte es nicht aus sentimentalen Gründen mitgenommen, sondern weil sie vorhatte, über Harley nachzudenken, zu einem Schluß über ihn zu kommen, und sie wollte nicht, daß die Entfernung ihr Urteil beeinflußte. Sie sah voraus, daß sie sich womöglich so weit vergaß, daß sie ihn zu vermissen begann. Dieses Bild würde sie ermahnen, das nicht zu tun. Er war ein steifer und spießiger Mann; man sah das an der verdickten Kinnlinie und dem trüben, bebrillten Blick, den er in die Kamera richtete. Er war mit ihrer Denkweise nicht einverstanden – zu hastig und ziellos, sagte er. Er mochte ihre geschwätzigen Freundinnen nicht. Er fand ihre Kleidung stillos. Er kritisierte ihre Tischmanieren. »Jeden Bissen fünfundzwanzigmal kauen«, sagte er dann zu ihr. »Das rate ich dir. Es ist nicht nur gesünder, sondern du wirst beobachten, daß du dann nicht soviel ißt.« Er war besessen von der Angst, sie könnte fett werden. Da Jenny ihre Rippen einzeln zählen konnte, fragte sie sich, ob er nicht in irgendeinem Punkt verrückt war – nicht durch und durch geisteskrank, sondern nur auf einem bestimmten Gebiet. Es war das Unkontrollierbare, vielleicht, was er fürchtete: Er wollte Jenny nicht aufgebläht sehen wie einen Ballon, mit Pfunden, die sich ungehemmt ansammelten; er wollte nicht erleben, daß sie *außer Kontrolle geriet*. Das mußte es sein. Aber sie fing an, sich zu fragen, ob sie etwa zunahm. Sie begann, jeden Morgen auf die Waage zu gehn. Sie stand vor dem mannshohen Spiegel, zog ihren

Bauch ein. Womöglich wurden ihre Hüften breiter? In der Öffentlichkeit dagegen stellte sie fest, daß gerade die fleischigen Frauen Harleys Blicke auf sich zogen – die Üppigen mit den Sommersprossen, Blondinen, ein bißchen nachlässig. Es war wirklich ein Rätsel.

Jennys Noten waren nicht sehr gut. Sie fiel nicht durch oder so was; sie bekam aber auch keine A-Noten, und ihre Laborarbeit war oft schluderig. Manchmal schien es ihr, als sei sie hohl gewesen, all die Jahre, und sinke nun in sich zusammen. Sie hatten sie ertappt: Im Innern war an ihr nichts dran.

Als sie für diese Reise packte (die Harley als Zeit- und Geldverschwendung ansah), war sie quer durchs Schlafzimmer auf sein Photo zumarschiert, das dort auf der Kommode stand. Harley stand davor. »Geh zur Seite, bitte«, forderte sie ihn auf. Er machte ein beleidigtes Gesicht und trat weg. Dann, als er sah, was sie wollte, war sein Gesicht ... man könnte sagen, aufgeflogen, wie ein Tor. Sein starrer Blick war weich geworden, seine Lippen öffneten sich zum Sprechen. Er war gerührt. Und sie war gerührt, daß er gerührt war. Nichts war jemals einfach; immer gab es diese Komplikationen. Dann sagte er aber: »Ich verstehe dich nicht. Deine Mutter hat dich dein ganzes Leben erschreckt und mißhandelt, und jetzt willst du sie besuchen, ohne ersichtlichen Grund.«

Was er damit eigentlich meinte, war vermutlich: »Bitte, fahr nicht.«

Man hätte im Dechiffrieren ausgebildet sein müssen, um sich in diesem Mann auszukennen.

Sie faltete seinen Verlobungsbrief auf. Schon, wie er ihn datiert hatte: Nicht in der üblichen Reihenfolge Monat, Tag, Jahr, sondern: *18 July, 1957* – eine Form, die ihr prätentiös vorkam, außer falls er zufällig Engländer war. Sie wunderte sich, wie sie die pompöse Sprache hatte übersehen können, *nicht gerade auf normale amerikanische Weise nähergekommen* (als verpflanze ihn seine überlegene Intelligenz gleich auf einen anderen Kontinent), und vor allem der Brief selbst, die schiere Tatsache, daß er geschrieben worden war, das Heiratsprojekt vorgebracht wie die Fusion zweier Firmen.

Nun ja, sie hatte das tatsächlich übersehen. Sie hatte es übersehen wollen. Sie wußte, daß sie in dieser ganzen Angelegenheit unaufrichtig gehandelt hatte – beschlossen, ihn zu bekommen, ihn geheiratet aus praktischen Gründen. Sie hatte kalkuliert, das war es. Aber sie empfand die Strafe als schwerer als das Verbrechen. Es war schließlich kein so schreckliches Verbrechen. Sie hatte keine Ahnung gehabt (ging es denn irgend jemand anders vor der Ehe?), mit was für einer ernsten Sache sie da spielte, wie lange es dauert, wie tief es geht. Und jetzt? Jetzt ging es auf ihre Kosten. Nachdem sie erwischt hatte, was sie wollte, erfuhr sie, daß es sie erwischt hatte. Kalkuliert, in der Tat! Sie stand im Begriff, ihr Leben zu ruinieren, es genau nach Höhe und Farben zu arrangieren. Er würde vorn im Auto neben ihr sitzen, mit diesem kritischen Ausdruck im Gesicht, und ihr jede Kurve vorschreiben, und jeden Gangwechsel.

Weil sie wußte, daß Ezra sich freuen würde, ging sie spät am Abend ins Restaurant. Der Regen hatte aufgehört, aber es war noch neblig. Sie hatte das Gefühl, als ginge sie unter Wasser, wie in einem jener Träume, wo man dann ebenso leicht atmet wie zu Lande. Es waren wenig Leute unterwegs – alle in Eile, in sich verschlossen, in Regenmäntel und Plastikcapes gehüllt. Der Verkehr zischte vorbei; der Widerschein von Scheinwerfern schwankte auf den Straßen.

Die Küche des Restaurants erschien überfüllt; ein Wunder, daß hier eine annehmbare Portion Essen herauskam. Ezra stand am Herd und überwachte das Abschöpfen irgendeiner Brühe oder Suppe. Ein junges Mädchen hob Kellen voll dampfender Flüssigkeit und leerte sie in eine Schüssel. »Wenn du fertig bist . . .«, sagte Ezra gerade, und dann »Oh, hallo, Jenny«, und er kam zur Tür, wo sie stand. Über seinen Jeans trug er eine lange weiße Schürze; er sah wie einer der Köche aus. Er führte sie herum, um sie den andern vorzustellen, den schwitzenden Männern, die hackten oder siebten oder rührten. »Das ist meine Schwester Jenny«, sagte er jedesmal, wurde dann aber von irgendeiner Einzelheit abgelenkt und stand da und redete über das Essen. »Kann ich dir etwas anbieten?« fragte er schließlich.

»Nein, ich habe schon zu Hause gegessen.«
»Oder vielleicht einen Drink von der Bar?«
»Nein, danke.«
»Das ist unser Oberkellner, Oakes. Und das ist Josiah Payson; du weißt doch.«
Sie sah hinauf und hinauf und in Josiahs Gesicht. Er war ganz in Weiß, makellos (wo hatten sie nur eine Tracht gefunden, die ihm paßte), nur sein Haar sträubte sich immer noch wild. Und es war keineswegs leichter als früher, zu sehen, wohin sein Blick gerichtet war. Nicht auf sie; das stand fest. Er mied sie. Er schien für ihren Anblick vollkommen blind.
»Wenn die Boyces kommen«, sagte Ezra zu Oakes, »dann sag ihnen, daß wir die Muschelcremesuppe haben. Es reicht gerade für die beiden; sie steht auf dem hinteren Brenner.«
»Wie geht es dir, Josiah?« fragte Jenny.
»Ach, nicht schlecht.«
»Du arbeitest also jetzt hier.«
»Ich bin der Salatchef. Meist schneide ich Sachen klein.« Seine Spinnenhand zuckte vor seiner Brust. Die Falte in seiner Stirn schien tiefer als je zuvor.
»Ich habe oft an dich gedacht«, sagte Jenny.
Sie meinte es nicht so, zuerst. Aber dann begriff sie, mit einem plötzlichen Gefühl der Bedrängung, das sich wie eine Krankheit anfühlte, daß sie die Wahrheit sagte; sie hatte all die Jahre an ihn gedacht, ohne es zu wissen. Es schien, als sei er ihr kein einziges Mal aus dem Sinn gekommen. Sogar Harley, erkannte sie, war bloß eine umgekehrte Art von Josiah, ein von innen nach außen gekrempelter Josiah: genauso fremd, schwarzweiß, unverständlich für jeden, außer Jenny.
»Geht es deiner Mutter gut?« fragte sie ihn.
»Sie ist gestorben.«
»Gestorben!«
»Schon vor langem. Sie ging zum Einkaufen, und sie starb. Ich lebe jetzt ganz allein in meinem Haus.«
»Das tut mir leid«, sagte Jenny.
Aber immer noch wollte er ihrem Blick nicht begegnen.

Ezra wandte sich von Oakes ab und fragte: »Bist du sicher, daß ich dir keinen Happen anbieten kann, Jenny?«

»Ich muß gehn«, sagte sie zu ihm.

Auf dem Heimweg wunderte sie sich, weshalb der Weg so weit schien. Ihre Füße fühlten sich ungewohnt schwer an, und tief in ihrer Brust war ein alter, rostiger Schmerz.

»Der Eschenhain, wie anmutig«, kam es aus Ezras Flöte, »wie süß es doch singt . . .« Jenny erwachte langsam, noch in Traumfetzen eingesponnen, und fand es seltsam, daß eine Blockflöte aus Birnenholz Pflaumen produzieren konnte – vollkommene, runde, reine, pflaumengleiche Noten, die sich über ihr Bett ergossen. Sie setzte sich auf und überlegte einen Moment. Dann schob sie die Bettdecke zurück und griff nach ihren Kleidern.

Ezra spielte »Le Godiveau de Poisson«, als sie das Haus verließ.

Diese Straße hinunter, und dann die, und dann die nächste, aber die erwies sich als falsch. Sie mußte ihren Weg zurückverfolgen. Der Tag versprach schön zu werden. Das Trottoir war überall noch naß, aber die Sonne ging über den Schornsteinen in einem perlrosa Himmel auf. Sie grub die Fäuste in die Manteltaschen. Sie begegnete einem alten Mann, der einen Pudel ausführte, sonst niemand, und selbst er ging lautlos vorbei und verschwand.

Als sie die gesuchte Straße erreichte, kam ihr alles unbekannt vor, und sie mußte den Weg durch die Gasse nehmen. Sie konnte das Haus nur von der Rückseite finden. Sie erkannte den behelfsmäßigen Anbau hinter der Küche und die holprigen Stufen, die unter ihren Füßen nachgaben, und die Holztür, an der fast keine Farbe mehr war. Sie suchte nach der Türglocke, um zu läuten, aber es gab keine; sie mußte klopfen. Irgendwo im Innern des Hauses hörte man ein Möbel scharren – Stuhlbeine, die zurückgeschoben wurden. Josiah war, als er erschien, so groß, daß er das Fenster verdunkelte, durch das sie spähte.

Er öffnete die Tür. »Jenny?« sagte er.

»Hallo, Josiah.«

Er blickte in der Gegend herum, als glaubte er, sie wolle jemand anders besuchen. Sie bemerkte sein Frühstück auf dem Küchentisch: eine Scheibe Weißbrot mit Erdnußbutter. Ein Bild von Verwahrlosung und Hoffnungslosigkeit, das rissige Linoleum und das Becken voll mit schmutzigem Geschirr, und er in seinen zerrissenen Jeans und dem braunen Pullover, aus dem die Fäden hingen. Sie zog ihren Mantel enger um sich.

»Was willst du, was willst du hier?« fragte er.

»Ich habe alles falsch gemacht«, antwortete sie.

»Wovon redest du?«

»Du mußt glauben, ich bin genau wie die andern! Genauso wie die, vor denen du fliehen willst, hinaus in den Wald mit deinem Schlafsack.«

»Oh, nein, Jenny«, sagte er. »Ich würde nie glauben, daß du so bist.«

»Nein?«

»Niemand würde das, du bist zu hübsch.«

»Aber ich denke . . .«

Sie legte eine Hand auf seinen Ärmel. Er wich nicht zurück. Dann trat sie näher und schlang ihre Arme um ihn. Selbst durch ihren Mantel konnte sie fühlen, wie mager und knochig sein Brustkorb war und wie seine Wärme durch den schäbigen Pullover drang. Sie legte ihr Ohr an seine Brust, und er hob langsam und zögernd seine Hände auf ihre Schultern. »Ich hätte dich weiter küssen müssen«, erklärte sie. »Ich hätte zu meiner Mutter sagen müssen: ›Geh weg. Laß uns in Ruhe.‹ Ich hätte für dich einstehn müssen und nicht ein solcher Feigling sein dürfen.«

»Nein, nein«, hörte sie ihn protestieren. »Ich denke nicht daran. Ich denke nicht daran.«

Sie trat zurück und sah zu ihm hinauf.

»Ich spreche nicht darüber«, sagte er.

»Josiah – willst du mir nicht wenigstens sagen, daß es jetzt wieder gut ist?«

»Sicher«, sagte er. »Ist schon gut, Jenny.«

Danach gab es wirklich nichts mehr zu besprechen. Sie stellte sich auf die Zehenspitzen, um ihm einen Abschiedskuß zu geben, und sie dachte, daß er sie direkt ansah, als er lächelte und sie losließ.

»Zur Gesundheit, allerseits.« Cody hob sein Glas. »Auf Ezras Küche. Auf Scarlattis Restaurant.«

»Auf ein glückliches Familiendinner«, sagte Ezra.

»Na, meinetwegen, auch auf das, wenn du willst.«

Alle tranken, sogar Pearl – aber vielleicht war der kleine Schluck, den sie nahm, nur vorgetäuscht. Sie trug ihren Hut mit dem Schleier und ein beiges Schneiderkostüm, so neu, daß es nicht nachgab, wenn sie sich zurücklehnte. Jenny war nur in Rock und Bluse und fühlte sich trotzdem schön gekleidet. Sie fühlte sich überhaupt großartig – völlig sorglos. Sie strahlte unaufhörlich die andern an, so sehr freute sie sich, sie um sich zu haben.

Aber waren eigentlich alle da? In Jennys neuer Stimmung kam ihr ihre Familie zu klein vor. Diese drei jungen Leute und diese abgezehrte Mutter, dachte sie, wurden dem Anlaß nicht ganz gerecht. Sie hätten noch mehrere Familienmitglieder brauchen können – einen Familienclown, zum Beispiel; und ein echtes, schwarzes Schaf, schwärzer als Cody; und vielleicht eine von diesen herrschsüchtigen, älteren Schwestern, die eine Gruppe mit Gewalt beisammenhalten. Wie die Dinge nun einmal lagen, mußte Ezra sie zusammenhalten. Er machte das nicht besonders gut. Er war zu sehr mit dem Essen beschäftigt. Gerade jetzt konferierte er mit dem Kellner, wies auf die Suppe, die eine Idee zu kalt auf den Tisch gekommen war, wie er sagte – dabei fand Jenny sie gut so. Und jetzt nahm Pearl ihre Handtasche und schob ihren Stuhl zurück. »Hände waschen«, bedeutete sie Jenny lautlos. Ezra würde noch nervöser werden, wenn er merkte, daß sie weg war. Er mochte die Familie in der Gruppe, als Häuflein, und er haßte Pearls Angewohnheit, sich in einem Restaurant dauernd »frisch zu machen«, so wie er es haßte, wenn Cody zwischen den Gängen seine dünnen Zigarren rauchte. »Ich wünschte«, sagte er immer, »daß wir bloß einmal vom Anfang bis zum Ende durch ein Essen kommen«, und er würde es gleich wieder sagen, sobald ihm aufgefallen war, daß Pearl fehlte. Eben sprach er allerdings mit dem Kellner: »Wenn Andrew das Geschirr warm halten würde ...«

»Das tut er meistens, das schwöre ich, aber der Wärmofen ist kaputt.«

»Was meinst du?« flüsterte Cody nahe an Jennys Gesicht. »Hat Ezra jemals mit Mrs. Scarlatti geschlafen? Oder hat er nicht.«

Jenny fiel der Unterkiefer herunter.

»Also?« fragte er.

»Cody Tull!«

»Sag bloß nicht, daß du nie daran gedacht hast. Eine einsame, alte Witwe, oder was sie auch ist; hübscher Junge ohne Zukunft . . .«

»Das ist ekelhaft«, sagte Jenny zu ihm.

»Überhaupt nicht«, erwiderte Cody kühl und lehnte sich zurück. Er hatte eine bestimmte Art, die Leute unter halb gesenkten Lidern hervor zu betrachten, was ihm etwas Tolerantes und Weltläufiges gab. »Kein Fehler«, meinte er, »wenn jemand von seinem Glück profitiert. Und du mußt zugeben, Ezra ist glücklich; glücklich geboren. Hast du jemals beobachtet, was passiert, wenn ich meine Freundinnen zu uns bringe? Sie sind von ihm hingerissen. Das war schon so, als wir Kinder waren. Was sie bloß in ihm sehen? Wie macht er das? Ist es Glück? Du bist eine Frau: Was ist sein Geheimnis?«

»Ehrlich, Cody«, sagte Jenny, »ich wünschte, du würdest da mal herauswachsen.«

Ezra beendete das Gespräch mit dem Kellner. »Wo ist Mutter?« fragte er. »Ich drehe mich eine Sekunde um, und sie verschwindet.«

»Hände waschen«, antwortete Cody und steckte ein Zigarre an.

»Ach, warum tut sie das nur immer? Es kommt noch mehr Suppe, frisch vom Herd, kochendheiß diesmal.«

»Läßt du sie von barfüßigen Läufern hereinbringen?« fragte Cody.

Jenny meinte: »Keine Sorge, Ezra. Ich geh' sie rufen.«

Sie ging zwischen den Tischen durch auf einen Gang zu, über dessen Eingangsbogen ein Schild *Ausgang* hing. Gerade vor der

Damentoilette, vor einer schwingenden, lederbezogenen Tür, entdeckte sie Josiah. Er hatte seine weiße Arbeitskleidung an und trug eine Plastik-Spülschüssel voll Chicoréeblättern.

»Josiah«, sagte sie.

Er blieb stehn, sein Gesicht erhellte sich. »Grüß dich, Jenny.«

Sie standen, lächelten sich an, sprachen nicht. Sie griff nach seinem Handgelenk.

»Das darf nicht wahr sein!« schrie ihre Mutter.

Jenny zog hastig ihre Hand zurück und fuhr herum.

»Oh, Jenny. Oh, mein Gott«, sagte Pearl. Ihre Augen waren nicht mehr grau; sie waren schwarz, und sie hielt krampfhaft ihre glänzendschwarze Tasche fest. »Also, jetzt begreife ich alles.«

»Nein, warte«, sagte Jenny. Ihr Herz klopfte so schnell, sie schien zu vibrieren, wo sie stand.

»Auf Besuch kommen ohne ersichtlichen Grund«, sagte Pearl, »und sich wegschleichen heute morgen, um ihn zu treffen, wie ein Luder, wie ein billiges, kleines Luder . . .«

»Mutter, du verstehst es falsch!« antwortete Jenny. »Nichts ist, siehst du das nicht?« Sie fühlte, wie ihr der Atem ausging. Nach Luft ringend, deutete sie auf Josiah, der einfach dastand, mit offenem Mund. »Er ist bloß . . . wir haben uns bloß auf dem Gang getroffen und . . . es ist überhaupt nicht so, er bedeutet mir nichts, verstehst du?«

Aber das mußte sie zum Rücken ihrer Mutter sagen, während sie hinter ihr her durch das Speisezimmer eilte. Pearl kam am Tisch an und sagte: »Ezra, ich kann hier nicht bleiben.«

Ezra stand auf. »Mutter?«

»Ich kann einfach nicht«, sagte sie. Sie holte ihren Mantel und ging weg.

»Aber was ist passiert?« fragte Ezra, zu Jenny gewandt. »Was hat sie nur?«

Cody meinte: »Die lauwarme Suppe, zweifellos« und schaukelte behaglich in seinem Stuhl zurück, eine Zigarre zwischen den Zähnen.

»Ich wünschte«, sagte Ezra, »daß wir nur einmal eine Mahlzeit ganz zu Ende essen könnten.«

»Mir ist nicht gut«, erklärte Jenny.

Tatsächlich waren ihre Lippen gefühllos. Das war ein Symptom, an das sie sich von früher zu erinnern schien, von einem längst vergessenen Augenblick oder vielleicht aus einem Alptraum.

Sie vergaß ihren Mantel und rannte durch das Speisezimmer und hinaus auf die Straße. Zuerst glaubte sie, ihre Mutter sei verschwunden. Dann fand sie sie, einen halben Block weiter vorn – eine militante Gestalt, die energisch dahinmarschierte. Und was, wenn sie sich nicht einmal umdrehn würde? Oder schlimmer, wenn sie sich umdrehte und zuschlug, klatsch, patsch, mit ihrem Klauenperlring, ihrem wissenden Gesicht ... Aber Jenny rannte trotz allem los, um sie einzuholen. »Mutter«, rief sie.

Im Lichtschein des Schaufensters vom Spirituosenladen sah sie, wie ihre Mutter ihre Gesichtszüge straffte – sie wirkte jetzt kühl und unerschüttert.

»Du hast alles falsch verstanden«, sagte ihr Jenny. »Ich bin kein Luder! Ich bin nicht billig! Mutter, hör mir zu.«

»Es macht nichts«, erwiderte Pearl höflich.

»Natürlich macht es was!«

»Du bist über einundzwanzig. Wenn du Gut und Böse jetzt noch nicht unterscheiden kannst, kann ich es auch nicht mehr ändern.«

»Er hat mir leid getan«, erklärte Jenny.

Sie gingen über eine Straße und den nächsten Häuserblock entlang.

»Er hat mir gesagt, daß seine Mutter gestorben ist«, fuhr sie fort.

Sie machten einen Bogen um eine Bande halbwüchsiger Jungen.

»Sie war alles, was er hatte – sein Vater ist auch tot. Sie war das Zentrum seines Lebens.«

»Na ja«, sagte Pearl, »ich nehme an, sie hat es nicht leicht gehabt.«

»Ich weiß nicht, wie er zurechtkommen wird, jetzt, nachdem sie weg ist.«

»Ich glaube, ich habe sie mal im Geschäft gesehn. Eine braunhaarige Frau?«

»Bißchen dicklich.«

»Mit vollem Gesicht?«

»Wie eine Walddrossel«, ergänzte Jenny.

»Ach, Jenny«, sagte die Mutter und lachte kurz auf. »Was dir manchmal für Sachen einfallen!«

Sie kamen am Süßwarenladen vorbei, und dann an der Apotheke. Jenny und ihre Mutter liefen im Gleichschritt. Da war auch das Fenster der Wahrsagerin. Dieselbe staubige Lampe glühte auf dem Tisch. Jenny sah hinein und dachte sich, daß Mrs. Parkins nicht gerade eine große Prophetin abgab. Sie brauchte ja sogar das Radio, um das Wetter vom nächsten Tag zu erfahren! Und sie hätte vom allerersten Augenblick an, mit dem kürzesten, flüchtigsten Blick, erraten müssen, daß Jenny gar nicht fähig war, sich von der Liebe zerstören zu lassen.

4
Herzschnattern

Als Mrs. Scarlatti die ersten paar Male im Krankenhaus war, hatte Ezra keine Schwierigkeiten, hineingelassen zu werden, um sie zu besuchen. Aber letztes Mal war es schwerer. »Verwandter?« fragte die Schwester.

»Nein, ehem, ich bin ihr Geschäftspartner.«

»Tut mir leid, nur Familienangehörige.«

»Aber sie hat keine Verwandten. Ich bin alles, was sie hat. Schaun Sie, sie und ich besitzen dieses Restaurant zusammen.«

»Und was ist da in dem Topf?«

»Ihre Suppe.«

»Suppe«, sagte die Schwester.

»Ich mache eine Suppe, die sie mag.«

»Mrs. Scarlatti kann nichts bei sich behalten.«

»Das weiß ich, aber ich wollte ihr etwas schenken.«

Das trug ihm einen schiefen Blick ein, dann wurde er brüsk in Mrs. Scarlattis Zimmer geführt.

Vorher hatte sie lieber in einem Mehrbettzimmer gelegen. (Sie war eine äußerst gesellige Frau.) Sie saß dort aufrecht in ihrem dramatischen, schwarzen Gewand, das Haar unter einem Batikschal verborgen, und sagte: »Schätzchen!«, wenn er hereinkam. Einen Augenblick lang wurden die anderen Frauen alle listig und wachsam, bis sie begriffen, wie jung er war – viel zu jung für Mrs. Scarlatti. Aber jetzt hatte sie ein Einzelzimmer, und alles, was sie tun konnte, wenn er kam, war, ihre Augen zu öffnen und dann müde wieder zu schließen. Er war sich nicht einmal sicher, ob er noch willkommen war.

Er wußte, daß jemand nach seinem Weggehn seine Suppe wegschütten würde. Aber dies war seine spezielle Magensuppe, die sie immer so gern gehabt hatte. Zwanzig Knoblauchzehen waren drin. Mrs. Scarlatti hatte immer behauptet, die Suppe beruhige ihren Magen und ihre Nerven – verändere den ganzen

Tag für sie. (Allerdings stand die Suppe nicht auf der Speisekarte des Restaurants, weil sie ein bißchen »herzhaft« war – wie sie sagte – und Scarlattis Restaurant fein und elegant. Das kränkte Ezra ein wenig.) Wenn es ihr gut genug ging, um zu Hause zu sein, hatte er oft Einzelportionen in der Restaurantküche gebraut und nach oben in ihre Wohnung gebracht. Sogar im Krankenhaus konnte sie die ersten paar Male eine kleine Schale voll vertragen. Aber jetzt ging es nicht mehr. Er brachte die Suppe nur aus Hilflosigkeit; viel lieber hätte er sich neben ihr Bett gekniet und seinen Kopf aufs Leintuch gelegt, ihre Hände in seine genommen und zu ihr gesagt: »Mrs. Scarlatti, kommen Sie zurück.« Aber sie war eine Frau, die keine Mätzchen mochte; sie hätte schockiert ausgesehn. Ihm blieb nichts anderes übrig, als diese Suppe anzubieten.

Er saß in einer Ecke des Zimmers in einem grünen Plastiksessel mit Stahlarmstützen. Es war Oktober, und die Dampfheizung lief; die Luft fühlte sich streng und trocken an. Mrs. Scarlattis Bett war am Kopfende etwas höher gestellt, um ihr das Atmen zu erleichtern. Von Zeit zu Zeit, ohne die Augen zu öffnen, sagte sie: »O, Gott«. Ezra fragte dann: »Was? Was ist?«, und sie seufzte. (Vielleicht war das auch der Heizkörper.) Ezra brachte nie etwas zum Lesen mit, und er ließ sich auch auf kein Gespräch mit den Schwestern ein, die auf ihren Gummisohlen herein- und herausquietschten. Er saß nur still da und sah auf seine blassen, zu großen Hände hinunter, die locker auf seinen Knien lagen.

Einige Zeit zuvor hatte er zugenommen. Er war keineswegs fett, aber weicher und breiter geworden, auf jene sanfte Art, wie man es oft bei blonden Männern sieht. Jetzt ging das Gewicht zurück. Wie Mrs. Scarlatti fiel es ihm schwer, Dinge bei sich zu behalten. Seine weiten, schlotterigen Kleider bedeckten ein breites, schlotteriges Knochengerüst, das seltsam zweidimensional wirkte. Breit von vorn und breit von hinten, sah er von der Seite flach wie Papier aus. Sein Haar fiel in einem Büschel nach vorn, wie Weizen. Er machte sich nicht die Mühe, es zurückzustreichen.

Er und Mrs. Scarlatti hatten eine Menge gemeinsam durchgestanden, hätte er auf Befragen gesagt – aber was eigentlich? Sie hatte einen schlechten Ehemann gehabt (Pech gehabt, wie sie es darstellte, wie mit einer schlechten Flasche Wein) und ihn abgeschafft; sie hatte ihren einzigen Sohn in Ezras Alter im Koreakrieg verloren. Aber diese beiden Ereignisse hatte sie allein erduldet, ehe ihre Partnerschaft mit Ezra begann. Und Ezra selbst: Na ja, eigentlich hatte er bisher noch gar nichts durchgemacht. Er war fünfundzwanzig und noch ohne Frau und Kinder, wohnte immer noch zu Hause bei seiner Mutter. Was er und Mrs. Scarlatti überlebt hatten, schien es, waren Jahre und Jahre des Stillstands. Ihr Leben, das irgendwohin in die Vergangenheit geglitten war, seines, das nicht recht beginnen wollte – sie hatten sich zusammengetan, hielten sich im leeren Raum gegenseitig aufrecht. Ezra war Mrs. Scarlatti dankbar, daß sie ihn vor einer ziellosen, leichtsinnigen Existenz bewahrt und ihm alles beigebracht hatte, was sie wußte, und mehr noch für die Tatsache, daß sie sich auf ihn verließ. Hätte es sie nicht gegeben, wen hätte er dann gehabt? Bruder und Schwester waren draußen in der weiten Welt; er liebte seine Mutter innig, aber sie hatte etwas übertrieben Gefühlsbetontes, was ihn stets wachsam bleiben ließ.

Nach den Maßstäben anderer Leute schienen selbst er und Mrs. Scarlatti einander nicht besonders nahezustehen. Er nannte sie stets »Mrs. Scarlatti«. Sie nannte Ezra zwar ihren »Jungen«, ihren »Engel«, verhielt sich aber sonst deutlich distanziert und stellte keinerlei Fragen über sein Leben außerhalb des Restaurants.

Er wußte, daß das Restaurant ihm ganz gehören würde, wenn sie starb. Sie hatte es ihm gesagt, kurz vor diesem letzten Klinikaufenthalt. »Ich will es nicht«, antwortete er. Sie schwieg. Sie mußte begriffen haben, daß das nur seine Art zu sprechen war. Natürlich *wollte* er es nicht, im Sinne von »danach trachten« (aus Geld hatte er sich nie viel gemacht), aber was sollte er schon tun? Schließlich hatte sie sonst niemand, dem sie es hätte hinterlassen können. Sie hob eine Hand und ließ sie wieder fallen. Sie kamen nie mehr auf das Thema zurück.

Einmal überredete Ezra seine Mutter, bei einem solchen Besuch mitzukommen. Er hatte es gern, wenn die verschiedenen Leute in seinem Leben sich vertrugen, auch wenn er wußte, daß das im Fall seiner Mutter schwierig war. Sie sprach mißtrauisch von Mrs. Scarlatti, geradezu eifersüchtig. »Was du an so einer Person findest, kann ich mir nicht vorstellen. Sie ist durch und durch ... zäh, das ist sie, trotz ihres hochmodernen Aufzugs. Als ob sie nichts mit ihrem Gesicht macht. Weißt du, was ich meine? Als ob es ihr nicht der Mühe wert wäre. Nicht ein bißchen Lippenstift, und diese kreidigen, schwarzen Linien unter ihren Augen ... und kaum jemals lächelt sie die Leute an.«

Aber jetzt, nachdem Mrs. Scarlatti so krank war, behielt seine Mutter ihre Gedanken für sich. Sie zog sich für den Besuch sorgfältig an und trug ihren Hut mit Schleier; Ezra war froh darüber. Für ihn war dieser Hut mit wichtigen Familienanlässen verbunden. Er freute sich, daß sie ihren schwarzen Sonntagsmantel gewählt hatte, obwohl er nicht so warm war wie ihr brauner für den Alltag.

Im Krankenhaus sagte sie zu Mrs. Scarlatti: »Aber – Sie sehen aus wie ein Bild der Gesundheit! Niemand käme auf die Idee.«

Das war nicht wahr. Aber es war doch eine nette Äußerung von ihr.

»Wenn ich gestorben bin«, sagte Mrs. Scarlatti mit ihrer bröseligen Stimme, »soll Ezra in meine Wohnung ziehn.«

Seine Mutter entgegnete: »Also, von diesem Unsinn wollen wir jetzt nicht sprechen.«

»Von welchem Unsinn?« fragte Mrs. Scarlatti, aber dann überkam sie die Erschöpfung, und sie schloß die Augen. Ezras Mutter hatte nicht verstanden. Sie mußte gedacht haben, sie habe gefragt, was denn Unsinn sei, eine rhetorische Frage; sie strich jetzt munter ihren Rock rundum glatt und erklärte: »Totaler Unsinn, solchen Quatsch habe ich noch nie gehört.« Nur Ezra verstand, was Mrs. Scarlatti meinte: Was sollte Unsinn sein, hatte sie gefragt – ihr Sterben oder Ezras Umzug? Aber er bemühte sich nicht, das seiner Mutter zu erklären.

Ein andermal bekam er eine Sondererlaubnis von der Schwesternstation, ein paar Männer aus dem Restaurant mitzubringen – Todd Duckett, Josiah Payson und Raymond, den

Saucenkoch. Er konnte erkennen, daß Mrs. Scarlatti froh war, sie zu sehen, trotzdem war es ein peinlicher Besuch. Die Männer standen in den äußeren Ecken des Zimmers herum, räusperten sich immer wieder und wollten sich nicht setzen. »Na«, fragte Mrs. Scarlatti. »Kauft ihr noch alles frisch?« Aus der Unangebrachtheit der Frage (keiner von ihnen hatte entfernt mit dem Einkauf zu tun) schloß Ezra, wie fern ihr schon alles lag. Aber diese Leute waren ebenfalls taktvoll. Todd Duckett hustete unterdrückt und antwortete dann: »Ja, Ma'am, genauso, wie Sie es immer gern haben.«

»Ich bin jetzt müde«, sagte Mrs. Scarlatti.

Den Gang hinunter lag eine ausgezehrte Frau im Koma, dann ein alter, alter Mann mit einer winzigen Frau, die in seinem Zimmer auf einem Feldbett schlafen durfte, außerdem ein dunkelhäutiger Ausländer, den seine Verwandten in Massen besuchten, was seiner Umgebung etwas von einem Zigeunerzirkus gab. Ezra wußte, daß die Frau im Koma Krebs hatte, der alte Mann eine seltene Art von Blutkrankheit und der Fremde irgendein Herzleiden – was genau, war nicht klar. »Herzschnattern«, teilte ihm ein dunkles, exotisches Kind mit, das sicher zu jung war, um Klinikbesuche zu machen. Das Mädchen stand vor der Tür des Fremden und ließ zierlich ein Jo-Jo zurückrollen.

»Herzflattern, vielleicht?«

»Nein, Schnattern.«

Ezra fing an sich hier verlassen zu fühlen und hätte sich gern mit jemand angefreundet. Die Schwestern schickten ihn immer weg, solange sie etwas Mysteriöses mit Mrs. Scarlatti machten, und er verbrachte viel Zeit bei jedem Besuch niedergeschlagen an die Wand außerhalb ihres Zimmers gelehnt oder vor den Fenstern des Wintergartens am Ende des Korridors. Aber niemand schien zugänglich. Dieser Flügel war anders als die andern – gedämpfter –, und alle Leute, denen er begegnete, sahen in sich gekehrt und ablehnend aus. Nur das Ausländerkind sprach mit ihm. »Ich glaube, er wird sterben«, sagte sie zu ihm. Aber dann spielte sie weiter mit ihrem Jo-Jo. Ezra hing noch eine Weile herum, aber es war klar, daß sie ihn nicht sehr interessant fand.

Kopfsalat, Bostonsalat, Chicorée, Eskariol, alles lag tropfend auf der Theke in der Mitte der Küche. Während andere Restaurants ihr Gemüse mit anonymen, dumpfig nach Abfall riechenden Lastwagen anliefern ließen, hatte Scarlattis Restaurant einen Mann namens Mr. Purdy, der jeden Morgen vor Sonnenaufgang persönlich einkaufen ging. Er brachte alles in splitterigen Körben in die Küche, so um acht Uhr morgens, und Ezra hielt darauf, dann dazusein, um zu wissen, mit welchen Lebensmitteln er es am betreffenden Tag zu tun bekam. Manchmal gab es keine Auberginen, manchmal doppelt so viele wie geplant. In Zeiten wie dieser – tiefer November, jetzt – wuchs nichts in der Gegend, und Mr. Purdy mußte auf Gemüse von woandersher zurückgreifen, welke Karotten und wächserne Gurken, Transporte aus anderen Staaten. Und die Tomaten! Sie waren kriminell. »Schaun Sie nur«, sagte Mr. Purdy und nahm eine in die Hand. »›An der Ranke gezogen‹, erzählt mir der Bursche. An der Ranke gezogen, jawohl. Ich würde die gern an was anderem wachsen sehn. ›Und gereift?‹ frage ich. ›Wie sind die denn gereift?‹ ›Auch an der Ranke‹, versichert mir der Kerl. Na, vielleicht. Aber heutzutage, ich weiß nicht, schmecken sie alle sowieso, als hätten sie sechs Wochen auf einem Fensterbrett verbracht. Als ob sie aus Fensterblech wären, oder Zelluloid, oder Radiergummi. Also, ich sag' Ihnen, Ezra: Ich entschuldige mich. Es bricht mir das Herz, Ihnen Mist zu bringen, wie das hier; da kreuze ich lieber gleich gar nicht auf.«

Mr. Purdy war ein abgehärmter und reduzierter Mensch in Overall, weißem Hemd und abgetragenem schwarzem Jackett. Er hatte ein schmales Gesicht, das stets mißvergnügt wirkte, selbst in der Vegetationszeit. Ezra allein wußte, daß er im Innern großzügig und warmherzig war. Mr. Purdy war ebenso entzückt von Lebensmitteln wie Ezra, und aus dem gleichen Grund – weniger, um selbst zu essen, sondern um anderen zu servieren. Er hatte Ezra einmal in sein Zuhause eingeladen, einen silbrigen Wohnanhänger draußen am Rithie Highway, und ihm ein Essen vorgesetzt, das ausschließlich aus jungem Spargel bestand, der nach seiner und Ezras übereinstimmender Meinung den betörenden Geschmack von Austern hatte. Mrs. Purdy, eine lächelnde rundgesichtige Frau im Rollstuhl, hatte behauptet, sie redeten wie die Irren, hatte aber zwei große Portionen bewältigt, während beide Männer liebevoll zusahen. Es war eine Genugtuung, zu beobachten, wie sie die geschmolzene Butter von ihrem Teller putzte.

»Wenn das Restaurant mir allein gehören würde«, sagte Ezra jetzt, »gäbe es im Winter keine Tomaten. Wenn die Leute Tomaten bestellen, würde ich sagen: ›Was glauben Sie, jetzt ist nicht die Jahreszeit.‹ Ich gäbe ihnen etwas Besseres.«

»Sie würden sofort hinausmarschieren«, wandte Mr. Purdy ein.

»Nein, vielleicht wären sie überrascht. Und ich würde eine Tafel aufstellen und jeden Tag nur zwei oder drei gute Gerichte anschreiben. Natürlich! In Frankreich machen sie das immer so. Oder es gäbe überhaupt keine Auswahl – ich schau' die Leute prüfend an und erkläre: ›Sie sehen ein bißchen müde aus, ich bringe Ihnen ein Ochsenschwanz-Stew.‹«

»Mrs. Scarlatti würde tot umfallen«, meinte Mr. Purdy.

Schweigen. Er rieb sein Stoppelkinn und korrigierte sich dann: »Sie würde sich im Grab umdrehn.«

Sie standen eine Weile herum.

»Ich möchte eigentlich sowieso kein Restaurant«, sagte Ezra.

»Sicher. Ich weiß.«

Dann setzte Ezra seinen schwarzen Filzhut auf, überlegte einen Moment und ging.

Das ausländische Kind schlief im Wintergarten mit dem Kopf auf der Stahllehne eines Stuhls wie der, der in Mrs. Scarlattis Zimmer stand. Ezra tat das weh. Er hätte gern seinen Mantel zusammengefaltet und unter die Wange der Kleinen geschoben, aber er befürchtete, sie könne dabei aufwachen. Er hielt deshalb Abstand, stellte sich an eines der Fenster und sah auf die Fußgänger weit unten hinunter. Wie klein und entschlossen ihre Füße aussahen, wenn sie unter ihren verkürzten Gestalten hervorkamen! Die Unentwegtkeit menschlicher Wesen erstaunte ihn plötzlich.

Eine Frau kam herein – eine von den Ausländerinnen. Sie hatte eine hellere Haut als die andern, aber er wußte, daß sie eine Fremde war wegen der Slipper, die so gar nicht zu ihrem teuren

Wollkleid paßten. Die ganze Familie, hatte er bemerkt, zog Slipper an, sobald sie morgens kamen. Sie ließen sich auf alle mögliche Weise häuslich nieder – stellten Tüten mit Körnern und Nüssen und nach starken Gewürzen riechende Speisen auf, einmal fertigten sie sogar einen Viertel Joghurt auf dem Heizkörper des Wintergartens an. Die Männer rauchten Zigaretten auf dem Gang, und die Frauen unterhielten sich flüsternd, während sie an bunten Pullovern strickten.

Jetzt ging die Frau auf das Kind zu, beugte sich darüber und strich der Kleinen die Haare zurück. Dann nahm sie das Kind in die Arme und ließ sich im Sessel nieder. Das Mädchen wachte nicht auf. Sie schmiegte sich nur enger an und seufzte. Also hätte auch Ezra ihr seinen Mantel unter den Kopf legen können. Er hatte sich eine Gelegenheit entgehen lassen. Es war, wie wenn man den Zug versäumt – oder etwas Wichtigeres, etwas, was nie wiederkehren wird. Es gab keine Erklärung für den Kummer, der ihn plötzlich erfüllte.

Er beschloß, seine Magensuppe im Restaurant zu servieren. Seine Kellner mußten sie den Gästen anbieten, wenn sie ihnen die Speisekarte überreichten. »Zusätzlich zu den Suppen, die Sie hier sehen, würden wir Ihnen heute abend gerne . . .« Einer der Kellner war nicht erschienen, und Ezra stellte als Ersatz eine Frau ein – absolut gegen Mrs. Scarlattis Taktik. (Kellnerinnen, sagte sie, gehörten in Fernfahrerkneipen.) Die Frau hatte mit Ezras Suppe viel mehr Erfolg als die Männer. »Versuchen Sie unsere Magensuppe«, sagte sie meist. »Sie ist richtig heiß und ›knofelig‹ und ist mit Liebe gekocht.« Draußen war es bitter kalt, und die Frau war so warm und hilfsbereit, mehr und mehr Leute folgten ihrem Vorschlag. Ezra dachte, das nächstemal, wenn ein Kellner wegging, würde er eine zweite Frau einstellen, und vielleicht danach noch eine, und so weiter.

In der nächsten Woche experimentierte er mit einer scharf gewürzten Krabbenkasserolle nach eigenen Ideen, und dann mit einer Spinatcreme, und als die Kellner sich darüber beschwerten, daß sie sich so viel merken mußten, ging er schließlich hin und kaufte eine Tafel. *Spezialitäten*, schrieb er oben drüber. Aber in der Klinik, wenn Mrs. Scarlatti fragte, wie alles lief, sagte er nichts von alledem. Statt dessen lehnte er sich vor, verschränkte die Hände fest ineinander und sagte: »Gut. Ehem . . . gut.« Falls sie irgend etwas Seltsames in seiner Stimme hörte, ging sie nicht darauf ein.

Mrs. Scarlatti war immer eine schlanke, dunkle, etwas laxe Erscheinung gewesen, mit einem Anflug von Verachtung. Es stimmte, was Ezras Mutter sagte, daß sie den Eindruck vermittelte, es sei ihr egal, was die Leute von ihr dächten. Aber das war ein Teil ihres Charmes gewesen – ihre schläfrigen Augen, die kaum offenbleiben wollten, und der gleichgültige Tonfall. Jetzt aber ging sie zu weit. Ihre Haut glich bleichem Gestein und ihr Gesicht dem einer Sphinx – nichts als glatte Flächen und gerade Linien. Selbst ihr Haar war sphinxähnlich – ein kurzer, schwarzer Keil, ein Klumpen von Haar, glanzlos und struppig. Manchmal glaubte Ezra, daß sie nicht starb, sondern versteinerte. Er konnte sich kaum noch an ihr kehliges Lachen, ihre lässige Arroganz erinnern. (»Schätzchen«, pflegte sie zu sagen, wenn sie ihm irgendeinen Auftrag gab, und matt dabei ihre Finger zu bewegen. »Engelsjunge . . .«) In ihrer Nähe hatte er sich nie älter als zwölf gefühlt, aber jetzt war er alt, ihr Vater oder Großvater. Er besänftigte sie und heiterte sie auf. Nicht alles, was sie in diesen Tagen sagte, war ganz klar. »Wenigstens«, flüsterte sie einmal, »habe ich mich nie lächerlich gemacht, Ezra, oder?«

»Lächerlich?« fragte er.

»Vor dir.«

»Vor mir? Natürlich nicht.«

Er war verwirrt, und das sah man ihm wohl an; sie lächelte und ließ ihren Kopf auf dem Kissen hin und her rollen. »Ach, du warst immer ein vielgeliebtes Kind«, sagte sie zu ihm. Es mußte eine momentane Zerstreutheit gewesen sein. (Sie hatte ihn als Kind nicht gekannt.) »Du nimmst alles für selbstverständlich.« Vielleicht verwechselte sie ihn mit Billy, ihrem Sohn. Sie wandte ihr Gesicht von ihm ab und schloß die Augen. Er fühlte plötzlich

Angst. Er dachte an damals, als seine Mutter fast gestorben war, von einem verirrten Pfeil verwundet – allein Ezras Schuld; Ezra, der Familientolpatsch. »Verzeihung, Verzeihung, Verzeihung«, hatte er geschrien, aber die Entschuldigung war nie angenommen worden, weil sein Bruder statt dessen die Schuld bekam, und sein Vater, der Pfeil und Bogen gekauft hatte. Ezra, der Liebling seiner Mutter, war ungeschoren davongekommen. Man ließ ihn ohne Vergebung – nicht erlöst, wie man hätte erwarten können, sondern für immer belastet. »Sie irren sich«, sagte er jetzt, und Mrs. Scarlattis Augenlider falteten sich flatternd zu Crêpes, öffneten sich aber nicht. »Ich wünschte, Sie würden mich erkennen. Schaun Sie, wer ich bin, ich bin Ezra«, und dann (ohne logischen Grund) beugte er sich nahe zu ihr. »Mrs. Scarlatti. Erinnern Sie sich, wie ich aus der Armee kam? Entlassen wegen Schlafwandelns? Heimgeschickt? Mrs. Scarlatti, ich hab' dabei gar nicht fest geschlafen, ich meine, ich wußte, was ich tat. Ich hatte zwar nicht vor, zu schlafwandeln, aber ein Teil von mir war bei Bewußtsein und beobachtete, was passierte, und hätte den Rest von mir aufwecken können, wenn ich es versucht hätte. Ich hatte dieses Gefühl, als ob ich einem Traum zusehe, wo man weiß, daß man ihn jeden Augenblick abbrechen kann. Aber ich habe es nicht getan; ich wollte nach Hause. Ich wollte einfach aus dieser Armee raus, Mrs. Scarlatti. Deshalb habe ich mich nicht gebremst.«

Wenn sie verstanden hätte (schließlich wurde ihr einziger Sohn, Billy, in Korea in Stücke gerissen), wäre sie aufgestanden, krank, wie sie war, und hätte gebrüllt: »Raus! Raus aus meinem Leben!« Also hatte sie es wohl nicht gehört, denn sie rollte nur wieder mit dem Kopf, lächelte und schlief weiter.

Gleich nach dem Erntedankfeiertag starb die Frau, die im Koma gelegen hatte, und der winzige, alte Mann starb entweder oder ging heim, aber der Fremde blieb, und seine Verwandten besuchten ihn weiter. Jetzt, nachdem sie Ezra vom Ansehn kannten, winkten sie ihm zu, wenn er vorbeiging. »Komm!« riefen sie, und er trat ein, schüchtern und erfreut, und stand ein paar Minuten herum, die Fäuste in die Achselhöhlen gestemmt. Der kranke

Mann war gelb und zusammengefallen, an einer Reihe von Schläuchen angehängt, aber er versuchte Ezra beim Eintreten jedesmal anzulächeln. Ezra hatte den Eindruck, daß er kein Englisch konnte. Die andern sprachen Englisch, ihrem Alter entsprechend – das Kind perfekt, die jungen Erwachsenen mit einem starken, attraktiven Akzent, die alten in abgerissenen Bruchstücken. Dabei vergaßen sich gelegentlich auch die, die am fließendsten sprachen, und gerieten in ihre Muttersprache – eine musikalische Sprache mit runden Vokalen, die ihren Lippen eine muskelige, schmollende, mitfühlende Form gaben, als gäbe es dauernd etwas zu beschwichtigen. Ezra hörte gern zu. Wenn man nicht verstand, was die Menschen sagten, dachte er, wie klar dann die Bezüge und Verbindungen ihrer Beziehungen hervortraten! Das Gesicht einer Frau erhellte sich und erblühlte, wenn sie sich an einen bestimmten Mann wandte; ein scharfer Schmerzenslaut entfloh dem Patienten, und seine Frau krümmte sich. Das Kind streichelte, wenn es beunruhigt war, das goldene Uhrarmband seiner Mutter, um Trost zu finden.

Einmal sang ein junges Mädchen mit Zöpfen ein Lied fast ohne Melodie. Es wanderte von Note zu Note, wie zufällig. Dann rezitierte ein Mann mit einem starken schwarzen Schnurrbart etwas, was ein Gedicht sein mußte. Er sprach so erhaben und so unbefangen, daß Vorübergehende hereinschauten, und als er fertig war, übersetzte er es für Ezra. »O, du Toter, warum bist du im Frühling gestorben? Du hast noch nicht den Kürbis versucht, und nicht den Gurkensalat.«

Ach, sogar ihre Poesie berührte Dinge, die Ezra am Herzen lagen.

Bis Dezember hatte er bereits drei der düster gewandeten Kellner durch muntere, mütterliche Kellnerinnen ersetzt, hatte die dicken, beigen Speisekarten abgeschafft und angefangen, die Gerichte jedes Tages auf der Tafel anzuschreiben. Das bedeutete natürlich, daß die Köche alle gingen (keins der Gerichte war »ihres«, entsprach nicht einmal ihrer Art), weshalb er das Kochen jetzt fast allein übernahm, mit Hilfe einer Frau aus New Orleans und eines

Mexikaners. Diese beiden hatten ebenfalls ihre eigenen Rezepte, von denen Ezra manche nie zuvor gekostet hatte; er war hingerissen. Es stimmte, daß die Gäste überrascht waren, aber sie paßten sich an, meinte Ezra. Jedenfalls die meisten.

Er fieberte jetzt von neuen Ideen, wachte nachts auf und sehnte sich nach jemand, mit dem er sie teilen konnte. Warum nicht ein Restaurant voll mit Kühlschränken, wo die Leute kamen und sich das Essen aussuchten, das sie wollten? Sie könnten es sich selbst auf einem langen, langen Herd fertigmachen, der an einer Wand des Speisezimmers entlanglief. Oder vielleicht könnte er eine riesige Feuerstelle installieren, über der sich ein ganzer Ochse langsam am Spieß drehte. Jeder konnte sich abschneiden, was er wollte, und mit seinem Teller in Armstühlen drum herumsitzen und sich allgemein mit den Gästen unterhalten. Oder er würde vielleicht anfangen, nur Straßengerichte zu servieren. – Natürlich! Er würde kochen, wonach die Menschen Heimweh hatten – Tacos, diese knusprigen Taschen aus Maisteig, gefüllt mit Bohnen oder Fleisch und Salat, wie sie in Kalifornien vom Karren verkauft wurden und von denen der Mexikaner immer schwärmte; und das herrliche am Spieß gebratene Fleisch aus North Carolina, essigsauer, das die Mutter von Todd Duckett ihm mehrmals im Jahr in Pappbechern mitbringen mußte. Er würde das Lokal »Heimweh-Restaurant« nennen und das alte, schwarzgoldene Schild herunternehmen . . .

Aber dann sah er das Schild *Scarlatti's* vor sich, stöhnte, preßte seine Finger vor die Augen und drehte sich im Bett um.

»Ihr habt ein schönes Land«, meinte die hellhäutige Frau.

»Danke«, sagte Ezra.

»Das ganze Grün! Und so viele Vögel. Letzten Sommer, bevor mein Schwiegervater krank wurde, hatten wir ein Haus in New Jersey gemietet. ›Garten-Staat‹, sagen sie dazu. Da waren Rosen überall. Wir konnten nach dem Abendbrot auf dem Rasen sitzen und den Nachtigallen zuhören.«

»Den was?« fragte Ezra.

»Den Nachtigallen.«

»Nachtigallen? In New Jersey?«

»Natürlich«, antwortete sie. »Auch das Einkaufengehen hat uns gefallen. Besonders bei ›Korvettes‹. Mein Mann mag die . . . wie sagt man? Die bügelfreien Anzüge.«

Der kranke Mann stöhnte und warf sich hin und her – fast hätte sich eine Kanüle gelöst, die in seinem Handrücken steckte. Seine Frau, eine alte zerknitterte Dame, beugte sich zu ihm und streichelte seine Hand. Sie murmelte etwas und wandte sich dann der jüngeren Frau zu. Ezra sah, daß sie weinte. Sie versuchte nicht, es zu verbergen, sondern weinte offen, die Tränen strömten über ihre Wangen. »Oh«, sagte die jüngere Frau, verließ Ezras Seite und beugte sich über die Ehefrau. Sie nahm sie in ihre Arme, wie sie es zuvor mit dem Kind gemacht hatte. Ezra wußte, daß er jetzt hätte gehen sollen, tat es aber nicht. Statt dessen drehte er sich um und starrte zum Fenster hinaus, den Kopf etwas schief gelegt und mit lässiger Miene, wie es mache Männer machen, wenn sie an einer Tür geklingelt haben, auf der Veranda stehn und darauf warten, bemerkt und eingelassen zu werden.

Jenny, Ezras Schwester, saß am Tisch in ihrem alten Schlafzimmer und las in einem zerlesenen Lehrbuch. Sie war auffallend hübsch, selbst mit der Lesebrille und in dem gesteppten Morgenrock von undefinierbarer Farbe, den sie für ihre Besuche zu Hause immer an einem Kleiderhaken hängen ließ. Ezra blieb vor ihrer Tür stehn und spähte hinein. »Jenny?« fragte er. »Was machst du hier?«

»Ich dachte, ich schnaufe mal aus«, sagte sie. Sie nahm die Brille ab und richtete einen verschwommenen, unscharfen Blick auf ihn.

»Ihr habt doch noch keine Semesterferien, oder?«

»Semesterferien! Glaubst du, Medizinstudenten haben Zeit für so was?«

»Nein, wohl kaum.«

In letzter Zeit war sie aber immer häufiger zu Hause gewesen, schien ihm. Und nie erwähnte sie Harley, ihren Mann. Sie hatte den ganzen Herbst kein einziges Mal von ihm gesprochen, vielleicht schon den ganzen Sommer. »Ich bin der Meinung, daß sie ihn verlassen hat«, hatte Ezras Mutter kürzlich gesagt. »Ach, tu bloß nicht so erstaunt! Du mußt es dir gedacht haben. Da zieht sie plötzlich um – näher bei der Uni, behauptet sie –, und dann dürfen wir sie nie besuchen, sooft ich es auch vorschlage; immer zu beschäftigt oder vor einer Prüfung, und wenn ich anrufe, wohlgemerkt, ist nie Harley dran, kein einziges Mal nimmt Harley den Hörer ab. Kommt dir das nicht eigenartig vor? Aber ich kann das Thema nicht anschneiden, glaube ich, sie lenkt immer ab, du weißt, was ich meine. Irgendwie kann ich einfach nie ... aber du könntest es. Sie hat dir immer näher gestanden als mir oder Cody. Willst du sie nicht einfach fragen, was los ist?«

Aber jetzt, während er in der Tür herumlungerte und nach einem Weg suchte, ins Gespräch zu kommen, setzte Jenny ihre Brille wieder auf und schaute in ihr Buch. Er fühlte sich entlassen. »Hm«, sagte er. »Wie steht's in Paulham?«

»Gut.« Ihre Augen folgten den Zeilen.

»Harley okay?«

Ein tiefes, lerneifriges Schweigen.

»Wir bekommen ihn, scheint's, nie mehr zu sehn«.

»Er ist okay«, sagte Jenny.

Sie blätterte eine Seite um.

Ezra wartete noch eine Weile, und dann löste er sich vom Türrahmen und ging hinunter. Er fand seine Mutter in der Küche, wo sie Lebensmittel auspackte.

»Also?« fragte sie ihn.

»Was, also?«

»Hast du mit Jenny gesprochen?«

»Ach ...«

Sie hatte noch ihren Mantel an; sie bohrte ihre Hände in die Taschen und sah ihm gerade ins Gesicht; ihr Knoten löste sich am Hinterkopf. »Du hast mir versprochen, du hast geschworen, daß du mit ihr sprichst.«

»Das hab' ich nicht geschworen, Mutter.«

»Einen heiligen Eid hast du geschworen.«

»Sie trägt immerhin noch den Ring«, sagte er hoffnungsvoll.

»Na und?« fragte seine Mutter. Sie machte mit den Einkäufen weiter.

»Sie würde keinen Ring tragen, wenn Harley und sie sich getrennt hätten, nicht?«

»Doch, wenn sie uns irreführen wollte.«

»Also, ich weiß nicht, wenn sie uns irreführen will, vielleicht sollten wir dann so tun, als glaubten wir ihr. Ich weiß nicht.«

»Mein ganzes Leben«, sagte seine Mutter, »haben die Menschen versucht, mich auszuschließen. Sogar meine Kinder. Besonders meine Kinder. Wenn ich dieses Mädchen auch nur frage, wie es ihr ergangen ist, scheut sie zurück, als hätte ich nach dem tiefsten, dunkelsten Teil von ihr gefragt. Aber warum sollte sie so abweisend sein?«

Ezra meinte: »Vielleicht bedeutet es ihr mehr, was du denkst, als was Außenstehende denken.«

»Ha, ha.« Seine Mutter holte einen Eierkarton aus der Einkaufstasche.

»Es bekümmert mich, daß ich nicht weiß, wie man mit Menschen Kontakt aufnimmt«, sagte Ezra.

»Hmm?«

»Ich habe Angst, wenn ich zu nahe komme, daß es vielleicht heißt, ich bin aufdringlich. Oder zudringlich oder . . . emotional, weißt du. Aber wenn ich mich zurückhalte, denken die Leute vielleicht, daß ich mir nichts aus ihnen mache. Ich glaube wirklich und ehrlich, daß ich irgendeine Regel nicht kenne, die für alle anderen selbstverständlich ist; wahrscheinlich habe ich an dem Tag in der Schule gefehlt. Es gibt da eine schmale Trennungslinie, die ich irgendwie nie gefunden habe.«

»Unsinn; ich weiß nicht, wovon du sprichst«, sagte seine Mutter und hielt dann ein Ei hoch. »Schau dir das an! Von einem Dutzend Eiern sind vier zerbrochen. Zwei sind verschmiert. Unvorstellbar, was aus Sweeny Brothers wird, neuerdings.«

Ezra wartete eine Weile, aber sie sagte nichts mehr. Schließlich ging er hinaus.

Er riß die Wand zwischen Küche und Speisezimmer ein und schaffte es fast in einer einzigen Nacht. Er schwang einen Vorschlaghammer in stetigem Rhythmus, dann stemmte er dicke

Brocken Putz herunter, bis alles von dickem, weißem Staub bedeckt war. Dabei stieß er auf eine Masse Röhren und elektrischer Leitungen und mußte für den Rest der Arbeit Handwerker rufen. Der Schaden war so umfangreich, daß er vier Wochentage nacheinander schließen mußte, wobei er eine Menge Geld verlor.

Er dachte, wenn er schon dabei sei, könne er auch gleich das Speisezimmer neu dekorieren. Er rannte von einem Fenster zum andern und riß die steifen Brokatvorhänge herunter; er zog den Teppichboden ab und brachte eine Brigade von Handwerkern dazu, die Dielenbretter zu schleifen und zu polieren.

Am Abend des vierten Tages war er so müde, daß er den Ansatz jedes Muskels fühlte. Trotzdem wusch er sich das Weiße aus den Haaren, zog seine fleckigen Jeans aus und ging, Mrs. Scarlatti einen Besuch zu machen. Sie lag in ihrer üblichen Stellung, aber ihr Gesichtsausdruck war lebhaft, und es gelang ihr sogar ein Lächeln, als er eintrat. »Dreimal darfst du raten, mein Engel«, flüsterte sie. »Morgen lassen sie mich gehn.«

»Gehn?«

»Ich habe den Arzt gefragt, und er läßt mich heimgehn.«

»Heim?«

»Wenn ich eine Schwester nehme, sagt er ... Also, steh doch nicht so herum, Ezra. Du mußt dich um eine Schwester für mich kümmern. Wenn du mal da in den Nachtkasten schaust ...«

Es war mehr, als sie in Wochen gesprochen hatte. Ezra floß fast über vor neuer Hoffnung; im tiefsten Innern hatte er sie wohl bereits aufgegeben. Aber natürlich machte ihm auch das Restaurant Sorge. Was würde sie denken, wenn sie es sah? Was würde sie zu ihm sagen? »Alles muß wieder genauso werden, wie es war«, konnte er sich vorstellen. »Wirklich, Ezra. Bau diese Wand augenblicklich wieder auf, und hol meine Teppiche und Vorhänge.« Er hatte den Verdacht, einen sehr schlechten Geschmack zu haben, dem von Mrs. Scarlatti weit unterlegen. Sie würde sagen: »Herzchen, wie kannst du nur so *chintzig* sein?« – einer ihrer Lieblingsausdrücke. Er überlegte, wie er verhindern konnte, daß sie dahinterkam; ob er sie dazu bringen konnte, in ihrer Wohnung zu bleiben, bis er den Normalzustand wiederhergestellt hatte.

Er dankte seinen Sternen, daß er das Schild, das draußen hing, nicht geändert hatte.

Ezra war es, der die Rechnung im Büro beglich, am nächsten Morgen. Dann sprach er kurz mit ihrem Arzt, den er zufällig auf dem Gang traf: »Mit Mrs. Scarlatti, das ist wunderbar. Ich habe das wirklich nicht erwartet.«

»Ach«, meinte der Arzt. »Na ja.«

»Ich habe langsam irgendwie den Mut verloren, wenn Sie die Wahrheit wissen wollen.«

»Na ja«, sagte der Arzt noch einmal und streckte seine Hand so rasch aus, daß Ezra eine Sekunde brauchte, um zu reagieren. Danach ging der Arzt weiter. Ezra hatte das Gefühl, daß es viel mehr gab, was der Arzt hätte sagen können, eigentlich.

Mrs. Scarlatti wurde mit dem Krankenwagen nach Hause gebracht. Ezra fuhr hinterher, er sah sie manchmal durch das getönte Glas. Sie lag auf einer Bahre, und neben ihr war eine zweite Bahre, auf der ein Mann mit bis oben eingegipsten Beinen lag. Seine Frau hockte neben ihm, offenbar redete sie unaufhörlich. Ezra konnte sehen, wie die Federn auf ihrem Hut mit ihren Worten auf und ab wippten.

Mrs. Scarlatti wurde zuerst herausgebracht. Die Männer der Ambulanz luden sie ab, während Ezra herumstand und sich nutzlos vorkam. »Oh, riech nur die Luft«, sagte Mrs. Scarlatti. »Wie frisch und schön sie ist.« In Wirklichkeit war die Luft schrecklich – winterlich und regnerisch, und rauh vom Ruß. »Ich habe dir das nie gesagt, Ezra, aber ich habe wirklich nicht geglaubt, daß ich diesen Ort wiedersehen würde. Meine kleine Wohnung, mein Restaurant . . .« Dann hob sie eine Hand – ihre alte, gebieterische Geste, an die Männer der Ambulanz gerichtet. Sie wollten eben ihre Bahre durch die rechte Tür und die Treppen hinauf dirigieren. »Mein Lieber«, sprach sie zu dem, der ihr am nächsten stand, »könntet ihr mal eben die Tür links aufmachen und mich hineinspitzen lassen?«

Es ging so rasch, daß Ezra keine Zeit hatte, zu protestieren. Der Mann griff geistesabwesend hinter sich und machte die Tür zum

Restaurant auf. Dann studierte er wieder die Treppe; oben gab es eine Windung, die Schwierigkeiten versprach. Mittlerweile wandte Mrs. Scarlatti mit etwas Mühe den Kopf und spähte durch die Tür.

Es gab einen Moment, einen Sekundenbruchteil, in dem Ezra zu hoffen wagte, sie möge doch einverstanden sein. Aber während er an ihr vorbeisah, begriff er, daß das unmöglich war. Das Restaurant war ein Lagerhaus, eine Scheune, eine Turnhalle – eine totate Katastrophe. Tische und aufeinandergestapelte Stühle drängten sich in einer Ecke, unter kahlen, nackten Fenstern. Holperige Bretterstege führten über den lackierten Boden, der irgendwie einen Film von weißem Staub bekommen hatte, und die fehlende Küchenwand war so gräßlich wie ein zahnloses Lächeln. Nur zwei dicke Stucksäulen trennten die Küche vom Speisesaal. Alles war offen zu sehn – Becken und Abfalleimer, der geschwärzte Herd, die aufgehängten Töpfe mit ihren rußigen Böden, ein Kalender mit einem Mädchen im durchsichtigen schwarzen Nachthemd drauf, ein Fensterbrett mit zwei vertrockneten Pflanzen und Topfreinigern sowie Todd Ducketts Asthmamittel.

»O mein Gott«, sagte Mrs. Scarlatti.

Sie schaute nach oben in seine Augen. Ihr Gesicht schien nackt und bloß. »Du hättest wenigstens warten können, bis ich tot bin.«

»Oh!« Ezra suchte nach Worten. »Nein, Sie verstehen nicht; Sie wissen nicht. Es war nicht, was Sie denken. Es war nur ... Ich kann es nicht erklären, ich bin irgendwie wild geworden!«

Aber sie hob herrisch ihre Handfläche und entschwebte die Treppe zu ihrer Wohnung hinauf. Selbst flach auf dem Rücken strahlte sie Schnelligkeit und Kraft aus.

Sie weigerte sich nicht, ihn wiederzusehn – keineswegs. Er machte ihr jeden Vormittag einen Besuch und wurde von ihrer Tagschwester eingelassen. Er saß auf dem Rand des damenhaften Stuhls in ihrem Schlafzimmer und berichtete über Rechnungen und Gesundheitsinspektionen und Wäschelieferungen. Mrs. Scarlatti war unfehlbar höflich, nickte immer an der richtigen Stelle, aber sie erwiderte nie viel. Schließlich schloß sie dann die Augen, ein Zeichen, daß der Besuch beendet war. Dann ging Ezra, und oft stieß er unabsichtlich gegen ihr Bett oder warf den Stuhl um. Er war schon immer ein ungeschickter Mann, aber jetzt noch mehr als sonst. Ihm schien, als wären seine Hände zu groß, als kämen sie ihm immer in die Quere. Wenn er nur etwas damit hätte machen können! Er hätte ihr gern eine Mahlzeit zubereitet – eine stärkende Mahlzeit, mit unergründlicher Würze, ein kompliziertes Essen, zu dem man einen ganzen Tag lang Dinge kleinschneiden und passieren und abstimmen mußte. In der Küche, wie nirgends sonst, wurde Ezra er selbst, wie jemand, der auf dem Trockenen kaum vorwärtskommt, aber, einmal im Wasser, mühelos Grazie entwickelt. Doch Mrs. Scarlatti aß immer noch nicht. Es gab nichts, was er ihr hätte anbieten können.

Oder er hätte sie gern bei den Schultern gepackt und geschrien: »Hören Sie! Hören Sie zu!« Aber etwas in ihrem Gesicht hielt ihn stets zurück, so als sagte sie ihm schlicht und deutlich, daß sie es vorzog, wenn er so etwas nicht tat. Also tat er es nicht.

Nach einem Besuch ging er dann hinunter und schaute in das Restaurant, das um diese Stunde von Leere widerhallte. Er sah im Kühlschrank nach oder wischte die Tafel ab oder wanderte dann eine Weile bloß herum, faßte dies oder jenes an. Die Tapete in der hinteren Diele war zu schäbig, und er riß sie von der Wand. Er riß die verzierten Goldleuchter neben dem Telephon heraus. Er stemmte die altmodischen Silhouetten – Mann und Frau – von den Toilettentüren. Manchmal richtete er so viel Schaden an, daß kaum Zeit blieb, ihn vor der Öffnungszeit wieder zu beheben, aber alle sprangen ein, und es ging immer irgendwie. Um sechs Uhr, wenn die ersten Gäste kamen, war das Essen fertig, waren die Tische gedeckt, und die Kellnerinnen lächelten entspannt. Alles war ausgeglättet.

Mrs. Scarlatti starb im März, an einem bitterkalten, eisigen Nachmittag. Als die Schwester Ezra anrief, empfand er einen vernichtenden Schock. Man hätte denken können, dieser Tod käme unerwartet. »Oh, nein«, sagte er und hing auf – und mußte zurückrufen, um die angemessenen Fragen zu stellen. War das Ende friedlich gewesen? War Mrs. Scarlatti bei Bewußtsein gewesen? Hatte sie irgend etwas Besonderes gesagt? Nichts, antwortete die Schwester. Wirklich gar nichts; einfach wie weggeglitten. »Aber sie hat heute früh von Ihnen gesprochen. Ich habe mich fast gewundert, wissen Sie? Es war beinahe, als ob sie es spürte. Sie bat mich: ›Sagen Sie Ezra, er soll das Schild ändern.‹«

»Schild?«

»›Es ist nicht mehr Scarlattis Restaurant‹, sagte sie. Oder so was Ähnliches. ›Es ist nicht Scarlattis.‹ Ich glaube, so hat sie gesagt.«

Er fühlte einen solchen Schmerz, als hätte Mrs. Scarlatti aus dem Tod herausgelangt und ihn ins Gesicht geschlagen. Es machte die Dinge leichter, in einer Weise. Er war fast zornig; er war fast erleichtert, daß sie nicht mehr da war. Ihm fiel auf, wie die Bäume draußen funkelten, wie etwas neu Gemünztes.

Er war derjenige, dem die Anordnungen oblagen, und er handelte nach einer Liste, die Mrs. Scarlatti ihm vor Monaten gegeben hatte. Er wußte, welche Leichenhalle er anzurufen hatte, und welchen Pfarrer, und wen von ihren Bekannten sie bei der Beerdigung haben wollte. Seltsam: Er dachte daran, die Klinik anzurufen und diese ausländische Familie einzuladen. Er tat es natürlich nicht, aber sie hätten sicher wunderbare Trauergäste abgegeben. Bestimmt wären sie besser gewesen als die Leute, die wirklich kamen und später steif um ihr eisiges Grab herumstanden. Auch Ezra war steif – ein trauriger, müder Mann in einem flatternden Mantel, seine Mutter am Arm. Im Hintergrund seiner Augen saß ein Schmerz. Wenn er geweint hätte, hätte Mrs. Scarlatti gesagt: »Jesus, Ezra. Um Gottes willen, Schätzchen.«

Danach war er froh, ins Restaurant zu gehn. Es half ihm, beschäftigt zu sein – rühren und würzen und abschmecken, über den Flicken im Boden zu stolpern, wo einst die Haupttheke gestanden hatte. Später ging er zwischen den Gästen herum, wie es Mrs. Scarlatti selbst immer getan hatte. Er empfahl ihnen dringend seinen Austernauflauf, seinen Artischockensalat, seine Spinatcremesuppe und seine Chili-Bohnensuppe und seine Knoblauchsuppe, die mit Liebe gemacht war.

5
Die Country-Köchin

Cody Tull hatte immer eine Freundin, ein Mädchen nach dem andern, und die Mädchen waren alle verrückt nach ihm, bis sie seinen Bruder kennenlernten, Ezra. An Ezra war etwas, was ihre Aufmerksamkeit fesselte, schien es. In seiner Gegenwart bekamen sie einen strahlenden, scharfen, gebannten Ausdruck, als lauschten sie einem Ton, den andere noch nicht wahrgenommen hatten. Ezra bemerkte das nicht einmal. Cody natürlich schon. Er stieß dann einen übertriebenen Seufzer aus und tat belustigt. Daraufhin nahm sich das Mädchen zusammen. Es war allerdings schon zu spät; Cody vergab keine zweite Chance. Er hatte ein Talent, sich im Geist zurückzuziehen. Mit seinem Indianergesicht, seinem glatten, schwarzen Haar, seinen regelmäßigen, ausgeglichenen Zügen konnte er, wenn er sich Mühe gab, vollkommen ausdruckslos erscheinen, wie eine Schaufensterpuppe aus Gips. Dabei ballte sein zerlumptes, schmutziges, ungeliebtes jüngeres Ich, mit seinen schlechten Noten, einem »Ungenügend« in Betragen, die Fäuste und heulte: »Warum? Warum immer Ezra? Warum diese Flasche, dieser blasse Mucker von einem Ezra?«

Aber Ezra schaute bloß aus der Tiefe seiner klaren grauen Augen unter seinem blonden, weichen Haarschopf hervor ins Unendliche und hing weiter seinen eigenen Gedanken nach. Eins mußte man Ezra lassen: Er schien sich der Wirkung, die er auf Frauen hatte, ehrlich nicht bewußt zu sein. Niemand konnte ihm vorwerfen, er mache sie absichtlich abspenstig. Aber das machte es nur noch schlimmer, in gewissem Sinn.

Cody glaubte fast, Ezra habe eine Schwäche – einen Mangel, der sich zu seinen Gunsten auswirkte, der ihn immun machte, ihn von gewöhnlichen Männern unterschied. Er hatte etwas fast Mönchisches an sich. Es gelang Frauen nie wirklich, in seine Gedankenwelt einzudringen, dabei behandelte er sie unfehlbar höflich und rücksichtsvoll. Es kam vor, daß er sie unangemessen lange schweigend betrachtete, um dann plötzlich etwas ins Blaue hinein zu fragen. Zum Beispiel: »Wie hast du diese kleinen Goldringe durch deine Ohren bekommen?« Es war lächerlich – ein Mann wird siebenundzwanzig und hat noch nichts von durchbohrten Ohren gehört. Der Frau, die er ansprach, schien das allerdings nicht lächerlich vorzukommen. Sie hob einen Finger an ein Ohrläppchen, bestürzt, wie hypnotisiert. Sie war fasziniert. War es das Unerwartete bei Ezra? Die Enge seines Blickpunkts? (Ihr tief ausgeschnittenes Kleid, die gepuderte Busenfalte, die langen, seidigen Beine hatte er ignoriert.) Oder seine Unschuld, vielleicht. Er war ein Tourist auf einem weiblichen Planeten, drückte er damit praktisch aus. Aber es war ihm nicht bewußt, daß er diesen Eindruck erweckte, und so verstand er auch nicht den Blick, den sie ihm zuwarf. Oder es bedeutete ihm nichts, falls es ihm bewußt war.

Nur eine von Codys Freundinnen hatte sich nicht zu seinem Bruder hingezogen gefühlt. Das war eine Sozialarbeiterin namens Carol, oder Karen vielleicht. Als sie Ezra begegnete, hat sie ihn kühl angestarrt. Später bemerkte sie zu Cody, sie könne mütterliche Männer nicht leiden. »Immer füttern, beglucken«, sagte sie (sie hatte ihn in seinem Restaurant kennengelernt), »und dabei tun sie so ungeschickt und schüchtern, und zum Schluß bist *du* derjenige, der sich um *sie* kümmert. Ist dir das schon aufgefallen?« Sie zählte allerdings kaum; Cody hatte schon bald das Interesse an ihr verloren.

Man könnte sich fragen, warum er mit diesem Bekanntmachen fortfuhr, angesichts seiner ungünstigen Erfahrungen – die früheste datierte aus dem Jahr, als er vierzehn wurde, und die letzte lag erst einen Monat zurück. Schließlich lebte er in New York City, und seine Familie lebte in Baltimore; er mußte eigentlich diese Frauen an den Wochenenden nicht nach Hause mitbringen. Er schwor sogar, daß er damit aufhören werde. Er würde jemand kennenlernen, heiraten und nicht einmal seiner Mutter gegenüber erwähnen. Doch das hätte dann lebenslängliche Spannung bedeutet: Er müßte seine Frau dauernd beobachten, beunruhigt und mißtrauisch. Er würde auf das Unausweichliche warten – wie die

Eltern von Dornröschen auf die Nadel warten, die es in den Finger stechen wird, trotz all ihrer Vorsicht.

Er war inzwischen dreißig, erfolgreich in seinen Geschäften, zum Heiraten durchaus bereit. Er betrachtete sein Appartement in New York als Provisorium, als einen Notbehelf; kürzlich hatte er in Baltimore County ein Farmhaus gekauft, mit vierzig Morgen Land. An den Wochenenden tauschte er seinen schlank geschnittenen grauen Anzug gegen Cordhosen, streifte auf seinem Besitz herum und machte Pläne. Es gab einen sonnigen Hinterhof, wo seine Frau ihren Küchengarten haben konnte. Es gab Schlafzimmer, die darauf warteten, mit Kindern gefüllt zu werden. Er stellte sich vor, wie sie ihm jeden Freitagnachmittag, wenn er nach Hause kam, entgegenpurzeln würden. Er fühlte sich reich und vornehm. Armer Ezra: Er hatte nichts, als dieses schlecht organisierte Restaurant im engen, heruntergekommenen Innern der Stadt.

Einmal lud Cody Ezra ein, mit ihm in den Wäldern hinter der Farm Kaninchen zu jagen. Es war kein Erfolg. Zuerst fiel Ezra über ein Wespennest. Dann ließ er sein Gewehr im Fluß naß werden. Und als sie auf einem Hügel Mittagspause machten, zog er seine abgenutzte Flöte heraus und fing an, »Greensleeves« zu dudeln, womit er jedes Lebewesen im Umkreis von fünf Meilen verschreckte – was vielleicht seine Absicht war. Zum Schluß sprach Cody nicht einmal mehr mit ihm; Ezra mußte mit sich selbst weiterschwatzen. Cody stolzierte in absolutem Schweigen ein gutes Stück vor ihm her und versuchte, sich zu erinnern, warum dieser Ausflug so eine gute Idee gewesen zu sein schien. Ezra sang das Lied vom Meister Hase. »Jede kleine Seele«, sang er, fröhlich und falsch, »muß strahlen, strahlen . . .«

Kein Wunder, daß Cody chronisch Nagelhäute kaute, hin und her durchs Zimmer lief, in seinen Haaren wühlte. Kein Wunder, wenn er nachts im Schlaf derart mit den Zähnen knirschte, daß ihm jeden Morgen die Kiefer weh taten.

Zu Beginn des Frühlings 1960 schrieb seine Schwester Jenny ihm einen Brief. Ihre Scheidung würde im Juni ausgesprochen, schrieb sie – noch zwei Monate, und dann sei sie frei und könne Sam

Wiley heiraten. Cody hielt nicht viel von Wiley, er schnippte diese Nachricht beiseite wie eine Mücke und las weiter. *Obwohl es so aussieht,* schrieb sie, *als würde Ezra mir auf dem Weg den großen Gang hinunter zuvorkommen. Ihr Name ist Ruth, aber mehr als das weiß ich auch nicht.* Dann fuhr sie fort, sie dächte ernsthaft daran, das Medizinstudium aufzugeben. Die Komplikationen ihres Privatlebens brauchten so viel von ihrer Energie auf, daß für andere Dinge nichts übrigbliebe. Auch habe sie in den letzten sechs Wochen drei Pfund zugenommen und sei richtig fett, ein Walfisch, und lebe nun von Salatblättern und Zitronenwasser. Cody war an Jennys verrückten Diäten gewöhnt (sie war übertrieben dünn), also überflog er diesen Teil. Er las den Brief zu Ende und faltete ihn zusammen.

Ruth?

Er öffnete ihn wieder.

... als würde Ezra mir auf dem Weg den großen Gang hinunter zuvorkommen, las er. Er versuchte, sich eine andere Art von großem Gang vorzustellen – Flugzeug, Supermarkt, Lichtspielhaus –, aber schließlich mußte er es glauben: Ezra war dabei, zu heiraten. Na, wenigstens konnte Cody nun seine Mädchen für sich behalten. (Hier zuckte aus irgendeinem Grund ein Unbehagen durch ihn.) Aber Ezra! Verheiratet? Dieser Unfall auf Beinen? Ihn sich bei einer feierlichen Hochzeit vorzustellen – wie er Urkunde, Ring und Antworten vergißt, dem Gottesdienst nicht mehr folgt und lächelnd eine Hummel vor dem Fenster verfolgt. Ihn sich im Bett mit einer Frau vorzustellen. (Cody prustete.) Er stellte sich die Frau dunkel und biblisch vor, wegen ihres Namens: Ruth. Umschattete Augen und cremige Haut. Fluten von offenem schwarzem Haar. Cody hatte eine Schwäche für schwarzhaarige Frauen; Blondinen mochte er gar nicht. Er stellte sich ihre nackten Schultern vor, in einem roten Satinnachthemd, und er knüllte Jennys Brief roh zusammen und warf ihn in den Papierkorb.

Am nächsten Tag bei der Arbeit hing Ruths Bild über ihm. Er war mit der Erforschung der Arbeitsabläufe einer Bohrmaschinenfabrik in New Jersey beschäftigt, einem Dinosaurier von einer Firma. Er würde Wochen brauchen, um einen Überblick zu bekommen. *Verbindung Objekt K mit Objekt L: rechter Transport entladen; suchen, greifen, Transport geladen . . .* Er ging mit seinem Schreibbrett das Fließband entlang und zog feindselige Blicke auf sich. Ruths schwarzes Haar wogte durch die Dachsparren. *Unvermeidliche Verzögerungen: 3. Vermeidbare Verzögerungen: 9.* Zweifellos waren ihre Augen mandelförmig, leicht schräg stehend. Zweifellos trug sie viele Ringe an ihren Händen mit den langen, ovalen, hochrot lackierten Fingernägeln.

Als er an diesem Abend in sein Appartement zurückkam, fand er einen Brief von Ezra vor. Es war eine Einladung in sein Restaurant für den kommenden Samstagabend. *Du bist herzlich eingeladen*, stand in der Mitte der Seite, wie graviert – Ezra fand das wohl komisch. (Oder vielleicht nicht; vielleicht meinte er es ernst.) O Gott, bitte nicht wieder so eins von Ezras Dinners. Toasts würde es geben und eine umständliche, sentimentale Rede, die mit einer gewichtigen Bekanntmachung abschließt – in diesem Fall seine Verlobung. Cody dachte daran, abzulehnen, aber wozu würde das gut sein? Ezra wäre bestimmt verzweifelt, wenn nur eine einzige Person fehlte. Er würde die ganze Sache abblasen und zu einem späteren Zeitpunkt planen und so oft neu ansetzen, bis Cody zusagte. Cody konnte ebensogut gehn und es hinter sich bringen.

Außerdem hatte er überhaupt nichts dagegen, diese Ruth kennenzulernen.

Ezra hörte einem Gast zu – oder einem ehemaligen Gast, wie es sich anhörte. »Früher mal«, sagte der Mann, »war dieses Lokal Klasse. Sie verstehn?«

Ezra nickte, er sah ihn so sympathisch und freundlich an, daß Cody sich fragte, ob seine Gedanken nicht ganz woanders waren. »Früher mal gab es feine französische Cuisine, auf dem Tisch flambiert und alles«, fuhr der Mann fort. »Und Lüster. Und ein Garderobenmädchen. Und Kellner im Frack. Was ist mit Ihren Kellnern passiert?«

»Sie haben die Leute durcheinandergebracht«, antwortete Ezra. »Sie haben wohl gedacht, die Gäste hätten irgendeine Prüfung abzulegen, nicht nur Essen zu bestellen. Sie waren hochnäsig.«

»Ich mochte Ihre Kellner.«

»Jetzt ist unser Personal anheimelnder«, entgegnete Ezra und wies auf eine vorübergehende Kellnerin – ein großes, gebeugtes, farbloses Mädchen, den Mund offen vor Konzentration, alle Aufmerksamkeit auf die Tasse Kaffee gerichtet, die sie in beiden Händen trug. Sie schob sich über den Boden und atmete, als hätte sie Polypen. Sie ging direkt zwischen Ezra und dem Gast durch. Ezra trat zurück, um ihr Platz zu machen.

Der Gast sprach weiter: »›Nettie‹, habe ich gesagt, ›du mußt Scarlattis Restaurant einfach sehn.‹ Dann kommen wir her, und sogar das Schild ist verschwunden. Heimweh-Restaurant heißt es jetzt. Was für ein Name ist das? Und die Dekoration! Es sieht wirklich aus wie ... na, wie eine gigantische Autobahn-Raststätte!«

Er hatte recht. Cody war ganz seiner Meinung. Die Wände des Speisezimmers voll mit Eingemachtem, die Küche offen zum Publikum, ungepflegte Köche beim Wühlen und Komponieren ihrer Lieblingsgerichte (Bio-Kost, *Fast Food*, ausländische Gerichte, was ihnen in den Sinn kam) ... Seit Ezra das Lokal geerbt hatte – von einer Frau, versteht sich –, hatte er es systematisch ruiniert. Er war absolut imstande, einen ganzen Abend eine einzige Vorspeise zu servieren, die er selbst an den Tisch brachte, sobald man saß. An anderen Abenden bot er mehr Auswahl, vier oder fünf verschiedene Dinge, mit Kreide auf der Tafel angeschrieben. Aber das hieß nicht unbedingt, daß man bekam, was man wollte. »Den Smithfield-Schinken«, sagte man, und es kam der Gumbo-Eintopf. »So wie Sie husten, weiß ich, daß das besser für Sie ist«, erklärte Ezra dann. Aber selbst falls er richtig geurteilt hatte, war das eine Art, ein Restaurant zu führen? Wenn man Schinken bestellt, bekommt man auch Schinken. Sonst konnte man genausogut zu Hause essen. »In einem Jahr bist du pleite«, hatte Cody verkündet, und Ezra machte fast Pleite; die meisten Stammgäste verschwanden. Aber ein paar hielten aus, und andere entdeckten das Restaurant neu. Es gab mehrere ältere

Leute, die hier jeden Abend aßen, an ihren gewohnten Tischen in dem scheunenartigen, gedielten Speiseraum. Sie konnten es sich leisten, denn die Preise waren nicht schriftlich festgelegt, sondern wurden vom Personal aufgezählt, offenbar nach Laune, wechselnd mit dem Gast. (War das nicht verboten?) Ezra machte sich Sorgen, was diese älteren Leute am Sonntag machten, wenn er geschlossen hatte. Cody seinerseits war besorgt wegen Ezras Buchführung, bot sich aber nicht an, sie durchzusehn. Er würde ein Desaster vorfinden, ganz sicher – Fehler und zweifelhafte Forderungen, wenn nicht offenen, naiven Betrug. Besser, nichts zu wissen; besser, sich herauszuhalten.

»Es stimmt, es hat ein paar Veränderungen gegeben«, sagte Ezra zu dem Ex-Gast, »aber wenn Sie unser Essen nur versuchen, werden Sie sehn, daß wir immer noch ein feines Restaurant sind. Heute abend gibt es ein Gericht allein – Schmorfleisch.«

»Schmorfleisch!«

»Eine ganz besondere Art – beruhigend.«

»Schmorfleisch kann ich zu Hause kriegen.« Der Mann rammte den Filzhut auf seinen Kopf und ging hinaus.

»Na ja«, sagte Ezra zu Cody. »Man kann es nicht jedem recht machen, glaube ich.«

Sie suchten ihren Weg bis zur Ecke ganz am Ende, wo ein Schild, *Reserviert*, auf dem Tisch stand, den Ezra immer für Familiendinner wählte. Jenny und die Mutter waren noch nicht da. Jenny, die mit dem Nachmittagszug gekommen war, hatte ihre Mutter gebeten, ihr beim Kauf eines Kleids für ihre Hochzeit zu helfen. Ezra machte sich nun Sorgen, sie könnten sich verspäten. »Alles ist für sechs Uhr dreißig geplant«, sagte er. »Was hält sie auf?«

»Na, ist doch kein Problem, wenn es nur Schmorfleisch ist.«

»Es ist nicht *nur* Schmorfleisch«, entgegnete Ezra. Er saß in einem Armstuhl. Sein Anzug hatte eine Art, sich um ihn zu bauschen, als sei er für einen viel größeren Mann gekauft. »Dies ist schon mehr. Ich meine, Schmorfleisch ist wirklich nicht die richtige Bezeichnung; es ist mehr wie ... wonach du dich sehnst, wenn du traurig bist und alle auf dir herumgehackt haben. Schau, da ist die Köchin, eine richtige Country-Köchin, und Schmorfleisch ist noch das Geringste, was sie macht. Es gibt auch Röstkartoffeln von der Pfanne, schwarzäugige Erbsen, geschlagene Biskuits, wirklich auf einem Holzklotz mit dem Rücken einer Axt geschlagen . . .«

»Da kommen sie«, sagte Cody.

Jenny und ihre Mutter gingen gerade durch den Speiseraum. Sie trugen keine Päckchen, aber etwas machte deutlich, daß sie beim Einkaufen gewesen waren – vielleicht der erschöpfte, schlechtgelaunte Ausdruck auf beiden Gesichtern. Jennys Lippenstift war abgekaut. Pearls Hut saß schief, und ihr Haar war krauser denn je. »Was hat denn so lange gedauert?« fragte Ezra und sprang auf. »Wir haben uns schon Sorgen gemacht.«

»Ach, diese Jenny und ihre Ideen«, antwortete Pearl. »Ihre schmale Figur und keine hellen Farben, keine Pastelltöne, nichts Gerafftes, keine Falten, keine Garnierung, nichts, was sie dick machen könnte, angeblich . . . Warum sind da fünf Plätze gedeckt?«

Die Frage kam für alle überraschend. Es stimmte, sah Cody. Es gab fünf Teller und fünf Kristallgläser für den Wein. »Wieso?« fragte Pearl Ezra.

»Ach . . . so weit bin ich in einer Minute. Nimm Platz, Mutter, da drüben.«

Aber sie blieb stehen. »Dann endlich finden wir genau das richtige«, sagte sie. »Ein hübsches, sanftes Grau mit einem Häkelkragen, Jenny von oben bis unten ›Das bist du‹, sage ich zu ihr. Und ratet, was sie tut. Sie kriegt einen Anfall, mitten in Hutzlers Kaufhaus.«

»Keinen Anfall, Mutter«, wandte Jenny ein. »Ich habe bloß gesagt . . .«

»Ja: ›Es ist kein Begräbnis, Mutter; ich gehe nicht in Trauer.‹ Man hätte denken können, ich hätte Trauerflor ausgesucht. Es war ein hübsches, zartes Grau, sehr ladylike, sehr passend für eine zweite Eheschließung.«

»Anthrazit«, sagte Jenny zu Cody.

»Bitte?«

»Anthrazit war, was die Verkäuferin es genannt hat. Mit andern Worte: Kohle. Unsere Mutter findet es passend, mich in einem kohlschwarzen Hochzeitskleid zu verheiraten.«

»Hm«, sagte Ezra und blickte über die andern Gäste, »vielleicht sollten wir uns jetzt setzen.«

Aber Pearl straffte sich noch im Stehen. »Und dann«, sagte sie zu ihren Söhnen, »dann, ohne die allerkleinste Überlegung, nur um mir zu trotzen, rauscht sie zum nächsten Ständer und zieht etwas heraus, weiß wie Schnee.«

»Es war cremefarben«, entgegnete Jenny.

»Creme, weiß – was ist der Unterschied? Beide sind unpassend, wenn jemand zum zweitenmal heiratet und die Scheidung noch nicht ausgesprochen ist und der Mann keine feste Anstellung hat. ›Ich nehme das hier‹, sagt sie, und es ist nicht einmal die richtige Größe, Meilen zu groß, mußte zum Ändern dortbleiben.«

»Es hat mir eben gefallen«, meinte Jenny.

»Du bist drin verschwunden.«

»Es hat mich schlank gemacht.«

»Vielleicht könntest du einen Schal tragen, oder so was, in Braun«, sagte ihre Mutter. »Das könnte es etwas dämpfen.«

»Ich kann keinen Schal bei der Hochzeit tragen.«

»Warum nicht? Oder ein kleines Jäckchen, ein braunes Leinenjäckchen etwa.«

»In Jäckchen sehe ich dick aus.«

»Nicht in einem kurzen, Chanel-Stil.«

»Ich hasse Chanel.«

»Na ja«, sagte Pearl, »ich sehe schon, daß du mit nichts zufrieden bist.«

»Mutter«, erwiderte Jenny, »ich bin bereits zufrieden. Ich bin zufrieden mit meinem cremefarbenen Kleid, genauso wie es ist. Ich liebe es. Könntest du mich nicht einfach in Ruhe lassen?«

»Habt ihr das gehört?« fragte Pearl ihre Söhne. »Also, ich brauche nicht herumzustehn und mir das anzuhören.« Und sie drehte sich um und marschierte zurück durch das Speisezimmer, aufrecht wie eine kleine Puppe zum Aufziehn.

Ezra sagte: »Hmm?«

Jenny machte ihre Plastik-Puderdose auf, sah hinein und ließ sie dann zuschnappen, als habe sie sich nur vergewissern wollen, daß sie noch da sei.

»Bitte, Jenny, willst du ihr nicht nachgehn?«

»Nicht ums Leben.«

»Sie hat doch mit *dir* gestritten. *Ich* kann sie doch nicht umstimmen.«

»Ach, Ezra, laß es uns dieses eine Mal einfach vergessen«, meinte Cody. »Ich glaube, ich halte das alles nicht aus.«

»Was sagst du da? Überhaupt kein Abendessen?«

»Ich könnte sowieso nur Salatblätter essen«, sagte Jenny zu ihm.

»Aber das hier ist wichtig! Es sollte ein besonderer Anlaß sein. Ach, bloß . . . wartet. Wartet ihr eine Minute, bitte?«

Ezra drehte sich um und rannte weg in die Küche. Aus dem Schwarm der verschiedenen Köche an der Theke zog er eine kleine Person im Overall. Ein Mädchen vermutlich, dachte Cody – ein wieselgesichtiger, kleiner Rotschopf. Sie folgte Ezra unbeschwert, fast steifbeinig, und wischte sich die Hände am Rücken ab. »Ich möchte euch Ruth vorstellen«, sagte Ezra.

Cody fragte: »Ruth?«

»Wir heiraten im September.«

»Oh«, meinte Cody.

Dann sagte Jenny: »Also – herzlichen Glückwunsch« und gab Ruth einen Kuß auf die knochige, sommersprossige Wange, und Cody schüttelte ihr mit einem »Hm, ja« die Hand. Auf ihrer Innenfläche waren Schwielen wie Kieselsteine. »Wie geht's«, sagte sie zu ihm. Er dachte an den Ausdruck »Bantam-Henne«, obwohl er noch nie ein Zwerghuhn gesehen hatte. Oder vielleicht war sie eher ein Hahn. Ihr kräftiges, karottenrotes Haar war so kurz geschnitten, daß es zu knapp schien, um ihren Schädel zu bedekken. Ihre blauen Augen waren rund wie Murmeln, und ihre Haut war so dünn und straff (als sei sie, wie ihr Haar, gestutzt worden), daß er den weißen Knorpel quer über ihren Nasenrücken sehen konnte. »So«, bemerkte er, »Ruth.«

»Bist du überrascht?« fragte ihn Ezra.

»Ja, sehr überrascht.«

»Ich wollte es richtig machen; ich wollte es während der Drinks verkünden und sie dann zum Familiendinner hereinrufen. Aber, Schatz«, sagte Ezra, an Ruth gewendet, »ich denke, Mutter war übermüdet. Es hat nicht so geklappt, wie ich geplant hatte.«

»Ach, Mist, ist schon okay«, antwortete Ruth.

Cody sagte: »Sicher. Bestimmt. Wir können es immer nachholen.«

Dann fing Jenny an, Fragen nach der Hochzeit zu stellen, und Cody entschuldigte sich und sagte, er müsse nachschaun, wie es ihrer Mutter ginge. Draußen im Dunkeln, während er die Straße nach Hause entlangging, hatte er ein äußerst seltsames Gefühl von Verlust. Es war, als wäre jemand gestorben oder hätte ihn für immer verlassen – die schöne, schwarzhaarige Ruth seiner Träume.

»Ich wußte, was das für ein Dinner werden würde, heut abend«, sagte Pearl zu Cody. »Ich bin nicht so dumm. Ich wußte es. Er hat sich verlobt; er will die Country-Köchin heiraten. Ich wußte das sowieso, aber es stürzte alles auf mich ein, als ich in das Restaurant kam und diese fünf Teller und Gläser sah. Gut, ich habe mich schlecht benommen. Sehr schlecht. Das brauchst du mir nicht zu sagen, Cody. Es war bloß, daß ich diese Teller sah, und irgend etwas zerbrach in mir. Ich dachte: ›Also gut und schön, wenn es denn so sein soll, aber nicht heute abend, nur nicht heute abend, du lieber Gott, gleich nachdem ich Hochzeitskleid Nummer zwei für meine einzige Tochter gekauft habe‹. Also dann, schau, bin ich hingegangen und habe eine Szene gemacht, wegen der das Essen abgesagt werden mußte, genau, als ob ich es alles vorher geplant hätte, was natürlich nicht so war. Du glaubst mir doch, oder? Ich bin nicht blind. Ich weiß, wann ich unvernünftig bin. Manchmal stehe ich außerhalb meines Körpers und sehe dem allem zu, völlig woanders. ›Schluß jetzt‹, sag' ich mir dann, aber es ist, als wäre ich in Trance; ich muß vorwärtsstürzen, weitermachen. ›Ja, ja, ich hör' schon auf‹, denke ich, ›laßt mich bloß das eine noch sagen, bloß das eine ...‹

Cody, glaubst du nicht, daß ich möchte, daß ihr drei glücklich seid? Natürlich möchte ich das. Natürlich. Hör mal, ich würde Ezra um nichts in der Welt zurückhalten, wenn er so darauf aus ist, dieses Mädchen zu heiraten – obwohl ich nicht weiß, was er in ihr sieht, sie ist so kampflustig und wild; ich glaube, sie ist aus Garrett County oder von so woher und trägt fast nie Schuhe – du solltest manchmal ihre Fußsohlen sehn –, aber was ich sagen will: Ich habe nie zu diesen Müttern gehört, die versuchen, ihre Söhne für sich zu behalten. Ich hoffe aufrichtig, Ezra heiratet. Das meine ich ehrlich. Ich möchte, daß jemand für ihn sorgt, besonders für ihn. Du kommst alleine zurecht, aber Ezra ist so, ich weiß nicht, schutzlos . . . Natürlich liebe ich euch alle gleich viel, genau gleich viel, aber . . . nun ja, Ezra ist so gut. Weißt du? Jedenfalls hat er jetzt diese Person Ruth, und das hat seine ganze Lebenseinstellung verändert; schau ihn dir mal an, wenn sie einen Raum betritt, oder hereinstolziert, oder wie du das nennen willst. Er betet sie an. Sie sind ganz verspielt miteinander, wie zwei junge Hunde. Ja, an junge Hunde erinnern sie mich oft, wenn sie sich zusammenkuscheln und kichern, oder in der Küche herumhüpfen oder diese Hillbilly-Musik hören, nach der Ruth, scheint's, verrückt ist. Aber, Cody. Versprich mir, daß du das niemand sagst. Versprochen? Cody, manchmal steh' ich da und beobachte sie und sehe, daß sie glauben, sie sind etwas absolut Besonderes, die ersten, die einzigen Menschen, die sich jemals so fühlen, wie sie sich fühlen. Sie glauben, sie werden ewig glücklich miteinander sein, daß all die andern Ehen um sie herum – diese gewöhnlichen, verbrauchten, plattgewalzten Arrangements –, daß die alle nichts sind, verglichen mit dem, was sie haben werden. Mit so wenig werden sie sich nie abfinden. Und es macht mich verrückt. Ich kann nichts dafür, Cody. Ich weiß, daß es selbstsüchtig ist, aber ich kann nichts dagegen tun. Ich möchte sie fragen: ›Wer, glaubt ihr, seid ihr eigentlich? Bildet ihr euch ein, ihr seid einzigartig? Denkt ihr wirklich, daß ich immer diese schwierige, alte Frau gewesen bin?‹

Cody, hör zu. Ich war auch besonders, einmal, für jemand. Ich brauchte nur hinzureichen und eine Fingerspitze auf seinen Arm zu legen, während er sprach, und er schwieg sofort und war ganz verwirrt. Ich hatte Hoffnungen; ich wurde umworben; ich hatte die schönste Hochzeit. Ich hatte drei köstliche Schwangerschaften, jeden Morgen wachte ich auf und wußte, daß sich in neun Monaten, in acht, in sieben etwas Ideales ereignen würde ... als wäre ich voller Licht, so schien es; Licht und Pläne erfüllten mich. Und dann, als ihr Kinder klein wart, nun, ich war das Zentrum eurer Welt! Ich war alles für euch! Es war ›Mutter, dies‹ und ›Mutter, das‹ und ›Wo ist Mutter? Wo ist sie hin?‹, und wenn ihr von der Schule heimkamt, sofort: ›Mutter! Bist du daheim?‹ Es ist nicht fair, Cody. Es ist wirklich nicht fair; jetzt bin ich alt, gehe unbeachtet meinen Weg, genau wie alle andern auch. Es kommt mir ungerecht vor. Aber sag den andern nicht, daß ich das gesagt habe.«

Die nächste Woche bei der Arbeit, während er die Schritte, mit denen Elektrobohrer in ihre Gehäuse eingepaßt wurden, tabellarisch darstellte, sah Cody, wie die alte, dunkle Ruth aus den Dachbalken und zwischen den Bändern entschwand, bis sie schließlich ganz verschwunden war und er nicht mehr wußte, warum sie ihn so bewegt hatte. Eine neue Ruth erschien jetzt. Knochig und jungenhaft, im Overall, der um ihre Schienbeine flatterte, rannte sie kichernd das Montageband entlang, mit Ezra dicht auf den Fersen. Ezras Haar war zerzaust. (Er war keineswegs unempfänglich, schien es, sondern hatte nur in seiner stur-vertrauensvollen Art darauf gewartet, bis die richtige Person kam.) Er fing sie im Büro des Aufsehers ein, und sie balgten sich wie ... ja, wie zwei junge Hunde. Ein Haarwirbel hüpfte oben auf dem Kopf von Ruth. Ihre Lippen waren aufgesprungen und rissig. Ihre Nägel waren zu winzigen, rosa Kissen zusammengebissen, und über ihre Fingerknöchel liefen Kratzer und Verbrennungen, Narben von ihrer Country-Küche.

Cody rief seine Mutter an und sagte, er käme zum Wochenende. Und ob sie wohl glaubte, daß Ruth da wäre? Schließlich, sagte er, fände er es an der Zeit, seine zukünftige Schwägerin kennenzulernen.

Er kam an einem Samstagvormittag und brachte Blumen, kupferfarbene Rosen. Er fand Ruth und Ezra auf dem Wohnzimmerboden vor, wo sie Rommé spielten. Ruths tatsächliche Erscheinung traf ihn, nach dieser Woche des Träumens, wie ein Schlag. Sie schien klarer, schlichter, hartkantiger als irgend jemand, den er je kennengelernt hatte. Sie trug Jeans und ein Hemd in einem häßlichen, braunen Karo. Sie war so von dem Spiel absorbiert, daß sie kaum aufsah, als Cody hereinkam. »Ruth«, begrüßte er sie und streckte ihr die Blumen entgegen. »Die sind für dich.«

Sie sah sie an und zog dann eine Karte. »Was sind das?«

»Na, Rosen.«

»Rosen? So früh im Jahr?«

»Treibhausrosen. Ich habe extra Kupferrot bestellt, damit sie zu deinen Haaren passen.«

»Laß meine Haare aus dem Spiel.«

»Schatz, er hat es als Kompliment gemeint«, sagte Ezra zu ihr.

»Oh.«

»Sicher«, bestätigte Cody. »Schau, das ist meine Art, Willkommen zu sagen. Willkommen in unserer Familie, Ruth.«

»Oh. Na dann, danke.«

»Cody, das war schrecklich nett von dir«, meinte Ezra.

»Rommé«, sagte Ruth.

An jenem Spätnachmittag, als es Zeit war, zum Restaurant zu gehn, begleitete Cody Ruth und Ezra hin. Er hatte einen langen, unbewegten Tag hinter sich – meist außerhalb des Lebens anderer gestanden –, und er brauchte die Bewegung.

Es hatte geregnet, ab und zu, und auf dem Trottoir standen Pfützen. Ruth marschierte geradeaus durch jede einzelne durch, was nichts ausmachte, da sie braune lederne Militärstiefel an den Füßen trug. Cody fragte sich, ob ihr Stil Absicht sei. Was würde sie tun, zum Beispiel, wenn er ihr ein Paar hochhackige Abendsandalen schenken würde? Die Frage begann ihn zu faszinieren. Er war besessen davon; er entwickelte ein fast physisches Verlangen nach dem Anblick ihrer derben, kleinen Füße in Silberriemen.

Es gab keine Erklärung für sein Verlangen nach der riesigen Uhr

– mit schwarzem Zifferblatt und kompliziert beziffert, imstande, Tiefseetauchen auszuhalten –, deren dehnbares Stahlarmband lose an ihrem drahtigen Handgelenk hing.

Ezra hatte seine Blockflöte dabei. Er spielte im Gehen darauf, ernst und konzentriert, die Wimpern auf die Wangen gesenkt. »Le Godiveau de Poisson« spielte er. Passanten schauten ihn an und lächelten. Ruth summte ein paar Töne mit, schwieg nachdenklich bei einer anderen Passage. Dann steckte Ezra die Flöte in die Tasche seines schäbigen Lumberjack, und er und Ruth fingen an, das Menü zu besprechen. Es war gut, daß sie das Reisgericht hatten, sagte Ruth; das machte immer die arabische Familie glücklich. Sie fuhr mit den Fingern durch ihre roten Haarspitzen. Cody, der auf ihrer anderen Seite ging, fühlte, wie sie ihr Gewicht verlagerte, als Ezra sie mit einem Arm umfing und an sich zog.

Im Restaurant war sie ein Wirbelwind. Ezra kochte wie im Traum, schmeckte ab und dachte nach; die andern (Verlierer allesamt, nach Codys Meinung) schwammen vage in der Küche herum, aber Ruth drehte sich und schlug und stach auf das Essen ein, als führe sie Krieg. Sie war für einen Hühnerauflauf verantwortlich und für etwas, was nach Kartoffelpuffern aussah. Cody beobachtete sie aus einer entfernten Ecke, und doch schienen die Leute über ihn zu stolpern.

»Wo hast du kochen gelernt?« fragte er Ruth.

»Nirgends«, antwortete sie.

»Ist dieses Huhn eine Spezialität aus irgendeiner Gegend?«

»Versuch!« fuhr sie ihn an, spießte ein Stück auf und hielt es ihm hin.

»Ich kann nicht«, sagte er.

»Warum nicht?«

»Ich fühle mich zu voll.«

In Wirklichkeit fühlte er sich voll von *ihr*. Er hatte sie den ganzen Tag zu sich genommen, sich einverleibt. Jeder würzige Moment – Topfdeckelschmettern, Kopfaufwerfen – war wie Nahrung für ihn. Er empfing wie ein Geschenk, als er ihren schmalen Rücken betrachtete, daß sie tatsächlich ein Unterhemd trug, eins dieser Trikothemden, an die er sich aus seiner Kindheit erinnerte. Er konnte die Säume unter dem braunen Karo erkennen. Er ordnete die Information sorgfältig ein, um sie voll genießen zu können, sobald er allein war.

Das Restaurant öffnete, und Gäste begannen hereinzutröpfeln. Die große, strahlende Empfangsdame setzte sie alle in einem Teil des Raums zusammen, als nähme sie sie unter ihre Fittiche.

»Such dir einen Tisch«, sagte Ezra zu Cody. »Ich bring' dir was von Ruths Küche.«

»Ich bin ehrlich nicht hungrig.«

»Er ist voll«, sagte Ruth, als spucke sie es aus.

»Ja, was willst du denn dann machen? Ist das hier nicht langweilig für dich?«

»Nein, nein, es interessiert mich«, antwortete Cody.

Er konnte über die Theke und in den Speiseraum sehn, wo Leute saßen und kauten und schluckten und tranken, sich den Mund mit der Serviette wischten und Brotbrocken abbrachen. Er fragte sich, wie Ezra es aushielt, sein Leben mit all diesem hier zu verbringen.

Als der erste eigentliche Ansturm vorbei war, setzten Ezra und Ruth sich an den gescheuerten Holztisch in der Mitte der Küche, und Cody setzte sich dazu. Ezra aß von Ruths Hühnerauflauf. Ruth zündete eine kleine braune Zigarette an und kippte mit dem Stuhl nach hinten, um ihm zuzusehn. Die Zigarette roch, als brenne sie nur zufällig – wie etwas, was man innen im Backofen vergossen hat oder was an der Unterseite eines Kochtopfs klebt. Cody, der ihr gegenübersaß, trank es in sich hinein. »Iß, Cody, iß«, drängte Ezra ihn. Cody schüttelte bloß den Kopf, er wollte seine Brustvoll von Ruths Rauch nicht verlieren.

Währenddessen kamen und gingen die anderen Köche, manche setzten sich auch hin und schlangen verschiedene sonderbare Zusammenstellungen von Speisen in sich hinein, während ihre Töpfe unbeaufsichtigt blieben. Ezras Jugendfreund Josiah erschien, in einen tüchtigen, erwachsenen Mann in gestärktem Weiß verwandelt, und er und Ruth sprachen vom Apfelschälen für ihr Mus. Ihr Mus war Cody völlig egal, ihn fesselte ihre direkte Art zu sprechen, ihr Slang. Sie hielt die Zigarette zwischen Daumen und Zeigefinger, den Ellbogen gegen den Brustkorb gestützt. Sie krümmte sich nach vorn, um eine Entscheidung zu überlegen, und ihre Augen unter ihren gerunzelten Brauen waren von einem so blassen Blau, daß er erschrak.

Sie verließen das Restaurant, ehe geschlossen wurde. Josiah würde schon zusperren, sagte Ezra. Sie gingen einen Umweg nach Hause, eine stille Einbahnstraße hinunter, um Ruth vor dem Haus abzusetzen, wo sie ein Zimmer gemietet hatte. Während Ezra sie die Eingangsstufen hinauf begleitete, wartete Cody am Bordstein. Er beobachtete Ezra, wie er ihr den Gutenachtkuß gab; ein schwacher, unzulänglicher Kuß, wie Cody fand; und er fühlte eine gewisse Befriedigung. Dann kam Ezra wieder zu ihm und stolzierte neben ihm her, plattfüßig und vergnügt. »Ist sie nicht toll?« fragte er Cody. »Mußt du sie nicht einfach lieben?«

»Hm.«

»Und es gibt soviel, was ich dich fragen muß. Ich möchte gut für sie sorgen, aber ich weiß nicht, wie. Was ist mit Lebensversicherung? Solche Sachen! Soviel wird von Ehemännern erwartet, Cody. Hilfst du mir, es herauszukriegen?«

»Aber gern«, sagte Cody. Es war sogar sein Ernst. Alles: jeden kleinen Spalt, der ein Zugang für ihn werden konnte.

Schließlich beruhigte sich Ezra, obwohl er weiter den Eindruck machte, als brodele und gluckse er innerlich. Von Zeit zu Zeit summte er leise ein paar Takte von irgend etwas. Und dann, als sie fast zu Hause waren – vorbei an völlig dunklen Häusern, wo alle längst schlafen gegangen waren –, was machte er da? Er zog seine verdammte Flöte heraus und fing an, draufloszupiepsen. Es war peinlich. Es war empörend. »Le Godiveau de Poisson«, wieder einmal. Ezra wäre imstand, dachte Cody, als Leitmotiv das Rezept für ein Fischgericht zu nehmen. Er ging schweigend weiter und hoffte, jemand würde die Polizei rufen. Oder wenigstens, daß jemand das Fenster aufmachte. »Sie da! Ruhe!« Aber niemand tat es. Es war so typisch – Ezra, der Goldjunge, jedermanns Liebling, wie er unbehelligt die Straßen hinunterdudelte.

Am Sonntagmorgen erschien Cody an Ruths Tür – oder vielmehr an der Tür der verwelkten, teigigen Lady, der das Haus gehörte, in dem Ruth wohnte. Diese Dame spielte so ängstlich an dem Medaillon an ihrem Hals herum, daß Cody sich verpflichtet fühlte, einen Schritt zurückzutreten, um zu beweisen, daß er kein Gelegenheitsräuber war. Er schenkte ihr sein strahlendstes Gentleman-Lächeln. »Guten Morgen«, grüßte er, »ist Ruth zu Hause?«

»Ruth?«

Ihm wurde klar, daß er Ruths Familienname nicht wußte. »Ich bin Ezra Tulls Bruder.«

»Oh, Ezra«, sagte sie und trat zurück, um ihn einzulassen.

Er folgte ihr tief ins Innere, vorbei an einem Tumult von schwülstigen Polstermöbeln und staubigem Obst aus Wachs und Stößen von Zeitschriften. In der Küche fläzte sich Ruth am Tisch, löffelte Cornflakes und las die Zeitung, die gegen die Cornflakes-Packung gelehnt war. Ein blasser, untersetzter Mann stand da und starrte in einen offenen Eisschrank. Cody hatte einen Eindruck von Trägheit und verplemperter Zeit. Er fühlte sich geladen von Energie. Es müßte doch so einfach sein, sie all dem abspenstig zu machen!

»Guten Morgen«, grüßte er. Ruth sah auf. Der dickliche Mann zog sich hinter die Eisschranktür zurück.

»Ich hoffe, du bist mit deinen Cornflakes noch nicht zu weit gekommen«, sagte Cody. »Ich bin gekommen, um dich zum Frühstück einzuladen.«

»Warum?« fragte Ruth, stirnrunzelnd.

»Na ja . . . nicht zu irgendeinem Zweck. Ich gehe bloß spazieren und dachte mir, du würdest vielleicht gern mitgehn, irgendwo Pause machen mit Krapfen und Kaffee.«

»Jetzt?«

»Natürlich.«

»Es regnet doch?«

»Nur ein bißchen.«

»Nein, danke«, sagte sie.

Ihre Augen senkten sich wieder auf die Zeitung. Die Vermieterin ließ ihr Medaillon mit einem winzigen, schwirrenden Geräusch an seiner Kette entlanggleiten.

»Was ist los in der Welt?« fragte Cody.

»Welcher Welt?« meinte Ruth.

»Die Nachrichten. Was steht in der Zeitung?«

Ruth hob die Augen, und Cody sah, welche Seite sie aufgeschlagen hatte. »Oh«, sagte er. »Die Comics.«

»Nein, mein Horoskop.«

»Dein Horoskop.« Er sah die Vermieterin hilfeheischend an. Sie schaute abwesend auf einen Schrank voll mit Eingemachtem. »Also, was für ein . . . hm, Symbol bist du?« fragte er Ruth.

»Hmm?«

»Was für ein astrologisches Symbol?«

»Zeichen«, verbesserte sie ihn. Sie seufzte und stand auf, schließlich gezwungen, seine Anwesenheit zur Kenntnis zu nehmen. Sie griff sich die Zeitung vom Tisch und stakste in Richtung Wohnzimmer. Cody machte ihr Platz und trottete dann hinterher. Ihre Jeans, dachte er sich, mußten aus einem Laden für kleine Jungen stammen. Sie hatte überhaupt keine Hüften. Ihr Pullover war an den Ellbogen durchscheinend.

»Ich bin Stier«, sagte sie über die Schulter, »aber das alles ist sowieso Mist. Totaler Mist.«

»Oh, das finde ich auch«, stimmte Cody erleichtert zu.

Sie blieb in der Mitte des Wohnzimmers stehn und wendete sich zu ihm um: »Schau mal da.« Sie stieß mit dem Finger auf eine Druckzeile. *Mächtiger Verbündeter wird Sie retten. Betonung heute auf Hochfinanz.* Sie senkte das Blatt. »Ich meine, mit wem denken die, daß sie es zu tun haben? Mit was für einer Art von Geschäft soll ich verbunden sein?«

»Lächerlich«, sagte Cody. Er war hypnotisiert von ihren Augenbrauen. Sie hatten die Farbe von Orangen-Sorbet, und jedesmal, wenn sie etwas hitzig sprach, wurde die Haut rundum blaßrot, dunkler als die Augenbrauen selbst.

»Ignorieren Sie Annäherungsversuche eines alten Feindes«, las sie und ließ einen Finger über die Spalte fahren. »Oder hör dir das da an: *Heimliche Zusammenkunft könnte Rätsel lösen.* Allmächti-

ger Gott!« sagte sie und warf die Zeitung in einen Sessel. »Man müßte wer weiß was für ein Leben führen, wenn man von seinem Horoskop etwas haben will.«

»Also, ich weiß nicht«, meinte Cody. »Vielleicht ist mehr Wahres dran, als du weißt.«

»Wie bitte?«

»Vielleicht sagt es, daß du so ein Leben führen solltest. Abenteuerlustiger sein solltest, nicht bloß in irgendeinem Restaurant vor dich hin schuften, dich in einer alten, düsteren Pension mopsen.«

»Es ist gar nicht so düster«, entgegnete Ruth und hob das Kinn.

»Na ja, aber . . .«

»Und überhaupt, ich bleibe nicht für immer hier. Ich und Ezra, wenn wir geheiratet haben, dann ziehen wir über das ›Heimweh‹. Und dann, sobald wir es zu ein bißchen Geld gebracht haben, denken wir an ein Haus.«

»Aber trotzdem«, sagte Cody, »das wäre überhaupt nichts, verglichen mit dem, worum es bei diesen Horoskopen geht. Schau, es gibt doch noch die ganze weite Welt! New York, zum Beispiel. Je in New York gewesen?«

Sie schüttelte den Kopf, sah ihn prüfend an.

»Du solltest kommen; dort ist jetzt Frühling.«

»Hier ist auch Frühling«, erwiderte sie.

»Aber eine andere Art.«

»Ich weiß nicht, worauf du hinauswillst«, sagte sie ihm.

»Also, alles, was ich sagen will, Ruth, ist: Warum sich jetzt schon niederlassen, wenn es soviel gibt, was du noch nicht gesehen hast?«

»Jetzt schon?« meinte sie. »Ich bin jetzt bald zwanzig. Auf eigenen Füßen herumgeklappert seit meinem sechzehnten Geburtstag. Das einzige, was ich *will*, ist mich niederzulassen, je früher, desto besser.«

»Oh«, sagte Cody.

»Also, einen schönen Spaziergang.«

»O ja, Spaziergang . . .«

»Ertrink nicht«, sagte sie gefühllos.

An der Tür drehte er sich um. Er fragte: »Ruth?«

»Was.«

»Ich weiß nicht, wie du weiter heißt.«

»Spivey«, antwortete sie.

Er fand, das sei der lieblichste Klang, den er je in seinem Leben vernommen hatte.

Am nächsten Wochenende fuhr er sie hinaus, um seine Farm zu besichtigen. »Ich hab' schon genug Farmen gesehn«, sagte sie, aber Ezra meinte: »Aber du solltest mitfahren, Ruth. Es ist hübsch in dieser Jahreszeit.« Ezra selbst mußte dableiben; er mußte die Installation eines neuen Fleischkastens für das Restaurant überwachen. Cody hatte das gewußt, ehe er Ruth aufforderte.

Diesmal brachte er ihr Narzissen. Sie sagte: »Ich weiß nicht, was ich mit denen soll; hinten am Fußweg wachsen sie wie Unkraut.«

Cody lächelte sie an.

Er half ihr in seinen Cadillac, der nach neuem Leder roch. Sie wirkte nicht beeindruckt. Verrückterweise trug sie einen Rock, bei der einzigen Gelegenheit, wo Jeans passender gewesen wären. Ihre Beine waren sehr weiß, fast kreideweiß. Söckchen, wie ihre, hatte er seit der Schulzeit nicht gesehn, und ihre abgewetzten Turnschuhe waren klein und kurz, wie von einem Kind.

Auf der Fahrt hinaus sprach er von seinen Plänen für die Farm. »Dort möchte ich gern leben«, sagte er. »Dort möchte ich meine Familie großziehn. Es ist der ideale Platz für Kinder.«

»Was bringt dich auf die Idee?« fragte sie. »Als ich klein war, wollte ich nirgends hin als in die Stadt.«

»Ja, aber frische Luft und eigenes Gemüse, und die Tiere ... Zur Zeit versorgt noch der nächste Nachbar mein Vieh, aber sobald ich ganz eingezogen bin, mache ich das alles selbst.«

»Das möchte ich mal sehn«, sagte Ruth. »Hast du schon mal ein Schwein gemästet? Einen Stall ausgemistet?«

»Ich kann es lernen«, erklärte er ihr.

Sie zuckte die Achseln und sagte nichts mehr.

Als sie bei der Farm angekommen waren, führte er sie überall herum; sie glotzte eine Kuh an und gab einem Grüppchen Hennen den »bösen Blick«. Dann führte er sie ins Haus. Er hatte es mit allem Inventar gekauft – komplett mit abgeschabtem Plüschsofa und Petroleumofen im Wohnzimmer, wackeligem Küchentisch, die Schublade voll verrostetem Besteck, mit dem Kalender von 1958, der Mallardys Austerschalenmixtur als Aufstrich empfahl, besonders reich an Kalzium. Der Mann, der hier gelebt hatte – ein Witwer –, war oben in dem schweren Bett mit vier dicken Pfosten gestorben. Cody hatte das Bettzeug erneuert – Laken und eine Steppdecke und Daunenkissen, hatte aber sonst nichts verändert. »Ich habe vor, alles neu einzurichten«, sagte er zu Ruth, »aber ich warte damit, bis ich heirate. Ich weiß, daß meine Frau dann sicher auch mitreden möchte.«

Ruth zog den Riegel eines Schiebefensters mühelos aus dem hölzernen Rahmen. Sie drehte ihn um und besah sich die Unterseite.

»Ich wünsche mir sehr eine Frau.«

Sie steckte den Riegel zurück. »Ich wollte, ich müßte dir das nicht gerade sagen«, meinte sie, »aber riechst du den Geruch? Irgendwie süßlichen Geruch? Du hast die Trockenfäule hier drin.«

»Ruth«, fragte er, »magst du mich aus irgendeinem Grund nicht?«

»Hm?«

»Dein Verhalten. Die Art, wie du mich wegschiebst. Du hältst nicht viel von mir, stimmt's?«

Sie schielte ihn von der Seite an, ausweichend, und ging auf die Treppe zu. »Ach«, antwortete sie, »ich mag dich ganz gern.«

»Wirklich?«

»Aber ich kenne deinen Typ«, sagte sie.

»Welchen Typ?«

»In meiner Schule waren viele wie du«, erklärte sie. »O ja! Ein paar in jeder Klasse, in jedem Team – groß und wirklich gutaussehend, elegant, athletisch, witzig. Boys mit aalglatten Manieren, denen alles immer in den Schoß fiel, die immer wußten, wie man alles richtig macht, und die sich nur mit den Tanzmädchen abgaben, die beim Sport die Stimmung anheizen, oder mit der Schönsten der Schule – oder höchstens bis zu ihren Ehrenjungfern hinunter. Die an mir in den Sälen vorbeigegangen sind, ohne überhaupt zu wissen, wer ich war oder daß ich überhaupt existierte. Oder sich über mich lustig gemacht haben, manchmal, da bin ich ziemlich sicher – haben mich ausgelacht, wie schlecht angezogen ich ging, und mein Sommersprossen-Gesicht und mein blödes rotes Haar verulkt . . .«

»Wann hab' ich jemals so was gemacht?«

»Ich meine jetzt nicht dich persönlich«, sagte sie, »aber du erinnerst mich bestimmt an so einen Typ.«

»Ruth. Ich lach' dich ganz sicher nicht aus. Ich finde, du bist vollkommen«, entgegnete er. »Du bist die allerschönste Frau, die mir je zu Gesicht gekommen ist.«

»Siehst du?« meinte sie, und sie reckte ihr Kinn hoch, wirbelte herum und marschierte die Treppe hinunter. Sie antwortete auf nichts, was er sagte, die ganze weite Heimfahrt lang.

Es war ein Feldzug, das war es – ein langer und zäher Schlachtfeldzug, der sich durch den April und den ganzen Mai erstreckte. Es gab Augenblicke, in denen er verzweifelte. Er hatte einen zu späten Start gehabt, war schon aus dem Rennen; er hatte seine Zeit mit diesen unoriginellen, durchschaubaren Brünetten vergeudet, war sich so clever vorgekommen, sie zu angeln, während Ezra, ohne sich irgendwelche Mühe zu geben, irgendwie das wahre Juwel entdeckt hatte. Glücklicher Ezra! Sein ganzes Leben beruhte auf Glück, und Cody würde wahrscheinlich nie dahinterkommen, wie er das machte.

Oft, nachdem er Ruth abgesetzt hatte, murmelte Cody im Weggehen mit sich selbst. Er schlug sich mit der Faust in die offene Hand oder trat gegen seinen eigenen Wagen. Aber gleichzeitig empfand er untergründig ein Gefühl der Heiterkeit. Ja, er hätte sagen können, er habe sich nie lebendiger gefühlt, nie so gespannt auf jeden neuen Tag. Jetzt verstand er, weshalb er das Interesse an Carol oder Karen Wie-hieß-sie-noch verloren hatte, der Sozialarbeiterin, die Ezra nicht anziehend gefunden hatte. Sie hatte es zu leicht gemacht. Was ihm gefiel, war die Konkurrenz.

die Hoffnung, triumphierend aus einem Kopf-an-Kopf-Rennen mit Ezra, seinem ältesten Feind, hervorzugehn. Er genoß es sogar, sich Zeit zu lassen, sich zurückzuhalten, seine Gefühle vor Ruth bis zum günstigsten Moment verborgen zu halten. (War Geduld Ezras Geheimnis?) Denn dies war kein offener Wettstreit, natürlich. Einer der Teilnehmer wußte nicht einmal, daß es einen gab. »Weißt du, Cody«, sagte Ezra, »es war nett, dich in letzter Zeit so oft dazuhaben.« Und zu Ruth: »Geh nur, geh nur; es wird dir Spaß machen«, wenn Cody sie irgendwohin einlud.

Einmal, um Ezra eine Falle zu stellen, klaute Cody eine von Ruths braunen Zigaretten und rauchte sie im Farmhaus. (Der Geruch von brennendem Teer füllte sein Schlafzimmer. Hätte er ein Telephon gehabt, hätte er seine ganze Strategie vergessen und sie augenblicklich angerufen, um ihr zu gestehn, daß er sie liebte.) Er drückte den Stummel in einem Plastik-Aschbecher neben seinem Bett aus. Später forderte er dann Ezra auf, sich seine neuen Kälber anzusehn, führte ihn nach oben, um über ein Leck im Dach zu sprechen, und zu dem Nachtkasten, wo der Aschbecher stand. Aber Ezra sagte nur: »Oh, war Ruth hier?« und erging sich in Lob über einen Gewürzgarten, den sie oben auf dem Restaurant anpflanzte. Cody wollte nicht glauben, daß jemand so blind, so gutgläubig sein konnte. Außerdem hätte er für den Vorzug, daß Ruth Kräuter für ihn pflanzte, sein Leben gegeben. Er dachte an den Hof auf der Rückseite, wo er sich immer den Küchengarten seiner Frau ausgemalt hatte. Rosmarin! Basilikum! Zitronenmelisse!

»Warum ist sie nicht zu mir gekommen?« fragte er Ezra. »Sie könnte immer ihre Kräuter auf meiner Farm ziehen.«

»Na ja, je näher am Haus, desto frischer«, antwortete Ezra. »Aber nett, daß du es anbietest, Cody.«

Als er an diesem Abend seine Gewehre ölte, dachte Cody ernsthaft daran, Ezra ins Herz zu schießen.

Wenn er Ruth Komplimente machte, sträubte sie sich. Wenn er ihr die Geschenke brachte, die er so umsichtig ausgesucht hatte (Goldketten und kristallene Parfümflakons, Spieldosen, Seidenblumen, alles als Kontrast gegen den häßlichen, gesprenkelten

Marmor-Nudelwalker, den Ezra, ungeschickt eingepackt, ihr zum zwanzigsten Geburtstag überreichte), dann verlor sie diese meist sofort oder vergaß, wo sie gerade waren. Und wenn er sie in Lokale einlud, kam sie nur wegen des Ausgehens mit. Wenn er dann ihren Arm nahm, sagte sie: »Himmel, ich bin doch keine alte Dame.« Sie kletterte über Felsen und durch die Wälder in ihren Soldatenstiefeln, Cody hinterdrein, verwirrt und geblendet, buchstäblich krank vor Liebe. Er hatte acht Pfund verloren, konnte nicht essen – er hatte das immer für eine Legende gehalten – und schlief nachts fast nicht. Wenn er schlief, legte er es darauf an von Ruth zu träumen, tat es aber nie; sie blieb boshaft und trotzig abwesend, und tagsüber, wenn er sie das nächstemal traf, glaubte er in ihrem Blick etwas Höhnisches zu erkennen.

Oft fand er es schwierig, ihre Unterhaltung in Gang zu halten. Manchmal überfiel ihn der Gedanke – in der Wochenmitte, wenn er weit weg von Baltimore war –, daß die ganze Idee reiner Wahnsinn war. Sie würden sich immer fremd bleiben. Hatten sie denn irgendwelche gemeinsamen Interessen? Aber jedes Wochenende warf es ihn wieder von neuem um, ihr stolzierender Gang, ihr kriegerisches Kinn und anziehendes Stirnrunzeln. Er war gerührt von ihrem dumpfen Kleinjungengeruch; er stellte sich vor, wie sich ihr kleiner Körper in den seinen kuscheln könnte. Oh, es war Ruth selbst, was sie gemeinsam hatten. Manchmal griff er hin, um die Kuppen ihrer Fingerknöchel zu berühren. Sie runzelte dann die Stirn und wich zurück. »Was tust du da?« fragte sie. Er antwortete nicht.

»Ich weiß, worauf du aus bist«, sagte seine Mutter zu ihm.

»Wie bitte?«

»Ich schaue durch dich durch, wie durch eine Glasscheibe.«

»Also? Worauf bin ich denn aus?« fragte er. Er hoffte wirklich, es zu hören; er hatte das Stadium erreicht, in dem er sich drehte und wendete, nur damit jemand Ruths Namen aussprach.

»Du machst mir keinen Augenblick was vor«, sagte seine Mutter. »Warum bist du so widerspenstig? Das Mädchen ist in diesem Leben für dich zu nichts zu gebrauchen. Sie ist nicht im geringsten dein Typ; sie gehört deinem Bruder Ezra, und sie ist das einzige auf der Welt, was er je gewollt hat. Wenn du sie ihm abspenstig machst, sag bloß, was du mit ihr anfangen willst! Du würdest sie einfach fallenlassen. Du würdest dir sagen: ›Ach, du meine Güte, was mache ich mit so einer kleinen Person?‹«

»Du verstehst es nicht«, entgegnete Cody.

»Vielleicht ist das ein Schock für dich«, erklärte ihm seine Mutter, »aber ich verstehe dich vollkommen. Wenn's um den Rest der Welt geht, bin ich vielleicht nicht so klug, aber bei meinen drei Kindern, also, da entgeht mir nicht die kleinste Kleinigkeit. Ich weiß alles, worauf du aus bist. Ich sehe alles in deinem Herzen, Cody Tull.«

»Genau wie Gott«, sagte Cody.

»Genau wie Gott«, stimmte sie zu.

Ezra arrangierte ein Festessen für den Abend vor Jennys Hochzeit – ein Freitag. Aber am Donnerstag abend rief Jenny Cody in seinem Appartement an. Es war ein Ortsgespräch; sie sagte, sie sei kaum zehn Ecken entfernt in einem Hotel mit Sam Wiley. »Wir haben gestern vormittag geheiratet«, erklärte sie, »und sind jetzt auf der Hochzeitsreise. Es wird also doch kein Abendessen geben.«

»Und wie ist es denn *dazu* gekommen?« fragte Cody.

»Mutter und Sam hatten eine kleine Meinungsverschiedenheit.«

»Aha.«

»Mutter sagte ... und Sam sagte ihr ... und ich sagte: ›Ach, Sam, warum wollen wir nicht einfach ...‹ Nur, es tut mir leid wegen Ezra. Ich weiß, wieviel Mühe er sich gemacht hat.«

»Allmählich sollte er sich daran gewöhnt haben«, meinte Cody.

»Er wollte uns ein Spanferkel vorsetzen.«

Hatte Ezra nicht bemerkt (fragte sich Cody), daß die Familie als Ganzes noch nie eines seiner Dinner beendet hatte? Daß sie meist stritten und mittendrin rausmarschierten oder manchmal nicht einmal so weit kamen, daß sich alle überhaupt hinsetzten? Aber natürlich mußte er das bemerkt haben – nur sah er dabei auch das Muster, das Leitmotiv? Nein, vielleicht sah er jedes Essen als Einheit in sich selbst, nicht verbunden mit den anderen Familienzusammenkünften bei Tisch. Vielleicht reihte er sie in seinem Sinn nie aneinander.

Was bedeutet hätte, daß er ein totaler Idiot war.

Es stimmte, daß sie einmal – zur Feier von Codys neuem Geschäft – sogar bis zur Nachspeise vordrangen; hätten sie also kein Dessert bestellt, könnte man sagen, sie wären bis zum Ende der Mahlzeit gekommen. Aber Tatsache war, daß sie die Nachspeise bestellten, die dann auf den Tellern zusammenfiel, als die Mutter Cody vorwarf, er habe sich absichtlich so fern wie möglich von zu Hause niedergelassen. Es gab einen hartnäckigen kleinen Streit. Die Unterhaltung bröckelte ab. Cody brach auf. Also konnte man selbst diese Mahlzeit technisch nicht als beendet ansehn. Warum versuchte es Ezra immer wieder?

Warum kamen sie alle immer wieder? Das war eher die Frage. Tatsächlich sahen sie sich vermutlich öfter, als das bei glücklichen Familien der Fall war. Es war fast so, als müßten sie auf das, was sie nicht in Ordnung bringen konnten, immer wieder zurückkommen. (Wenn sie also jemals ein Essen beendeten, würden sie aufstehn und sich für immer voneinander verabschieden?)

Nachdem Jenny den Telephonhörer aufgelegt hatte, setzte sich Cody auf die Couch und blätterte die Morgenpost durch. Etwas beunruhigte ihn. Er fragte sich, wie Jenny diesen Sam Wiley heiraten konnte – einen dürren, kleinen Künstlertyp, mit unstetem Blick und frech. Er überlegte, ob Ezra das Dinner ganz absagen, oder es bloß bis nach den Flitterwochen verschieben würde. Er stellte sich Ruth in der Küche des Restaurants vor, wie sie mit faltigen Fingerchen Mehl auf Hühnerschlegel klopfte. Er überflog die Anzeige einer Lebensversicherung und fragte sich, weshalb kein einziger Mensch von ihm abhängig war – nicht einmal soweit, um seine Versicherungssumme zu beanspruchen, falls er starb.

Er riß den Umschlag auf, auf dem *Erstaunliches Angebot!* stand, und fand drei Muster für Briefpapier und einen Bestellschein auf Glanzpapier. Ein Muster war blau, mit *LMR* oben eingeprägt. Ein zweites hatte ein verziertes *Paula*, das *P* von einer Windenranke umwunden, und das dritte war so ein Brief, der sein eigenes

Couvert wird, wenn man ihn faltet. Die Klappe war mit Schmetterlingen bedruckt und mit *Mrs. Harold Alexander III, 219 Saint Beulah Boulevard, Dallas, Texas.* Das studierte er einen Augenblick. Dann nahm er einen Füllfederhalter aus seiner Hemdtasche und begann, in einer ihm fremden, rückwärts geneigten Schrift zu schreiben:

Liebe Ruth,
nur eine Zeile, um Dich von uns allen zu grüßen. Wie läuft der Job? Wie gefällt Dir Baltimore? Harold sagt, ich soll Dich fragen, ob du schon einen jungen Mann kennengelernt hast. Er hatte den komischsten Traum gestern nacht. Er hat geträumt, daß er Dich mit jemand Großem gesehen hat, schwarze Haare und graue Augen und grauer Anzug. Ich sagte, na, ich hoffe bestimmt, das ist ein Traum, der wahr wird!

Uns geht es allen soweit gut, nur Linda war letzte Woche einen Tag nicht in der Schule. Ein Fall von »Mathe-Krankheit«, so sah es für mich aus, ha, ha! Sie sagt, sie schickt Dir tausend Umarmungen und Küsse. Schick uns mal eine Zeile, recht bald, hörst Du?

Cody fand, daß er gegen Schluß gerade den richtigen Ton getroffen hatte; es tat ihm leid, daß kein Platz mehr da war. Er unterschrieb den Brief: *Alles Liebe, Sue (Mrs. Harold Alexander III)* und klebte ihn zu, frankierte und adressierte ihn. Dann steckte er ihn in einen Geschäftsumschlag und schrieb ein paar Zeilen an seinen alten College-Zimmergenossen in Dallas und bat ihn, er möchte dies bitte in den nächsten Briefkasten werfen.

Dieses Wochenende fuhr er nicht nach Hause, und seine Belohnung war, daß er von Ruth träumte. Sie wartete auf einen Zug, in dem er reiste. Er sah sie auf dem Bahnsteig, wie sie ins Fenster jedes Personenwagens spähte, der vorbeiglitt. Er war so begierig, nach ihr zu greifen, zu sehen, wie ihr Gesicht sich entspannte, wenn sie ihn erblickte, daß er laut ihren Namen rief und davon aufwachte. Er hörte ein Echo im Dunkeln – nicht wirklich ihren Namen, sondern irgendein bedeutungsloses Schlafgeräusch.

Danach versuchte er stundenlang, in den Traum zurückzukriechen, aber er war ihm entglitten.

Am nächsten Morgen fing er noch einen Brief an, auf dem Blatt mit *Paula* auf dem Briefkopf. In einer schnörkeligen Schrift schrieb er:

Liebes Ruthle,
Du altes Wesen, kümmerst Du Dich gar nicht mehr um Deine Freunde? Ich habe neulich zu Mama gesagt: Diese Ruth Spivey hat uns ganz vergessen, glaube ich.

Hier läuft es nicht allzu gut. Ich denke, Du hast vielleicht gehört, daß ich und Norman auseinander sind. Ich weiß, Du hast ihn gemocht, aber Du hattest ja keine Ahnung, wie mühsam er sein konnte, immer so langsam und still, er ging mir auf die Nerven. Ruthle, bleib weg von diesen blassen, blonden rücksichtsvollen Typen, sie sind eine echte Enttäuschung. Such Dir jemand Dunkles und Interessantes, der Dich überall hinführt, wo Du noch nie warst. Ernsthaft, ich weiß, wovon ich rede.

Mama läßt Dich grüßen und fragt, ob Du willst, daß sie Dir etwas näht. Sie ist richtig gelähmt jetzt mit der Arthritis in den Knien und kann nur in ihrem Sessel sitzen und hat viel Zeit zum Nähen.

Bis dann, Paula

Diesen Brief gab er in Pennsylvania auf, als er am folgenden Dienstag eine Kartonagenfabrik besuchte. Und am Mittwoch, aus New York, schickte er den blauen Bogen mit dem oben eingeprägten *LMR*:

Liebe Ruth,
hatte gestern Lunch mit Donna, und sie hat mir erzählt, daß Du mit einem richtig netten Burschen gehst. Genauere Einzelheiten wußte sie nicht, aber als sie sagte, daß er Tull heißt und aus Baltimore ist, wußte ich, daß es Cody sein muß. Jeder hier kennt Cody, wir lieben ihn alle einfach, er ist in seinem Herzen wirklich ein guter Mann und ist jahrelang von Leuten falsch beurteilt

worden, die ihn nicht verstehen. Na, Ruthle, Du bist wohl doch schlauer, als ich Dir zugetraut hätte, ich dachte immer, Du würdest Dich mit einem dieser blonden Dutzendtypen zufriedengeben, aber jetzt sehe ich, daß ich mich geirrt habe.

Ich warte auf die Details.

Love, Laurie May

»Mit dem letzten Brief bist du zu weit gegangen«, sagte Ruth zu ihm.

»Ich weiß nicht, wovon du sprichst.«

Er saß auf einem Küchenschemel und sah zu, wie sie Fleisch in Würfel schnitt. An diesem Samstag war er direkt ins Restaurant gekommen – vorbei am Zuhause, vorbei an der Farm –, weil er hoffte, sie irgendwie verändert zu finden: Vielleicht würde sie ihm verwirrt von Zeit zu Zeit einen nachdenklichen Blick zuwerfen. Statt dessen schien sie ärgerlich. Sie schleuderte ihr Hackmesser auf das Hackbrett. »Ist dir klar«, fragte sie, »daß ich hingegangen bin und diesen ersten Brief beantwortet habe? Ich wollte nicht, daß jemand sich Sorgen macht, deshalb habe ich ihn zurückgeschickt und geschrieben, daß er mir nicht gehört, da müsse ein Fehler vorliegen; ging extra weg und kaufte eine Marke und gab ihn auf. Und hätte den zweiten auch zurückgeschickt, bloß hatte der keinen Absender. Dann kommt der dritte: also, du bist zu weit gegangen.«

»Dazu neige ich nun mal«, sagte Cody reumütig.

Ruth schwang das Hackmesser mit einem Mordskrach. Cody hatte Angst, die andern – so früh nur Todd Duckett und Josiah – könnten sich wundern, was los sei, aber sie sahen sich nicht einmal um. Ezra war draußen, er schrieb das heutige Menü mit Kreide an.

»Was ist eigentlich dein Problem?« fragte ihn Ruth. »Hast du etwas gegen mich? Denkst du, ich bin irgendein Trampel aus Garrett County, das dein Bruder nicht heiraten soll?«

»Natürlich will ich nicht, daß du ihn heiratest. Ich liebe dich.«

»Was?«

Das war nicht der Augenblick, den er geplant hatte, aber er ließ sich einfach mitreißen, wie betrunken. »Es ist mein Ernst«, sagte er. »Ich fühle mich getrieben. Ich fühle mich gezogen. Ich muß dich haben. Ich denke überhaupt nur noch an dich.«

Sie starrte ihn an, erstaunt, mit der Hand in der Luft, da sie gerade Fleischwürfel in eine Bratpfanne geben wollte.

»Wahrscheinlich sage ich es nicht richtig«, meinte er.

»Was sagst du nicht richtig? Was redest du überhaupt?«

»Ruth. Ich liebe dich wirklich und wahrhaftig. Ich bin krank nach dir. Ich kann nicht mal essen. Schau mich an! Ich habe elf Pfund verloren.«

Er streckte demonstrierend seine Arme aus. Seine Jacke hing an den Seiten lose herunter. Kürzlich hatte er seinen Gürtel ein Loch enger geschnallt; seine Anzüge saßen nicht mehr so straff, sondern schienen knitterig, gerafft, gebauscht.

»Es stimmt, daß du ziemlich mager bist«, sagte Ruth langsam.

»Sogar meine Schuhe fühlen sich zu weit an.«

»Was ist los mit dir?« fragte sie.

»Du hast kein Wort verstanden von dem, was ich gesagt habe!«

»Wegen mir, hast du gesagt. Das muß ein Witz sein.«

»Ruth, ich schwöre . . .«, beteuerte er.

»Du bist an New Yorker Mädchen gewöhnt, an Fotomodelle, Schauspielerinnen; du könntest jede haben.«

»Aber ich will *dich* haben.«

Sie studierte ihn einen Moment. Es schien langsam, als habe er sie endlich erreicht; sie hatten ein Gespräch. Dann sagte sie: »Wir müssen dieses Gewicht wieder auf dich drauf kriegen.«

Er stöhnte.

»Siehst du?« meinte sie. »Du ißt nie, was ich dir anbiete.«

»Ich kann nicht«, antwortete er.

»Ich glaube, du hast meine Küche noch nie versucht.«

Sie stellte die Bratpfanne weg und ging zu dem großen schwarzen Kessel, der brodelnd auf dem Herd stand. »Country-Gemüse«, sagte sie und hob den Deckel hoch.

»Wirklich, Ruth . . .«

Sie füllte eine kleine irdene Schüssel und setzte sie auf den Tisch. »Setz dich«, forderte sie ihn auf. »Iß. Wenn du's versucht hast, sage ich dir die geheime Zutat.«

Dampf stieg aus der Schüssel auf, mit einem Geruch, so stark und würzig, daß er sich bereits überfüttert fühlte. Er nahm den Löffel an, den sie ihm hinhielt. Er tauchte ihn zögernd in die Suppe und probierte ein bißchen.

»Na?« fragte sie.

»Es schmeckt sehr gut«, sagte er.

Es war wirklich köstlich, wenn man sich etwas aus solchen Sachen machte. Eine so gute Suppe hatte er noch nie gegessen. Stücke von frischem Gemüse in einer üppigen, starken Brühe. Er nahm noch einen Mundvoll, Ruth stand hinter ihm, die Daumen in die Taschen ihrer Jeans gehakt. »Hühnerfüße«, erklärte sie.

»Wie bitte?«

»Hühnerfüße sind die geheime Zutat.«

Er senkte den Löffel und sah in die Schüssel.

»Iß auf«, sagte sie zu ihm. »Tu ein bißchen Fleisch auf deine Knochen.«

Er tauchte den Löffel wieder ein.

Danach brachte sie ihm einen Salat, mit den Kräutern angemacht, die sie auf dem Dach zog, und einen Korb voll Brötchen, die sie am Nachmittag gebacken hatte. »Ein Rezept von zu Hause«, sagte sie. Cody aß alles auf. Solange er aß, beobachtete sie ihn. Als sie ihm Butter für seine Brötchen brachte, beugte sie sich nah über ihn, und er fühlte die Wärme, die von ihr ausging.

Inzwischen waren noch zwei Köche gekommen, ein Chinesenjunge köchelte schwarze Pilze, und Ezra arbeitete mit einem Mixer neben dem Becken. Ruth setzte sich neben Cody, hakte ihre Militärstiefel in das Gestell seines Stuhls ein und schlang sich die Arme um die Brust. Cody machte sich an ein großes Stück Pastete und dachte dabei über das Essen nach – über seine unerklärliche, von Bedeutung geladene Rolle im Leben anderer Leute. Konnte man eine Person denn nicht allein schon dadurch einordnen, daß man ihr Verhalten gegenüber dem Essen beobachtete? Codys Mutter zum Beispiel – ein »Nicht-Fütter-Typ«, wenn es jemals einen gab. Sogar damals in seiner Kindheit, als sie mit ihrer Nahrung von ihr abhängig waren . . . na, man brauchte nur zu erwähnen, man sei hungrig, und gleich tat sie eilig und gehetzt, ärgerlich, atemlos, zerstreut. Er erinnerte sich, wie sie abends von der Arbeit nach Hause kam und gereizt in der Küche herumwirtschaftete. Dosen fielen aus den Regalen und über sie her – Bohnen mit Speck, Dosenfleisch, Thunfisch in Öl, blaß-olivfarben konservierte Erbsen. Sie kochte mit dem Hut auf, meistens. Sie wimmerte, wenn ihr etwas anbrannte. Sie ließ Sachen anbrennen, von denen es schier unmöglich schien, daß dies passierte und brachte andere wieder halbroh auf den Tisch, mit nervtötenden eigenen Zutaten, wie etwa zerdrückte Ananas im Kartoffelpüree. (Alles, was ein Rest war, wurde zu allem andern in die Pfanne gehauen.) Ihre einzigen Gewürze waren Salz und Pfeffer. Ihre einzige Sauce bestand aus Campbells Pilzcreme-Suppe, unverdünnt. Und bis Cody erwachsen wurde, hatte er geglaubt, Roastbeef hätte faserig zu sein – nicht etwas zum Schneiden, sondern ein ledriges, trockenes Objekt, das man mit der Gabel zertrennte, einen Faserstrang vom nächsten, und mit einem Klatsch auf den Teller fallen ließ.

Wenn man krank war, allerdings, konnte man damit rechnen, daß sie einem Heißes zum Trinken brachte. Heißer Tee: Darin war sie gut. Und Brühe aus der Dose. Dünne Sachen, wäßrige Sachen. Sie stand dann mit gekreuzten Armen in der Tür, während man trank. Er erinnerte sich, daß ihr Gesichtsausdruck, wenn andere aßen oder tranken, einen sanften Abscheu verriet. Sie aß selbst wenig, stocherte oft im Essen herum; und sie ließ Kritik erkennen an denen, die ihren Hunger zeigten oder allzuviel Interesse an dem, was man ihnen vorsetzte. Bedürftigkeit: Sie lehnte Bedürftigkeit bei Menschen ab. Wann immer es einen Familienstreit gab, fing sie ihn meistens beim Abendbrot an.

Während Cody in Ruths flockige, rösche Pastetenkruste biß, dachte er über die drei Kinder seiner Mutter nach – Jenny zum Beispiel, die sich nie eine Süßigkeit erlaubte, Mahlzeiten ganz ausließ, sie mit ihrer Diät aus Zitronenwasser und Salatblättern, als habe sie stets diese mißbilligende Miene ihrer Mutter vor Augen. Und Cody selbst war nicht viel anders, wenn man genau hinsah. Es schien, daß Essen bei ihm nicht zählte; Essen war etwas, was andere verlangten, also bestellte er um ihretwillen – bei Verabredungen, bei geschäftlichen Essen – pflichtschuldigst eine Mahlzeit für sich, nur um ihnen Gesellschaft zu leisten. Aber in seinem Eisschrank fand sich nichts außer Sahne für den Kaffee und Zitronen für seinen Gin mit Tonic. Er frühstückte nie; er vergaß oft das Mittagessen. Manchmal überfiel ihn nachmittags ein nagendes Gefühl im Magen, und er schickte seine Sekretärin, ihm etwas zu essen zu holen. »Was denn zu essen?« fragte sie dann. Und er antwortete: »Irgendwas, ist mir egal«. Sie brachte dann ein Stück Blätterteig oder eine Frühlingsrolle oder Leberwurst auf Roggenbrot; ihm war alles gleich. In der Hälfte der Fälle merkte er nicht einmal, was es war – nahm einen Bissen, diktierte weiter, überließ den Rest der Putzfrau zum Wegwerfen. Eine Frau, die er mal zum Abendessen eingeladen hatte, behauptete, das sei ein Zeichen für einen Defekt. Sie hatte zugesehn, wie er seinen Fisch zerlegte und dann nicht aß, wie er das Dessert ablehnte und dann gütig und tolerant abwartete, bis sie mit einer gigantischen Mousse au chocolat fertig war – und hatte ihm vorgeworfen ... wie hatte sie es genannt? Mangel an Genuß. Mangelnde Genußfähigkeit. Er hatte nicht verstanden, damals, wie sie aus einer einzigen Mahlzeit so viele Folgerungen ziehen konnte. Und noch heute war er nicht ihrer Meinung.

Ja, nur Ezra, sagte er sich dann, war es gelungen, sich alledem zu entziehn. Ezra war so unzugänglich, so dickköpfig wirklich; nichts berührte ihn jemals. Er aß herzhaft, ob nun seine Mutter gekocht hatte oder er selbst. Er mochte alles, was ihm angeboten wurde, besonders Brot – er mußte bestimmt einmal auf sein Gewicht achten, wenn er älter wurde. Aber vor allem war er ein Fütterer. Er stellte einem einen Teller hin und stand da, Erwartung im Gesicht, die Hände fest unter dem Kinn gefaltet, und folgte mit den Blicken der Gabel. In seinem Verhalten gegenüber Menschen, die aßen, was er für sie gekocht hatte, lag etwas Zärtliches, fast Liebevolles.

Wie bei Ruth, dachte Cody.

Er bat sie um ein zweites Stück Pastete.

Er rief sie jetzt morgens aus New York an, und holte dabei oft ihre Vermieterin aus dem Bett; Ruths Stimme war, wenn sie sich meldete, noch vom Schlaf verschleiert – oder war es Verwirrung, auch jetzt noch? Zögernd, jedesmal, erwärmte sie sich für seine Fragen, faßte sich aber zunächst kurz. Ja, es ging ihr gut. Dem Restaurant auch. Das Abendessen gestern war gut gelaufen. Und dann (sie ließ ihre Sätze allmählich länger werden, als gäbe sie ihm stets von neuem nach) sagte sie, das Haus finge an sie mürbe zu machen – grausliche Untermieter, die Tag und Nacht in Hausschuhen herumschlurften, niemand ging jemals irgendwohin, die Vermieterin ewig vor ihren Fernseher gepflanzt. Diese Vermieterin, eine Witwe, glaubte, die Augenbrauen von Perry Como zuckten so nach oben, weil er von Natur ein Baß sei und beim Singen hoher Töne dauernd Schmerzen habe; sie hatte gehört, daß auch Arthur Godfrey jahrelang unaufhörlich Schmerzen ertragen mußte, sich mit tapferem Lächeln auf seinem Hokker drehte, weil der kleinste Schritt ihn wie ein Messer durchbohrt habe. Ja, alles war für Mrs. Pauling ein Dauerschmerz; Leben war ein ständiger Schmerz, und Ruth hatte angefangen, ihre Umgebung wahrzunehmen und sich zu fragen, wie sie dieses Haus nur aushielt.

An den Wochenenden – Freitag und Samstag abends – raste Ruth durch die Küche im Restaurant, klopfte Rinderlenden und schlug Eiweiß. Ezra arbeitete ruhiger. Cody saß am Holztisch. Ab und zu stellte Ruth irgendein neues Gericht vor ihn hin, und Cody aß es gehorsam. Jeder Bissen, den er kaute, war eine Liebeserklärung. Ruth wußte das. Sie war angespannt und wachsam. Sie warf von der Seite durchbohrende Blicke auf ihn, wenn er einen ihrer Klöße in sich hineinschaufelte, und er achtete darauf, daß nichts auf seinem Teller zurückblieb.

Sonntag morgens, an goldenen Sommermorgen vor ihrer Pension, klingelte er an ihrer Tür und zog sie eng an sich, sobald sie aufmachte. Jedesmal wenn er sie küßte, wurde er von dem seltsamen Eindruck heimgesucht, als bewege sich ein anderes Ich von ihr noch im Hintergrund durchs Haus, wild und leichtherzig und ungreifbar, sogar jetzt, als spähe die andere Ruth unter Topfdekkel, schmeiße Schranktüren zu, mit einem Summen und einer ruckartigen Kopfbewegung, und wische die Hände an ihren Bluejeans ab.

»Ich verstehe nicht«, sagte Ezra zu ihnen.

»Laß mich von vorn anfangen«, bat Cody.

Ezra meinte: »Soll das ein Scherz sein? Ein Witz? Oder was?«

»Ruth und ich . . .«, fing Cody an.

Aber Ruth sagte: »Ezra, Darling, hör zu.« Sie trat vor. Sie trug das marineblaue Kostüm, das Cody ihr für die Abreise gekauft hatte, und hochhackige Schuhe mit dünnen Riemchen. Obwohl es ein glühendheißer Augusttag war, wirkte ihre Haut kühl, trocken, puderig und ihre Sommersprossen stachen deutlich hervor. »Ezra, wir haben uns das bestimmt nicht vorgenommen. Wir hatten nie die geringsten Absichten, keiner von uns, ich nicht und Cody auch nicht.«

Ezra wartete ab, er verstand offenbar immer noch nicht. Er lehnte an dem riesigen, alten Restaurantherd, als wiche er vor ihrer Mitteilung zurück.

»Es ist einfach passiert, nur so«, erklärte Ruth.

»Du weißt nicht, was du redest«, meinte Ezra.

»Ezra, Darling . . .«

»Du würdest das nie tun. Es ist nicht wahr.«

»Schau, ich weiß nicht, wie es gekommen ist, aber ich und Cody . . . und ich hätte es dir früher sagen sollen, aber ich habe immer gedacht, das ist nur . . . ich meine, das ist Blödsinn; er ist so – so versiert, er ist nichts für mich; das ist bloß so eine . . . eine Einbildung, weißt du . . .«

»Es muß doch eine Erklärung geben«, sagte Ezra.

»Mir ist gar nicht wohl dabei, Ezra.«

»Ich bin sicher, ich kann das gleich begreifen«, meinte er. »Laßt mir bloß etwas Zeit. Wartet nur eine Minute. Ich muß eben nachdenken.«

Sie warteten, aber er sagte nichts mehr. Er preßte zwei Finger gegen die Stirn, als hätte er ein kompliziertes Rätsel zu lösen. Nach einer Weile berührte Cody Ruths Arm. Sie verabschiedete sich: »Also, Ezra, dann wohl auf Wiedersehn.« Ruth und Cody gingen fort.

Im Wagen weinte sie ein bißchen – sie stellte sich nicht an, sie schniefte nur leise und behielt ihr Gesicht dem Seitenfenster zugekehrt. »Alles in Ordnung?« fragte Cody.

Sie nickte.

»Du bist sicher, daß du dabei bleiben willst.«

Sie nickte wieder.

Sie hatten vor, mit dem Zug zu fahren – Ruths Idee, sie hatte noch nie einen Fuß in einen Zug gesetzt –, nach New York City, zur standesamtlichen Trauung. Ruths Leute, sagte sie, waren fast alle tot oder interessierten sich wohl kaum; es hatte also keinen Sinn, die Hochzeit in ihrem Heimatort abzuhalten. Und es brauchte nicht erwähnt zu werden, daß Codys Leute . . . na ja. Fürs erste konnten sie ja ebensogut in New York bleiben. Nach und nach würde sich schon alles beruhigen.

Ruth zog einen Handschuh aus, bereits grau an den Nähten, knäuelte ihn zu einem Ball zusammen und wischte sich beide Augen aus.

Nahe der Penn Station fand Cody einen Parkplatz, der wöchentliche Gebühren anbot. Es machte ziemliche Umstände, mit dem Zug zu reisen, war aber Ruth zuliebe der Mühe wert. Sie wurde bereits wieder munter. Sie fragte ihn, ob es wohl einen Speisewagen geben würde – einen »Eßwagen«, nannte sie das. Cody sagte, er glaube schon. Er nahm das Ticket, das ihm der Parkwächter gab, und schlupfte mit leisem Stöhnen hinter dem Steuerrad hervor. Er hatte in letzter Zeit um die Taille ein bißchen zugenommen. Er nahm Ruths Koffer aus dem Kofferraum. Ruth war an hohe Absätze nicht gewöhnt. Sie stolperte unsicher dahin, und ab und zu gab es ein lautes, scharrendes Geräusch auf dem Trottoir. »Ich hoffe, ich habe es mit diesen Dingern bald heraus«, sagte sie zu Cody.

»Du mußt sie nicht tragen, weißt du.«

»Muß ich doch«, erwiderte sie.

Cody führte sie in den Bahnhof. Die plötzliche hallende Kühle schien sie sprachlos zu machen. Sie stand da und sah sich um, während Cody zum Schalter ging. Eine Dame vorn in der Schlange stritt wegen des Fahrpreises herum. Ein Mann im tadellosen weißen Anzug rollte seine Augen in Richtung Cody und gab so seine Verzweiflung über die Warterei kund. Cody tat, als habe er es nicht bemerkt. Er drehte sich um, als wolle er die Länge der Schlange hinter sich abschätzen, und eine dickliche junge Frau mit einem Kind lächelte ihn sofort an, ihrer Sache ganz sicher, und sagte: »Cody Tull!«

»Hm . . .?«

»Ich bin Jane Lowry. Erinnerst du dich?«

»Oh, Jane! Jane Lowry! Schön, dich zu sehn, wie nett, daß du . . . und das ist deine kleine Tochter?«

»Ja; sag hallo zu Mr. Tull, Betsy. Mr. Tull und Mami sind mal zusammen in dieselbe Schule gegangen.«

»Du bist also verheiratet«, meinte Cody und bewegte sich mit der Schlange vorwärts. »Na, was für eine . . .«

»Weißt du noch den Tag, als ich dich besuchen kam, unaufgefordert?« fragte sie. Sie lachte, und die Neigung ihres Kopfes erinnerte ihn blitzartig an das junge Mädchen, das er gekannt hatte. Sie wohnte in der Bushnell Street, fiel ihm jetzt ein; sie hatte das wunderschönste Haar gehabt, das jetzt immer noch seine goldenen Fünkchen zeigte, obwohl sie es inzwischen kurz trug. »Ich war so in dich verschossen«, sagte sie. »Guter Gott, ich habe mich total zum Narren gemacht.«

»Du hast mit Ezra Dame gespielt«, erinnerte er sie.

»Ezra?«

»Mein Bruder.«

»Du hattest einen Bruder?«

»Natürlich – hab' ihn noch. Du hast den ganzen Nachmittag mit ihm Dame gespielt.«

»Wie komisch; ich dachte, du hättest nur eine Schwester. Wie hieß sie noch? Jenny. Sie war so dünn, jahrelang habe ich sie beneidet. Sie konnte essen, was sie wollte, und man sah nichts. Was macht Jenny jetzt?«

»Oh, sie studiert Medizin. Und Ezra: Er führt ein Restaurant.«

»Damals«, sagte Jane, »war mein innigster Wunsch, eines Morgens aufzuwachen und zu entdecken, daß ich mich in Jenny Tull verwandelt hatte. Aber ich hatte vergessen, daß du auch einen Bruder hattest.«

Cody machte den Mund auf, um etwas zu sagen, aber der Mann in Weiß war weggegangen, und Cody stand vor dem Schalter. Und als er seine Fahrkarten gekauft hatte, war Jane zu der anderen Schlange gewechselt und selbst am Schalter beschäftigt.

Er sah sie nicht wieder – obwohl er im Zug nach ihr Ausschau hielt –, aber es war seltsam, wie sie ihn in die Vergangenheit getaucht hatte. Als er so auf dem Sitz neben Ruth schaukelte und ihre kleine, rauhe Hand hielt, aber wenig zu ihr zu sagen wußte, verblüfften ihn Fragmente längst begrabener Erinnerungen: der Kreidegeruch in Geometrie; das leicht bekloppte, schwere Gefühl am letzten Schultag jedes Frühjahr; das Knallen eines Baseballschlägers auf dem Spielplatz. Er sah sich selbst an einem Sommerabend vor einem Drive-in-Hamburger-Kiosk, mit der grellen Beleuchtung mitten in der Dunkelheit und dem heißen, salzigen Fettgeruch der Pommes frites, und alle seine Freunde, wie sie am Straßenrand herumlungerten. Er konnte eine alte Freundin von vor Jahren hören, ihre leiernde, mißvergnügte Stimme: »Du lädst mich ins Kino ein, und ich sage ja, und dann überlegst du's dir und willst mit mir zum Bowling statt dessen, und ich sage ja dazu, aber du sagst, warte, nehmen wir einen anderen Abend, so als ob du alles, was du haben kannst, dann schließlich gar nicht willst ...« Er hörte, wie seine Mutter Jenny ermahnt, sie solle sich geradehalten, zu Cody sagt, er solle nicht fluchen, und dann Ezra fragt, weshalb er sich gegen den Rowdy aus der Nachbarschaft nicht durchsetzen kann. »Ich versuche, wie eine Flüssigkeit durchs Leben zu kommen«, hatte Ezra geantwortet, und Cody (der wie ein Fels durchs Leben zu kommen versuchte) hatte gelacht; er konnte sich noch immer hören. »Warum sind Gurken nicht mehr stachlig?« hörte er Ezra fragen. Und: »Cody? Willst du nicht mit mir in die Schule gehn?« Er sah Ezra, wie er mit einem rot gefiederten Wurfpfeil zielte, sein rissiges, kindliches Handgelenk seltsam verrenkt; er sah ihn zum Telephon rennen – »Ich nehm' ab! Ich nehm' ab!« –, hoffnungsvoll und freudig, Jahre und Jahre jünger. Er erinnerte sich, wie Carol, oder war es Karen, Ezras Fehler aufzählte – ein »mütterlicher« Mann, hatte sie gesagt; war es das? –, und ihm fiel ein, daß er sie eben aus dem Grund fallengelassen hatte, weil sie Ezra nicht wirklich verstand; sie wußte sein eigentliches Wesen nicht zu würdigen. Doch da drückte Ruth seine Hand und sagte: »Ich habe die Absicht, nur noch mit dem Zug zu fahren; es ist soviel besser als mit dem Bus. Stimmt's, Cody? Cody? Stimmt's nicht?« Der Zug ging jetzt mit einem hohen, dünnen, pfeifenden Geräusch in die Kurve, das ihn überraschte. Er glaubte aufrichtig einen Augenblick lang, er habe tatsächlich Musik gehört – eine Flötenmelodie, ein Tongesprudel, einen kleinen Liedfetzen, der mit dem Wind vorübertrieb und ihm das Herz brach.

6
Strände auf dem Mond

Zwei- oder vielleicht dreimal im Jahr geht sie zur Farm hinaus, um nachzusehn, ob alles in Ordnung ist. Sie läßt sich von ihrem Sohn Ezra hinfahren und nimmt einen Besen mit, eine Kehrichtschaufel, Putzlumpen, eine Einkaufstüte für Abfall und einen Eimer und eine Packung Reinigungsmittel. Ezra fragt, warum sie diese Hilfsmittel nicht im Farmhaus lassen kann, aber sie weiß, daß sie dort nicht sicher wären. Die »Unbefugten« würden sie sich aneignen. Ach, die Unbefugten – die kleinen Buben und die verliebten Paare und die Teenager-Banden. Sie wird wütend, wenn sie an sie denkt. Während der Wagen von der Hauptstraße abbiegt und die ausgefahrene Zufahrt entlangrattert, sieht sie bereits den Müll – die Bierdosen, zwischen das Gestrüpp und Unkraut geschmissen, die Fetzen Toilettenpapier, die von den Büschen baumeln. Dieses Stück Land ist sich selbst überlassen, und die Vegetation ist verflilzt und verwildert, stachlig, kratzig – nirgends Schatten gegen die glühende Sonne. Kleine Glitzerstückchen von Flaschendeckeln sind in den Straßenschmutz getreten. Und der Vorgarten (der nicht richtig gemäht wird, sondern von Jared Peers mit der Sichel geschnitten, ein- bis zweimal pro Sommer) ist übersät mit weißen Papptellern und -bechern, Papierservietten, Butterbrottüten, rotgestreiften Trinkhalmen und mit diesen merkwürdig langlebigen, ziehharmonikaartig geknautschten Papierwürmern, in die die Halme verpackt sind.

Ezra parkt den Wagen unter einer Eiche. »Es ist eine Schande. Eine Sünde und eine Schande«, sagt Pearl beim Aussteigen. Sie trägt ein Borkenkreppkleid, das man waschen kann, und ihre ältesten Schuhe. Auf ihrem Kopf sitzt ein breitrandiger Strohhut. Er wird den Staub von ihrem Haar abhalten – mit Ausnahme einer fahlblonden Strähne an jeder Schläfe. »Es ist ein nationales Verbrechen«, sagt sie und steht da und schaut sich um, während Ezra ihre Putzsachen auslädt. Das Haus hat zwei Stockwerke. Es ist von einem gespenstischen, verwaschenen Grau. Der Firstbalken hat nachgegeben, und die Vorderveranda ist eingesunken, und viele von den Fensterscheiben sind zerbrochen – jedesmal mehr, wenn sie kommt.

Sie erinnert sich, wie Cody ihr das Anwesen zum erstenmal gezeigt hat. »Stell dir vor, was man daraus machen kann, Mutter. Stell dir die Möglichkeiten vor«, sagte er. Er hatte vor, zu heiraten und hier Kinder großzuziehn – ihr Mengen von Enkeln zu liefern. Er behielt sogar das Vieh und bezahlte Jared Peers, damit er sich bis zu Codys Einzug darum kümmerte.

Das war allerdings Jahre her, und von diesen Tieren sind nur ein Paar zerrupfte Hennen übriggeblieben, verwildert, die jetzt im Maulbeerbaum draußen hinter der Scheune gackern.

Sie hat einen Schlüssel zu der verzogenen Hintertür, man braucht ihn aber nicht. Das Vorhängeschloß fehlt, und die verrostete Spange hängt offen. »Nicht schon wieder!« sagt sie. Sie dreht den Knauf und geht hinein, ermüdet. (Eines Tages wird sie jemanden überraschen, und der wird sie für ihre Mühe noch umlegen). In der Küche riecht es schal und kalt, selbst in der Tageshitze. Eine Fliege brummt über dem Tisch herum, ein Rostfleck breitet sich hinten im Becken aus, ein einziger Vorhangfetzen aus trübem Plastik weht neben dem Fenster. Das Linoleum unten vor den Arbeitsflächen hat sein Muster verloren.

Ezra kommt nach, mit Haushaltssachen beladen. Er stellt sie ab und wischt sich das Gesicht am Ärmel seines Arbeitshemds ab. Mehr als einmal hat er ihr gesagt, daß er den Zweck des Ganzen nicht einsieht: putzen, nur um wieder zu putzen, wenn sie das nächstemal herkommen. Wozu es gut sein soll, will er wissen. Warum die ganze Mühe, was denkt sie sich dabei? Aber er ist ein gefälliger Mann, und wenn sie hartnäckig bleibt, sagt er nichts mehr. Er kämmt sich mit den Fingern durchs Haar, das der Schweiß strähnig dunkelgelb gefärbt hat. Er probiert den Wasserhahn in der Küche: Zuerst explodiert er und läßt dann ein kupferiges Rinnsal von sich.

Fünf bis sechs leere Flaschen liegen auf dem Boden herum – Wild Turkey, Old Crow, Southern Comfort. »Schau! Schau bloß«, sagt Pearl. Sie schiebt eine Marlboro-Schachtel mit dem Fuß beiseite. Sie kratzt an einem Brandfleck auf dem Tisch. Sie schaut diskret weg, als Ezra ein unaussprechliches Gummi-Etwas mit dem Besenstiel aufpickt und in die Abfalltüte fallen läßt.

»Cody«, pflegte sie zu sagen, »du könntest einen Mann bestellen, der herkommt und diese Möbel auf die Müllkippe fährt. Für dich willst du sie doch sicher nicht. Cody, im Schlafzimmerschrank hängt ein Sonntagsanzug. Oben auf der Kellertreppe stehen Schuhe – plumpe, schmutzige, alte Gartenschuhe. Du solltest wirklich einen Mann bestellen, der das Zeug für dich wegschafft.« Aber Cody achtete nicht auf sie – er war fast nie da. Meist war er in New York; und insgeheim hatte Pearl erwartet, daß er dort auch bleiben werde. Welche von seinen Freundinnen wäre schon bereit, auf dem Land zu leben? »Du mußt eben aufpassen, wen du heiratest«, hatte sie zu ihm gesagt. »Bestimmt keine von deinen Damen, die ich kennengelernt habe, käme in Frage – keine von diesen schwarzhaarigen aufgeputzten Schönheitsköniginnen-Typen.«

Aber wenn er bloß eine von denen geheiratet hätte! Wenn er bloß damit zufrieden gewesen wäre! Statt dessen war Ezra eines Nachmittags in die Küche gekommen, hatte dagestanden und ganz krank ausgesehen. »Stimmt was nicht?« fragte sie. Sie wußte, daß er etwas hatte. »Ezra? Warum bist du nicht bei der Arbeit?«

»Wegen Cody«, antwortete er.

»Cody?«

Sie fuhr sich an die Brust, sah ihn schon tot – ihr schwierigstes, ihr fernstes Kind, und jetzt würde sie nie mehr erfahren, wer er eigentlich war.

Aber Ezra sagte: »Er ist weggefahren, um zu heiraten.«

»Oh, heiraten«, meinte sie und ließ ihre Hand sinken.

»Na? Und wen?«

»Ruth«, antwortete er.

»*Deine* Ruth?«

»Meine Ruth.«

»Ach, mein Schatz«, sagte sie.

Nicht, daß sie keine blasse Ahnung gehabt hätte. Sie hatte es seit

Wochen kommen sehen, glaubte sie, wenn auch nicht gerade Heirat – mehr ein Abenteuer, einen Flirt, eine von Codys üblichen Neckereien. Hätte sie Ezra einen Wink geben sollen? Er hätte nicht darauf gehört. Er war so naiv und so schrecklich verliebt. Ruth war das Zentrum seiner Welt, aus irgendeinem Grund. Und außerdem, wer hätte gedacht, daß Cody wirklich Ernst machen würde? »Er tut es bloß, um gemein zu sein, Schatz«, sagte sie zu Ezra. Und sie hatte recht, wie sie auch früher recht gehabt hatte, wenn sie das sagte – ach, früher! Diese harmlosen Kräche, dieser Kinderzank, der Streit, die Streiche! »Cody, hör sofort auf damit«, ermahnte sie ihn dann. »Glaubst du vielleicht, ich sehe nicht, was du vorhast? Laß deinen armen Bruder in Ruhe. Ezra, mach dir nichts draus. Er ist bloß ekelhaft.« Damals hatte Ezra zugehört und genickt, in der Hoffnung, er könne ihr glauben; er hatte für seinen älteren Bruder geschwärmt. Aber jetzt sagte er: »Was macht das schon, warum er es getan hat? Er hat es getan, das ist alles. Er hat sie mir gestohlen.«

»Wenn man sie einfach stehlen kann, mein Schatz, na, dann willst du sie sowieso nicht.«

Ezra sah sie bloß an, mit düsterem Gesicht, grimmig, ein wandelnder Schmerz von einem Mann. Sie wußte, was er empfand. Hatte sie es nicht durchgemacht? Sie wußte noch, wie ihr war, als ihr Mann wegging – eine Wunde, das war sie gewesen, ein tiefes, leeres Loch, von Fetzen ihres früheren Ichs umgeben.

Sie fegt all den Dreck in die Mitte des Fußbodens, sammelt die Flaschen und Zigarettenschachteln auf. Ezra klebt inzwischen Vierecke aus Pappe auf die zerbrochenen Fensterscheiben. Er arbeitet stetig, verbissen. Einmal schaut sie auf und sieht, wie der Schweiß einen adlerförmigen Fleck auf seinem Rücken gebildet hat. Weitere Pappvierecke kleben bereits an anderen Scheiben, die zuvor zerbrochen sind. Eh ein weiteres Jahr um ist, denkt sie, arbeiten sie im Dunkeln. Es ist, als versiegelten sie sich, Fensterscheibe um Fensterscheibe.

Als Cody mit Ruth zurückkam, nach den Flitterwochen, sah er besser aus denn je, elegant und dunkel und gut angezogen, aber Ruth war hausbacken wie immer: eine kleine Bisamratte von einem Mädchen, mit rotem Haarschopf und Sommersprossen, ihre Haut von dieser Art wie dünnes Seidenpapier, anfällig für entzündete Lippen und rötliche Flecken, ihr dünner Körper unbeholfen in einem matronenhaften braunen Kostüm, das offensichtlich extra für diesen Anlaß gekauft worden war. (Pearl sollte allerdings in späteren Jahren erleben, daß ihr Ruths ganze Garderobe so vorkam; nichts schien jemals so natürlich wie die Arbeitsanzüge in Bubengröße, die sie bei Ezra getragen hatte.) Pearl beobachtete die beiden scharf und aus der Nähe, um sich über ihre Ehe schlüssig zu werden, aber sie gaben keine Geheimnisse preis. Ruth saß mit zusammengepreßten Handflächen da; Cody hatte den Arm auf die Lehne der Couch gelegt – er berührte sie nicht, erhob aber mindestens Anspruch auf sie. Er sprach ausführlich über die Farm. Sie würden direkt dorthin fahren, sich heute nacht dort niederlassen. Es war zu spät, um einen Garten anzusäen, aber sie konnten wenigstens saubermachen und für das nächste Frühjahr planen. Ruth würde damit anfangen, während Cody nach New York zurückging. Ruth nickte dazu und räusperte sich und fummelte an der Tasche ihrer Kostümjacke herum. Pearl dachte, sie suche nach einer ihrer kleinen Zigarren, aber binnen kurzem hörte sie mit dem Fummeln auf und legte ihre Handflächen wieder gegeneinander. Tatsächlich sah Pearl sie nie wieder eine von diesen Zigarren rauchen.

Dann kam Ezra – er pfiff nicht, war merkwürdig still, wie in der ganzen Zeit, seit Ruth weggegangen war. Er blieb in der Tür stehn und sah sie an. »Ezra«, sagte Cody leichthin, und Ruth stand auf und streckte ihm die Hand entgegen, Sie schien sich zu fürchten. Das machte sie Pearl sympathisch, ein bißchen. (Wenigstens Ruth erkannte die Tragweite dessen, was sie getan hatten). »Wie geht's dir, Ezra«, fragte Ruth unsicher. Und Ezra hatte gesagt . . . ach, irgendwas, irgendwas hatte er herausgebracht; und er stand herum, trat von einem Fuß auf den andern und ging auf das belanglose Gerede ein. Es sah also, zumindest oberflächlich, danach aus, als ließen sich die Dinge ausbügeln. Ja, eigentlich war diese Partnerwahl nur eine kleine, kurze Phase in der Geschichte einer Familie.

Aber Ezra spielte keine Melodien mehr auf seiner Flöte, und er wirkte weiterhin schlapp und niedergeschlagen und ging jeden Abend mit einem knappen »Gute Nacht, Mutter« zu Bett. Sie sorgte sich um ihn. Sie sehnte sich danach zu sagen: »Ezra, glaub mir, sie taugt nichts! Du bist zehnmal soviel wert wie eine Ruth Spivey! Zehnmal soviel wie beide zusammen, um ehrlich zu sein, auch wenn Cody mein Sohn ist ...« Natürlich liebte sie Cody innig. Aber von Kind an hatte er sie zurückgestoßen; und seine Schwester war so ausweichend, irgendwie; wer blieb also übrig, außer Ezra? Ezra war alles, was sie hatte. Er war der einzige, der sie an sich heranließ. Manchmal, in seiner Kindheit, hatte sie befürchtet, er könne früh sterben – eine der ironischen Wendungen des Lebens: einem das zu nehmen, was einem am meisten bedeutete. Sie hatte ihn beobachtet, wie er zur Schule trottete, den goldblonden Kopf nachdenklich gesenkt, und plötzlich ein Vorgefühl bekommen, dies sei das letzte, was sie von ihm zu sehen bekomme. Kam er dann zurück, voll von Geschichten über Freunde und Ballspiele, wie massiv, wie alltäglich – sogar eher irritierend – erschien er ihr! Und manchmal, vor langer Zeit, als er klein war, kletterte er ihr auf den Schoß und legte seine dünnen, kleinen Arme um ihren Hals, und sie sog tief seinen Geruch nach warmen Brötchen ein und dachte: »Ja, das ist es, worum es eigentlich geht. Dafür bin ich am Leben.« Dann ließ sie ihn zögernd hinunterrutschen. (Es hieß ja, sie sei besitzergreifend, aufdringlich. Was die schon wußten). Als Kind hatte er eine zirpende Art zu sprechen, die so fröhlich war und durchs Haus trällerte wie ein Wasserstrahl – wann hatte das angefangen, sich zu ändern? Als er älter war, wurde er scheu und in sich gekehrt, blickte aus glänzenden, grauen Augen in die Welt und sagte fast nichts. Sie hatte sich Sorgen gemacht, als er nicht mit Mädchen ging. »Möchtest du nicht mal jemand mitbringen? Jemand sonntags zum Essen einladen?« Er schüttelte den Kopf, brachte nichts heraus. Er wurde rot und senkte seine langen Wimpern. Pearl fragte sich, als sie sein Erröten sah, ob er sich überhaupt viel aus Mädchen und alledem machte. Sein Vater war damals schon fort, und Cody war keine Hilfe, als er dann, drei Jahre älter, irgendwo herumgockelte. Schließlich, als Mann, war Ezra ... also, um ehrlich zu sein, er war nicht viel anders als zuvor als Bub. In gewisser Weise war er ein ewiger Junge, er spielte sich nie auf oder prahlte wie die meisten Männer, sondern blieb sanft, melancholisch, betrieb zufrieden dieses Restaurant und kam friedlich und müde heim.

Es war ein Schock, als er ihr Ruth vorstellte. Was war das für ein Kobold! Aber Ezra betete sie an, das war klar. »Mutter, ich möchte dir gern meine – meine Ruth vorstellen.« Pearl hatte zuerst ein wenig kurzgetreten. Vielleicht war sie nicht genügend entgegenkommend gewesen. Aber wer konnte ihr das übelnehmen? Und jetzt, nachdem man sah, wie es ausgegangen war, wer konnte sagen, daß sie sich geirrt hatte? Aber sie muß trotzdem drüber nachdenken ... Hätte sie die beiden etwas mehr ermutigt, dann hätten sie vielleicht rascher geheiratet. Sie hätten vielleicht geheiratet, noch ehe Cody seine Schandtat ausführen konnte. Oder wenn sie es sich nur zugegeben hätte ... Ja, sie fragt und fragt sich immer wieder: Wenn sie Ezra auf Codys Absicht aufmerksam gemacht hätte, die Situation aufgehalten hätte, die weniger eine Werbung als ein Erdrutsch war, wie ein Stau und Absturz von Ereignissen ...

Lächerlich, natürlich, sich vorzustellen, daß irgend etwas, was sie tat, eine Rolle gespielt hätte. Was passiert, passiert eben. Niemand hat schuld. (Oder höchstens Cody, denn er hat immer gerungen und erbittert gekämpft, ein geborener Spielespieler, hat alles unbedingt gewinnen müssen, selbst etwas, was er gar nicht will, wie eine Zwergin, einen Rotschopf weit unter seinen sonstigen Maßstäben).

Sie macht die Diele des Farmhauses auf, um zu lüften. Es riecht nach Stinktier. Sie läßt sie Vordertür offenstehn und achtet dabei darauf, nicht auf die Veranda zu treten, die leicht unter ihr nachgeben könnte. Sie erinnert sich, wie sie gegen Ende jener ersten Woche nach den Flitterwochen Ezra bat, zu Ruth ein paar Kleinigkeiten für die Farm hinauszubringen – ein paar überzählige Pfannen, etwas Wäsche, einen Teppichkehrer, den sie nicht brauchte. Lag da ein Hintergedanke in ihrem Vorschlag? Wenn nicht, warum fuhr sie dann nicht mit, um die Braut zu besuchen, wie jede gute Schwiegermutter? »Bitte, ich möchte nicht«, sagte Ezra, aber sie erwiderte: »Schatz. Geh schon.« Sie hatte keine bewußte Absicht – wirklich, überhaupt keine –, aber es war Tatsache, daß sie sich an jenem Morgen, trödelnd beim Geschirr, einen kleinen Tagtraum erlaubt hatte: Ezra, wie er hinter Ruth tritt, seine Arme um sie legt. Ruth, die sich nur kurz wehrt, um dann gegen ihn zu sinken ... Ach, sollte es nicht möglich sein, ungeschehen zu machen, was geschehen ist? Was sie alle getan hatten?

Aber Ezra war, als er zurückkam, so gedämpft wie immer und sagte nur, Ruth lasse Pearl danken für die Pfannen und die Wäsche, schicke aber den Teppichkehrer zurück, da es im Farmhaus keine Teppiche gebe.

Dann, am Samstag, kam Cody hereingestürmt mit allem, was Ezra Ruth gebracht hatte. »Was soll das alles?« fragte er Pearl.

»Na, Cody, Pfannen und Laken, das siehst du doch.«

»Wieso hat Ezra das hinausgebracht?«

»Ich hab' ihn drum gebeten«, antwortete sie.

»Das dulde ich nicht! Ich will nicht, daß er auf der Farm herumhängt.«

»Cody. Es war auf meinen Wunsch hin. Glaube mir.«

»Das tu ich«, sagte er.

Sie versuchte in der nächsten Woche Ezra dazu zu bringen, daß er noch einmal fuhr – mit dem Teppich aus dem Eßzimmer und dem Teppichkehrer. Noch ein einziges Mal – aber er wollte nicht. »Ich fühle mich dort nicht wohl«, meinte er. »Es hat keinen Sinn. Was für einen Sinn soll es haben?« Sie nahm an, daß er recht hatte. Ja, dachte sie, soll Ruth sich wundern, wo er geblieben ist! Leute, die einen verlassen, bereuen es am Ende. Sie stellte sich Ruth im Farmhaus vor, allein, wie sie von Zimmer zu Zimmer wandert und traurig aus den nackten Fenstern späht.

Am nächsten Wochenende bat Pearl Ezra, sie hinauszufahren. Er konnte sich nicht gut weigern; er war ihre einzige Fahrgelegenheit. Ohne es abzusprechen, trugen sie beide Sonntagskleidung – formell, wie für einen offiziellen Besuch. Sie fanden das Haus verlassen und wie versiegelt vor. Ein einsamer Hund nagte auf dem Hof an einem Knochen, aber er gehörte bestimmt nicht hierher.

Zu Hause meldete Pearl ein Gespräch mit Cody in New York an. »Kommst du nicht mehr auf die Farm?«

»Hier ist ziemlich viel los.«

»Ist Ruth die Woche über nicht mehr dort?«

»Ich möchte sie hier bei mir haben«, sagte er. »Schließlich haben wir gerade geheiratet.«

»Gut, wann sehen wir euch?«

»Ziemlich bald, nicht mehr lange. Ich bin sicher, wir kommen in einer Weile runter ...«

Aber sie kamen nicht; oder wenn, dann sagten sie Pearl nichts, und sie war zu stolz, noch einmal zu fragen. Der Sommer ging zu Ende, und das Laub wurde bunt, aber Ezra schleppte sich unverändert dahin. »Mein Schatz«, fragte ihn Pearl, wie in seiner Kindheit, »gibt es nicht jemand, den du mitbringen willst? Irgend jemand zum Essen? Wen immer?« Ezra sagte nein.

Von Zeit zu Zeit rief Pearl Cody wieder in New York an. Er war höflich und ausweichend. Ruth, wenn sie sprach, gab nervöse Antworten und schien nicht ganz dazusein. Dann, im Oktober, gingen zwei volle Wochen vorbei, und niemand meldete sich am Telephon. Pearl fragte sich, ob sie zur Farm gefahren waren, und bettelte Ezra an, doch nachzusehen. Aber als er schließlich dazu bereit war, fand er niemand vor. »Jemand hat vier Fensterscheiben zerbrochen«, berichtete er. »Steine reingeworfen oder das Glas zerschossen.« Das machte Pearl angst. Die Welt rückte ihnen rundum näher; selbst hier, auf ihren vertrauten Straßen, fühlte sie sich nicht mehr sicher. Und wer wußte, was wohl aus Ruth und Cody geworden war? Sie konnten tot in ihrem Appartement liegen, Opfer eines Einbruchs oder irgendeines bizarren, typisch New Yorker Unfalls, ihre Leichen wochenlang unentdeckt. Ach, das war es eben, wenn man alle Bande mit der Familie zerriß! Es war nicht recht; mit der Familie, wenn mit niemand anders, mußte man es immer wieder versuchen.

Sie rief verzweifelt an, Tag für Tag, oft ließ sie das Telephon dreißig- oder vierzigmal klingeln. Das ferne, perlende Geräusch hatte etwas Beruhigendes. Sie war verbunden, wenigstens – wenn auch nur mit einem Gegenstand in Codys Wohnung.

Dann meldete er sich. Es war Ende Oktober. Sie war so erschrocken, daß sie nicht wußte, was sie sagen sollte. Es schien, als habe das monotone Klingeln des Telephons sich inzwischen als ausreichend für sie herausgestellt. »Hmm, Cody . . .«, sagte sie.

»Oh. Mutter.«

»Cody, wo warst du bloß?«

»Ich mußte mich um einen Auftrag in Ohio kümmern. Ich habe Ruth mitgenommen.«

»Du hast dich wochenlang nicht am Telephon gemeldet, und wir haben auf der Farm nach dir geschaut, und ein paar Fenster waren zerbrochen.«

»Verdammt! Ich habe gedacht, ich bezahle Jared, damit er solche Sachen verhindert.«

»Du kannst dir nicht vorstellen, wie mir zumute war, Cody. Als ich von den Fenstern hörte, spürte ich . . . Du läßt das Anwesen völlig verkommen, und wir kriegen dich nie mehr zu sehn.«

»Schließlich habe ich einen Beruf, Mutter.«

»Ich dachte, wenn du mal heiratest, dann ziehst du hierher nach Baltimore. Du wolltest doch das Farmhaus herrichten und einen Garten anlegen und all das.«

»Ja, bestimmt. Das ist absolut möglich«, antwortete Cody. »Laß Ezra diese Fenster zukleben, ja? Und sag ihm, er soll mit Jared sprechen. Ich kann nicht zulassen, daß der Platz an Wert verliert.«

»In Ordnung, Cody.«

Dann fragte sie wegen des Erntedankfests. »Kommt ihr dann her? Du weißt, wie gern uns Ezra im Restaurant hat.«

»Ach, Ezra und sein Restaurant . . .«

»Bitte. Wir sehen dich kaum mehr.«

»Na gut, vielleicht.«

Also kamen sie im November wieder – Cody sah elegant und lässig aus, Ruth dagegen ungeschickt, in einem weiten, verzierten, blauen Kleid. Ihr Haar war so stoppelig, ihr Kopf so klein, daß sie in dem Kleid zu ertrinken schien. Sie stolperte in ihren hochhackigen Schuhen. Ezras Blick hielt sie immer noch nicht stand.

»Was habt ihr zwei denn so alles gemacht?« fragte Pearl Ruth, als sie in Codys Cadillac zum Restaurant fuhren.

»Ach, nicht viel, eigentlich.«

»Richtest du Codys Appartement her?«

»Herrichten? Nein.«

»Wir bekommen es kaum zu Gesicht«, sagte Cody. »Ich übernehme jetzt längerfristige Aufträge. Im Dezember fange ich an, eine Textilfabrik in Georgia zu reorganisieren, ein Riesending, fünf oder sechs Monate. Ich dachte, Ruth könnte vielleicht mitkommen; wir würden uns so was wie ein kleines Haus mieten. Das Pendeln hat nicht viel Sinn.«

»Dezember? Aber dann verpaßt ihr ja Weihnachten«, meinte Pearl.

Cody sah erstaunt aus. Er fragte: »Warum würden wir es verpassen?«

»Ich meine, macht ihr dann trotzdem die Reise nach Baltimore?«

»Ach so. Weißt du, nein, ich glaube nicht«, antwortete er. »Aber wir sind doch schließlich Erntedankfest hier.«

Sie beschloß, nichts mehr zu sagen. Sie hatte ihren Stolz.

Sie saßen an ihrem üblichen Familientisch, rundum war es ziemlich voll. (In jenen Tagen – zu Beginn der sechziger Jahre – hatten junge Langhaarige gerade Ezras Restaurant entdeckt, mit seinem rohen Holz und reinen, frischen Essen, und drängten sich dort jeden Abend zusammen). Es war traurig, daß Jenny nicht kommen konnte; sie verbrachte den Feiertag mit ihren Schwiegereltern. Aber wenigstens rundete Ruth ihre Zahl ab. Pearl lächelte sie über den Tisch an. Ruth sagte: »Ein echt komisches Gefühl, hier zu essen, wo ich vorher gekocht habe.«

»Möchtest du gern die Küche anschaun?« fragte Ezra. »Das Personal würde sich freuen, dich zu sehn.«

»Warum nicht«, antwortete sie. Es war das erste Mal seit ihrer Heirat, daß sie ihn direkt ansah – zumindest, soweit Pearl es wußte.

Also rückte Ezra seinen Stuhl scharrend zurück, stand auf und führte Ruth in die Küche. Pearl wußte, daß Cody unangenehm berührt war. Er hielt im Auffalten seiner Serviette inne und starrte ihnen nach; er holte sogar Luft, als wolle er widersprechen. Dann mußte er es sich anders überlegt haben. Er schlug ärgerlich die Serviette aus, ohne etwas zu sagen.

»So«, meinte Pearl. »Wann zieht ihr auf die Farm?«

»Farm? Ach, ich weiß nicht«, antwortete er. »Alles ist so verändert; die ganze Art meiner Arbeit hat sich geändert.« Er sah wieder zur Küche hinüber.

»Aber du hattest vor, dort eine Familie großzuziehn. Du hast doch ständig davon gesprochen.«

»Ja, na ja, und diese langfristigen Verträge«, sagte er, als ob er ihr nicht zugehört hätte.

Pearl meinte: »Das lag dir doch so am Herzen.«

Aber er fuhr fort, die beiden andern zu beobachten. Er war nicht im mindesten an dem interessiert, was sie vielleicht sagen würde. Die Küche war völlig offen, sie hätte nicht das geringste Geheimnis verbergen können. Warum war Cody also nervös? Ezra und Ruth standen mit dem Rücken zum Speisesaal da und sprachen mit einem der Köche. Ezra gestikulierte, während er sprach. Er hob beide Arme und breitete sie aus, einen Arm hinter Ruth, aber ohne sie zu berühren, ohne ihre Schulter zu streifen, gewiß, ohne sie in den Arm zu nehmen oder irgend so etwas. Trotzdem erhob sich Cody plötzlich. »Cody!« sagte Pearl. Er marschierte auf die Küche zu, die Serviette in einer Faust zusammengeknüllt. Pearl stand auf und eilte ihm nach und kam gerade hin, als er sagte: »Gehn wir, Ruth.«

»Gehn?«

»Ich bin nicht hergekommen, um zuzuschaun, wie ihr beide euch in der Küche verbündet.«

Ruth sah erschrocken aus. Ihr Gesicht schien noch spitzer zu werden.

»Komm schon«, sagte Cody und nahm sie beim Ellbogen. »Auf Wiedersehn«, rief er noch Pearl und Ezra zu.

»Oh!« sagte Pearl und rannte hinter ihnen her. »O Cody, was denkst du dir bloß? Wie kannst du dich so dumm benehmen?«

Cody riß Ruths Mantel im Vorbeigehn von einem Messinghaken. Er machte die Eingangstür auf, zog Ruth auf die Straße und schloß die Tür hinter sich.

Ezra meinte: »Ich verstehe nicht.«

Pearl sagte: »Warum kommt immer dasselbe heraus? Können wir nicht aufhören zu streiten? Lieben wir uns nicht alle? Von allem andern abgesehen, wollen wir nicht schließlich alle das Beste füreinander?«

»Ganz bestimmt.«

Ezras Antwort war so geradeaus und fest, daß sie sich getröstet fühlte. Sie wußte, daß sich eines Tages bestimmt alles klären würde. Sic ließ sich von ihm an den Tisch zurückführen, und zu zweit aßen sie ein Truthahn-Dinner, das auf der weiten Fläche weißen Leinens etwas verloren aussah.

Oben gibt es vier Schlafzimmer, spärlich möbliert, muffig. Die Betten sehen so eingesunken aus, daß sie offenbar nicht einmal die Liebespaare gereizt haben. Sie sind unberührt, die düsteren Steppdecken glatt geblieben. Ein toter Vogel liegt unter einem Fenster. Pearl ruft ins Treppenhaus hinunter: »Ezra? Ezra, komm augenblicklich her. Bring den Besen und die Mülltüte.«

Er steigt gehorsam die Treppe hinauf. Sie schaut hinunter und sieht, mit einem Stich in der Herzgegend, daß sein hübsches blondes Haar an seinem Hinterkopf dünn wird. Er ist siebenunddreißig Jahre alt, wird im Dezember achtunddreißig. Er wird wahrscheinlich nie heiraten. Er wird nie etwas anderes machen, als sein seltsames Restaurant zu führen, mit seinen Eintöpfen, seinen Gelegenheitskellnerinnen, seinen ausländischen Köchen mit den zweifelhaften Papieren. Man könnte sagen, in gewisser Weise, Ezra habe eine Tragödie erlitten, auch wenn es in den Augen der Welt eine sehr kleine Tragödie ist. Man könnte sagen, daß er und Ruth, gemeinsam, eine Tragödie erlebt haben. Etwas hat man ihnen angetan; etwas hat man ihnen genommen. Sie haben es verloren. Sie *sind* verloren. Es hilft überhaupt nichts, daß Cody eigentlich ein sehr netter Mann ist, klug und lustig und von Herzen freundlich – zu jedem außer Ezra.

Man könnte fast sagen, daß Cody, auch er, eine Tragödie erlitten hat.

1964, als sie nach Illinois fuhr, um sie zu besuchen. spürte sie in ihrem Haus die dünne, gespannte Atmosphäre einer unglücklichen Ehe. Nicht einer wirklich schrecklichen Ehe – kein Anzeichen von Haß, Hohn, Gewalt. Nur das Gefühl, daß etwas fehlte. Eine gewisse Kontaktstörung zwischen den beiden. Alles schien so dürftig. Oder bildete sie sich das nur ein? Vielleicht irrte sie sich. Vielleicht lag es am Haus – ein Ranchhaus in einer neuen Siedlung, für die vier Monate oder so gemietet, die Cody brauchen würde, um eine Kunststoffabrik in Chicago zu reorganisieren. Man sah, wie teuer das Haus war, mit Teppichböden und langen, niedrigen, modernen Möbeln; aber es gab keinen einzigen Baum irgendwo in der Nähe, nicht mal einen Busch oder Strauch – nur diesen rohen Ziegelbau, der sich nackt aus dem flachen Land erhob. Und draußen war es derart glühend heiß, so unerträglich heiß, daß sie ans Haus und seine künstliche, gekühlte Luft gefesselt waren. Sie waren Gefangene in dem Haus, hingen von ihm ab wie Astronauten in einem Raumschiff, und wenn sie ausgingen, mußten sie unter der erdrückenden Last der Hitze zu Codys klimatisiertem Mercedes rennen. Ruth machte jeden Tag ihre Arbeit mit dem angespannten Ausdruck von jemand, der zum Überleben entschlossen ist, egal was kommt. Cody kam abends heim, lechzend nach Sauerstoff – kroch fast über die Schwelle, in Pearls Phantasie –, aber schien gar nicht so erleichtert, daß er da war. Wenn er Ruth begrüßte, berührten sie sich mit den Wangen und gingen wieder auseinander.

Es war das erste Mal, daß Pearl sie besuchte, das erste und einzige Mal, und dies nach Jahren mit nur ganz wenig Kontakt überhaupt. Sie kamen selten nach Baltimore. Sie fuhren nie wieder zur Farm. Und Cody schrieb kaum jemals einen Brief, allerdings rief er an Geburtstagen und Feiertagen an. Er war mehr wie ein Bekannter, dachte Pearl. Kein sehr herzlicher Bekannter.

Einmal fuhr sie mit Ezra gerade eine Straße in West Virginia entlang, auf einem Ausflug zu Harper's Ferry, als sie zufällig einen Mann in Jogging-Shorts einholten. Er lief am Rand der Bundesstraße entlang, ein großer Mann, dunkel, mit einem gewissen selbstsicheren, lockeren Schwung der Schultern . . . Cody! Hier draußen mitten im Nirgendwo, aus reinem Zufall, Cody Tull! Ezra stieg auf die Bremse, und Pearl sagte: »Na, so was.« Aber dann hatte der Jogger, als er ihren Wagen hörte, nach hinten geblickt, und es war überhaupt nicht Cody. Es war jemand ganz anderer, mit bulligem Kinn, bei weitem nicht so gutaussehend. Ezra fuhr wieder an. Pearl meinte: »Wie dumm von mir, ich weiß doch genau, daß Cody in, äh . . .«

»Indiana«, sagte Ezra.

»In Indiana ist; ich weiß nicht, warum ich geglaubt habe . . .«

Sie waren beide noch einige Minuten lang still, und in diesen Minuten stellte sich Pearl die Szene vor, wäre es wirklich Cody gewesen – wenn er sich erstaunt umgedreht hätte, als sie vorbeirauschten. Seltsamerweise sah sie sich nicht anhalten. Sie malte sich aus, wie er den Mund aufsperren würde, sobald er ihre Gesichter hinter den Scheiben erkannte; und wie sie ihn ins Auge fassen würden, und lächeln, und winken, und weitergleiten.

Immer wenn er anrief, war er vergnügt und herzlich. »Wie ist es dir ergangen, Mutter?«

»Ja, Cody . . .«

»Alles in Ordnung? Wie geht's Ezra?«

Ach, am Telephon war er so nett, was Ezra anging, interessiert und liebevoll wie jeder andere Bruder. Und bei den seltenen Gelegenheiten, wenn er und Ruth durch Baltimore kamen – unterwegs woandershin, schauten sie nur kurz herein –, schien er so erfreut, Ezra die Hand zu drücken und ihm auf den Rücken zu klopfen und zu fragen, was er getrieben hatte. Zuerst.

Nur zuerst.

Dann: »Ruth! Von was sprecht ihr, du und Ezra, da drüben?« Oder: »Ezra, mußt du unbedingt so nah bei meiner Frau stehn?« Dabei sprachen Ezra und Ruth fast nicht miteinander, in Wirklichkeit. Sie waren so vorsichtig miteinander, daß es weh tat, es mit anzusehn.

»Cody. Bitte. Was bildest du dir ein?« fragte ihn daraufhin Pearl, und dann ging er auf sie los: »Natürlich, du siehst das nicht.

Natürlich, er kann nichts falsch machen, oder? Mutter! Dein kostbarer Junge. *Er* nicht.«

Sie hatte es schließlich aufgegeben, jemals eingeladen zu werden. Als Cody anrief und ihr sagte, Ruth sei schwanger, nach zwei oder drei Ehejahren, sagte Pearl: »Oh, Cody, wenn sie es überhaupt möchte, ich meine, wenn das Baby kommt . . . wenn sie möchte, daß ich komme und mich um alles kümmere . . .« Aber offenbar wurde sie nicht gebraucht. Und als er anrief, um mitzuteilen, daß Luke geboren war – acht Pfund, hundertsiebzig Gramm; alles in Ordnung –, sagte sie: »Ich kann nicht erwarten, ihn zu sehn. Ich kann es wirklich nicht erwarten.« Aber Cody reagierte nicht darauf.

Sie schicken ihr Photos: Luke in einem Kinderstühlchen, blond und ernst. Luke, wie er wie ein Bär über den Teppich krabbelt, auf Händen und Füßen statt auf den Knien. (Auch Cody war so gekrabbelt). Luke, wie er dahinwackelt, eine Wäscheklammer in jeder Faust. Er brauchte die Wäscheklammern, schrieb Ruth, weil er dann dachte, er hielte sich an etwas fest. Sonst fiel er hin. Nachdem Photos geschickt wurden, kamen auch Briefe, im allgemeinen von Ruth. Ihre Grammatik war schockierend, und ihre Rechtschreibung ebenso. Sie schrieb: *Ich und Cody vermuhten Lukes Augen bleiben blau*, aber was bedeutete Pearl schon die Rechtschreibung? Sie hob jeden Brief auf und stellte Lukes Bilder auf ihre Kommode, in kleinen, vergoldeten Rahmen, die sie sich extra besorgte.

Ich denke, ich sollte kommen, um Luke zu sehn, ehe er groß ist, schrieb sie. Keine Antwort. *Wäre Juni Euch recht?* Dann schrieb Cody, daß sie im Juni nach Illinois zögen, aber wenn sie wirklich wollte, konnte sie ja vielleicht im Juli kommen.

Also fuhr sie im Juli nach Illinois, in einem Zug voll von jungen Soldaten mit frischen Bubengesichtern auf dem Weg nach Vietnam, und verbrachte eine Woche in diesem Haus ohne Bäume, verbarrikadiert gegen die Elemente. Es war ein Schock, selbst für sie, wie augenblicklich und wie tief sie ihren Enkel liebte. Er war inzwischen knapp zwei Jahre alt, ein schönes Baby mit einem seltsam erwachsen geformten Kopf – fest umrissen, das Goldhaar ganz kurz und sorgfältig geschnitten. Seine festen, geraden Lippen wirkten ebenfalls erwachsen, und er hatte eine unkindliche Art zu gehen. Seine Haltung war ein wenig gebeugt, seine Schultern hingen ein wenig schlaff, körperlich nichts Bedenkliches, aber ein Ausdruck von Resignation, beinahe komisch bei jemand, der so klein war. Pearl saß stundenlang mit ihm auf dem Boden, und sie spielten mit seinen Lastwagen und Autos. »Wrumm. Wrumm. Komm, roll's wieder zur Oma.« Sie war gerührt, daß er so still war. Er hatte einen ansehnlichen Wortschatz, benützte ihn aber nur, soweit nötig; er war kein Verschwender. Er war umsichtig. Er war nicht fröhlich. War er glücklich? War dies das geeignete Leben für ein Kind?

Sie sah, daß Cody ein paar Einsprengsel von Grau in seinen Koteletten hatte, seine Wangen ledriger wirkten; Ruth dagegen war immer noch ein zusammengestoppeltes, kleines Ding mit zu kurzen Haaren und in Kleidern, die ihr nicht standen. Sie war mit den Jahren weder voller noch weicher geworden. Sie war wie gewisse Gemüsesorten aus dem Supermarkt, die erst grün sind und dann welken, ohne je reif zu werden. Am Abend, wenn Cody von der Arbeit kam, klapperte Ruth in der Küche herum und kochte in großen Mengen ländliches Essen, das Cody kaum anrührte; Cody trank seinen Gin mit Tonic und schaute die Nachrichten an. Die beiden fragten einander: »Wie war dein Tag?« und »Alles in Ordnung?«, schienen sich aber nie für die Antworten zu interessieren. Pearl konnte sich vorstellen, wie sie morgens, wenn sie in ihrem breiten Bett aufwachten, höflich fragten: »Hast du gut geschlafen?« Sie fühlte sich bedrückt und unbehaglich, aber anstatt ihren Blick abzuwenden, war sie aus irgendeinem Grund gezwungen, tiefer in ihrem Leben zu forschen; eines Abends schickte sie die beiden ins Kino, versprach, auf Luke aufzupassen, und durchstöberte dann alle Kommodenschubladen, aber sie fand nur Steuerbelege und Bankauszüge und ein Photoalbum, das den Leuten gehörte, die sonst hier wohnten. Sie hätte sowieso nicht sagen können, wonach sie eigentlich suchte.

Auf dem Heimweg, als sie wieder inmitten einer Gruppe von Soldaten dahinschaukelte, fühlte sie sich erschöpft und hoffnungslos. Sie kam mit einer Verspätung von sieben Stunden in Baltimore an, und mit brechenden Kopfschmerzen. Als sie dann auf den Bahnsteig trat, sah sie Ezra, wie er ihr entgegenkam, auf seine schwerfällige Art, und sie fühlte einen solchen Stich – ja, des Wiedererkennens. Es war Lukes Gang – kleiner, ernsthafter Luke. Das Leben ist so traurig, dachte sie, daß es kaum zu ertragen ist. Aber als sie Ezra küßte, wurde ihr Kummer von etwas verdrängt, was Ärger sehr ähnlich war. Sie fragte sich, weshalb er sich damit abfand, weshalb er die Dinge so weiterlaufen ließ. Konnte es sein, daß er eine gewisse Befriedigung aus seinem Kummer zog? (Als ob er für etwas bezahlte, dachte sie. Aber wofür nur sollte er bezahlen?) Im Wagen fragte er: »Wie hat dir Luke gefallen?«, und sie sagte: »Denkst du nie daran, einfach hinzufahren und sie zurückzuholen?«

»Das könnte ich nicht«, antwortete er, gar nicht erstaunt, und manövrierte den Wagen umständlich von seinem Platz.

»Also, ich weiß nicht, warum eigentlich nicht.«

»Es ist nicht recht. Es ist unrecht.«

Sie hatte keine Neigung zum Philosophieren, aber auf der Fahrt nach Hause starrte sie auf die rußige Szenerie von Baltimore und dachte über Recht und Unrecht nach: über theoretische Tugend, die in einem Vakuum existiert; und ob sie überhaupt irgendeinen Sinn habe. Als sie zu Hause ankamen, stieg sie aus dem Auto, ging wortlos ins Haus und mühsam die Treppe zu ihrem Zimmer hinauf.

Ezra schaufelt den toten Vogel auf ein Stück Pappe und läßt ihn in die Mülltüte gleiten. Dann klebt er die Pappe vor die zerbrochene Fensterscheibe, wo der Vogel hereingeraten sein muß. Pearl fegt inzwischen die Glasscherben auf. Sie läßt sie als Pyramide liegen und geht hinunter die Kehrichtschaufel holen. Sie sieht, wie das Haus bereits etwas mehr Leben in sich hat – das sonnige Muster des Laubs, das auf dem Dielenboden vor der offenen Tür schimmert, der Geruch von heißem Gras, der durch die Räume weht. »Es war nie besonders praktisch«, hatte Cody erst vor kurzem am Telephon gesagt und meinte damit die Farm. »Es war nur eine halbgare Idee, die ich hatte, als ich jung war.« Aber wenn er das wirklich meinte, warum geht er dann nicht hin und verkauft die Farm? Nein, das könnte er unmöglich; sie hat soviel Zeit damit verbracht, hier zu kehren, das Haus für ihn vorzubereiten, Schubladen zu öffnen und zu schließen, als wären dort seine Geheimnisse zu finden. Sie kann sich Ruth in dieser Küche vorstellen, und Cody draußen, wo er Einzäunungen kontrolliert, oder was Männer sonst auf Farmen tun. Sie malt sich aus, wie Luke in Baumwoll-Overalls durch den Hof rennt. Er ist inzwischen alt genug, um angeln zu gehn, im Flüßchen jenseits der Weiden zu schwimmen, vielleicht sogar die Tiere zu versorgen. Im August wird er acht. Wirklich acht? Oder neun. Sie ist nicht mehr auf dem laufenden. Sie sieht ihn fast nie und muß seine Scheu jedesmal neu überwinden, wenn er und seine Eltern durch Baltimore kommen. Bei jedem Besuch haben sich seine Interessen geändert: von Knallbüchsen über Murmeln bis Briefmarkensammeln. Als er das letzte Mal hier war, vor etwa zwei oder drei Jahren, holte sie das Briefmarkenalbum ihres Mannes hervor – der braune Kunstledereinband war von Stockflecken schon ganz grau –, und dann stellte sich heraus, daß Luke inzwischen zu Modellflugzeugen übergegangen war. Er baute einen Jet aus Balsaholz zusammen, der wirklich fliegen konnte, erzählte er ihr. Und er hatte sich vorgenommen, Astronaut zu werden: »Wenn ich erst erwachsen bin, sind Astronauten etwas ganz Gewöhnliches. Die Leute fahren dann mit Raketen, so wie mit einem Bus. Sie verbringen den Sommer auf der Venus. Die gehen nicht nach Ocean City, sondern die gehen zu Stränden auf dem Mond.« »Oh«, sagte sie, »das ist ja fabelhaft!« Aber sie war zu alt für solche Sachen. Sie konnte nicht mithalten, und bei der bloßen Idee, zum Mond zu fahren, fühlte sie sich verlassen.

Und heutzutage – ja, wer ahnt das schon? Luke muß inzwischen von ganz anderen Dingen fasziniert sein. Es ist so lang her, daß er da war, und sie ist sich nicht sicher, ob er jemals wiederkommt. Während dieses letzten Besuches hatte Ezra seine alte Birnenholzflöte aus dem Schrank geholt und Luke gezeigt, wie man eine Melodie spielt. Pearl versteht sehr wenig von Flöten –

aber offenbar passiert etwas: Das Holz trocknet aus, oder verwirft sich, oder irgendwas –, wenn man sie nicht oft genug spielt; und die hier war schon seit zehn Jahren nicht mehr gespielt worden, mindestens. Ihr Ton war jetzt splitterig und geborsten. Wie hatte sie aufgehorcht, als drei uralte Noten nach so langem Schweigen hervorgepurzelt waren! Ezra und Luke waren die Calvert Street nach Süden runtergegangen, um etwas Leinöl zu kaufen. Keine zwei Minuten, nachdem sie weg waren, hatte Cody gefragt, wo sie hin seien. »Na, um Öl für Ezras Flöte zu kaufen«, sagte Pearl zu ihm. »Hast du sie nicht weggehn sehn?« Cody entschuldigte sich, ging hinaus und lief vor dem Haus auf und ab. Ruth blieb im Wohnzimmer und redete von Schulen. Pearl hörte kaum zu. Sie konnte durchs Fenster sehn, wie Cody vorüberschritt, kehrtmachte, wieder vorbeikam, während sein Jackett sich hinter ihm blähte. Sie erkannte, daß Ezra und Luke zurückkamen, schon ehe sie die beiden sah, an der Art, wie Cody steif wurde. »Wo wart ihr?« hörte sie ihn fragen. »Was habt ihr beiden gemacht?«

Luke lernte nie, die Flöte zu spielen. Cody sagte, sie müßten gehn. »Ach, aber Cody!« meinte Pearl. »Ich dachte, ihr bleibt über Nacht!«

»Falsch«, erwiderte er. »Wieder falsch. Ich kann hier nicht bleiben. Hier ist es nicht sicher. Siehst du nicht, was Ezra vorhat?«

»Was, Cody? Was hat er vor?«

»Siehst du nicht, daß er es drauf anlegt, mir meinen Sohn zu stehlen?« fragte er. »So wie er immer alle gestohlen hat? Siehst du das nicht?«

Schließlich fuhren sie ab. Ezra wollte Luke die Flöte schenken, aber Cody wies Luke an, sie dazulassen; er werde ihm eine neuere, bessere, schönere schenken. Eine, die nicht ganz ausgetrocknet sei, sagte er.

Pearl glaubt heute, daß ihre Familie versagt hat. Keiner ihrer Söhne ist glücklich, und ihre Tochter scheint es in keiner Ehe zu halten. Und niemand übernimmt die Schuld, außer Pearl selbst, die drei Kinder ohne fremde Hilfe großgezogen und natürlich Fehler gemacht hat – oh, einen Haufen Fehler. Und doch hat sie manchmal das Gefühl, als sei es einfach Schicksal und überhaupt keine Angelegenheit für Vorwürfe. Sie fühlt, daß alles zugeteilt ist, vorherbestimmt; jeder hat seine Rolle zu spielen. Bestimmt hatte sie nie vor, eine von diesen »Guter-Sohn/böser-Sohn«-Situationen zu begünstigen, aber was soll man machen, wenn der eine Sohn durch und durch gut und der andere durch und durch böse ist? Was können die Söhne selber eigentlich machen? »Siehst du das nicht?« hatte Cody geschrien, und sie hatte einen Augenblick die Vorstellung, er fordere sie auf, seine ganze Existenz anzuschaun – die Jahre der Verletzung und der Vergeblichkeit.

Oft – wie ein Kind, das über den Zaun nach der Party anderer Leute späht – blickt sie wehmütig auf andere Familien und fragt sich, was deren Geheimnis ist. Sie scheinen einander so nah. Liegt das daran, daß sie religiöser sind? Oder strenger, oder nachsichtiger? Könnte es damit zu tun haben, daß sie gemeinsam Sport treiben? Gemeinsam Bücher lesen? Ein gemeinsames Hobby haben? Neulich hörte sie mit an, wie eine Frau aus der Nachbarschaft ihre Pläne für den Unabhängigkeitstag schilderte: Ihre Familie veranstaltete ein Picknick. Jedes Mitglied – ob Kind oder Erwachsener – kochte ihre oder seine Spezialität. Die, die zum Kochen zu klein waren, mußten sich um die Pappteller kümmern.

Pearl empfand eine solche Welle von Sehnsucht, daß ihre Knie weich wurden.

Ezra ist mit dem Zukleben der Fensterscheibe fertig. Pearl wandert durch die anderen Schlafzimmer, prüft die übrigen Fenster. Im kleinsten Schlafzimmer, einem Kinderzimmer, kommt ihr eine kleine, alte Dame mit Hut entgegen. Es ist Pearl, in dem fleckigen Spiegel über einer Kommode. Sie beugt sich näher und verfolgt die Linien um ihre Augen. Ihr Alter überrascht sie nicht. Sie hat sich mittlerweile daran gewöhnt. Man ist soviel länger alt, als man jung ist, findet sie. Es scheint wirklich nicht fair. Und dann denkt sie, ohne den geringsten Grund, an ein Mädchen, mit dem sie zur Schule ging, Linda Lou Wie-hieß-sie-noch – so ein hübsches, flatterhaftes Ding, jemand, den sie stets beneidet hatte. In der Mitte der letzten Klasse verschwand Linda Lou. Es gab Gerüchte, später bestätigt – eine Affäre mit der einzigen männlichen Lehrkraft der Schule, einem verheirateten Mann; und ein Baby unterwegs. Wie entsetzt ihre Mitschülerinnen gewesen waren! Sie waren ganz aufgeregt: Daß sie so eine Person tatsächlich kannten, sich von ihr die Notizen in Geschichte ausgeborgt hatten, ihr geholfen hatten, ihre Bücherriemen wieder festzuziehn, vielleicht sogar zufällig ihre Hand gestreift – und diese Hand wiederum hatte vielleicht ... na, wer weiß was berührt. Pearl fällt ein, während sie in den Spiegel späht, daß das Baby, das aus diesem Skandal stammte, inzwischen sechzig Jahre alt sein muß. Ein Mann mit grauem Haar und Leberflecken, falschen Zähnen vielleicht, Zweistärkenbrille, eine mühsame Last von einer Existenz. Aber Linda Lou, ganz in Weiß, tanzt immer noch in Pearls Vorstellung, das hübscheste Mädchen auf der Schulparty der obersten Klasse.

»Siehst du das nicht?« hat Cody gefragt, und Pearl hatte geantwortet: »Mein Schatz, ich versteh' dich einfach nicht.«

Dann zuckte er die Achseln, und sein normaler, amüsierter Ausdruck erschien auf seinem Gesicht. »Na ja«, sagte er, »ich selber auch nicht, scheint's. Schließlich, was macht es schon, jetzt, wo ich erwachsen bin? Warum sollte es noch eine Rolle spielen?«

Sie weiß nicht mehr, ob sie darauf eine Antwort gefunden hat.

Sie tritt vom Spiegel zurück. Ezra kommt herein, mit der Mülltüte. »Alles fertig, Mutter«, sagt er.

»Es sieht viel besser aus, nicht?«

»Richtig schön«, antwortet er.

Sie steigen die Treppe hinunter, schließen die Tür und tragen ihre Sachen zum Auto. Im Wegfahren schaut Pearl zurück, wie jede gute Hausfrau überprüft, was sie saubergemacht hat, und ihr scheint, daß sogar die verzogene Vorderveranda jetzt gerader und solider ist. Sie hat das Gefühl, daß sie etwas vollbracht hat. Andere hätten vielleicht aufgegeben und das Anwesen den Stromern überlassen, aber niemals Pearl. In einem Vierteljahr wird sie wiederkommen, immer wieder, alle drei Monate, und Ezra wird sie jedesmal fahren – sie beide, wie sie den Fahrweg hinunterholpern, treu und zuverlässig für immer zusammen.

7
Dr. Tull ist kein Spielzeug

»Wer als erster von Scheidung spricht, muß die Kinder nehmen«, sagte Jenny. »Das hat uns in ich weiß nicht wie vielen Fällen zusammengehalten.«

Sie machte einen Scherz, aber der Priester lachte nicht. Vielleicht war er zu jung, um den Witz zu erkennen. Er verlagerte nur unbehaglich das Gewicht in seinem Sessel. Währenddessen wimmelten die Kinder um ihn herum, wie etwas Brodelndes, wie etwas Schäumendes, und das Baby sabbelte auf seine Schuhe. Er zog seine Füße unmerklich weg, als versuche er, das Baby nicht zu kränken.

»Dennoch glaube ich«, sagte er, als suche er nach Worten, »daß Sie selbst geschieden worden sind, oder irre ich mich?«

»Zweimal«, antwortete Jenny. Sie kicherte, aber er sah nur bekümmert drein. »Und einmal wegen Joe hier«, setzte sie hinzu.

Ihr Mann lächelte ihr vom Sofa aus zu.

»Wenn ich nicht die Umsicht gehabt hätte, meinen Mädchennamen zu behalten«, fuhr Jenny fort, »würde sich mein Arztdiplom inzwischen lesen wie eins von den Adreßbüchern, wenn Leute oft umgezogen sind. Namen durchgestrichen und dazugeschrieben, durchgestrichen und dazugeschrieben – ein Durcheinander! Doktor Jenny Marie Tull Baines Wiley St. Ambrose.«

Der Priester gehörte zu jenen sehr blonden Männern mit Haaren wie Glas, und sein Gesicht war so hochrot, daß Jenny an seinen Blutdruck dachte. Oder vielleicht war er einfach verlegen. »Also«, sagte er. »Mrs., hm – oder Doktor . . .«

»Tull.«

»Doktor Tull, ich dachte nur, daß die . . . Instabilität, der Mangel an Stabilität, vielleicht Slevins Probleme verursacht. Der Wechsel an Vätern, könnte man sagen.«

»An Vätern? Wovon reden Sie?« fragte Jenny. »Slevin ist nicht mein Sohn, er ist Joes.«

»Wie bitte?«

»Joe ist sein Vater und war es auch immer.«

»Oh, Entschuldigung«, sagte der Priester.

Er wurde noch röter, und das zu Recht, fand Jenny; denn der langsame, dickliche Slevin mit seinem aschblonden Haar war ganz eindeutig Joes Sohn. Jenny war klein und dunkel, Joe ein schwerer, blonder Mann mit Bart und Slevins schrägstehenden Augen. (Sie hatte sich oft zu übergewichtigen Männern hingezogen gefühlt. Sie kam sich dann winzig vor). »Slevin«, erklärte sie dem Priester, »hat Joe von Greta, seiner früheren Frau, und ebenso die meisten andern, die sie hier sehn. Alle, außer Becky; Becky ist von mir. Die anderen sechs gehören ihm. Wie auch immer ... aber Greta, Joes Frau: Sie ist weg.«

»Weg«, sagte der Priester.

»Abgehaun«, stellte Joe vergnügt fest. »Glatt aus Baltimore verschwunden. Parkte die Kinder eines Tages bei einer Nachbarin, während ich bei der Arbeit war. Hat sich einen Umzugswagen gemietet und ist mit allem, was wir besaßen, weggefahren – außer den Kleidern der Kinder in säuberlichen, kleinen Häufchen auf dem Boden.«

»Grundgütiger Himmel«, sagte der Priester.

»Nahm sogar ihre Betten mit. Können Sie sich das erklären? Nahm das Kinderbett und den Wickeltisch. Das einzige, was ich mir denken kann, ist, daß sie so gewohnt war, mit Kindern zu leben, daß sie sich nichts anderes vorstellen konnte; wirklich dachte, sie würde ein Kinderbett brauchen, egal, wohin sie ging. Das erste, was ich tun mußte, als ich damals abends nach Hause kam, war, hinzugehn und eine Flotte Betten bei Sears zu kaufen. Sie müssen gedacht haben, ich eröffne ein Motel.«

»Man stelle sich das vor«, sagte Jenny. »Joe mit Schürze. Joe, wie er Kindernahrung mixt. Na, natürlich war er aufgeschmissen. Völlig aufgeschmissen. So haben wir uns kennengelernt: Er rief mich zu nachtschlafender Zeit zu Hause an, als das Baby Masern bekam. So wenig Ahnung hatte er; seit mindestens zwanzig Jahren machen Kinderärzte keine Hausbesuche mehr. Aber ich kam, ich weiß nicht warum. Er wohnte auch nur zwei Ecken weiter. Und er war so verzweifelt, machte die Tür im gestreiften Pyjama auf, hutschte dabei das Baby . . .«

»Ich habe mich in dem Augenblick, in dem sie hereinkam, in sie verliebt«, unterbrach Joe. Er strich seinen Bart; goldene Flusen staubten um seine kurzen Finger.

»Er dachte, ich bin die gute Fee«, erzählte Jenny weiter, »mit einem Arztkoffer anstelle eines Korbs voll Essen. Es ist schwer, einem Mann zu widerstehn, der einen braucht.«

»Brauchen hatte nichts zu tun damit«, sagte Joe zu ihr.

»Gut, also einem Mann, der einen bewundert. Er fragte, ob ich eigene Kinder habe und wie ich das mache während meiner Arbeit. Und als ich sagte, daß ich meistens improvisiere, mit Teenagern als Sitter da und alten Damen dort, daß meine Mutter einspringt, wenn sie kann, oder mein Bruder oder eine Nachbarin, oder daß Becky manchmal einfach in meinem Wartezimmer kampiert, mit ihrer Mathematikaufgabe . . .«

»Ich konnte sehn, daß sie keine zimperliche Frau war«, sagte Joe zum Priester. »Nicht starr. Nicht verkrampft. Nicht von der superernsthaften Art.«

»Nein«, sagte der Priester und sah sich um. (Es war einer jener Tage, an denen Jenny nicht zur Hausarbeit gekommen war.)

Jenny fuhr fort: »Er sagte, daß ihm die Art gefällt, wie ich seine Kinder auf mir herumkrabbeln lasse. Er sagte, seine Frau hätte sie störend gefunden in den letzten Jahren. Also, sehen Sie, so hat es angefangen. Ich hatte mir fest vorgenommen, ich würde nie wieder heiraten, Becky und ich würden lieber allein zurechtkommen, das lag mir am meisten; aber ich weiß nicht, Joe war einfach *da;* und seine Kinder. Und die Kleine war so winzig und erst vor so kurzem verlassen, daß sie ihren Kopf drehte und ihr Mündchen aufmachte, wenn ich sie waagrecht hielt; man sah, daß sie sich noch erinnerte. »Jedenfalls«, sagte sie und lächelte den Priester an, der wirklich schrecklich jung war – ein Junge mit weit aufgerissenen Augen, nichts weiter. »Wie sind wir denn auf das Thema gekommen?«

»Hm, Slevin«, sagte der Priester. »Wir sprachen über Slevin.«

»Ach, ja, Slevin.«

Es war ein regnerischer, windiger Aprilnachmittag, die Bäume stülpten sich von innen nach außen und schlugen gegen die Fensterscheiben, und das Wohnzimmer hatte eben den Grad an Dämmerigkeit erreicht, wenn noch niemand recht wahrgenommen hat, daß man das Licht anmachen sollte. Die Luft schien dick und körnig. Die Kinder verloren allmählich ihre Energie, wie kleine Uhrwerke, und quengelten um ihr Abendbrot; aber der Priester, der keine eigenen Kinder hatte, bemerkte das nicht. Er beugte sich vor, legte seine Fingerspitzen gegeneinander. »Ich war besorgt«, sagte er, »wegen Slevins Verhalten beim Treffen der Christlichen Jugendorganisation. Er beteiligt sich überhaupt nicht, hat keine Freunde, wirkt bedrückt, in sich gekehrt. Natürlich könnte das an seinem Alter liegen, aber . . . er ist vierzehn, nicht?«

»Dreizehn«, berichtigte Joe, nachdem er nachgedacht hatte.

»Dreizehn Jahre alt, natürlich ein schwieriges . . . Ich würde es gar nicht erwähnen, nur als ich vorschlug, wir sollten uns unterhalten, entzog er sich einfach und rannte raus, und kam nicht wieder. Wir beobachten, daß Sie, Mr. Ambrose, ihn jeden Sonntag zur Messe bringen, aber in Wirklichkeit kommt er gar nicht mehr herein, sondern sitzt bloß draußen auf der Treppe und beobachtet den Verkehr. Er schwänzt, könnte man sagen, aber . . .«

»Mist«, sagte Joe. »Ich stehe extra am Sonntagmorgen auf und fahre ihn hin, und er schwänzt?«

»Was ich eigentlich meine . . .«

»Ich weiß sowieso nicht, warum er hingehn will. Er ist der einzige von uns, der das tut.«

»Vor allem ist es sein in sich gekehrtes Verhalten, das mir Sorgen macht«, sagte der Priester, »mehr als der Kirchenbesuch. Obwohl es vielleicht keine schlechte Idee wäre, wenn Sie ihn zur Messe begleiten würden, manchmal.«

»Ich? Zum Teufel, ich bin nicht einmal katholisch.«

»Oder könnten nicht vielleicht Sie, Doktor Tull . . .«

Beide Männer schienen etwas von ihr zu erwarten. Jenny überlegte wegen der Windelhose des Babys, die sich verdächtig bauschte, nahm aber dann ihre Gedanken zusammen und antwortete: »O nein, du meine Güte, ich hätte nicht die geringste . . .« Sie lachte und hielt dabei die Hand vor den Mund – eine ihrer typischen Gesten. »Außerdem«, sagte sie, »war es Greta, die katholisch war. Slevins Mutter.«

»Ach so. Also, das Wichtige . . .«

»Ich weiß auch nicht, weshalb Slevin in die Kirche geht. Und in Gretas Kirche, ihre frühere, am andern Ende der Stadt.«

»Hat er noch Verbindung mit seiner Mutter?«

»Aber nein, sie ist nie wiedergekommen. Besorgte sich eine Blitzscheidung in Idaho, und das war das letzte, was wir gehört haben.«

»Gibt es irgendwelche, hm, Stieffamilienprobleme?«

»Stieffamilie?« fragte Jenny. »Also nein. Oder doch. Ich weiß nicht. Wahrscheinlich schon: diese Dinge sind natürlich nie einfach . . . nur ist das Leben hier so gehetzt, es ist einfach keine Zeit.«

»Slevin mag Jenny sehr«, erklärte Joe dem Priester.

»Oh, danke schön, Schatz«, sagte Jenny.

»Sie hat ihn sofort für sich gewonnen; er folgt ihr überallhin. Sie ist so frisch und heiter mit Kindern, wissen Sie.«

»Ich versuche es eben«, sagte Jenny. »Ich gebe mir Mühe. Aber man kann nie wissen. In dem Alter sind sie sehr verschlossen.«

»Vielleicht sollte ich vorschlagen, daß er mal kommt und mich besucht.«

»Wenn Sie wollen.«

»Nur zum Plaudern, werde ich sagen, auf einen Schwatz . . .«

Jenny wußte, daß daraus nichts werden würde.

Sie begleitete ihn zur Tür, die Hände tief in ihren Rocktaschen. »Ich hoffe«, sagte sie, »Sie machen sich kein falsches Bild von uns. Ich meine, Joe ist ein fabelhafter Vater, ehrlich; er ist immer gut zu Slevin gewesen.«

»Ja, natürlich.«

»Oh, wenn ich ihn erst mal mit andern vergleiche, die ich so kenne!« sagte Jenny. Wenn Menschen sie kritisierten, neigte sie dazu, zuviel zu reden, und sie wußte es. Während sie durch die

Diele gingen, sagte sie: »Sam Wiley zum Beispiel – mein zweiter Mann. Beckys Vater. Sie würden tot umfallen, wenn Sie ihn je sehen würden. Er war ein Maler, einer von diesen graziösen, kompakten, kleinen Typen, denen ich seitdem nie mehr getraut habe. Total unfähig. Total unzuverlässig. Er ließ mich sitzen, ehe Becky geboren wurde, und zog mit einem Modell namens Adar Bagned zusammen.«

Sie öffnete die Haustür. Ein feiner, frischer Nebel blies herein, und sie atmete tief ein. »Oh, schön«, sagte sie. »Aber ist das nicht ein lächerlicher Name? Die meiste Zeit habe ich versucht, ihn umzudrehn, ich dachte, er bekäme mehr Sinn, wenn ich ihn von hinten nach vorn lese. Also, dann auf Wiedersehn, Pater. Danke für ihren Besuch.«

Sie schloß die Tür hinter ihm und ging, das Abendbrot für die Kinder zu richten.

Dies wäre ein ganz reizendes Haus, sagte Jenny gern, wenn nur die Badewanne im dritten Stock nicht durch die Eßzimmerdecke tropfen würde. Es war ein hohes, schmuckes Reihenhaus in Bolton Hill; sie hatte es damals, 1964, gekauft, als die Preise noch nicht in den Himmel geklettert waren. In jener Zeit hatte es riesig gewirkt; aber sieben Jahre später, mit sechs Kindern zusätzlich, schien es nicht mehr so groß. Es war unpraktisch, ein Kaninchenstall, schlecht aufgeteilt. Es gab so viele Türen und Heizkörper, daß man kaum Möbel unterbringen konnte.

Sie kochte an einem klebrigen, stelzbeinigen Ofen, wusch das Gemüse in einem vergilbten Becken, mit Chintz eingefaßt, stellte Teller auf einen Tisch, in den die Initialen einer fremden Familie geschnitten waren. »Hier, Kinder, jeder holt sich jetzt sein Besteck . . .«

»Du hast Jakob mehr Erbsen gegeben als mir.«

»Hat sie nicht.«

»Hat sie doch.«

»Hat sie nicht.«

»Hat sie doch.«

»Nimm sie! Ich mag sie nicht mal.«

»Wo ist Slevin?« fragte Jenny.

»Wer braucht Slevin überhaupt, den alten Grantler.«

Das Telephon klingelte, und Joe kam mit dem Baby herein. »Das ist dein Auftragsdienst, sie wollen wissen . . .«

»Ich bin nicht dran; Dan ist heute nacht dran. Warum rufen sie mich an?«

»Das dachte ich auch, aber sie haben gesagt . . .«

Er verschwand wieder und kam nach einer Minute zurück, um sich mit dem Baby auf dem Schoß an den Tisch zu setzen. »Hier ist ihr Fleisch«, sagte Jenny, während sie vorübereilte. »Ihr Löffel ist auf dem . . .«

Sie verließ die Küche, stieg die Treppe zum zweiten Stock hinauf und rief nach oben in den dritten. »Slevin?« Keine Antwort. Sie stieg den Rest hinauf, verlor rasch den Atem. Wie schlecht sie in Form war! Es stimmte, was ihre Mutter ihr ständig vorhielt, daß sie sich hatte gehenlassen – ein Verbrechen, sagte ihre Mutter, bei jemand mit Jennys gutem Aussehen. Es stimmte, daß sie ein bißchen hager geworden war, ein bißchen schlaff, ihre Haut fahl und ihre Augenbrauen zottig und ihr breiter, amüsierter Mund von trocken-bräunlicher Farbe, seit sie keinen Lippenstift verwendete. »Dein Haar!« jammerte ihre Mutter. »Dein hübsches Haar!« – das überhaupt nicht hübsch war: ein dicker, stumpfer, von grauen Fäden durchzogener Schopf mit eckigen Ponys. »Du warst früher so eine Schönheit«, sagte Pearl dann, und Jenny lachte. Was ihr das schon viel genutzt hatte! Sie stellte sich gern vor, daß sie ihre Schönheit abnutzte – aufbrauchte, dachte sie gern. Sie zog eine gewisse Befriedigung daraus, wie eine Hausfrau, die fleißig etwas verbraucht, was sie gar nicht mag, nicht noch einmal kaufen würde, aber natürlich nicht einfach wegwerfen kann.

Keuchend, den Baumwollrock mit einer Hand gerafft, kam sie im dritten Stock an. Es war das Stockwerk der älteren Kinder, nicht ihr Territorium, und roch muffig nach Speicher. »Slevin?« rief sie. Sie klopfte an seine Tür. »Abendbrot, Slevin!«

Sie öffnete die Tür einen Spalt und spähte hinein. Slevin lag auf seinem ungemachten Bett, einen Unterarm über die Augen gelegt.

Ein breiter Streifen wulstiger Bauch erschien, wie fast immer, zwischen Jeans und T-Shirt. Er hatte seine Kopfhörer auf; deshalb hatte er nichts gehört. Sie ging durchs Zimmer und nahm die Hörer von seinem Kopf. Ein Janis-Joplin-Song in Miniausgabe klang blechern hervor: »Me and Bobby McGee.« Er blinzelte und sah sie verwundert an, wie jemand, der gerade aufwacht. »Abendbrotzeit«, sagte sie zu ihm.

»Ich bin nicht hungrig.«

»Nicht hungrig! Was soll das denn heißen?«

»Jenny, ehrlich, ich möchte einfach nicht aufstehn.«

Aber sie zog ihn bereits hoch – einen stämmigen Jungen, fast so groß wie Jenny und beträchtlich schwerer, aber immer noch mit babyhafter, cremiger Haut. Sie trieb ihn zur Tür, schob ihn von hinten mit beiden Handflächen auf seinem Kreuz. »Du bist der einzige hier, den ich buchstäblich zum Essen tragen muß«, sagte sie. Sie sang ihn praktisch die Treppe hinunter:

»Oh, they had to carry Harry to the ferry,
And they hat to carry Harry to the shore . . .« (Oh, sie mußten Harry auf die Fähre tragen, und dann trugen sie ihn mühselig an Land . . .)

»Ernsthaft, Jenny«, sagte Slevin.

Sie betraten die Küche. Joe formte mit seinen Händen über dem Kopf des Babys eine Trompete und sagte: »Trara! Trara! Er naht!« Slevin stöhnte. Die andern sahen nicht von ihrem Essen auf.

Von ihrem Platz neben Joe schaute Jenny über den Tisch voller Kinder und fühlte sich wohl. Sie machten sich gut, fand sie – selbst die älteren, die so argwöhnisch und feindselig waren, als sie sie kennenlernten.

Dann kam ihr ein beunruhigender Gedanke: Ihr fiel ein, daß dies nun für immer ihre Situation bleiben müsse. Nachdem sie diese Kinder angenommen hatte, ihr gekentertes Leben aufgerichtet und langsam und beständig ihr Vertrauen gewonnen hatte, konnte sie sie nicht mit gutem Gewissen im Stich lassen. Hier war sie, für immer. »Ein Glück, daß wir uns vertragen«, sagte sie zu Joe.

»Ein ganz großes Glück«, bestätigte er, tätschelte ihre Hand und bat um den Senf.

»Eigentlich erstaunlich, daß Schule immer nach Schule riecht«, sagte Jenny zu Slevins Lehrerin. »Da kann man alle möglichen modernen Hilfsmittel dazutun – audiovisuelle Sachen und Computer –, es riecht immer noch nach Bücherleim und dem billigen, grauen Papier, das es früher für Mathe gab, und auch ... was ist dieser andere Geruch? Da ist noch ein Geruch. Ich weiß, aber ich kann ihn nicht bezeichnen.«

»Nehmen Sie Platz, Doktor Tull«, sagte die Lehrerin.

»Heizkörperstaub«, meinte Jenny.

»Wie bitte?«

»Das ist der andere Geruch.«

»Ich habe Sie zu einem bestimmten Zweck hergebeten«, erklärte die Lehrerin und schlug den Ordner auf, der vor ihr lag. Sie war ein winziges Ding, sicher noch in den Zwanzigern, keck und sommersprossig, mit einer Hornbrille, die ihre spitze Nase noch kleiner machte. Jenny fragte sich, wie sie so rasch gelernt hatte, so einschüchternd zu wirken. »Ich weiß, Sie sind eine vielbeschäftigte Frau, Doktor Tull, aber ich mache mir aufrichtig Sorgen wegen Slevins schulischen Leistungen, und ich dachte, ich müßte Sie informieren.«

»Ach, wirklich?« sagte Jenny. Sie beschloß, daß sie sich besser fühlen würde, wenn sie auch eine Brille aufhätte, obwohl sie ihre nur zum Lesen brauchte. Sie wühlte in ihrer Handtasche, und ein rosa Plastikschnuller fiel heraus. Sie tat, als sei es nicht passiert.

»Slevin ist sehr, sehr intelligent« – die Lehrerin sah Jenny vorwurfsvoll an – »Er schießt über die Höchstwerte unserer statistischen Erfassung hinaus.«

»Ja, das dachte ich mir.«

»Aber sein Durchschnitt in Englisch ...«, sagte die Lehrerin und blätterte, »ist F, also totales Versagen. Na, vielleicht D minus.«

Jenny schnalzte mit der Zunge.

»Mathe: C. Geschichte: D. Und Wissenschaft ... und

Sport . . . Er war so oft abwesend, daß ich ihn schließlich gefragt habe, ob er Schule geschwänzt hat. ›Ja, Ma'am‹, hat er erklärt – frei heraus. Auf meine Frage ›Was hast du alles geschwänzt?‹ hieß es: ›Den Februar‹.«

Jenny lachte. Die Lehrerin schaute sie an.

Jenny rückte ihre Brille zurecht und fragte: »Denken Sie, daß es an der Pubertät liegen könnte?«

»Alle diese Kinder gehen durch die Pubertät.«

»Oder . . . Ich weiß nicht; Langeweile. Sie haben selbst gesagt, er ist intelligent. Sie sollten ihn mal zu Hause sehn! Macht herum mit Geräten, schließt Stereo an . . . Er hat seinen eigenen Cassetten-Recorder, er hat dafür gearbeitet und ihn sich selbst gekauft, irgend so ein Supersupermodell, mir fällt der Name jetzt nicht ein. Ich bin ein solcher Dummkopf in diesen Dingen, und als er von ›Head cleaners‹ sprach – also Tonkopf-Reinigern oder so –, dachte ich, er meint Shampoo; aber Slevin weiß alles darüber und . . .«

»Mr. Davies schlägt vor – das ist unser stellvertretender Direktor –, er meint, daß Slevin vielleicht emotionale Probleme durchmacht, wegen der Anpassung zu Hause.«

»Was für eine Anpassung?«

»Er sagt, Slevins Mutter hat ihn verlassen, und Slevin wurde fast unmittelbar danach in Ihren Haushalt überführt und mußte sich an eine brandneue Mutter und Schwester gewöhnen.«

»Ach, das«, sagte Jenny und wischte es mit der Hand weg.

»Mr. Davies meint, Slevin habe vielleicht professionelle Beratung nötig.«

»Unsinn«, protestierte Jenny. »Was ist schon ein bißchen Anpassung? Und außerdem, das passierte vor gut sechs Monaten. Es ist nicht, als ob . . . schaun Sie doch meine Tochter an! Sie hat sich an sieben neue Personen gewöhnen müssen und sich mit keinem Wort beklagt. Ach, wir kommen schon alle zurecht! Mein Mann hat sogar gesagt, gerade neulich, wir sollten jetzt daran denken, mehr Kinder zu haben. Wir sollten mindestens ein Kind gemeinsam haben, sagt er, aber ich selber bin mir nicht so sicher. Schließlich bin ich sechsunddreißig. Es wäre vermutlich nicht klug.«

»Mr. Davies schlägt vor . . .«

»Obwohl ich mir denke, wenn es ihm soviel bedeutet, soll es mir auch egal sein.«

»Egal! Und was ist mit der Bevölkerungsexplosion?«

»Der was? Sie bringen mich da vom Thema ab ... Ich will sagen«, fuhr Jenny fort, »ich finde es nicht nötig, Anpassung die Schuld zu geben, kaputten Familien, schlechten Eltern und so weiter. Wir machen doch selber unser Glück, nicht? Man muß seine Rückschläge überwinden. Man darf sie sich nicht zu sehr zu Herzen nehmen. Ich werde Slevin das alles erklären. Heute abend noch. Ich bin sicher, daß seine Noten besser werden.«

Dann bückte sie sich, um den Schnuller aufzuheben, schüttelte der Lehrerin die Hand und ging.

An der Wand in Jennys Praxis war ein gefirnißtes Holzschild: *Dr. Tull ist kein Spielzeug.* Joe hatte es für sie in seiner Werkstatt gemacht. Er war wütend über die Kratzer und blauen Flecken, die Jenny täglich aus den rauhen Spielen mit ihren Patienten davontrug. »Bring ihnen etwas Respekt bei«, erklärte er ihr. »Wahre ein bißchen Würde.« Aber das Schild ging fast unter zwischen den Schnappschüssen ihrer Patienten (am Strand, auf Schaukeln, auf bezogenen Tischen von Photographen oder hinter brennenden Geburtstagskerzen) und den Buntstift-Selbstporträts, die sie ihr gebracht hatten. Außerdem waren die meisten noch zu klein, um zu lesen. Sie nahm Billy Burnham hoch und trug ihn, während er quakte und kicherte, zur Schwester für seine Tetanusspritze. »Es ist schon möglich«, rief sie zu Mrs. Burnham zurück, »daß er heute nacht eine kleine Entzündung in seinem linken ...« Billy wand sich, und ein Knopf sprang von Jennys weißem Kittel ab.

Das Albright-Baby war für seine Dreifachimpfung fällig. Das Carroll-Baby mußte auf eine andere Diät gesetzt werden. Lucy Brandons dauerndes Schniefen sah nach einer Allergie aus; Jenny erklärte Mrs. Brandon, wo sie die Tests machen lassen konnte. Die Mandeln von beiden Morris-Zwillingen waren geschwollen.

Sie bat die Empfangsdame, ihr ein Sandwich zu bestellen, aber die junge Frau fragte: »Gehen Sie nicht aus zum Essen? Ihr Bruder ist da; er wartet schon seit mindestens einer halben Stunde.«

»Ach, du lieber Gott, den habe ich ganz vergessen«, sagte Jenny. Sie ging ins Wartezimmer. Ezra saß auf der Kunstledercouch, umgeben von Spielzeug zum Ziehen, Bauklötzen und unzerreißbaren Bilderbüchern. Kinder einer spanischsprechenden Familie, wahrscheinlich Patienten von Dr. Ramirez, spielten zu seinen Füßen, aber man hätte Ezra nie mit einem Vater verwechselt. Sein struppiges blondes Haar war weich wie bei einem Kind; er trug verwaschene Arbeitskleidung, und sein Gesicht war offen und erwartungsvoll.

»Ezra, Guter«, begrüßte ihn Jenny, »ich hab's schlicht vergessen. Mein nächster Termin ist in zwanzig Minuten; meinst du, wir können uns einfach einen Hamburger grapschen?«

»Ach, sicher«, meinte Ezra.

Er wartete, bis sie ihren weißen Kittel abgelegt und einen Regenmantel angezogen hatte. Dann fuhren sie mit dem Lift hinunter in die marmorgeflieste Eingangshalle und drängten sich durch die Drehtür auf die bespritzte, trübe Straße hinaus. Grüppchen von Leuten eilten vorbei, Busse schnauften durch die Gegend, und Kirchenglocken läuteten in der Ferne.

»Ich komme mir blöd vor«, sagte Jenny, »ausgerechnet mit dir zu einer Hamburgerbude zu gehn.«

Sie dachte an sein Restaurant, das sie immer ein bißchen einschüchterte. Vor kurzem hatte Ezra den Wohnbereich darüber in eine Reihe winziger eleganter Séparées umgewandelt, wie die in alten Filmen – die Kabinen mit den Samtvorhängen, wo der Schurke die Heldin zu verführen versucht. Sie würden genau das richtige für Paare am Hochzeitstag sein, erklärte Ezra. (Wie die meisten unverheirateten Männer war er auf komische, ärgerliche Weise sentimental in bezug auf die Ehe.) Aber bisher hatten nur Geschäftsleute oder Lokalpolitiker mit teuren Manschettenknöpfen die Räume verlangt.

Dann sagte er: »Ein Hamburger ist fein; ich bin verrückt auf Hamburger.« Und als sie durch die Spiegelglastür in einen geleckten gekachelten Raum gingen, mit grellen Photos von Zwiebelringen und Milk-Shakes garniert, schaute er vergnügt um sich. Sekretärinnen drängten sich an manchen Tischen, Bauarbeiter an anderen. »Es wird wie ein ländliches Kollektiv«, sagte Ezra. »All diese Kettenrestaurants, wo alle zum Frühstück, Mittagessen, manchmal Abendbrot hingehn . . . Wie eine Kommune oder ein Kibbuz oder so etwas. Ziemlich bald werden wir überhaupt keine privaten Küchen mehr haben; man schaut einfach bei seinem nächsten Gino's oder McDonald's vorbei. Es gefällt mir eigentlich.«

Jenny fragte sich, ob es überhaupt ein Speiselokal gab, das ihm nicht gefiel. In einer Suppenküche wäre er zweifellos vom sichtbaren Hunger der Kundschaft angetan. In einer nach Urin riechenden Kneipe würde er ein paar wunderbare eingelegte Eier entdekken, wie er sie noch nirgends gesehen hatte. Oh, wenn es mit Essen zu tun hatte, war seine Empfänglichkeit grenzenlos.

Während er für sie bestellte, ließ sie sich an einem Tisch nieder. Sie zog den Regenmantel aus, strich ihr Haar glatt und kratzte an einem Flecken auf ihrer Bluse herum. Ein seltsames Gefühl, allein zu sitzen. Immer war da jemand – Kinder, Patienten, Kollegen. Der leere Raum zu beiden Seiten gab ihr ein hallendes, gewichtsloses Gefühl, als fehlte es ihr an Ballast, und sie könnte jeden Augenblick nach oben schweben.

Ezra kam mit den Hamburgers zurück. »Wie geht's Joe?« fragte er beim Hinsetzen.

»Oh, gut. Und Mutter?«

»Recht gut, viele Grüße . . . Ich hab' dir was mitgebracht«, sagte er. Er legte seinen Hamburger hin, um in seinen Anoraktaschen zu kramen. Schließlich zog er einen abgegriffenen weißen Umschlag hervor. »Bilder«, sagte er.

»Bilder?«

»Photos. Mutter hat so viele Photos; ich habe sie gerade entdeckt. Ich dachte, vielleicht bist du interessiert, ein paar zu haben.«

Jenny seufzte. Armer Ezra; er verwandelte sich in den Familienwächter, der ihre Mutter versorgte und ihre Vergangenheit bewahrte und sich getreulich mit seiner Schwester zum Mittagessen verabredete. »Warum behältst du sie nicht«, meinte sie. »Du weißt, ich würde sie bloß verlieren.«

»Aber viele davon sind von dir«, sagte er. Er schüttete den

Inhalt des Umschlags auf den Tisch. »Ich dachte, sie würden den Kindern gefallen. Zum Beispiel hier, irgendwo . . .« Er blätterte verschiedene Versionen einer jüngeren, strengeren Jenny durch. »Hier. Siehst du nicht Becky hier drin?«

Es war Jenny in einer karierten Wollmütze, ohne Lächeln. »Hm«, sagte sie und rührte in ihrem Kaffee.

»Du warst ein richtig nettes kleines Mädchen«, sagte Ezra. Er wendete sich wieder seinem Hamburger zu, ließ aber das Photo vor sich liegen. Auf der Rückseite, sah Jenny, stand etwas in Bleistift geschrieben. Sie versuchte, es zu entziffern. Ezra merkte das und erklärte: »Herbst 1947. Ich habe Mutter dazu gebracht, die Daten hinzuschreiben. Und ich werde auch Cody ein paar schicken.«

Jenny konnte sich gut Codys Gesicht vorstellen, wenn er sie erhielt. »Ezra, um die Wahrheit zu sagen, ich würde das Porto nicht verschwenden.«

»Glaubst du nicht, er würde die Bilder hier gern vergleichen mit Luke, wie er aussieht, wenn er älter wird?«

»Glaub mir«, beteuerte sie, »er würde sie verbrennen. Du kennst Cody.«

»Vielleicht hat er sich geändert«, meinte Ezra.

»Hat er nicht«, widersprach Jenny, »und ich zweifle, ob er es je tut. Du brauchst bloß etwas zu erwähnen – eine kleine, harmlose Kindheitserinnerung –, und schon zieht er einen Flunsch. Du weißt doch, wie er dann den Mund verzieht. Ich habe mal zu ihm gesagt, irgendwann einmal: ›Cody, du bist nicht besser als die Lawsons‹. Erinnerst du dich an die Lawsons? Sie zogen von Nashville, Tennessee, in unsere Nachbarschaft, und in der ersten Woche bekamen alle vier Kinder Mumps. Mrs. Lawson sagte: ›Diese Stadt bringt kein Glück, glaube ich‹. Die nächste Woche brach ein Rohr in ihrem Keller, und sie sagte: ›Na ja, das ist Baltimore‹. Dann brach ihre Tochter sich das Handgelenk . . . Als sie nach Tennessee zurückzogen, ging ich noch hinüber, um mich zu verabschieden. Sie packten gerade ihren Kofferraum und ließen den Deckel genau auf die Finger von ihrem jüngsten Buben sausen. Er brüllte, als sie abfuhren, und Mrs. Lawson rief aus dem

Auto: ›Ist das nicht eine passende Art, wegzugehn? Ich habe immer gesagt: Baltimore bringt Unglück.‹«

»Na gut, ich versuche, dir da zu folgen«, sagte Ezra.

»Es kommt darauf an, ob du Listen zusammenzählst oder nicht«, erklärte Jenny. »Ich meine, wenn du Buch führst über deinen Groll, sieht alles schlecht aus. Und Cody führt bestimmt Buch; er lebt von seinen Listen. Aber schließlich – hab' ich zu ihm gesagt – haben wir es doch geschafft, oder? Wir sind groß geworden. Schau, wir drei haben uns doch prima gemacht, richtig prima!«

»Das stimmt«, bestätigte Ezra, und seine Stirnfalten glätteten sich. »Besonders du, Jenny. Schau dich an: eine Ärztin.«

»Ach was, ich bin nichts als eine menschliche Babywaage«, wandte Jenny ein. Aber sie freute sich, und als sie aufstanden, um zu gehn, nahm sie die Photographien mit, um ihm eine Freude zu machen.

Joe stellte fest, wenn sie ein Baby bekämen, hätte er gern ein Mädchen. Er hatte sich umgeschaut und festgestellt, daß sie ein bißchen knapp an Mädchen waren. »Wie kannst du so was sagen?« fragte Jenny. Sie zählte die Mädchen an ihren Fingern ab: »Phoebe, Becky, Jane . . .«

Als ihre Stimme schleppend wurde, stand er da und beobachtete sie. Sie erwartete, er würde etwas sagen, aber er tat es nicht. »Und?« fragte sie.

»Das sind nur drei.«

Sie fühlte sich ein bißchen verwirrt. »Hab' ich eins ausgelassen?«

»Nein, du hast keins ausgelassen. Hat sie eins ausgelassen«, sagte er zur Wand. Er schnaufte. »Hat sie eins ausgelassen, fragt sie. Was für eine Frage! Nein, du hast keins ausgelassen. Mehr als drei haben wir nicht. Drei Mädchen.«

»Eigentlich nicht nötig, deshalb so beleidigt zu tun.«

»Ich bin nicht beleidigt, ich bin frustiert«, sagte er. »Ich versuche, ein Gespräch zu führen.«

»Aber das tun wir doch.«

»Ja, ja . . .«

»Wo liegt dann das Problem?«

Er sagte nichts. Er stand in der offenen Küchentür, die Arme fest vor der Brust verschränkt. Er sah zur Seite, schmollte. Jenny wunderte sich. Hatten sie einen Streit, oder was? Als das Schweigen wuchs, fing sie allmählich, unmerklich, wieder an, die Gurken fürs Abendbrot zu schneiden. Sie senkte das Messer so leise wie möglich und schob die Gurkenscheiben geräuschlos in eine Schüssel. (Als sie und Joe sich das erstemal begegneten, hatte er gesagt: »Legen Sie Gurken auf ihre Haut?« *»Gurken?«* hatte sie erstaunt gefragt. »Sie sehen so gut aus«, antwortete er, »ich dachte an eine Flasche mit Gurkenmilch, die meine Tante immer auf ihrem Toilettentisch hatte.«)

Zwei der Kinder, Jakob und Peter, spielten vor dem Eisschrank mit dem *Ouija*-Brett, dem beliebten Wahrsagespiel. Jenny mußte über sie steigen, als sie die Tomaten holen wollte. »Entschuldigung«, sagte sie, »ihr seid mir im Weg.« Aber sie achteten nicht auf sie; sie achteten nur auf das Brett. »Was werde ich sein, wenn ich erwachsen bin?« fragte Jakob und legte seine Fingerspitzen zart auf den Zeiger. »Obere Mittelklasse, mittlere Mittelklasse oder untere Mittelklasse: was?«

Jenny lachte, und Joe starrte sie an und schwenkte um und stampfte aus der Küche.

In den Abendnachrichten im Fernsehen wurde ein Soldat, der in Laos als Mitglied einer Hubschraubermannschaft gefallen war, mit allen militärischen Ehren beigesetzt. Eine amerikanische Fahne, zu einem kissenartigen Dreieck gefaltet, wurde den Eltern überreicht – einem grauhaarigen Herrn mit kantigem Kinn und seiner zerbrechlichen Frau. Die Frau trug einen ordentlichen beigen Regenmantel und kleine weiße Handschuhe. Sie war es, die die Fahne entgegennahm. Der Mann hatte sich abgewandt und weinte, er wollte nicht einmal ein Wort in das Mikrophon sprechen, das jemand ihm hinhielt. »Ja? Bitte?« fragte ein Reporter.

Ein weißer Handschuh griff zu und nahm das Mikrophon. »Was mein Mann, glaube ich, sagen will«, erklärte die Frau mit fiedriger Stimme im Tonfall der Südstaaten, »ist, daß wir allen danken, die sich hier versammelt haben, und wissen, daß wir es bestimmt schaffen werden. Wir sind stark, und wir werden es schaffen.«

»Quatsch«, sagte Slevin.

»Aber, Slevin«, meinte Jenny, »ich wußte nicht, daß du politisch interessiert bist.«

»Bin ich auch nicht; es ist bloß ein solcher Quatsch«, antwortete er. »Sie müßte rufen: ›Nehmt eure blöde Fahne! Ich protestiere! Ich mach' nicht mit!‹«

»Meine Güte«, sagte Jenny sanft. Sie sortierte Ezras Photos; sie hob eins hoch, um ihn abzulenken. »Schau mal – dein Onkel Cody, mit fünfzehn Jahren.«

»Er ist nicht mein Onkel.«

»Natürlich ist er.«

»Er ist nicht mein richtiger Onkel.«

»Das sagst du nur, weil du ihn nicht kennst. Er würde dir gefallen«, sagte Jenny. »Ich wünschte, er käme uns besuchen. Er ist so . . . unbrüderlich, oder so; ich weiß nicht. Und schau!« Sie deutete auf ein weiteres Photo. »Ist meine Mutter nicht hübsch?«

»Ich finde, sie sieht wie eine Eidechse aus.«

»Na, aber als sie ein Mädchen war, ich meine . . . so traurig, wie sorglos sie einmal war.«

»Sie vergißt immer wieder meinen Namen«, sagte Slevin.

»Sie ist eben schon alt«, erklärte Jenny ihm.

»Nicht *so* alt. Was sie damit sagt, ist, daß ich nicht der Mühe wert bin für sie. Alte Gans. Sitzt oben am Tisch mit einem Stück Brot auf ihrem Teller und legt beide Hände flach hin und starrt uns alle an, starrt rundherum mit einem Gesicht wie so ein rotierender Ventilator, wartet auf die Butter, aber bittet nie darum, sagt nie ein Wort. Bis du schließlich sagst, oder Dad: ›Mutter? Dürfen wir dir die Butter reichen?‹ Und sie sagt: ›Ach, *danke*‹, als ob sie nachdenkt, wann ihr es wohl merkt.«

»Sie hat kein leichtes Leben gehabt«, sagt Jenny.

»Ich wünschte, wir würden nur einmal ganz zu Ende essen, ohne daß ihr jemand die Butter anbietet.«

»Sie hat uns alleine großgezogen, weißt du«, erklärte Jenny ihm. »Kannst du dir nicht denken, daß das schwer gewesen sein muß? Mein Vater ging weg und verließ sie, als ich neun Jahre alt war.«

»Wirklich?« fragte Slevin. Er starrte sie an.

»Er hat sie verlassen, für immer. Wir haben ihn nie wieder zu sehen bekommen.«

»Dreckskerl.«

»Komm, komm«, sagte Jenny. Sie blätterte noch ein paar Photos durch.

»Herrgott! Diese Leute! Sie versuchen, einen fertigzumachen.«

»Du übertreibst. Hör mal, ich kann mich an den Mann nicht mal erinnern, wenn du die Wahrheit wissen willst. Würde ihn nicht erkennen, wenn ich ihn sähe. Und meine Mutter ist gut zurechtgekommen. Alles hat geklappt. Schau dir das an, Slevin: Siehst du Ezra mit dem altmodischen Haarschnitt?«

Slevin zuckte die Achseln und änderte den Fernsehkanal.

»Und siehst du, wie ich in deinem Alter war?« Sie gab ihm das Bild mit der Karomütze.

Er sah hin. Er runzelte die Stirn. »Wer war das, hast du gesagt?«

»Ich.«

»Das gibt es nicht.«

»Doch, ich. Ich mit dreizehn. Mutter hat das Datum auf die Rückseite geschrieben.«

»Das gibt es nicht!« sagte er. Seine Stimme war ungewöhnlich hoch; er klang wie ein viel jüngeres Kind. »Das bist du nicht! Schau hin! Das ist doch wie eine . . . KZ-Person, ein Opfer, Anne Frank! Es ist schrecklich! Es ist so traurig!«

Erstaunt drehte sie das Photo um und sah noch mal hin. Nun ja, das Bild war nicht besonders fröhlich – es zeigte ein dunkles, kleines Mädchen mit einem schmalen, aufmerksamen Gesicht – aber so schlimm war es auch wieder nicht. »Na und?« fragte sie und hielt es ihm wieder hin. Er wich scharf zurück.

»Das ist jemand anders«, beharrte er. »Du bist das nicht; du lachst immer und hast Spaß. Das bist du niemals.«

»Also schön, ich bin es eben nicht«, sagte sie und wandte sich den übrigen Photos zu.

»Ich möchte mit dir über diesen ältesten Jungen sprechen«, sagte ihre Mutter am Telephon. »Wie heißt er? Kevin?«

»Slevin, Mutter. Ehrlich.«

»Also, er hat meinen Staubsauger gestohlen.«

»Was hat er?«

»Am Sonntagnachmittag, als ihr alle zu Besuch da wart, ist er in meine Kammer geschlichen und hat meinen Hoover-Staubsauger mitgenommen.«

Jenny setzte sich auf ihr Bett. »Ich begreife noch nicht.«

»Er war die ganze Woche weg«, sagte ihre Mutter, »und ich konnte es nicht verstehn. Ich wußte, daß nicht eingebrochen worden war, und selbst wenn, wer könnte etwas mit meinem alten Hoover anfangen?«

»Aber warum Slevin die Schuld geben?«

»Meine Nachbarin hat's mir gesagt, eben heute nachmittag. Mrs. Arthur. Fragte: ›War das Ihr Enkel, den ich am Sonntag gesehn habe? So ein stämmiger Junge? Wie er Ihren Hoover in den Kofferraum vom Auto Ihrer Tochter geladen hat?‹«

»Das ist unmöglich.«

»Also, woher willst du das wissen? Woher weißt du, was möglich ist und was nicht? Er ist doch praktisch ein Fremder. Ich meine, du hast diese Kinder bekommen wie andere Leute Wochenendgäste.«

»Du übertreibst.«

»Also, alles, was ich will, ist, daß du in Slevins Schlafzimmer nachschaust. Nur nachschaust.«

»Was, jetzt sofort?«

»Überall auf meinem Teppich sind Baumwollfussel.«

»Na, also gut«, sagte Jenny.

Sie legte den Hörer auf ihr Kissen und stieg vom zweiten Stock in den dritten. Slevins Tür stand offen, und er war nicht in seinem Zimmer, obwohl in seinem Radio die Band »Jefferson Airplane« rockte. Sie trat verstohlen über Slevins Rucksack, mied einen schwankenden Stoß populärwissenschaftlicher Zeitschriften, öffnete die Tür seines Kleiderschranks und – starrte auf den Staubsauger ihrer Mutter. Sie hätte ihn überall erkannt: ein älteres Gerät mit einem grauen Staubsack aus Stoff. Seine Schnur war ordentlich aufgerollt, und er wirkte unbeschädigt. Wenn er ihn auseinandergenommen hätte, um herauszukriegen, wie er funktionierte, hätte sie das verstanden. Oder wenn er ihn zerschmettert hätte, aus irgendeiner Wut gegen ihre Mutter heraus. Aber da stand er, unversehrt. Sie rätselte mehrere Sekunden lang. Dann rollte sie ihn aus dem Schrank und schleppte ihn die Treppe hinunter, dahin, wo die Stimme ihrer Mutter ungeduldig aus dem Hörer quakte: »Jenny? Jenny?«

»Also, du hast recht«, sagte Jenny. »Ich hab' ihn in seinem Zimmer gefunden.«

Es gab eine Pause, in der Pearl hätte triumphieren können: »Hab' ich's dir nicht gesagt«; doch freundlicherweise unterließ sie es. Dann meinte sie: »Ich frage mich, ob er in irgendeiner Weise um Hilfe ruft.«

»Indem er einen Staubsauger klaut?«

»Er ist wirklich ein sehr lieber Junge«, sagte Pearl. »Das sehe ich. Vielleicht braucht er einen Psychologen oder so jemand.«

»Eher braucht er ein ordentlicheres Haus«, erwiderte Jenny. »Die Staubbällchen auf dem Boden seines Schranks haben angefangen Junge zu kriegen.«

Sie sah Slevin, in Verzweiflung, wie er ein Arsenal von Reinigungsmitteln stahl – beim einen Nachbarn den Besen, beim andern das Ajax, zusammengesucht mit demselben fieberhaften Eifer, wie er Pennys mit Indianerköpfen sammelte. Ein plötzlicher Lachanfall überkam sie.

»Oh, Jenny«, sagte ihre Mutter betrübt. »Mußt du alles als Witz nehmen?«

»Ich kann nichts dafür, wenn komische Sachen passieren.«

»Doch, das kannst du«, sagte ihre Mutter, aber anstatt es genauer zu erklären, wurde sie plötzlich energisch und verlangte ihren Staubsauger bis zum nächsten Morgen zurück.

Jenny und Joe und alle Kinder, außer dem Baby, sahen fern. Die meisten hätten längst ins Bett gehört, aber dies war ein besonderer Anlaß: Das »Späte Spätprogramm« brachte »A Taste of Honey«.

Alle im Haus hatten von »A Taste of Honey« gehört. Es war Jennys Lieblingsfilm für alle Zeiten. Sie hatte ihn einmal gesehn, damals, 1963, und nie vergessen. Nichts hatte ihm jemals das Wasser reichen können, pflegte sie zu sagen, und wenn sie von einem anderen Film nach Hause kam, erklärte sie mit Sicherheit: »Na ja, es war nicht schlecht, glaube ich, aber es war nicht ›A Taste of Honey‹.« Inzwischen konnte jedes der Kinder diesen Satz vollenden, noch ehe sie die Hälfte ausgesprochen hatte. Sobald sie in der Tür erschien, fragten sie jedesmal: »War es ›A Taste of Honey‹, Jenny? Ja?« Und Phoebe hörte man einmal zu Peter sagen: »Ich mag die neue Lehrerin schon, aber sie ist nicht gerade ›A Taste of Honey‹ – kein Honigschlecken.«

Als sie erfuhren, daß der Film im Fernsehen kam, hatten sie alle darum gebettelt, aufbleiben und zuschaun zu dürfen. Die älteren Kinder machten Kakao, und die jüngeren verteilten Kartoffelchips. Becky und Slevin bauten einen Kreis aus Stühlen um den Apparat im Wohnzimmer.

»Du weißt, was passieren wird«, sagte Joe zu Jenny. »Nach all der Zeit wird ›Taste of Honey‹ kein ›Taste of Honey‹ mehr sein.«

In gewisser Weise hatte er recht. Nicht, daß es ihr nicht mehr so gefallen hätte – ja, ja, versicherte sie den Kindern, es war genauso, wie sie sich erinnerte –, aber schließlich war sie, die Zuschauerin, heute eine andere. Der Film zerrte an ihrem Mitleid, während er ihr früher Hoffnung gemacht hatte. Und war es nicht seltsam, war es nicht geradezu sonderbar, daß sie die Story nie mit ihrer eigenen Geschichte gleichgesetzt hatte? 1963 war sie eine Assistentin in Kinderheilkunde, wohnte im Krankenhaus, kämpfte um den Unterhalt für ein Zweijähriges, das sechs Wochen nach dem Scheitern ihrer Ehe zur Welt gekommen war. Trotzdem hatte sie sich einen Film über ein unverheiratetes, mittelloses, schwangeres Mädchen entspannt und voller Vergnügen angeschaut, sich träumerisch durch eine Packung Brezeln durchgeknabbert. (Und was hatte sie überhaupt in einem Kino zu suchen? Wie hatte sie die Zeit gefunden, mitten in einem derart gehetzten Tagesablauf?)

Als es vorbei war, machte sie den Fernseher aus und bugsierte die Kinder die Treppe hinauf. Quinn, der jüngste, auf den »A

Taste of Honey« keinerlei Eindruck gemacht hatte, schlief fest und mußte von Joe getragen werden. Selbst die älteren waren schlaftrunken und blinzelten. »Aufwachen«, sagte sie zu ihnen. »Los, kommt jetzt«, und sie zog an Jakob, der auf der obersten Stufe als Bündel zusammengesunken war. Eins nach dem andern brachte sie die Kinder zu ihren Betten und gab ihnen den Gutenachtkuß. Wie geräuschvoll ihre Zimmer schienen, selbst wenn niemand sprach – dieser lärmende Tumult von Spielzeug und hingeworfenen Kleidern, die vibrierenden, knalligen Rockstar-Poster und Antikriegs-Sticker und Baseball-Fähnchen. Drei der Kinder mochten keine Bettwäsche, sondern schliefen statt dessen in Schlafsäcken – grell gemusterte Kokons mit Reißverschluß, oben auf den Decken ausgebreitet; und Phoebe mochte Betten überhaupt nicht, sondern ringelte sich in einer Steppdecke auf dem Boden zusammen, meist draußen auf dem Flur vor dem Zimmer ihrer Eltern. Sie lag auf der Schwelle wie ein Leibwächter, und man mußte im Dunkeln aufpassen, um nicht auf sie zu treten.

»Das Radio wird jetzt ausgemacht«, sagte Jenny und küßte Becky auf den Kopf. Dann spähte sie in Slevins Zimmer, klopfte an den Rahmen der offenen Tür und trat ein. Er trug seine Kleidung vom Tag im Bett, wie immer – sogar seinen breiten, genieteten Gürtel mit dem Koppelschloß der Lastwagenfahrer –, und lag oben auf der Zudecke. Sie hatte ihm jede Nacht, seit sie Joe geheiratet hatte, einen Gutenachtkuß gegeben, aber er verhielt sich immer noch verschämt. Sie tat eigentlich nicht mehr, als seine Wange mit der ihren zu berühren, sie ließ ihm seine Würde. »Schlaf gut«, sagte sie zu ihm.

Er erklärte: »Du hast also den Staubsauger gefunden.«

»Staubsauger«, fragte sie, um Zeit zu gewinnen.

»Es tut mir leid, daß ich ihn genommen habe. Deine Mutter ist sicher ziemlich böse, denk' ich mir. Aber ich habe nicht gestohlen; ehrlich. Ich mußte ihn mir nur für eine Weile borgen.«

Sie saß auf der Bettkante. »Mußtest ihn borgen für was?« fragte sie.

Er antwortete: »Also, um ... Ich weiß nicht. Nur um ... Schau, da war er in der Kammer. Er war genau wie der von meiner

Mutter. Ganz genau. Du weißt, wie man nie über eine Sache nachdenkt, oder vergessen hat, daß man sich noch dran erinnert, und dann ganz plötzlich bringt etwas alles zurück? Ich wußte nicht mehr, wie dieser Gummistreifen um die Kante ging, damit er nicht an die Möbel stößt, ich hatte den hohen, geblähten Sack vergessen, vor dem ich mich immer gefürchtet habe, als ich klein war. Er roch sogar genauso. Er hatte denselben Geruch nach Stoff wie der von meiner Mutter. Weißt du? Deshalb wollte ich ihn mit nach Hause nehmen. Aber als er dann hier war, hat es nicht funktioniert. So als ob ich die Verbindung verloren hätte. Es war schließlich doch nicht derselbe.«

»Schon in Ordnung, Slevin«, sagte sie. »Himmel, Schatz, schon in Ordnung.« Dann war sie besorgt, in ihrer Stimme könnte zuviel mitgeklungen haben, könnte ihn aufs neue scheu machen, deshalb lachte sie ein bißchen und fragte: »Sollen wir dir einen Hoover ganz für dich kaufen, zum Geburtstag?«

Er drehte sich auf die Seite.

»Oder wir könnten ihn aus Kattun machen lassen«, sagte sie kichernd zu ihm. »Einen winzigen, ausgestopften Stoffstaubsauger, den du ins Bett mitnehmen kannst.«

Aber Slevin machte nur die Augen zu, und so wünschte sie ihn nach einem Weilchen gute Nacht und ging.

Sie träumte, sie sei wieder mit Sam Wiley zusammen, ihrem zweiten Mann – und der Mann, den sie am meisten geliebt hatte. Mit Sam war sie ganz närrisch gewesen. Sie träumte, er drehe sich auf dem hohen Holzhocker, den sie im Paulham hatten. Er drehte an den Kringeln seines Lenkstangen-Schnurrbarts und sang »Let It Be«. Dabei hatte es das Lied noch gar nicht gegeben, damals.

Sie öffnete die Augen und hörte »Let It Be« aus einem der Kinderradios, wie es durch die dunkle Diele schwebte. Wie oft hatte sie ihnen schon gesagt . . .? Sie stand auf und machte sich auf den Weg zu Peters Zimmer – barfuß, stieg über Phoebe. Radios spät in der Nacht klangen so anders, dachte sie – so weit weg und krächzend von Störungen, fast knirschend, als müsse die Musik über Meilen von Eisenbahngleisen und verlassenen Fernstraßen, vorbei an Kohlelagern und Autofriedhöfen, Bohrtürmen und Fabrikschornsteinen und elektrischen Transformatoren reisen. Sie stellte das Radio ab und zog Peters Schlafsack um seine Schultern hoch. Sie sah nach dem Baby in seinem Bettchen. Dann kehrte sie, leicht fröstelnd, ins Bett zurück und schmiegte sich an Joes mächtigen Rücken, Wärme suchend.

»Mack the Knife« sang Sam damals immer, und »Greenfields« – ja, das kannte man damals. Sie erinnerte sich, wie opernhaft er sich gebärdete, die Augen rollte, sich auf die Brust schlug, sie zum Lachen bringen wollte. (Sie war schließlich eine ernsthafte junge Medizinstudentin in jener Zeit.) Dann erinnerte sie sich an die zarte, schmerzhafte Linie, die der Untersuchungstisch über die Wölbung des Babys gezogen hatte, als Jenny Assistentin war, über einen Patienten gebeugt. Sechs Monate schwanger, sieben Monate . . . Um den achten Monat war ihre Ehe beendet, und Jenny lief wie betäubt herum. Sie sah, daß sie immer zum Scheitern bestimmt gewesen war, nicht »liebbar«, daß ihr irgendeine besondere Fähigkeit gefehlt hatte, mit der man einen Mann hält. Sie hatte das nie bewußt erkannt, bis dahin, aber der Schmerz, den sie empfand, war gespenstisch vertraut – wie ein Verdacht, lange genährt, endlich bestätigt.

Sie trug Ärztekittel, für männliche Ärzte mit Taille hundert gemacht; es gab keine Laborkleidung für Schwangere. Bei Visiten betrachteten Professoren sie zweifelnd und fragten, ob sie sicher sei, dem gewachsen zu sein. Mitfühlende Schwestern brachten ihr so viele Tassen Kaffee, daß sie dachte, sie würde gleich entschweben. Eine dieser Krankenschwestern blieb fast die ganzen Wehen hindurch bei ihr. Andere Frauen hatten ihre Ehemänner, aber Jenny hatte Rosa Perez, deren Finger sie so fest drücken durfte wie nötig und die sich nie mit einem Wort beklagte.

Und wie hieß die Nachbarin, die immer auf das Baby aufpaßte? Mary Sowieso – Mary Lee oder so ähnlich –, Frau irgendeines Assistentenkollegen, ebenso arm wie Jenny und Mutter zweier Kinder unter zwei Jahren. Sie machte das Babysitten für einen Apfel und ein Ei, aber selbst das war mehr, als Jenny sich leisten konnte. Und der Stundenplan! Monatelang Nachtdienst, sechsunddreißig Stunden Bereitschaftsdienst und zwölf Stunden frei, Notaufnahme, Entbindungen, Chirurgie . . . und ihre Hospitanz war nicht viel besser. Mittlerweile war aus dem Kleinkind Becky ein kleines Mädchen geworden, ein Außenseiter eigentlich, ein lebhaftes Kind mit Sam Wileys schwarzen Knopfaugen, nicht verwandt mit Jenny. Dabei war es ein Schock, manchmal, ihren geraden, nachdenklichen Blick zu sehen, der für die Tulls so typisch war. War es schließlich doch möglich, daß diese kleine Fremde eine Familie darstellte? Sie lernte laufen; sie lernte sprechen. »Nein!« sagte sie oft mit ihrer festen, energischen Stimme; und Jenny, die um drei Uhr morgens oder drei Uhr nachmittags – wann immer sie mal ein bißchen Zeit miteinander hatten – wach zu bleiben versuchte, ließ ihren Kopf in die Hände sinken. »Nein!« sagte Becky, und Jenny holte aus und schlug sie hart auf den Mund, schüttelte sie dann, bis ihr der Kopf hin und her schaukelte, warf sie zur Seite und rannte aus der Wohnung . . . ja, wohin? (Ins Kino, vielleicht?) In jener Zeit schwankten die Gegenstände und bekamen mehr Kanten, als sie hatten. Sie war so erschöpft, daß der Anblick der weißen Kissen ihrer Patienten sie hypnotisieren konnte. Geräusche waren dick, wie unter Wasser. Worte auf einer Tabelle waren bedeutungslos – so viele Ks und Gs, so eine abgehackte Sprache war Englisch, kurze Silben, Klumpen von Konsonanten, es war ihr vorher nie aufgefallen; wie Isländisch, vielleicht, oder die Sprache der Eskimos. Sie knallte Beckys Gesicht in ihren Teller mit dem Hasenmuster, daß sie Nasenbluten bekam. Sie riß ihr eine Handvoll Haare aus. Ihre ganze Kindheit kam ihr zurück; die Schläge und Ohrfeigen und Beschimpfungen ihrer Mutter, spitze Fingernägel, die sich in Jennys Arm bohren, und wie ihre Mutter schreit: »Straßendirne! Häßliche kleine Ratte!« und ein Erinnerungsfetzen – sie konnte ihn nicht recht unterbringen –, wie Cody Pearls Handgelenk festhält und sie abwehrt, während Jenny an der Wand zusammensinkt.

War es das, was dabei herauskam – daß man nie entkommen konnte? Daß gewisse Dinge dazu verdammt waren, sich zu wiederholen, eine Generation um die andere? Sie übersah einen

Rinnstein und verstauchte sich den Knöchel, halbtot vor Schmerz humpelte sie zur Arbeit. Sie verfehlte die Diagnose einer Virus-Lungenentzündung. Ein Knickbruch entging ihr. Sie brachte Becky mitten in der Nacht ein Glas Wasser und kreischte dann plötzlich, ohne die geringste Absicht: »Nimm's! Nimm's!« und schleuderte Becky das Glas ins Gesicht. Becky fröstelte und rang noch stundenlang nach Luft, sogar im Schlaf, obwohl Jenny sie fest auf dem Schoß hielt.

Dann rief ihre Mutter aus Baltimore an und sagte: »Jenny? Schreibst du deiner Familie gar nicht mehr?«

»Ach, ich hatte soviel zu tun«, wollte Jenny antworten. Oder: »Laß mich in Ruhe, ich weiß noch alles von dir. Alles ist wieder da. Schreiben? Warum sollte ich schreiben? Du hast mir geschadet; du hast mich verletzt. Warum sollte ich schreiben wollen?«

Statt dessen fing sie an ... nicht richtig zu weinen, sondern etwas Schlimmeres. Ein trockenes, rauhes Schluchzen schüttelte sie; sie bekam keine Luft mehr; in ihrer Brust war ein heiseres Geräusch. Ihre Mutter sagte ruhig: »Jenny, leg auf. Weißt du, die Couch in eurem Wohnzimmer? Geh und leg dich drauf. Ich bin da, sobald Ezra mich fahren kann.«

Pearl blieb zwei Wochen, sie gab ihren ganzen Urlaub dran. Als erstes rief sie Jennys Klinik an und verschaffte ihr Krankenurlaub. Dann machte sie sich daran, die Welt wieder in Ordnung zu bringen. Sie bezog Jennys Bett mit frischem Bettzeug, brachte ihr Tee und stärkende Fleischbrühe, wusch ihr die Haare, stellte ihr Blumen auf die Kommode. Becky, die ihre Großmutter bisher kaum gesehen hatte, verliebte sich in sie. Pearl nannte Becky »Rebecca« und behandelte sie höflich, respektvoll, als sei sie nicht ganz sicher, was sie sich erlauben könne. Jeden Vormittag brachte sie Becky zum Spielplatz und schwang sie auf der Schaukel. Am Nachmittag gingen sie zusammen einkaufen. Sie kaufte Becky ein altmodisches Kleidchen, in dem sie ernst und vernünftig aussah. Sie kaufte Bilderbücher – Kinderreime und Märchen und »Das kleine Haus«. Jenny hatte dieses Buch ganz vergessen. Und wie sie es geliebt hatte! Sie hatte jeden Abend danach verlangt, fiel ihr jetzt wieder ein. Sie war auf dem gemütlichen alten Sofa gesessen, während ihre Mutter es mit endloser Geduld vorlas, dreimal, viermal, fünfmal ... Jetzt sagte Becky: »Lies noch mal«, und Pearl kehrte zu Seite 1 zurück, und Jenny hörte ebenso genau zu wie Becky.

An den Sonntagen, wenn sein Restaurant geschlossen war, kam Ezra von Baltimore heraufgefahren. Er war, trotz seines unschuldigen Gesichts, kein sehr direkter Mensch, und anstatt sich geradezu zu Jennys neuer Gebrechlichkeit zu äußern, lächelte er immer heiter irgendeinen Punkt genau hinter ihr an. Sie fand das tröstlich. Es war schon genug Offenheit in der Welt, fand sie – allgemeine Wut und Tränen und Begeisterung. Sie nahm an, daß Ezra nicht dem gleichen Auf und Ab ausgesetzt war, wie es andere Leute beutelte. Sie hatte es gern, wenn er ihr aus der Zeitung vorlas (Unruhen in Honduras, Unruhen in Saigon, Naturkatastrophen auf Haiti und Kuba und in Italien), während sie aus einem Nest von dunkelblauen Bezügen und in einem Nachthemd zuhörte, das vom Bügeleisen ihrer Mutter noch warm war.

Am zweiten Wochenende schneite Cody herein, von wo immer er zuletzt hin verschwunden war. Er reiste auf einer Brise von Energie und Geld; Jenny war beeindruckt. Er benützte ihr Telephon zwei Stunden lang, geschickter Organisator, der er immer war, und besorgte eine volle Hilfskraft für Becky, eine schmale junge Frau namens Delilah Greening, die sich als die beste Hilfe erwies, die Jenny jemals haben würde. Dann warf er sich das Jackett über die Schulter, entbot ihr einen kleinen Salut und war weg.

Sie schlief manchmal zwölf und vierzehn Stunden nacheinander. Beim Aufwachen wußte sie nicht, wo sie war, und die kitzelnden Sonnenstrahlen in der Wohnung erschreckten sie. Sie verwechselte Traum und Wirklichkeit. »Wie ist es passiert ...?« fragte sie manchmal ihre Mutter, bis ihr einfiel, daß es nicht passiert war (die Zirkusparade durch ihr Schlafzimmer, der ältere Herr, der an seinen Hacken von ihrer Vorhangstange hing wie eine Frucht.) Manchmal, nachts, kamen lebhafte Stimmen aus dem Dunkel. »Doktor Tull. Doktor Tull«, sagten sie dringlich, offiziell. Oder: »Sechshundertfünfzig Milligramm Chininsulfat ...« Ihr eigener

Puls klopfte in ihrem Trommelfell. Sie hielt ihre Hand gegen das Licht der Straßenbeleuchtung und wunderte sich, wie weiß und blutleer sie geworden war.

Als ihre Mutter abreiste und Delilah kam, stand Jenny auf und ging wieder zur Arbeit. Eine Zeitlang trug sie sich so sacht wie eine Tasse mit Flüssigkeit. Sie hielt sich gerade und gleichmäßig, um sich nicht auszuschütten. Aber es ging ihr gut, sah sie; es ging ihr wirklich gut. An den Wochenenden machten ihre Mutter und Ezra kurze Besuche, oder Jenny nahm Becky im Zug nach Baltimore mit. Sie zogen sich beide für diese Fahrten fein an und saßen ganz still, um ihre Kleider nicht zu zerknittern. Jenny fühlte sich geläutert, wie jemand, den ein gefährliches Fieber entwässert hat.

Und im folgenden Sommer, als sie lukrativere Angebote in Philadelphia oder Newark hätte annehmen können, wählte sie statt dessen Baltimore. Sie tat sich mit zwei älteren Kinderärzten zusammen, gab Becky in den Kindergarten und kaufte kurz danach ihr Reihenhaus in Bolton Hill. Sie fühlte sich allerdings weiter zerbrechlich. Es gab immer noch ein zitteriges, flüssiges Zentrum zu überwachen. Manchmal ließen laute Geräusche ihr Herz rasen – wenn ihre Mutter plötzlich ihren Namen aussprach oder das Telephon spätnachts schrillte. Dann gab sie sich einen Ruck. Sie ermahnte sich, zurückzuweichen, loszulassen. Ihr schien, daß die Menschen, die sie bewunderte (einer ihrer Partner, ein verschrobener, komischer Mann namens Dan Charles, und ihr Bruder Ezra, und ihre Nachbarin Leah Hume), eins gemeinsam hatten: Sie betrachteten die Welt mit Distanz. Sie hatten etwas Verhülltes an sich – etwas Undurchdringliches, was sie schwer faßbar machte. Dan, zum Beispiel, hielt einen so leichten, scherzhaften Ton aufrecht, daß man ihn nie nach seiner Frau fragen konnte, die immer wieder in Anstalten für Geisteskranke landete. Und Leah: Sie konnte die wiederholten Fehlschläge ihrer verrückten geschäftlichen Abenteuer lachend beiseiteschieben, als sei sie bloß auf den Hintern gefallen. Wie unberührt sie aussah, und wie unberührbar, wenn sie in sich hineinkicherte und sich eine wohlgeformte, ungepflegte Hand vor den Mund hielt! Jenny studierte sie; man hätte fast sagen können, sie machte sich Notizen. Sie wollte lernen, wie man schräg durchs Leben kommt. Sie versuchte, ihre Intensität loszuwerden.

»Du hast dich verändert«, sagte ihre Mutter (die selbst nur aus Intensität bestand). »Du bist so anders geworden, Jenny. Ich kann nicht ganz genau sagen, was nicht stimmt, aber *irgend* etwas ist los.« Sie wollte, Jenny solle wieder heiraten; sie hoffte auf ein Dutzend Enkel, mindestens; sie war immer hinter Jenny her, sie solle ausgehn und unter Menschen sein, gesellig, sich attraktiver herrichten, einen netten jungen Mann kennenlernen. Was Jenny ihr nicht sagte, war, daß sie sich aus alledem einfach nichts machte. Sie fühlte sich ohne Struktur, gesellschaftliche Anlässe glitten einfach an ihr ab, ohne jede Reibung; und der Gedanke an gefühlvolle Gespräche, wie sie ein Flirt erfordern würde, machte sie ganz ungeduldig.

Dann begegnete sie Joe mit seiner Kinderschar – seiner Wattierung, seinem Wall, seiner Barrikade von Kindern, alle dringend ihrer energischen und kompetenten Aufmerksamkeit bedürftig. Gespräch überflüssig – sie und Joe hatten kaum einen Augenblick Zeit, ernsthaft miteinander zu reden. Sie mußten dauernd versuchen, sich durch den Lärm von Spielzeug-Lastwagen und Xylophonen verständlich zu machen. Sie hatte nicht einmal mehr Zeit zum Denken.

»Natürlich, der materielle Gegenstand bedeutet nichts«, sagte der Priester. Er zuckte bei einem Quieken aus dem Wartezimmer zusammen. »Das ist unwichtig, meine geringste Sorge. Er hatte zwar einen gewissen historischen Wert. Es war eine Schenkung, vom Missionsbruder eines unserer Gemeindemitglieder, glaube ich.«

Jenny lehnte sich gegen das Fenster der Rezeption zurück und berührte ihre Stirn mit der Hand. »Also, ich kann nicht . . .«, meinte sie. »Was, haben Sie gesagt, war das?«

»Ein Rhinozerosfuß«, sagte der Priester, »in Form eines Schirmständers. Oder ein Schirmständer in Form eines Rhinozerosfußes. Es war ein echter Rhinozerosfuß aus . . . wo eben Rhinozerosse herstammen.«

Ein nacktes, kleines Wesen kam aus einer Tür geschossen, wie ein verlorenes Stückchen Popcorn, verfolgt von einer Schwester mit Subkutanspritze. Der Priester trat zurück, um ihnen Platz zu machen. »Wir wissen, daß er morgens noch da war«, fuhr er fort. »Aber um vier Uhr war er weg. Und Slevin war ganz kurz davor dagewesen; ich hatte ihn eingeladen, mit mir zu reden. Leider war ich am Telephon, als er kam. Als ich aufgehängt hatte, war er weg, und mit ihm der Rhinozerosfuß.«

»Ich frage mich, ob seine Mutter einen Rhinozerosfuß hatte.«

»Wie bitte?« fragte der Priester.

Jenny wurde klar, wie das geklungen haben mußte. Sie lachte: »Ich meine nicht, daß sie Rhinozerosfüße hatte – o Gott . . .«

Der Priester sagte: »Doktor Tull, sehen Sie nicht, daß das eine ernste Sache ist? Wir haben da ein Kind mit Problemen, begreifen Sie nicht? Finden Sie nicht, daß etwas geschehen muß? Was ist Ihr Standpunkt, Doktor Tull?«

Jennys Lächeln verschwand, und sie sah ihm ins Gesicht. »Ich weiß nicht«, antwortete sie nach einer Pause. Sie fühlte sich plötzlich beraubt, als ob etwas fehlte, als hätte sie etwas aufgegeben. Sie war nicht *immer* so gewesen, hätte sie gern zu ihm gesagt. Aber laut erklärte sie: »Ich meinte nur, sehen Sie . . . Ich glaube, er stiehlt, was ihn an seine Mutter erinnert. Staubsauger und Schirmständer. Ergibt das keinen Sinn?«

»Hm«, sagte der Priester.

»Was kommt als nächstes dran, frage ich mich.« Jenny überlegte einen Moment. »Schon die Vorstellung! Der Flügel. Das Spülbekken. Na, wir werden noch den ganzen Haushalt seiner Mutter kriegen – ihre Photoalben und ihre Schuljahresbücher, ihre Zimmergenossin aus dem College schlafend auf unserem Bett und ihre High-School-Verehrer in unserem Wohnzimmer.« Sie stellte sich fein gekleidete Knaben aus den fünfziger Jahren in einer Reihe vor, das Haar naß hingeklatscht, die Hemden steif gebügelt, wie sie wie Mannequins auf ihrer Couch thronten, eine herzförmige Schokoladenschachtel auf den Knien. Sie lachte. Der Priester stöhnte. Ein kleiner blauer Plastik-Hubschrauber surrte durch das Wartezimmer und landete in Jennys Haar.

8
Das ist wirklich passiert

Im Sommer, ehe Luke Tull vierzehn wurde, hatte sein Vater einen ernsten Unfall in der Fabrik, die er inspizierte. Ein Eisenträger schwang an seinem Kabel herum, traf Lukes Vater und den Meister neben ihm, und fegte sie beide vom Laufsteg und hinunter auf die niedrigere Etage der Fabrik. Der Meister wurde getötet. Cody blieb am Leben, durch irgendein Wunder, war aber schwer verletzt. Zwei Tage lag er im Koma. Man befürchtete, sein Gehirn habe Schaden gelitten, bis er aufwachte und in seiner normalen barschen Art fragte, wer zum Teufel hier das Sagen hätte.

Drei Wochen später kam er mit dem Krankenwagen nach Hause. Sein dichtes schwarzes Haar war auf einer Seite des Kopfs abrasiert; dort verdeckte ein Mullverband die schlimmste seiner Verletzungen. Sein Gesicht – sonst hager und gebräunt – war an einem Wangenknochen geschwollen und zeigte verschiedene Schattierungen von Gelb, wo Blutergüsse langsam verschwanden. Seine Rippen waren bandagiert, und ein Arm und ein Bein steckten in Gips – der rechte Arm und das linke Bein, weshalb er keine Krücken benutzen konnte. Er war gezwungen, im Bett zu liegen, und verfluchte die Sportshows im Fernseher: »Idioten! Dummköpfe! Wer, glauben die eigentlich, schaut sich diesen Mist an?«

Lukes Mutter, die immer so lebhaft gewesen war, verlor etwas Wichtiges an den Unfall. Zuerst, in den schrecklichen Koma-Tagen, trieb sie herum in einer Flut von Tränen – eine kleine bleiche Frau mit geröteten Augen. Ihr rotes Haar schien an Farbe verloren zu haben. Luke sagte zu ihr: »Mami?«, und sie hörte ihn nicht oder schnappte manchmal ihre Autoschlüssel, als dächte sie, jemand anders hätte gerufen, und raste wieder zur Klinik und ließ Luke allein. Selbst nachdem das Koma vorüber war, schien sie sich nicht wieder ganz zu erholen. Nachdem Cody nach Hause gebracht wurde, saß sie stundenlang an seinem Bett, ohne etwas zu sagen, und streichelte nur leicht eine dicke Vene, die an der

Innenseite seines Handgelenks entlanglief. Sie sah den Sportübertragungen mit unsicherem Lächeln zu. »Herrgott, schau, wie die kreischen«, sagte Cody angeekelt, und Ruth beugte sich vor und legte ihre Wange an seine Hand, als habe er etwas Wundervolles geäußert.

Luke, der einmal der Mittelpunkt ihrer Welt gewesen war, hing nun an den Rändern herum. Es war Juli, und er hatte nichts zu tun. Sie lebten hier – in einem Vorort von Petersburg, Virginia – erst seit dem Ende des Schuljahres, und er kannte keine Jungen in seinem Alter. Die Kinder in seinem Block waren alle jünger, mit Piepsstimmen und nervös. Er störte sich an ihren kreischenden Kricketspielen und dem knatterigen »sch! schiu!« ihrer eingebildeten Gewehre. Kleinkinder wurden in blumengemusterte Kunststoff-Planschbecken gepackt und verbrachten ihren Vormittag damit, die Wannen Maßbecher für Maßbecher leerzuschöpfen, bis jeder Hof im Dreck schwamm. Luke konnte sich nicht erinnern, jemals so klein gewesen zu sein. Auf seinen Wanderungen durch die eisige, weiß-goldene Eleganz des gemieteten Hauses im Kolonialstil begegnete er sich in verschiedenen, goldgerahmten Spiegeln: ein ungeschicktes und unerwünschtes Wesen, auf Beinen schlurfend, deren Länge nicht mehr zu bewältigen war, sein Gesicht nicht mehr niedlich, aber auch noch nicht zu etwas Besserem ausgewachsen – ein ovales, zartes Gesicht, ein Schwung strähnigen Blondhaars, ein Mund voller Spangen, die seine Lippen schief und verletzlich aussehen ließen. Seine Jeans wurden ihm zu kurz, aber er hatte keine Ahnung, wie man sich neue kaufte. Er war gewohnt, sich in diesen Dingen auf seine Mutter zu verlassen. In den alten Tagen hatte seine Mutter alles für ihn getan. Sie war ihm sogar auf die Nerven gegangen.

Jetzt machte er sich das Frühstück selbst – Corn Flakes oder Weizenflocken – und ein belegtes Brot zu Mittag. Seine Mutter kochte Abendessen, aber es war etwas Zusammengehauenes, überhaupt nicht ihr eigentlicher Stil; und meist ließ sie Luke allein in der Küche sitzen, während sie und Cody von einem Tablett im Schlafzimmer aßen. Oder wenn sie bei Luke blieb, *redete* sie von Cody. Sie fragte Luke nie, wie alles bei ihm lief, wie es ihm selbst ging, nein; es hieß »dein Daddy« dies und »dein Daddy« jenes, nichts als »dein Daddy«. Wie gut er sich hielt, wie er sich immer gut gehalten hatte, immer so zuverlässig seit der frühesten Zeit ihrer Bekanntschaft mit ihm. »Ich war erst neunzehn, als ich ihn traf«, sagte sie, »und er war dreißig Jahre alt. Ich war ein einfaches, junges Ding, und er war das Attraktivste, was man je gesehen hat, so wohlerzogen und in so einem perfekten, grauen Anzug. Damals war ich fest entschlossen, Ezra zu heiraten, den Bruder von deinem Daddy. Ich wette, das hast du nicht gewußt, oder? Oh, ich bin rumgekommen, damals. Dann trat dein Vater auf. Frech wie Oskar. War ihm egal, wie es aussah, hatte keine Spur von Scham, kam einfach daher und tat, als gehörte ich ihm. Na, zuerst dachte ich, er zieht mich bloß auf. Er hätte jede haben können, jede, die ihm gefiel, sogar eine Schönheit. Dann sah ich, daß es ihm ernst war. Ich wußte nicht, was ich machen sollte, denn ich liebte deinen Onkel Ezra, auch wenn er nicht so ... Ich meine, Ezra war ein viel einfacherer Mensch, mehr wie ich, könnte man sagen. Aber dein Daddy kam ins Zimmer, und es war ... wie, ich weiß nicht – als ob die Luft sich belebt, irgendwie. Er legte mir die Hände auf die Schultern, eines Tages, und ich sagte zu ihm: ›Bitte, ich bin mit Ezra verlobt‹, und er erklärte, daß er das weiß. Er trat näher, und ich sagte: ›Wirklich, Ezra ist ein guter, so ein guter Mann‹, und er: ›Ja, das stimmt‹; und wir umarmten uns wie zwei Leute, die einen gemeinsamen Verlust erlitten haben, und ich sagte: ›Aber, du bist doch schon so gut wie mein Schwager!‹, und er meinte nur: ›Um ein Haar, ja‹, und er küßte mich auf den Mund.«

Luke senkte die Wimpern. Er wünschte, sie spräche nicht von solchen Dingen.

»Und wir haben unser Rauf und Runter gehabt«, fuhr sie fort, »also, ich möchte nur, daß du weißt, es war nicht seine Schuld, Luke. Schau mich an! Weiter nichts als ein kleines Hinterwäldler-Mädchen aus Garrett County, fast ohne Schulbildung. Und mit mir auszukommen ist auch nicht so einfach. Du mußt ihm nichts vorwerfen. Also, einmal – du warst im Kindergarten, du weißt das bestimmt nicht mehr – hab' ich dich genommen und ihn verlassen. Ich sagte ihm, daß er mich nicht liebt und nie geliebt hat, mich nur geheiratet hat, um seinen Bruder zu kränken, Ezra, auf den er immer so eifersüchtig war. Ich habe ihm schreckliche Sachen vorgeworfen, einfach schreckliche, und dann, als er bei der Arbeit war, hab' ich dich zum Bahnhof geschleppt und ... es klingt komisch, wenn ich es jetzt erzähle, aber damals war es nicht zum Lachen: Wie wir auf einer Bank gewartet haben, erbrach sich ein Matrose in meine Handtasche. Es wurde Zeit, in den Zug einzusteigen, und ich konnte mich einfach nicht dazu bringen, meine Finger reinzustecken und die Tickets rauszuholen, falls sie noch benutzbar waren; und konnte auch um keinen Preis nach dem Geld greifen, um neue zu kaufen. Also rief ich deinen Vater an, bettelte eine Nonne um einen Groschen an und sagte: ›Cody, komm und hol mich; ich tue hier etwas, was ich gar nicht tun will. Ach, Cody‹, hab' ich ihm erklärt, ›wir sind schon so miteinander verflochten; auch wenn du mich überhaupt nicht liebst, wir sind schon so eng verbunden. Ich muß einfach bei dir bleiben.‹ Und er ließ die Arbeit liegen und kam angefahren, um mich aufzusammeln, ganz ruhig und sicher in seinem schönen, grauen Anzug, einzig auf der Welt. Erinnerst du dich nicht? Du hast alles vergessen«, sagte sie. »Meinetwegen, auch gut. Luke, wenn du jemand fast verlierst, dann wird alles so klar! Du siehst, wie wichtig er ist, daß es niemand gibt, der auch nur ein bißchen so wäre wie er; er ist unersetzlich. Wie er immer zuerst an uns denkt; ich meine, nie und nimmer uns zurückgelassen hat, wenn er geschäftlich unterwegs ist, sondern uns in jede neue Stadt karrt, wo er einen Auftrag hat, weil er es nicht machen will wie sein Vater, sagt er: herumreisen und die eigene Familie vergessen. Es stimmt nicht, daß er uns mitnimmt, weil er mir nicht traut. Es geht ihm wirklich um unser Wohl. Wenn ich heute daran denke«, sagte sie, »wie dein Vater mich dieses erste Mal geküßt hat – ›Um ein Haar, ja‹, hat er gesagt. ›Ja, um ein Haar dein Schwager‹, und er küßte mich so ruhig, aber bestimmt, nachdrücklich, als würde er kein Nein gelten lassen –, also heute weiß ich, daß damals mein Leben anfing! Damals allerdings hab' ich nichts gemerkt, die Bedeutung nicht begriffen. Ich wußte damals noch nicht, daß ein Mensch auf einen andern so wirken kann.«

Soweit sie sich aber verändert hatte (falls sogar Luke anders geworden war – mehr und mehr durchsichtig, dachte er sich), Cody dagegen war absolut der alte geblieben. Schließlich hatte Cody nicht unter der Belastung dieses Komas gelitten; er war nicht dabei gewesen. Er hatte nicht befürchtet, er würde sterben, als er zu Bewußtsein kam, denn er kam gar nicht auf die Idee, er könnte überhaupt der *Typ* sein, der stirbt. Er war durch die ganze Erfahrung mit seiner üblichen Mischung aus Nonchalance und Streitsucht gesegelt, und jetzt wälzte er sich auf seinem Bett herum und überlegte, wann er wohl wieder aufstehn könnte. »Hauptsächlich bin ich wütend«, sagte er zu Luke. »Diese ganze verdammte Geschichte hat mich ganz rasend gemacht. Ich hab' den Schlag von dem Träger gespürt, weißt du? Ich hab' ihn wirklich gespürt, und es hat weh getan, und die ganze Zeit, während ich durch die Luft flog, wollte ich ihn zurückschlagen, jemand hauen; und jetzt warte ich anscheinend immer noch auf die Gelegenheit. Wann bin ich wieder quitt? Und rede mir nicht von Prozessen oder Entschädigung. Das einzige, was ich will, ist diesen Träger zurückschlagen.«

»Mama fragt, ob du ein bißchen Suppe möchtest«, sagte Luke und rieb seine Handflächen nervös an den Hüften hinunter.

»Nein, ich möchte keine Suppe. Warum versucht sie immer, mich zu füttern? Hör zu, Luke. Wenn deine Großmutter heute wieder anruft, möchte ich, daß du ihr sagst, ich bin wieder arbeiten gegangen.«

»Arbeiten?«

»Ich halt's nicht mehr aus, wenn sie am Telephon jammert.«

»Aber die ganze Zeit«, wandte Luke ein, »hast du ihr gesagt, du bist zu krank für Besuch. Gestern warst du noch zu krank, und heute bist du wieder bei der Arbeit? Was soll sie denn denken?«

»Ist mir egal, was sie denkt«, antwortete Cody. Es klang nie sehr liebevoll, wenn er von Grandma Tull sprach, die seit dem Unfall jeden Tag aus Baltimore angerufen hatte. Luke mochte sie, soweit er sie überhaupt kannte, aber Cody sagte, Gesichter könnten täuschen: »Sie macht auf vornehm. Du weißt nicht, wie sie ist. Du weißt nicht, was es hieß, bei ihr aufzuwachsen.«

Luke meinte, er wüßte sehr wohl Bescheid (hatte er nicht alles millionenmal gehört?), aber sein Vater war jetzt in Schwung und ließ sich nicht aufhalten. »Ich geb' dir mal ein Beispiel«, fuhr er fort. »Hör mal zu. Das ist wirklich passiert.« Auf diese Art fing er immer von seiner Kindheit an. »Das ist wirklich passiert«, sagte er dann, als sei es undenkbar, völlig unglaublich, aber was dann kam, erschien Luke nie so schrecklich. »Ich schwöre: Deine Großmutter hatte diese Freundin Emmaline, die sie jahrelang nicht gesehen hatte. Die einzige Freundin, von der sie je sprach. Und Emmaline lebte in . . . weiß ich nicht mehr. Jedenfalls irgendwo weit weg. Ich sparte also für Weihnachten auf ein Greyhound-Bus-Billett, dahin, wo immer diese Emmaline lebte. Ich schuftete und borgte und stahl das Geld und schenkte Mutter das Billett am Weihnachtsmorgen. Ich war siebzehn damals, alt genug, um für die andern zu sorgen, und ich hab' ihr erklärt: ›Morgen fährst du, bleibst eine Woche, und ich passe inzwischen auf alles auf‹. Und weißt du, was sie sagte? Hör zu; du wirst es nicht glauben. ›Aber Cody, Darling‹, sagte sie. ›Übermorgen hat dein Bruder Geburtstag.‹«

Er sah zu Luke hinüber. Luke wartete auf die Fortsetzung.

»Siehst du. Der siebenundzwanzigste Dezember war nämlich Ezras Geburtstag.«

»Also?« fragte Luke.

»Also konnte sie ihr kostbares Söhnchen an seinem Geburtstag nicht allein lassen! Nicht einmal, um ihre älteste, liebste, einzige Freundin zu besuchen, wozu ihr anderer Junge ihr die Fahrkarte geschenkt hatte.«

»Ich hätte es auch nicht gern, wenn Mama an meinem Geburtstag nicht da wäre«, meinte Luke.

»Nein, nein, du verstehst nicht. Sie wollte Ezra nicht verlassen, ihren Liebling. Mich oder meine Schwester hätte sie bestimmt allein gelassen.«

»Woher weißt du das?« fragte ihn Luke. »Hast du jemals versucht, ihr an deinem eigenen Geburtstag ein Ticket zu schenken? Ich wette, sie hätte dasselbe gesagt.«

»Mein Geburtstag ist im Februar«, entgegnete Cody. »Schon gar keine Gelegenheit zum Schenken. Ach, ich weiß nicht, warum ich überhaupt mit dir rede. Du bist ein Einzelkind, das ist dein Problem. Du hast nicht die leiseste Ahnung, was ich eigentlich sagen will.« Und er drehte sein Kissen um und legte sich mit einem Seufzer zurück.

Luke ging auf den Hof und warf seinen Baseball gegen die Garage. Der Ball dröhnte und sprang zurück und glänzte dabei in der Sonne. Früher hatte seine Mutter mit ihm Werfen geübt. Sie hatte ihn auch gelehrt, von oben zu schlagen und zu werfen. Sie war gut in Sport. Manchmal sah er bei ihr etwas von dem kleinen, ausgelassenen Wildfang aufblitzen, der sie einmal gewesen sein mußte. Aber immer, wenn sie zusammen Ball spielten, schien es, als sei dies nur eine Vorbereitung auf das richtige Spiel, mit seinem Vater. Es war wie Pauken für ein Examen. Dann, an den Wochenenden, kam Cody heim und warf Luke den Ball zu und sagte: »Nicht schlecht. Gar nicht schlecht«, wenn Luke ihn über den Zaun schlug. In solchen Augenblicken wurde sich Luke bewußt, wie sein Gang ein gewisses Wiegen annahm, seine Schultern einen gewissen Schwung. Er stellte sich vor, daß er seinem Vater immer ähnlicher wurde. Wenn er nach dem Üben ins Haus schlenderte, an Codys geparktem Wagen vorbei, fragte er dann: »Hat die Karre noch anständig was drauf?« Er stellte sich vor den offenen Eisschrank und soff Eistee direkt aus dem Krug – seine Mutter haßte das. Wurde ja auch Zeit, seine Mutter hinter sich zu lassen – all diese Jahre, die er durch das Haus hinter ihr hergelaufen war, verstrickt in ihren Tageslauf, mit seinem Spielzeugbesen hinter ihrem großen hergefegt oder sich mit beiden Ellbogen auf ihren Toilettentisch gestützt hatte, um verzaubert zuzusehn, wie sie Puder auf ihre sommersprossige Nase stäubte. Die Alltäglichkeit des weiblichen Lebens! Er wußte alles darüber, was er wissen wollte. Er war all des Trivialen überdrüssig: Seifenpulver abmessen, auf den Installateur warten. Höchste Zeit, sich auf die Seite seines Vaters zu stellen. Aber sein Vater lag im Schlafzimmer auf dem Rücken und fluchte vor sich hin. »Was zum Teufel ist mit dem Fernseher los? Warum soll man einen Sony kaufen, wenn es niemand gibt, der ihn richten kann?«

»Ich werd' heut noch jemand auftreiben«, flötete Ruths neue, sanfte Stimme.

Ruth trug jetzt nur Kleider, weil Cody sagte, er könne ihre Hosenanzüge nicht mehr sehn: »Diese ewigen Polyesteranzüge.« Und obwohl es stimmte, daß sie nicht so modisch aussah wie die meisten anderen Frauen, war Luke sich nicht sicher, ob das an den Hosenanzügen lag. Selbst nachdem sie zu Kleidern überging, schien etwas verkehrt. Sie waren zu weit, oder zu steif, oder zu glänzend; sie sahen weniger nach Kleidern aus als nach ... Obdach, dachte Luke. »Ist es so besser?« fragte sie seinen Vater und stand hoffnungsvoll im Türrahmen, flach in ihren billigen Latschen, denn in Garrett County, sagte sie, habe ihr niemand beigebracht, auf hohen Absätzen zu laufen. Inzwischen war Cody wieder besserer Laune. Er antwortete: »Sicher, Spatz. Sicher. Sehr schön.« Er war nicht immer gereizt. Es war die Strapaze, unbeweglich herumzuliegen. Es war die ständige Unbequemlichkeit. Er gab sich Mühe. Aber dann, keine zwei Stunden später: »Ruth, kannst du mir mal erklären, warum ich in einem Haus wohnen muß, das aussieht wie eine Konfektschale? Muß man unbedingt ein Haus mieten, wo alles weiß und gold und voller Schnörkel ist? Glaubst du, das ist Klasse?«

Es lag in der Natur von Codys Job, daß er allein arbeitete. Sobald er eine Fabrik, die ihn bestellt hatte, auf Stromlinienform gebracht hatte, zog er weiter. Sein Partner, ein Mann namens Sloan, lebte in New York City und erfand die Geräte, deren Notwendigkeit Cody bestimmte – Sortierregale, Falthilfen, Einhandgeräte mit mehreren Funktionen. Daher gab es keine Kollegen, die Cody hätten besuchen können, wenn man von dem einen nervösen Anruf des Besitzers der Fabrik absah, wo er den Unfall erlitten hatte. Und sie kannten keinen ihrer Nachbarn. Sie waren auf sich selbst gestellt, sie drei allein. Sie hätten Schiffbrüchige sein können. Kein Wunder, daß Cody sich so reizbar zeigte. Die einzige Gelegenheit, bei der Luke und seine Mutter aus dem Haus kamen, war der wöchentliche Einkauf von Lebensmitteln. Ruth fuhr dann ihren weißen Mercedes rückwärts aus der Garage, saß aufrecht und angespannt am Steuer, sah nicht hinter sich, hatte schon wieder Angst um Cody.

»Vielleicht hätte ich dir sagen sollen, daß du dableibst. Wenn er auf die Toilette muß . . .«

»Er kann genausogut warten«, knirschte Luke durch die Zähne.

»Aber Luke!«

»Laß ihn doch ins Bett pinkeln.«

»Luke Tull!«

Luke starrte durchs Fenster hinaus.

»Es war schlimm für dich«, sagte seine Mutter. »Wir müssen ein paar Freunde für dich suchen.«

»Ich brauche keine Freunde.«

»Jeder braucht Freunde. Wir haben nicht einen in dieser Stadt. Ich hab' das Gefühl, ich vertrockne. Manchmal frage ich mich, ob dieses Leben wirklich . . .« Aber dann sagte sie nichts mehr.

Als sie zurückkamen, war Cody liebenswürdig und fröhlich, als hätte er in ihrer Abwesenheit ein paar Entschlüsse gefaßt. Oder vielleicht hatte das Alleinsein ihn erfrischt. »Hab' mit Sloan gesprochen«, sagte er zu Ruth. »Hat aus New York angerufen. Ich habe ihm gesagt, sobald ich diesen Gips los bin, schließe ich die Sache in der Fabrik ab und verschwinde. Ich halt's hier nicht mehr aus.«

»Oh, gut, Cody, mein Schatz.«

»Bring mir meine Aktentasche, ja? Ich möchte ein paar Ideen notieren. Es gibt eine Menge, was ich im Bett machen könnte.«

»Ich hab' ein paar von den Birnen gekauft, die du magst.«

»Nein, nein, bloß meine Aktentasche und den Kugelschreiber vom Schreibtisch in meinem Studio. Ich will sehn, ob meine Finger wieder zum Schreiben taugen.«

Er sagte zu Luke: »Arbeit ist das, was ich brauche. Ich habe nach Arbeit gehungert. Das hat mich ein bißchen schnippisch gemacht.«

Luke kratzte sich am Brustkorb. »Schon in Ordnung.«

»Paß auf, daß du einen Job findest, der dir Spaß macht, wenn du mal groß bist. Man muß Spaß haben an dem, was man macht. Das ist wichtig.«

»Ich weiß.«

»Ich, ich handle mit Zeit«, sagte Cody. Er nahm Ruth den Kugelschreiber ab. »Zeit ist meine Lieblingsbeschäftigung.«

Luke hatte es gern, wenn sein Vater von Zeit sprach.

»Von Zeit bin ich besessen: Sie nicht verschwenden, nicht verlieren. Es ist wie ... ich weiß nicht, wie ein richtiges Ding für mich, etwas, was man fest anfassen kann. Wenn ich bloß genug davon in einem Klumpen zusammensammeln könnte, denke ich immer. Wenn ich sie zurück- und vor- und zur Seite schieben könnte, weißt du? Wenn Einstein nur recht hätte und Zeit eine Art Fluß wäre und man sich die Stelle am Ufer aussuchen könnte, wo man hineinsteigt.«

Er ließ seinen Kugelschreiber ein- und ausklicken, sah mit gerunzelter Stirn in die Ferne. »Wenn es eine Zeitmaschine gäbe, würde ich sie benutzen«, sagte er. »Es wäre mir ziemlich egal, wohin. Vergangenheit oder Zukunft: Nur heraus aus meiner Zeit. Nur woandershin.«

Luke spürte einen Stich. »Aber dann würdest du mich ja gar nicht kennen«, meinte er.

»Hmm?«

»Aber sicher«, sagte Ruth energisch. Sie öffnete gerade die Schlösser von Codys Aktentasche. »Er würde dich mitnehmen. Du mußt nur bedenken«, sprach sie zu Cody, »wenn Luke mitgeht, mußt du Penizillin dabeihaben, und seine Heufiebertabletten und seine Fluor-Zahncreme, hörst du?«

Cody lachte, aber er äußerte sich weder positiv noch negativ, ob er Luke mitnehmen würde.

Am gleichen Abend bekam Cody zum erstenmal diesen seltsamen Eindruck. Es passierte so plötzlich: Sie spielten Monopoly auf Codys Bett, zu dritt, und Cody gewann, wie üblich, und bot Luke einen Kredit an, um weiterzumachen. »Na ja, nein, ich habe verloren, glaube ich«, meinte Luke.

Es gab eine winzige Pause – wie einen übersprungenen

Musiktakt. Cody blickte Ruth an, die ihre Urkunden-Karten zählte. »Er klingt genau wie Ezra«, sagte er zu ihr.

Sie runzelte bei ihrem nächsten Zug die Stirn.

»Hast du nicht gehört, was er eben gesagt hat? Er hat es genauso gesagt wie Ezra.«

»Wirklich?«

»Genau wie Ezra«, wandte sich Cody an Luke. »Dein Onkel Ezra. Es hat überhaupt keinen Spaß gemacht, ihn zu schlagen. Er nahm nie einen Kredit und auch keine Hypothek auf das winzigste Ding, nicht einmal auf eine Eisenbahn oder die Wasserwerke. Er sank einfach zusammen und gab auf.«

»Schon, nur . . . du siehst doch, daß ich verloren habe«, erwiderte Luke. »Es ist nur eine Frage der Zeit.«

»Manchmal wirkst du viel eher wie Ezras Kind, nicht wie meins.«

»Cody Tull! Was für eine Idee«, sagte Ruth.

Aber es war zu spät. Die Worte hingen in der Luft. Luke fühlte sich elend; mit knapper Not konnte er das Spiel zu Ende bringen. (Er wußte, daß sein Vater nie viel von Ezra gehalten hatte). Und Cody, obwohl er das Thema fallenließ, blieb irgendwie unbefriedigt. »Sitz doch gerader«, ermahnte er Luke immer wieder. »Mach keinen Buckel. Sitz gerade. Gott. Du siehst aus wie ein Kaninchen.«

Sobald er konnte, sagte Luke gute Nacht und zog sich ins Bett zurück.

Am nächsten Morgen war alles wieder gut. Cody arbeitete an seinen Papieren weiter und hatte ein weiteres Gespräch mit Sloan. Ruth kochte ein Hühnchen für ein angenehmes, kaltes Sommerabendessen. Wann immer Luke vorbeiwanderte, sagte Cody etwas Aufmunterndes zu ihm. »Warum so ein langes Gesicht?« fragte er dann, oder: »Langeweile, Sohn?« Es klang komisch, wenn er Luke »Sohn« nannte. Cody tat das gewöhnlich nicht.

Sie aßen alle im Schlafzimmer zu Abend – Sandwiches und Kartoffelsalat, wie ein Picknick. Mitten im Essen klingelte das im Bettzeug begrabene Telephon, und Cody sagte, sie sollten es nicht abnehmen. Sie verhielten sich vollkommen still, als könnte der

Anrufer sie irgendwie hören. Es konnte nur seine Mutter sein, stellte er fest. Doch nachdem das Läuten aufgehört hatte, sagte Ruth: »Die arme, arme Frau.«

»Arm!« schnaubte Cody.

»Sind wir nicht gräßlich?«

»Du würdest sie nicht ›arm‹ nennen, wenn du sie besser kennen würdest.«

Luke ging in sein Zimmer zurück und sortierte seine alten Modellflugzeuge. Die Stimmen seiner Eltern schwebten hinterher. »Hör zu«, sagte Cody zu Ruth. »Das ist wirklich passiert. Für den Geburtstag meiner Mutter habe ich mein ganzes Geld gespart, vierzehn Dollar. Und Ezra hatte keinen Penny, weißt du . . .«

Luke kramte seine hölzerne Armee-Feldkiste durch, das einzige Möbelstück, das ihm wirklich gehörte. Die Kiste hatte sie auf all ihren Umzügen begleitet, auch schon früher, als er sich erinnern konnte. Er suchte nach dem fehlenden Flügel eines Jets. Den Flügel fand er nicht, aber was er fand, war ein Lederbeutel mit Murmeln – solchen, wie er sie gemocht hatte, mit Spritzern und Bläschen im Innern wie Ginger-ale. Und eine Schleuder, aus einem Streifen Fahrradschlauch gemacht. Und eine »Tonette« – ein staubiges, schwarzes Blasinstrument aus Plastik, auf dem er zum Muttertag damals in der ersten Klasse zusammen mit seinen Mitschülern »White Coral Bells« gespielt hatte. Er probierte es: *Weiße Glöckchen, auf einem schlanken Stiel . . .* Es kam ihm wieder, Note um Note. Er stand auf und ging zum Zimmer seiner Eltern, um es zu Ende zu spielen. *Kommt, Maiglöckchen . . .*

Sein Vater sagte: »Das halte ich nicht aus.«

Luke setzte das Instrument ab.

»Machst du das mit Absicht?« fragte Cody. »Mußt du mich unbedingt quälen?«

»Hm?«

»Cody, Schatz . . .«, sagte Ruth.

»Du verfolgst mich, oder was? Ich werde ihn nicht los! Ich verbringe mein halbes Leben mit dem zuckersüßen Ezra und seiner verfluchten Holzpfeife; endlich gelingt mir die Flucht, und schau an: alles von vorn. Es ist wie eine Verschwörung! Wie ein

Komplott, wo jemand, lange ehe ich geboren wurde, beschlossen hat, daß ich meine Tage beschließen soll, umgeben von Leuten, die . . . netter sind als ich, ganz einfach netter und ganz mühelos, Leute, die alle andern lieber haben; und wo ich hingehe, ist so was, genau dieses verdammte, nachsichtige Lächeln oder so ein blödsinniges Volkslied, das aus einem Fenster daherkommt . . .«

»Cody, Luke wird denken, du hast den Verstand verloren«, sagte Ruth.

»Und du!« sprach Cody zu ihr. »Schau dich an! Gott. Manche Menschen passen für immer zusammen, nicht? Und es gibt nicht die geringste Hoffnung, sie auseinanderzustemmen. Verheiratet oder nicht, immer hast du Ezra mehr geliebt als mich.«

»Cody, was redest du eigentlich?«

»Gib's zu. Ist Ezra nicht der richtige, wahre Vater von Luke?«

Schweigen.

»Das hast du nicht gesagt. Das kannst du gar nicht gesagt haben!«

»Gib's zu!«

»Du kannst doch so was nicht im Ernst glauben.«

»Ist es nicht die Wahrheit? Sag's mir! Ich werde nicht böse, ich versprech's dir.«

Luke ging in sein Zimmer zurück und schloß die Tür.

Er lag dann den ganzen Nachmittag auf seinem Bett und las noch mal ein altes Pferdebuch aus seiner Kindheit, weil er sonst nichts zu tun hatte. Die Geschichte kam ihm jetzt blöd vor, obwohl er sie einmal geliebt hatte. Als seine Mutter ihn zum Abendbrot rief, marschierte er sehr energisch in die Küche. Er hatte vor, sich zu weigern, absolut, weiter mit Cody im Schlafzimmer zu essen. Aber seine Mutter hatte bereits zwei Plätze am Küchentisch gedeckt. Sie saß ihm gegenüber, während er aß, sie selber nahm nur wenig. Luke schaufelte verschiedene kalte Sachen in sich hinein und wich ihrem Blick aus. Tatsache war, daß sie dumm war. Er konnte sich nicht erinnern, jemals so eine schwache und dumme Frau gesehen zu haben.

Nach dem Abendbrot ging er in sein Zimmer zurück und hörte eine Radioshow, bei der Leute einen müde klingenden Moderator anriefen und ihre Meinungen vorbrachten. Sie diskutierten über Alkohol am Steuer und Gewalt gegen Frauen. Es wurde dunkel, aber Luke machte das Licht nicht an. Seine Mutter klopfte zögernd an seine Tür, wartete und ging wieder.

Dann mußte er eingeschlafen sein. Als er aufwachte, war es noch dunkler geworden, und sein Hals war steif, und eine Frau im Radio sagte: »Also, ich leugne nicht, daß ich die Papiere unterschrieben habe, aber nur, weil er so schnell geredet hat, er hat mich dazu überredet. ›Setzen Sie einfach Ihren Friedrich Willi dahin‹, sagt er zu mir . . .«

»Ich nehme an, Sie meinen Friedrich Wilhelm«, meinte der Gastgeber ohne große Überzeugung.

»Was auch immer«, antwortete die Frau.

Dann mischten sich unter diese Stimmen Codys Brummen und Ruths blasse Antworten von fern durch die Wand. Luke zog sich das Kissen über den Kopf.

Er versuchte, sich an seinen Onkel Ezra zu erinnern. Ihre letzte Begegnung lag schon mehrere Jahre zurück. Und das war auch nur so ein kurzer Besuch gewesen; sein Vater hatte sie verstimmt weggeschafft, noch ehe sie richtig da waren. Ezra zu finden war so ähnlich, wie in der Militärkiste herumzukramen; er mußte sich an einem Dutzend anderer Erinnerungen vorbeiwühlen, und neben dem, was er suchte, tauchten noch weitere auf. Er roch den angebrannten Toast in Großmutters Küche und erinnerte sich an Ezras Schlafzimmer, das einmal Ezras und Codys gemeinsames Zimmer gewesen war, wo Kindheitsschätze (eine Buchstütze in Fußballform, ein abgeblätterter Hockeyschläger) so lang an ihrem Platz geblieben waren, daß Ezra sie nicht mehr sah. Alles, was Luke auffiel, schien eine Überraschung für Ezra zu sein. »Oh! Möchtest du das haben?« fragte er dann, und wenn Luke höflich ablehnte, um nicht habgierig zu erscheinen, sagte Ezra: »Bitte. Keine Ahnung, warum das noch hier ist.« Sein Zimmer war groß gewesen – wie eine Art Schlafsaal, der den ganzen dritten Stock einnahm –, aber sein stickiger Geruch nach gebrauchter Bettwäsche und zweimal getragenen Kleidern ließ es kleiner erscheinen. In der Badezimmertür unten war ein Schloß wie eine kleine

Cashewnuß aus Silber, erinnerte sich Luke; und das Badezimmer selbst war hoch und hallend, alt, mit kaltem Fußboden und einem Porzellanknopf in der Wanne, auf dem *Abfluß* stand.

Er versuchte, sich seine Cousins und Cousinen vorzustellen – Tante Jennys Kinder –, landete aber nur bei einem anderen Zimmer: das verkramte Zimmer seiner Cousine Becky mit all den abgenutzten Stofftieren dicht um ihr Bett herum. Wie konnte sie bloß schlafen? hatte er sich gewundert. Aber sie sagte ihm, sie hätte überhaupt keine Schwierigkeiten mit dem Schlafen; und jedesmal, wenn sie woanders übernachtete, nähme sie die ganze Menagerie in einem riesigen Leinenkoffer mit und verteilte sie als erstes um das fremde Bett, sogar noch ehe sie den Schlafanzug auspackte; und ihre meisten Freundinnen machten das auch so. Luke ahnte zum erstenmal, daß Mädchen anders waren. Er war verwundert und bezaubert und behandelte Becky für den Rest des kurzen Besuchs als Beschützer – auch wenn sie ein Jahr älter als er und einen halben Kopf größer war.

Wenn Ezra wirklich sein Vater wäre, dachte sich Luke, dann könnte er selbst in Baltimore leben, wo die Häuser dunkel und tief und verschwiegen sind. Verwandte um ihn herum – eine liebende Großmutter, die komische Tante Jenny, ganze Haufen von Cousins und Cousinen. Ezra würde ihn in seinem Restaurant aushelfen lassen. Er würde vom Essen sprechen, und daß man Menschen mit Sorgfalt ernähren muß; Luke konnte seine gemächliche Sprechweise hören. Ja, jetzt hatte er es – die Erinnerung war wieder da: Ezra trug ein Flanellhemd, zartblaukariert und bis zur Unkenntlichkeit gewaschen. Sein Haar war flachsblond . . . richtig! Genauso wie Lukes Blond, mit lauter Strähnen und Schichten. Und seine Augen hatten dasselbe Grau wie die von Luke, einen ganzen Ton heller als die von Cody, und seine Haut hatte denselben goldenen Schimmer, weshalb sie ebenfalls fast ohne Trennungslinie in sein Haar überging.

Luke redete sich ein, daß ein unvorstellbarer Augenblick zwischen Ruth und Ezra, vor vierzehn Jahren, wirklich passiert sei. Von da sprang er rasch auf die Zeit über, da Ezra kommen und Anspruch auf ihn erheben würde. »Du bist jetzt alt genug, um es zu erfahren, mein Sohn . . .«

An dieser Szene bastelte Luke im Dunkeln, machte kehrt, um

einen falschen Ton zu korrigieren, oder eilte voran zu einer guten Stelle; da vergaß er sich und nahm das Kissen vom Kopf. Augenblicklich hörte er Codys Stimme hinter der Wand. »Alles, was ich jemals wollte, hat Ezra bekommen. Alles, was ich im Leben wollte. Sogar Dinge, die ich glaubte gewonnen zu haben, gewann Ezra zum Schluß. Und er schien sich nicht einmal darum zu bemühen; das ist das Teuflische dran.«

»Du hast die verdammten Monopoly-Spiele gewonnen, oder?« brüllte Luke.

Cody sagte nichts.

Am nächsten Morgen wirkte Cody ungewöhnlich still. Ruth brachte ihn zum Arzt, wo er den Gehgips bekommen sollte – ein Augenblick, auf den sie gewartet hatten, aber Cody gab sich jetzt desinteressiert. Luke mußte mit, um als Krücke zu dienen. Er zuckte zusammen, als Cody ihm zum erstenmal seinen schweren Gipsarm um die Schultern legte; er meinte, eine drohende Gefahr zu spüren. Aber Cody bestand fast nur aus Gewicht; murrend ging er dahin, offenbar mit seinem Kopf woanders. Er hievte sich ins Auto und starrte düster nach vorn. Im Wartezimmer des Arztes saß Cody mit leerem Gesicht da, während Luke und seine Mutter in Zeitschriften lasen. Und nachdem er seinen Gehgips bekommen hatte, humpelte er selbständig zum Wagen zurück und ignorierte Luke, der ihm Hilfe anbot. Er fiel ins Bett, sobald sie zu Hause angekommen waren, und lag da und starrte an die Decke. »Cody, Schatz? Denk dran, der Arzt hat gesagt, daß das Bein etwas Bewegung braucht«, mahnte Ruth.

Er antwortete nicht.

Luke ging auf den Hof hinaus und kickte eine Weile im Gras herum, als suche er etwas. Ein Grüppchen Kleinkinder gaffte ihn aus dem Planschbecken beim Nachbarn an. Er wollte schreien: »Dreht euch weg! Schaut mich nicht so an, es geht euch nichts an.« Aber statt dessen drehte er sich selbst um, ging aus dem Hof und die Straße hinunter. Noch mehr Planschbecken; mehr rundäugiges, kritisches Anstarren. Ein Hund, ein Welsh Corgi, vierschrötig und würdevoll, wuselte im Dackelgang das Trottoir entlang, gefolgt von einer Dame in flatterndem Morgenrock. »Toulouse! Toulouse!« rief sie. Die Hitze pochte; sie atmete fast. Schweiß bedeckte Lukes Gesicht, und sein T-Shirt klebte am Rücken. Immer wieder wischte er sich die Oberlippe ab. Er lief an Häusern im Kolonialstil vorbei, ähnlich wie seins, jedes mit einem Gegenstand im Wohnzimmerfenster, ausgestellt wie ein Museumsstück: eine Lampe mit Zwiebelschirm, ein Porzellanpferd, eine Vase mit Ringelblumen auf steifen Stielen. (Und was hatte sein eigenes Fenster? Es fiel ihm nicht ein. Fast hätte er gedacht, eine Trauer-Fica im Topf, aber die gehörte zu einer Wohnung, die sie früher gemietet hatten, drei oder vier Städte zuvor). Sprenger drehten sich träge. Es war befriedigend, von Zeit zu Zeit stehenzubleiben und zu beobachten, wie der Rasen die glitzernden Wassertropfen aufsaugte.

Eben kam eine geschäftige Dame daher, ihr Baby im Sportwagen, mitten in einem Trupp von Kleinkindern. Er ging über die Straße, um ihnen auszuweichen, wandte sich nach rechts und landete auf der Willow Bough Avenue mit ihrem brausenden Verkehr, den Kaufhäusern, Immobilienbüros und Plakaten und Tankstellen. Er wartete an einer Kreuzung und überlegte, wo er jetzt hingehn sollte. Es kam vom häufigen Umziehn, daß er nie richtig wußte, wo er war. Er nahm an, daß sein Orientierungssinn gelitten habe. Er konnte nicht begreifen, wie manche Leute anscheinend eine Art genauen inneren Plan der Stadt, in der sie lebten, mit sich trugen.

Ein Trailways-Bus zischte vorbei, auf dem *Baltimore* stand. Wie es wohl wäre, wenn er den anhalten würde. (Konnte man einen Trailways-Bus stoppen?) Wenn er einsteigen würde – angenommen, er hätte das Geld, das er nicht hatte –, nach Baltimore fahren, zu Ezras Restaurant gehen und einfach hineinspazieren würde. »Da bin ich.« »Da bist du ja«, würde Ezra sagen. Ach, hätte er nur sein Geld dabei! Noch ein Bus fuhr vorbei, aber das war ein städtischer. Dann schob sich ein gigantischer Laster heran und bremste bei Gelblicht. Luke streckte einen Daumen aus, als gehorche er einem Befehl. Der Fahrer beugte sich herüber und öffnete die Tür auf der Beifahrerseite. »Komm, steig ein«, sagte er zu Luke.

Keine Mitfahrer stand auf einem Zettel am Fenster. Alles war ganz unwirklich. Langsam, wie jemand, der von hinten geschoben wird, kletterte Luke in die Kabine. Sie war voll von lauter Musik und einem lederigen, schweißigen, maskulinen Geruch. Er fühlte sich sofort wohl. Er schlug die Tür zu und lehnte sich zurück. Der Fahrer – messerscharfes Gesicht, unrasiert – blinzelte zur Ampel hinauf und fragte: »Wo mußt du denn hin, Junge?«

Luke antwortete: »Baltimore, Maryland.«

»Familie weiß, daß du fährst?«

»Sicher«, sagte Luke.

Der Fahrer warf ihm einen Blick zu.

»Ja, ja, meine Familie . . . *lebt* ja in Baltimore«, fügte Luke hinzu.

»Na, dann.«

Der Laster fuhr wieder an. Sie rumpelten an der Einkaufszeile vorbei, wo Lukes Mutter die Lebensmittel holte. Ein grünes Schild schwang über ihnen, auf dem Ziele im Norden angegeben waren. »Also«, meinte der Fahrer und korrigierte den Rückspiegel, »ich sag' dir was: Ich kann dich bis Richmond mitnehmen. Da muß ich dann nach Westen abbiegen.«

»Okay«, sagte Luke.

Schon Richmond war schließlich weiter, als er jemals hatte fahren wollen.

Im Radio sang Billy Swan »I Can Help«. Der Fahrer summte mit, mit einer brüchigen Stimme, die nie ganz den richtigen Ton traf. Sein dünnes graues Haar, sah Luke, war frisch gekämmt; es lag in feuchten, parallellaufenden Strähnen dicht um seinen Kopf. Er hielt eine Zigarette zwischen den Fingern, zündete sie aber nicht an. Seine Fingernägel waren so dick und gefurcht – sie hätten aus gelbem Cord geschnitten sein können.

»Im Sommer sechsundfünfzig«, sagte er, »bin ich genau diese Straße mit meiner Frau in einem Safeway-Nahrungsmittellaster gefahren, und da fingen die Wehen bei ihr an. Keine acht Monate rum, und sie kriegt schon die Wehen. Herrgott! Ich vergess' das nie. Sie sagt: ›Clement, ich glaube, ich bin soweit.‹ Ich war ja noch jung, damals. Unerfahren. Ich dachte, ein Baby kommt eins, zwei, drei. Ich dachte, wir hätten keinen Augenblick zu verlieren.

Außerdem, du weißt doch, daß es heißt: Ein Siebenmonatsbaby kommt gut durch, aber ein Achtmonatsbaby schafft es nicht. Warum das so sein soll, keine Ahnung. Jedenfalls bin ich auf die Bremse gestiegen. Hab' am ganzen Leib gezittert. Mein Bremsfuß war so zittrig, daß wir die Straße runtergestottert sind. Siehst du das Schild da drüben? Das Schild nach rechts? Siehst du das Krankenhauszeichen? Also, dort hab' ich sie hingebracht. Dort die Straße geradeaus. Ich komme nie hier vorbei, ohne dran zu denken.«

Luke schaute höflich auf das Krankenhausschild und drehte dann den Hals, um noch länger hinzuschaun, als sie schon vorbei waren. Es war die einzige Reaktion, die ihm einfiel.

»Die Wehen dauerten zweiunddreißig Stunden«, erzählte der Fahrer. »Safeway dachte, ich hätte ihr Fuhrwerk entführt.«

»Aber dann«, sagte Luke, »kam das Baby okay.«

»Sicher«, antwortete der Fahrer. »Mädchen mit fünf Pfund. Lisa Michelle.« Er dachte einen Augenblick nach. Dann sagte er: »Später ist sie dann gestorben, allerdings.«

Luke räusperte sich.

»Tod in der Wiege nennt man das heute«, erklärte der Fahrer. Er überholte einen Wohnwagen. »Je davon gehört?«

»No, Sir, noch nie.«

»Plötzlicher Tod in der Wiege. Sechs Monate alt. Licht meiner Seele. Helle bis dorthinaus, außerdem – liebte mich wie närrisch. Wenn ich heimkam, war sie gleich auf Touren – ruderte mit Armen und Beinen wie eine Windmühle, sobald sie mich sah. Dann ging sie hin und starb.«

»Ach, Mensch«, sagte Luke.

»Jetzt hab' ich wieder welche. Willst du sie sehn? Klapp den Sonnenschutz über deinem Kopf herunter.«

Luke schlug die Klappe um. Ein Farbphoto, mit einer rosa Plastikwäscheklammer befestigt, zeigte drei unscheinbare kleine Mädchen, in Kleider, die so neu und steif gestärkt waren, daß es sich um Ostersonntag handeln mußte.

»Die jüngste ist ungefähr in deinem Alter«, sagte der Fahrer. »Was bist du: dreizehn, vierzehn?« Er hupte einen Kombi an, der zu knapp überholt hatte. »Es sind nette Mädchen«, sprach er weiter, »aber ich weiß nicht. Ist nicht dasselbe, irgendwie. Habe, scheint's, die . . . die Bindung verloren. Krieg den Dreh nicht mehr, wie man sich bindet. Ich meine, ich mag sie; klar, ich liebe sie, aber ich habe einfach nicht die . . . bring' die Energie nicht mehr auf, scheint mir.«

Eine Frau im Radio machte für Chevrolet Reklame. Der Fahrer wechselte den Sender, und da kam Barbra Streisand, spielte sich auf, wie immer. »Aber du solltest meine Frau sehn!« sagte der Fahrer. »Ist das nicht erstaunlich? Sie liebt diese Gören genauso wie die allererste. Sie hat einfach noch mal von vorn angefangen. Ich kenn' mich bei ihr nicht mehr aus. Ich schau' sie an und kann's nicht glauben. ›Dotty‹, sage ich, ›es führt wirklich zu nichts. Es ist für nichts und wieder nichts‹, sage ich. ›Dotty, wieso kannst du so weitermachen?‹ Schau, ich, ich kam nie wieder ganz auf die Beine. Ich komm' an der Straße mit der Klinik vorbei, und weißt du, was? Ich glaube halb und halb, wenn ich die Abzweigung nehme, wird alles wieder wie zuvor. Dotty würde meine Hand halten, und Lisa Michelle darauf warten, geboren zu werden.«

Luke rieb die Handflächen an seinen Jeans. Der Fahrer meinte dann: »Na ja. Ist schon gut. Hab' einfach so vor mich hingequasselt; du denkst bestimmt, ich rede zuviel.« Und für den Rest der Fahrt war er still, pfiff nur durch die Zähne, wenn das Radio ein bekanntes Lied spielte.

Bei Richmond verabschiedete er sich, machte einen Umweg, um Luke an einer Rampe gleich nach einem Rasthaus abzusetzen. »Warte genau hier, und du findest sofort eine Fahrgelegenheit«, sagte er. »Hier fahren sie sowieso langsam, und das Anhalten macht ihnen nichts aus.« Dann hob er steif die Hand und fuhr weiter. Aus der Ferne sah sein Laster bunt und klotzig aus, wie ein Spielzeug.

Dabei schien es, als habe er eine Art Absicht mit sich genommen, eine Atmosphäre von Geschwindigkeit und Zuversicht. Ganz plötzlich . . . was *machte* Luke eigentlich hier? Was dachte er sich? Er sah sich selbst, allein unter der grellweißen Sonnenglut, den Daumen amateurhaft im falschen Winkel gestreckt, hier auf einer Straße mitten im Nirgendwo. Er konnte sich nicht einmal vorstellen, wie weit er es noch hatte. (Er war noch nie gut gewesen in Geographie). Obwohl es heiß war – Höhepunkt des Nachmittags, inzwischen –, sehnte er sich nach einem Anorak: Schutz. Er sehnte sich nach seiner Brieftasche, weniger wegen des kleinen Geldbetrags darin, sondern wegen des Quasi-Ausweises, der dazugehörte. Wenn er auf dieser Straße verunglückte, wie sollten sie wissen, wer zu benachrichtigen war? Er fragte sich – heimatlos, elternlos –, ob er die Spangen auf seinen Zähnen sein Leben lang würde tragen müssen. Er sah sich schon als alten Mann, wie er immer noch einen Mundvoll Metall verbirgt, jedesmal wenn er lächelt.

Dann hielt ein veralteter Wagen mit Haifischflossen neben ihm, und die Tür schwang auf. »Willst du mit?« fragte der Fahrer. Im Fond hopste ein kleiner, flachsköpfiger Junge auf und ab und rief: »Komm! Komm doch! Steig ein und fahr mit! Steig ein und fahr mit uns!«

Luke stieg ein. Der Fahrer lächelte ihn an – ein sonnengebräunter Mann in Bluejeans, mit tiefen Fältchen um die Augen. »Mein Name ist Dan Smollett«, sagte er. »Das ist Sammy auf dem Rücksitz.«

»Ich bin Luke.«

»Wir fahren Richtung Washington, D. C. Nützt dir das was?«

»Oh, ja«, sagte Luke, »ich glaube«, fügte er hinzu, seiner Geographie immer noch nicht sicher. »Ich will nach Baltimore.«

»Baltimore!« sagte Sammy, er hopste immer noch. »Daddy, können wir nach Baltimore fahren?«

»Wir müssen nach Washington, Sammy.«

»Kennen wir nicht auch jemand in Baltimore? Kitty? Susie? Betsy?«

»Also, Sammy, setz dich hin, bitte.«

»Wir besuchen Daddys alte Freundinnen«, erklärte Sammy Luke.

»Oh«, sagte Luke.

»Wir kommen gerade aus Raleigh, da haben wir Carla gesehn.«

»Nein, nein, Carla war in Durham«, verbesserte sein Vater. »In Raleigh hast du DeeDee gesehn.«

»Carla war nett«, sagte Sammy. »Sie war die Beste von allen. Sie hätte dir gefallen, Luke.«

»Meinst du?«

»Zu schade, daß sie verheiratet ist.«

»Sammy, Luke ist an unserem Privatleben nicht interessiert.«

»Ach, schon in Ordnung«, sagte Luke. Er wußte sowieso nicht recht, was er da zu hören bekam.

Inzwischen waren sie wieder auf der Autobahn und hielten sich auf der Kriechspur – vielleicht wegen des knirschenden Geräuschs, wenn Dan beschleunigte. Luke hatte noch nie in einem so alten Auto gesessen. Er war mit staubigem, grauem Filz ausgeschlagen, der Boden eine Flut von Pappbechern und Chipstüten. Aus dem Handschuhfach – ohne Deckel – quollen Karten hervor, an den Faltstellen geschlitzt, dazu Kleingeld, Kaugummi und Spielzeugtraktoren und -müllautos. Sammy auf dem Rücksitz hopste zwischen Decken und angegrauten Kissen auf und ab. »Setz dich hin«, forderte sein Vater ihn immer wieder auf, aber es half nichts. »Er wird ein bißchen unruhig, so um den Nachmittag«, sagte Dan zu Luke.

»Wie lang sind Sie schon unterwegs?« fragte Luke.

»Ach, drei Wochen oder so.«

»Drei Wochen!«

»Wir sind gleich nach dem Sommerkurs abgefahren. Ich bin Englischlehrer an der High-School; ich mußte erst so einen Grammatikkurs geben.«

»Guck mal«, sagte Sammy, und bei seinem nächsten Hopser nach oben warf er Luke einen Papierballen ins Gesicht. Offensichtlich hatte jemand daran gekaut. Es waren vier Blätter, zusammengeknüllt, mit Maschinenzeilen von Namen und Adressen. »Daddys alte Freundinnen«, erklärte Sammy.

Luke gaffte.

»Das stimmt nicht«, sagte Sammys Vater. »Also wirklich, Sammy.« Er erklärte Luke: »Das ist meine Abschlußklasse auf der High-School, wo ich früher war. Jungen und Mädchen. Letztes Jahr hatten sie ein Klassentreffen; ich ging nicht hin, aber sie haben uns diese Adressenliste geschickt.«

»Jetzt besuchen wir die Mädchen«, meinte Sammy.

»Nicht alle Mädchen, Sammy.«

»Meine Frau läßt sich von mir scheiden«, sagte Dan zu Luke. Er schien zu finden, daß damit alles erklärt war. Er sah wieder nach vorn, und Luke sagte: »Ach.« Ein weiteres Rasthaus trieb vorbei, ein ferner Wald von Texaco- und Amoco-Reklamen. Ein Möbelwagen hupte gefällig, als Sammy aus dem Fenster signalisierte. Sammy quietschte und hopste noch ärger – ein spitziges Knäuel aus Knochen und gestreiftem T-Shirt, flatternden Shorts, kaputten Turnschuhen.

»Wie weit bist du in der Schule?« fragte Dan Luke.

»Ich komme in die neunte Klasse.«

»Bißchen Hemingway gelesen? Den ›Fänger im Roggen‹ von Salinger? Was geben sie euch zu lesen?«

»Weiß ich noch nicht. Ich bin neu«, antwortete Luke.

Er konnte sich Dan als Lehrer gut vorstellen. Sicher kam er in Jeans zum Unterricht. Wahrscheinlich war er einer von diesen lässigen, kameradschaftlichen Typen, denen Luke nie ganz getraut hatte. Besser mit Schlips und Kragen; dann wußte man wenigstens, woran man war.

»In Washington«, sagte Sammy, »gibt es zwei Mädchen, Patty und Leny.«

»Sag nicht Mädchen, sag Frauen«, verbesserte ihn Dan.

»Patty Sears und Lena Sparrow.«

»Die mit ›S‹ fallen mir leichter«, sagte Dan zu Luke. »Sie waren in meinem Klassenzimmer.«

»Lena, hören wir, lebt getrennt«, sagte Sammy.

Luke fragte: »Aber was macht ihr so auf Besuch? Was kann man da machen?«

»Ach, herumsitzen«, meinte Sammy. »Ein paar Tage bleiben, wenn sie uns auffordern. Mit ihren Hunden und ihren Katzen und ihren Kindern spielen. Die meisten haben Kinder. Und Männer.«

»Na, aber«, sagte Luke. »Wenn sie Ehemänner haben . . .«

»Aber das wissen wir nicht, bis wir hinkommen. Eben nicht«, erklärte Sammy.

»Sammy ist ein bißchen durcheinander«, sagte Dan. »Wir sind ja nicht auf der Suche nach Ersatz. Wir sind einfach auf Reisen.

Diese Scheidung kam als ein Schock, und, na ja, ich reise eben in die Vergangenheit. Ich besuche alte Freunde.«

»Aber nur Freundinnen«, betonte Sammy.

»Es gibt Mädchen, mit denen ich gut ausgekommen bin. Nicht unbedingt Geliebte. Aber sie mochten mich; sie fanden mich in Ordnung. Oder zumindest schien es so. Ich nahm an, daß es so war. Ich weiß nicht. Vielleicht waren sie auch nur liebenswürdig. Vielleicht war ich von jeher eine Katastrophe.«

Luke fiel dazu nichts sein.

»Also hör mal!« sagte Dan zu ihm. »Hast du ›Der große Gatsby‹ schon gelesen?«

»Ich glaube nicht.«

»Und wie steht's mit ›Der Herr der Fliegen‹? Das hast du doch schon gehabt, oder?«

»Ich hab' nichts gelesen«, antwortete Luke. »Ich hab' so oft umziehn müssen; wo ich auch hinkomme, lesen die ›Silas Marner‹.«

Das schien Dan in eine gewisse Depression zu versetzen. Seine Schultern sackten ab, und er sagte nichts mehr.

Sammy hörte schließlich zu hopsen auf und nahm sich ›Hänsel und Gretel‹ vor. Die Seiten flatterten beim Umblättern in dem heißen Wind, der durch den Wagen blies. Auf dem Sitz zwischen Dan und Luke knatterte Dans Adressenliste. Sie schien nicht sehr lang. Vier oder fünf Blätter, zwei Spalten pro Blatt; sie war sicher bald verbraucht. Luke begann: »Äh . . .«

Dan sah zu ihm hinüber.

»Sie müssen aufs College gegangen sein«, sagte Luke.

»Ja.«

»Oder sogar auf die Graduate School, für einen Magister oder Doktor.«

»Nur aufs College.«

»Haben Sie von da keine Adressen?«

»College ist nicht dasselbe. Es würde nicht weit genug zurückreichen. Na bitte«, sagte er, von einem plötzlichen Gedanken überfallen, »auf dem College habe ich ja meine Frau kennengelernt!«

»Ach so«, meinte Luke.

Außerhalb Washingtons hielt Dan an, um ihn aussteigen zu lassen. Am Horizont sah man nebelhafte Gebäude; das sei Alexandria, sagte Dan. »Alexandria, Virginia?« fragte Luke. Er verstand nicht, was das mit Washington zu tun hatte. Aber Dan, der in Eile schien, schaute bereits in den Seitenspiegel. Sammy hing aus dem Fenster und rief: »Bye, Luke! Wann sehn wir dich wieder? Kommst du uns besuchen, wenn wir eine Wohnung finden? Schreib mir einen Brief, Luke!«

»Bestimmt«, sagte Luke und winkte. Der Wagen rollte an.

Inzwischen mußte es vier Uhr sein, mindestens, aber Luke hatte nicht das Gefühl, ihm sei kühler. Seine Augen schmerzten vom Blinzeln gegen das Sonnenlicht. Sein Haar war strähnig und steif. Irgendwas an dieser Straße allerdings – die fremden Gerüche von Teer und Diesel oder das Dröhnen des Verkehrs – machten ihn zum erstenmal glauben, daß er wirklich auf ein Ziel zusteuerte. Er war sicher, daß früher oder später wieder jemand anhalten würde. Eine Weile streckte er den Daumen aus, ging ein paar Schritte, blieb stehn und streckte ihn wieder aus. Er hatte sich gerade umgedreht, um ein Stück weiterzugehn, als ein Wagen hart bremste und schräg vor ihm zum Stehen kam. »Um Himmels willen«, rief eine Frau. »Steig sofort ein, hörst du?«

Er öffnete die Tür und stieg ein. Es war ein Dodge, bei weitem nicht so alt wie Dans Wagen, aber fast ebenso heruntergewirtschaftet, als sei er sehr viel benutzt worden. Die Frau drinnen war dicklich und um die Vierzig. Ihre Augen waren verschwollen, und Tränen hatten Streifen über ihre Wangen gezogen, aber er vertraute ihr sowieso; sie hätte seine Mutter sein können, so schimpfte sie mit ihm. »Bist du verrückt? Willst du umgebracht werden? Weißt du, was es für perverse Typen auf dieser Welt gibt? Schau, ob deine Tür richtig zu ist. Knopf runterdrücken, verdammt; wir sind hier nicht auf dem Dorf. Mach deinen Gurt fest. Häng den Schultergurt ein.«

Er tat es nur zu gern. Er nestelte an einer Art kompliziertem Schloß herum, während die Frau schniefend den Gang einlegte und in den Verkehr zurückschoß. »Wie heißt du?« fragte sie ihn.

»Luke.«

»Na dann, Luke, bist du ein totaler Idiot? Weiß deine Mutter, daß du Autostopp fährst? Wo sind denn deine Eltern überhaupt?«

»Ach so, in Baltimore«, sagte er. »Ich nehm' nicht an, daß Sie dahin fahren.«

»Gott, nein, was soll ich mit Baltimore?«

»Wo fahren Sie denn dann hin?«

»Ich weiß nicht«, antwortete sie.

»Sie wissen es nicht?«

Er sah sie an. Die Tränen liefen ihr wieder die Wangen hinunter. »Hm, vielleicht . . .«, sagte er.

»Ach, beruhige dich. Macht nichts. Ich bringe dich bis Baltimore.«

»Wollen Sie wirklich?«

»Besser, als ewig auf dem Ring rundherum zu fahren.«

»Ach, toll, danke.«

»Heute lassen sie schon kleine Kinder allein rumlaufen.«

»Ich bin kein kleines Kind.«

»Liest du keine Zeitung? Sexualverbrechen! Straßenüberfälle! Morde! Sinnlose Sachen.«

»Was soll's! Ich bin schon lange, lange allein unterwegs. Jahre«, erzählte er. »Seit meiner Geburt, praktisch.«

»Nach allem, was man weiß«, sagte sie zu ihm, »könnte ich dich als Geisel nehmen.«

Das brachte ihn zum Lachen. Sie sah ihn an und zeigte ein trauriges Lächeln. Es war etwas Beruhigendes an der gemütlichen Rundung ihres Bauchs, dem Jeansrock, der sich über ihren plumpen Beinen hochschob, den schmutzigweißen Tennisschuhen. Gelegentlich wischte sie sich mit den Fingerknöcheln über die Nasenspitze. Er sah, daß sie einen Ehering trug und schon so lang getragen hatte, daß er wie eingebettet in ihren Finger wirkte.

»Nur zwei oder drei Meilen weiter, kaum einen Monat her«, sagte sie, »hielt ein Junge in einem Sportwagen, um ein Mädchen mitzunehmen, und sie schlug ihm mit einer Taschenlampe den Schädel ein, ließ ihn den Fahrdamm hinunterrollen und fuhr mit seinem Sportwagen weg.«

»Das beweist, daß Sie etwas Gefährliches tun, nicht ich«, erklärte er. (Wie leicht es war, in den scherzhaften, streitlustigen Ton zu verfallen, der Müttern vorbehalten war!) »Warum haben Sie mich mitgenommen? Vielleicht will ich Sie ja umbringen!«

»Ja, freilich«, sagte sie und schniefte wieder. »Du hast nicht zufällig ein Kleenex bei dir, vielleicht?«

»Nein, leider.«

»Ich würde nicht für jeden anhalten«, erklärte sie. »Nur, wenn wer in Gefahr ist – ich meine, junge Mädchen allein oder Babys wie du.«

»Ich bin kein . . .«

»Gestern war es ein Mädchen in kurzen Shorts, unglaublich, nicht? Ich hab' ihr gesagt; ich sagte: ›Schätzchen, du bringst dich in Gefahr, wie du angezogen bist.‹ Am Tag davor war es ein zwölfjähriger Junge. Er hat gesagt, daß ihm das Busgeld geklaut wurde und er irgendwie nach Hause muß. Noch einen Tag früher . . .«

»Was, Sie fahren hier jeden Tag?«

»Fast jeden.«

Er schaute durchs Fenster auf die Laster und Tankwagen, die Überlandbusse, auf Autos mit überladenen Dachträgern. »Ich hatte eigentlich gedacht, dies ist eine Fernstraße.«

»Oh, nein, Himmel. Nein, ich wohne ganz in der Nähe.«

»Warum fahren Sie dann hier herum?«

Ihr Kinn schrumpelte zusammen. »Geht dich nichts an«, sagte sie.

»Ach.«

»Es ist so, schau, ich mach' das meist von zwei oder drei am Nachmittag bis zum Abendbrot. Manchmal fahre ich nach Annapolis, manchmal irgendwohin in Virginia. Manchmal einfach rundherum auf dem Ring. Es kommt drauf an«, sagte sie. Sie warf ihm einen Blick zu, als erwarte sie, daß er fragen würde, worauf es jeweils ankäme, aber er war beleidigt und sagte nichts. Sie seufzte. »Zwei oder drei Uhr am Nachmittag ist die Zeit, wenn meine Tochter aufwacht. Meine Tochter ist vierzehn. Ungefähr dein Alter, stimmt's? Wie alt bist du?«

Er trommelte mit den Fingern und sah zum Fenster hinaus.

»Im Sommer schläft und schläft sie. Mein Mann sagt: ›Jesus, Mag.‹ Er sagt: ›Warum läßt du sie so lang schlafen?‹ Ich sag' dir, warum. Weil sie unmöglich ist. Wirklich unmöglich. Ich meine, es ist kaum zu glauben, wie gräßlich sie ist. Sie kommt in ihrem Morgenrock die Treppe runter und gähnt. Findet mich in der Küche. Sagt: ›Na, Ma, du hast ja wieder dein Insektizid-Parfüm an dir. DDT Nummer fünf.‹ Dann entschwebt sie. Und ich schnüffle an meinen Handgelenken und wundere mich. Ich sage: ›Liddie, machst du heut dein Zimmer sauber?‹ Und sie sagt: ›Hör' dir mal zu, wie du meckerst und stänkerst; du klingst genau wie deine Mutter.‹ Ich mache einen kleinen Witz; sie sagt: ›Sehr komisch, Ma. Ha, ha. Der große Witzbold.‹ Ich entdecke, daß sie meinen besten Spitzen-BH geklaut hat, den ich nur an meinem Hochzeitstag trage, und sie schmeißt ihn hin, ganz fettig an den Rändern; ›Nimm ihn, niemand will ihn, er ist sowieso zu platt.‹ Sie nennt mich ein Miststück, mitten ins Gesicht, sagt, ich bin fett und spießig, sagt, sie haßt mich, und ich sage: ›Hör zu, junge Dame, wir müssen jetzt mal ein paar Sachen klarstellen‹, aber sie gähnt nur und fängt an, die Plastikbefestigung vom Preisschild an ihrer Bluse abzukauen. Ich sage zu meinem Mann: ›Sprich du mit ihr‹, und er sagt dann: ›Liddie, du weißt, wie deine Mutter sein kann. Warum regst du sie auf?‹ Ich sage: ›Sein kann? Was meinst du, wie ich sein kann?‹ Und eh du's weißt, geraten er und ich aneinander, was vielleicht von vornherein ihre Absicht war. Trennung. Bruch, Chaos. Das genießt sie. Sie hat da so einen Freund, behandelt ihn abscheulich. Schließlich hat er Schluß mit ihr gemacht, und sie hat die ganze Nacht geweint und hundertmal gefragt: ›Warum hab' ich mich so aufgeführt? Was kann ich tun, um ihn umzustimmen?‹ Ich rate ihr also, ehrlich zu sein und ihn einfach anzurufen und zu sagen, daß sie nicht weiß, was in sie gefahren ist; also telephonierte sie am nächsten Morgen, und sie vertrugen sich wieder, und alles war wundervoll, und sie kam und dankte mir für den guten Rat. Ihr Leben war wieder in Ordnung, dem Anschein nach. Sie saß eine Weile am Tisch, so ruhig, wie ich sie gar nicht kenne. Dann fing sie an, mit dem Fuß zu schlenkern. Dann fing sie an, an ihren

Fingernägeln zu zupfen. Dann ging sie und rief ihren Freund noch mal an. Sagte: ›Roger, ich wollte dir das nicht sagen, aber ich denke, es ist Zeit, daß du es weißt. Der Arzt sagt, daß ich an Leukämie sterben werde.‹«

Luke lachte. Sie schaute ihn unschuldig an, aber er bemerkte den verzerrten, stolzen Ausdruck ihrer Mundwinkel. »Gegen zwei oder drei Uhr«, sprach sie weiter, »setz' ich mich in meinen Wagen und fahre los. Zuerst rede ich laut vor mich hin. Du solltest mich sehn. ›Ich komme nie mehr zurück‹, sage ich. Ich fluche durch die Zähne; ich hupe alte, gehbehinderte Damen an. ›Dieser kleine Fratz, diese Pest, diese verwöhnte Göre‹, sage ich. ›Es wird ihr noch leid tun!‹ Ich fahre schneller – du solltest mein Strafregister sehn! Noch einen Punkt auf meinem Führerschein, und ich muß in diesen Sonntagskurs über die Sünde der Rücksichtslosigkeit am Steuer; den Film anschaun, wo die Frau zum Schluß enthauptet wird. Ich schleudere den Wagen herum und lasse andere nicht vorbei und stelle mir vor, wie mein Mann nach Hause kommt und sagt: ›Liddie? Wo ist deine Mutter? Was hast du mit ihr gemacht, Liddie?‹ Und Liddie wird es ganz elend sein . . . aber dann denke ich an meinen Mann. Ihn will ich ja nicht verlassen. Und ich überlege, ob ich nicht nachts ins Haus zurückschleichen könnte und zu ihm sagen: ›Psst! Laß uns beide weggehn. Laß uns durchbrennen‹, werde ich sagen. Aber ich weiß, daß er es nicht täte. Er ist nicht so betroffen. Sie ärgert ihn, aber er ist nicht genug zu Hause, um irgendwelche schweren Fehler mit ihr zu machen. Das bringt mich um: Fehler machen. Überreagieren, sie an mich heranlassen . . . ach, ich kenne so viele! Man könnte sagen, was ich zurücklasse, ist meine eigene, geringe Meinung von mir, stimmt's? Also fange ich an, langsamer zu fahren. Ich fange an, mich an Sachen zu erinnern. Ich denke an Liddie, als sie klein war: Sie stand immer so gerade. Man konnte sie unter all den andern an ihrem kleinen, geraden Rücken erkennen. Und ein ganzes Jahr aß sie nur mit Eßstäbchen. ›Klick, klick‹ auf ihrem Teller . . . du hättest das Geklecker sehen sollen! Aber das machte mir nichts aus. Damals mochte sie mich sehr. Ich war eine richtig gute Mutter, und sie mochte mich.«

»Vielleicht mag sie Sie immer noch?«

»Nein«, sagte die Frau. »Tut sie nicht.«

Sie fuhren an einem Schild, *Baltimore*, vorbei. Die Landschaft schien endlos unverändert – hohe Wiesen, dann die Rückseiten von Siedlungen mit Wäscheleinen und Motorrädern und runden, aufstellbaren Schwimmbecken, dann wieder Wiesengrundstücke, als kehre die Szenerie auf einem gigantischen Förderband regelmäßig wieder.

»Es ist so«, sagte die Frau, »anscheinend fahre ich so lange, bis ich ihr früheres Wesen wiedergefunden habe. Weißt du? Und mein früheres Wesen. Dann beruhige ich mich, Meile für Meile. Ich nehm' den Fuß noch ein bißchen mehr vom Gas. Auf die Art bin ich um die Abendbrotzeit bereit, wieder nach Hause zu kommen.«

Luke sah auf dic Uhr am Armaturenbrett. Es war vier Uhr fünfunddreißig.

»Heute abend mache ich Thunfischsalat.«

»Also, ich bin Ihnen wirklich dankbar.«

»Keine Ursache«, sagte sie und wischte sich das letztemal die Nase.

Um fünf Uhr etwa hatten sie den Rand von Baltimore erreicht. Man fuhr wie in ein Stück Maschinerie hinein, dachte Luke – alles rußig und wirr und getrieben. Die Frau schien daran gewöhnt: sie fuhr und sagte nichts dazu. »Sag mir jetzt, was ich nach der Russell Street machen muß.«

»Ma'am?«

»Wie finde ich euer Haus?«

»Ach«, antwortete er, »lassen Sie mich einfach im Stadtzentrum aussteigen.«

»Wo im Zentrum?«

»Das ist mir gleich.«

Sie schaute zu ihm hinüber.

Er sagte: »Ich meine, ich wohne so nah . . .«

»Nah bei was?«

»Na, nah bei allem.«

»Hör mal zu, Luke. Ich kriege da ein ganz komisches Gefühl. Ich will genau wissen, wo deine Eltern sind.«

Er fragte sich, was sie machen würde, wenn er sagte, er müßte sie im Telephonbuch nachschlagen. Er wäre so lange weg gewesen, im Ferienlager oder sonstwo, die Adresse war ihm einfach ... nein. Aber Tatsache war, daß er Ezras Straße und Hausnummer nie gekannt hatte. Es war bloß ein Gebäude, wo sie hinkamen, Cody fuhr, Luke saß hinten drin.

»Die Sache ist die«, sagte er, »sie sind beide bei der Arbeit. Sie haben ein Restaurant, das Heimweh-Restaurant. Vielleicht könnten Sie mich am Restaurant absetzen.«

»Und wo ist das?«

»Also ...«

»Es gibt gar kein solches Lokal, nicht«, sagte sie. »Ich hab's gewußt! Heimweh-Restaurant, na so was.«

»Es gibt es! Glauben Sie mir«, beteuerte er. »Aber es ist neu. Sie haben es gerade gekauft, und ich war noch nicht dort.«

»Schau's nach«, forderte sie ihn auf.

Sie hielt so plötzlich, daß er froh war, den Gurt angelegt zu haben. Gleich daneben stand eine Telephonzelle. »Los! Schau's nach«, sagte sie zu ihm. Offensichtlich glaubte sie, ihn endgültig bei seinem Bluff ertappt zu haben.

»Okay, sofort.«

In der Telephonzelle dann – von dieser alten Art, ganz geschlossen, wie eine Glas- und Aluminiumdose voll Hitze – fuhr er mit dem Finger über *Heimsucher Immobilien*, *Heim-und-Garten-Club*, und war von *Heimweh-Restaurant* so überrascht, daß er fast selbst an einen Bluff glaubte. »Es ist in der St. Paul Street«, sagte er, als er wieder beim Wagen war. »Sie können mich überall absetzen; ich finde die Nummer schon.«

Aber nein, sie mußte ihn bis zur Türschwelle bringen, obwohl das eine Menge Vor und Zurück bedeutete, weil St. Paul sich als Einbahnstraße erwies und sie mit den Seitenstraßen nicht zurechtkam. Als sie vor dem Restaurant parkte, sagte sie: »Nicht zu glauben! Es existiert.«

»Danke fürs Mitnehmen.«

Sie sah ihn genau an. »Alles in Ordnung, Luke?«

»Natürlich. Alles.«

»Und du bist sicher, deine Eltern sind da.«

»Natürlich.«

Aber sie wartete, für alle Fälle. (Es erinnerte ihn an frühe Partys, die seine Mitschüler gaben – seine Mutter hatte sich stets vergewissert, daß man ihm aufmachte, ehe sie wegfuhr). Er versuchte die Tür des Restaurants und fand sie verschlossen. Er mußte also auf die Rückseite gehn. Die Frau beugte sich aus dem Fenster und rief: »Was ist los, Luke?«

»Ich habe vergessen, daß ich den Kücheneingang benutzen muß.«

»Und wenn der auch zugesperrt ist, was dann?«

»Ist er nicht.«

»Hör zu, Luke«, rief sie ihm zu. »Alles ändert sich; nichts ist mehr so sicher wie früher. Jede Gasse hier ist voller Diebe und Räuber, hörst du, was ich sage? Jeder Torweg, jedcs leerstehende Gebäude, Luke, alle Straßen von Baltimore.«

Er winkte und verschwand. Einen Moment später hörte er, wie ihr Wagen losfuhr – aber zögernd, nicht mit dem üblichen Schwung, als sei sie noch in ihren Katalog von Gefahren vertieft.

Er kannte das Restaurant so gut, daß er das Bild wohl ständig in sich getragen hatte: das Rasseln der Pfannen und Klappern des Geschirrs, den Geruch von Selleriescheiben, die in Butter dünsten, besenförmige Kräuterbündel, die von der Decke hängen, Vierlitergläser mit schrumpligen, griechischen Oliven, Scheffelkörbe mit Petersilie, dampfende, schwarze Kessel, die ein Junge, nicht älter als Luke, gerade hingebungsvoll beaufsichtigte. Jenseits der Küche, kaum von ihr getrennt, erstreckte sich der Speisesaal mit seinen weiß gedeckten Tischen und staubigen Sonnenstrahlen. Im Speisesaal war so viel Dekoration – Geschenke und Erinnerungsstücke, über die Jahre angesammelt –, daß Luke immer an irgendein Zuhause dachte, eins dieser wimmelnden Familienhäuser, wo Zeichnungen aus dem Kindergarten über dem Kaminsims angebracht werden und dann vergessen. Er erkannte die Zwei-Meter-Collage von Ezras Palmenherzensalat wieder, Geschenk eines Künstlers, der oft hier aß, und sah die bunte Papiergirlande, die er und seine kleinen Verwandten für ein längst vergangenes Weihnachtsdinner um einen Beleuchtungskörper gewunden hatten. (Ezra hatte sie nie abgenommen, obwohl das Essen im Streit geendet hatte und die Girlande jetzt brüchig und ausgebleicht war). Luke wußte, daß in einer Ecke, außerhalb seines Gesichtsfelds, ein schweres, altes Fahrrad stand, das Ezra auf einem Flohmarkt gekauft hatte. *Mercurios kulinarische Delikatessen* stand pompös auf seinem Holzkorb, der voller matt schimmernder Birnen und Bananen aus Glas war, von einem Gast gestiftet. Auf dem Fahrrad ritt eine Marilyn Monroe aus Pappe mit hochgewehtem Rock – ein Streich von Unbekannten, aber niemand hatte sie wieder weggenommen, und Marilyn radelte und radelte, den Hals fast bis zum Brechen verrenkt – ihr Lächeln blasser Jahr um Jahr, der Plisseerock am Saum ausgefranst.

Erhitzt und mit rotem Gesicht schoß Personal in der Küche herum, jeder auf seine Aufgabe konzentriert, zwischen den andern kreuzend wie jene Modell-T-Autos in Stummfilmkomödien – wupp! knapp vorbei, nicht eine Kollision, auf Zickzackkurs, aber auf wunderbare Weise an der Katastrophe vorbei. Luke stand in der Tür, unbemerkt. Sein Trip war schon an sich so ein Unternehmen gewesen; er hatte sein Ziel fast aus den Augen verloren. Was machte er eigentlich hier? Aber dann sah er Ezra. Ezra schichtete Brötchen in einen groben Binsenkorb. Er trug nicht das blaue Karohemd, an das Luke sich erinnerte – schließlich war es warmer Flanell, ungeeignet für den Sommer –, sondern ein leichtes buntes Baumwollhemd mit aufgekrempelten Ärmeln. Er legte nachdenklich jedes Brötchen an seinen Platz, gezielt mit seinen großen, groben Händen. Luke drängte sich durch die Küche, überrascht von einem Aufflammen von Scheu. Sein Herz klopfte zu schnell. Er stand vor Ezra und grüßte: »Hallo.«

Ezra sah auf, immer noch in Gedanken. »Hallo«, sagte er.

Er wußte nicht, wer das war.

Luke war betroffen, zuerst. Dann bekam er ein angenehmes Gefühl. Er mußte sich also maßlos verändert haben! Er war einen Kopf in die Höhe geschossen; seine Stimme krächzte schon; praktisch war er ein Mann. Und es lag etwas wie Sicherheit, eine

Art Schutz und Schild in Ezras direktem Blick. Luke änderte seinen Plan. Er reckte die Schultern. »Ich suche einen Job«, sagte er entschlossen.

Ezra wurde regungslos. »Luke?« fragte er.

»Wenn der Junge da drüben die Kessel bedienen kann . . .«, meinte Luke gerade. Er hielt ein. »Pardon?«

»Codys Luke. Ja, doch.«

»Wie kommst du drauf?«

»Ich wußte es, als du so mit den Schultern gemacht hast, genau wie dein Vater, ganz genau wie dein Vater. Wie komisch! Und etwas in deiner Stimme, bereit, in die Schlacht zu ziehn . . . ach, Luke!« Er schüttelte Lukes Hand ganz fest. Seine Finger fühlten sich von den Brötchen sandig an. »Wo sind deine Eltern? Bei uns zu Hause?«

»Ich bin allein hier.«

»Allein?« sagte Ezra. Er lächelte freundlich, unsicher wie jemand, der versucht, einen Witz zu verstehen. »Du meinst, ohne jemand dabei?«

»Ich wollte fragen, ob ich bei dir bleiben kann.«

Ezra lächelte nicht mehr. »Also Cody«, sagte er.

»Verzeihung?«

»Etwas ist passiert mit ihm.«

»Nichts ist passiert.«

»Ich hätte hinfahren sollen; ich weiß es. Ich hätte mich von ihm nicht abhalten lassen sollen. Der Unfall war schlimmer, als sie verraten haben.«

»Nein. Es geht ihm gut.«

Ezra betrachtete ihn schweigend und ausdauernd.

»Er hat schon seinen Gehgips«, erzählte Luke.

»Ja, aber seine anderen Verletzungen, sein Kopf?«

»Alles okay.«

»Schwörst du's?«

»Ja! Bei Gott.«

»Schau, ich habe sonst keine Brüder«, sagte Ezra.

»Ich schwöre. Hand aufs Herz«, beteuerte Luke.

»Wo ist er denn?«

»Er ist in Virginia«, antwortete Luke. »Dort bin ich von ihm weg. Ich bin weggelaufen.«

Ezra dachte darüber nach. Eine Kellnerin schob sich seitwärts mit einem Tablett voller zart klimpernder, zitternder Gläser an ihm vorbei.

»Ich wollte es nicht«, sagte Luke zu ihm. »Aber er sagte zu mir . . . also, er sagte . . .«

Ach, es hatte keinen Sinn, Ezra zu erzählen, was Cody gesagt hatte. Es war Unsinn, eine von den Bemerkungen, die aus dem Nichts auftauchen. Und hier war Luke, viel zu weit von zu Hause weg, stammelnd unter den freundlichen Blicken seines Onkels. »Ich kann es nicht erklären«, meinte er.

Aber ganz so, als hätte er es erklärt, sagte Ezra sanft: »Nimm es dir nicht so zu Herzen. Er hat es nicht so gemeint. Er würde dich um keinen Preis verletzen wollen.«

»Das weiß ich.«

Am Telephon mit Ruth war Ezra scherzhaft und brüderlich, ausgesprochen locker, spielte herunter, was passiert war. »Also, Ruth, ich sitze hier und schau ihn an, und er ist völlig in Ordnung . . . Polizei? Für was? Komm, ruf sie wieder an, und sage ihnen, er ist wohl und munter. Eine Menge Wirbel um nichts, sag ihnen das.«

Luke hörte zu, er lächelte ängstlich, als könnte seine Mutter ihn sehn. Er zog die Spiralen der Telephonschnur durch seine Finger. Sie waren beide in Ezras kleinem Büro hinter der Küche. Ezra saß an einem Schreibtisch, vollgehäuft mit Kochbüchern, Rechnungen, Zeitschriften, einem Schnittlauchtopf, einer Kupferpfanne mit einem Sprung in der Emaillebeschichtung und einem gerahmten Zeitungsphoto, auf dem zwei Männer in Schürzen einen kompletten langen Fisch auf einer Platte hielten.

Dann übernahm Cody offenbar den Hörer. Ezra klang jetzt ernsthafter. »Vielleicht könnten wir ihn eine Weile dabehalten«, sagte er. »Wir hätten ihn gern als Gast. Ich hoffe, du erlaubst es.« Aus der Direktheit und Nüchternheit seines Tons, sogar aus der Kürze seiner Sätze, las Luke eine Art Vorsicht heraus. Er hatte

Angst, Cody könnte am anderen Ende der Leitung brüllen; er ließ die Strippe los und wanderte weg, tat, als sei er an den Büchern in Ezras Regal interessiert. Er schämte sich für seinen Vater. Aber dann schien es kein Gebrüll gegeben zu haben; denn Ezra sprach heiter: »In Ordnung, Cody. Ja, das kann ich verstehn.«

Als er aufgehängt hatte, sagte er zu Luke: »Sie werden hiersein, so bald wie möglich. Er möchte dich lieber gleich abholen, hat er gesagt.«

Luke spürte, wie sich ein kleiner Knoten von Angst in seinem Magen bildete. Er fragte sich, wie wütend sein Vater war. Er wunderte sich, wie er darauf gekommen war, so etwas zu tun – von so weit hierherzukommen! Ganz allein! Es schien wie etwas, durch das er im Traum geschwommen war.

Das Haus seiner Großmutter hatte immer noch diesen Geruch von angebranntem Toast, seine dämmerigen Ecken, seine Atmosphäre von Verschwiegenheit. Wenn man hier einziehn würde, dachte Luke, würde man danach nicht wochen- oder sogar monatelang unerwartete Kabuffs und Kämmerchen finden? (Ja, hier einziehen, das wäre was. Das gemütliche Wohnzimmer teilen, Großmamas friedliche Küche). Seine Großmutter flatterte um ihn herum, brachte kleine Portionen auf den Tisch, zusätzlich zu dem, was dort bereits an Essen stand. Ezra sagte immer wieder zu ihr: »Mutter, immer mit der Ruhe. Mach nicht solche Umstände.« Aber Luke genoß die »Umstände«. Er mochte es, wie sie mitten in der Zubereitung von irgendwas zu ihm gelaufen kam und sein Gesicht in die Hände schloß. »Laß dich anschaun! Bloß anschaun!« Sie war kleiner als er, inzwischen. Und sie war sehr gealtert, vielleicht war es ihm auch bisher nicht aufgefallen, weil er noch zu jung gewesen war. Ihre kleine, festgezurrte Hochfrisur, einst blond und jetzt farblos, hatte etwas Kratziges und Wehendes, ihr Gesicht war tief durch faltige Taschen unterteilt, und ihre Hände waren runzlig und fleckig. Er sah, wie sehr sie ihn liebte, schon allein an ihrer hungrigen Berührung seiner Wangen, und fragte sich, wie sein Vater sie so verkennen konnte.

»Es ist nicht recht, wenn deine Eltern einfach kommen und dich abholen«, sagte sie zu ihm. »Wir machen, daß sie bleiben. Wir machen es einfach. Ich werde das Bett in Jennys altem Zimmer frisch beziehn. Du kannst das Gästezimmer haben. O Luke! Ich hätte dich nicht erkannt. Ich hätte nicht geträumt, daß du es sein könntest, hätte ich dich auf der Straße gesehn; es ist so lang her. Obwohl ich gesagt hätte . . . ja, ich hätte mir im Vorbeigehn gedacht: ›Ach, das Kind erinnert mich an meinen Cody vor vielen Jahren; nicht? Nur blondhaariger, das ist alles.‹ Ich hätte so einen kleinen Stich gefühlt und dann vergessen, und dann später vielleicht, zu Hause, beim Teekochen, hätte ich gedacht: ›Warte mal, etwas hat mich doch vorhin beunruhigt . . .‹«

Sie versuchte, eine Schüssel mit einem Rest Bohnen in eine Sauciere umzufüllen, aber es ging daneben; sie kleckerte fast alle Flüssigkeit auf die Theke und wischte sie mit Bäuschen von Papierhandtüchern auf und lachte dabei über sich selbst. »Was für eine alte Dame! Was für eine dumme alte Dame, wirst du denken. Mein Augenlicht ist nicht mehr, was es mal war. Nein, nein, Ezra, es geht schon, mein Lieber.«

»Mutter, warum läßt du mich nicht weitermachen?«

»Ich komme in meiner eigenen Küche bestimmt zurecht, Ezra«, sagte sie. »Willst du nicht ins Restaurant zurück? Wer weiß, was deine Leute da anstellen.«

»Du möchtest Luke nur für dich haben«, neckte sie Ezra.

»Gut, ich geb's zu! Ich geb's ja zu!«

Sie machte die Flamme unter dem Kochtopf an. »Alles kommt zusammen«, sagte sie zu Luke. »Ich war so besorgt, einfach krank vor Sorge, hab' mir Cody mit seinen Schmerzen vorgestellt und mich danach gesehnt, zu ihm zu fahren, und natürlich hat er mich nicht gelassen; er war immer so, schon als Baby, so . . . stachlig, so borstig, immer hatte er einen Katzenbuckel. Und jetzt ein bißchen Probleme oder so – nein, schau nicht so bedrückt! Ich stell' dir keine Fragen, ich versprech's dir; Ezra hat's mir gesagt; es geht uns nichts an, aber . . . irgendein kleines Problem führt dich her zu uns, ich weiß nicht, ein Streit vielleicht? Eine von Codys Launen?«

»Aber Mutter«, sagte Ezra.

»Und so«, fuhr sie hastig fort, »kriegen wir ihn schließlich zu sehn. Er wird sich wirklich zeigen. Aber, Luke! Sei ehrlich. Er hat nicht, keine . . . Narben oder so was, nicht? Sein Gesicht, meine ich. Er hat keine entstellenden Narben.«

»Nur Blutergüsse«, sagte Luke. »Nichts, was bleibt. Eigentlich«, setzte er hinzu, »sind sie inzwischen fast verschwunden.«

Er staunte, als er merkte, daß er die ganze Zeit am Bild eines gebrochenen Cody festgehalten hatte, während die Blutergüsse in Wirklichkeit verblaßt waren, wenn er es sich überlegte, die Schwellungen verschwunden und das Haar fast völlig über seiner Kopfwunde nachgewachsen war.

»Er hat immer so gut ausgesehn«, sagte Pearl. »Es war Teil seiner Persönlichkeit.«

Ezra ging um den Tisch, deckte Teller und Besteck auf. Der Topf zischte auf dem Herd. Luke setzte sich auf einen Küchenstuhl und kippte ihn gegen einen Heizkörper zurück. Die scharf geformten Rippen und hohen Röhren erinnerten ihn an altmodische, tröstliche Orte – eine Kirche, in die er mit einem Kindergartenfreund gegangen war, zum Beispiel, oder sein Schulzimmer in der zweiten Klasse, wo er sich einmal während der Lunchpause bei einem beginnenden Schneesturm ausgemalt hatte, es werde ein echter Blizzard daraus, der all die Kinder tagelang behaglich von der Außenwelt abschneiden würde, bei heißer Suppe aus der Cafeteria unten.

Nach dem Abendbrot sahen er und Pearl fern, während Ezra zurückfuhr, um nach dem Restaurant zu sehen. Pearl ließ das Wohnzimmer vollkommen dunkel, mit dem blau flimmernden Bildschirm als einziger Lichtquelle. Beide Vorderfenster waren offen, und sie konnten die Geräusche von der Straße hören – ein Barlaufspiel, die Glocke von einem Eiscremekarren, eine Frau, die ihre Kinder rief. Gegen neun Uhr, als die Dämmerung endgültig der Nacht gewichen war und die stickige Luft sich etwas abgekühlt hatte, drang Luke das deutliche, dicht gewirkte Brummen eines Mercedes ins Ohr, der an den Randstein fuhr. Er verkrampfte sich. Pearl, die das Geräusch nicht erkennen konnte, sah weiter friedlich fern. »Wer ist das, mein Lieber?« fragte sie ihn, was sich aber auf irgendeinen Schauspieler bezog; sie starrte auf den Apparat. Auf der Veranda erklangen Schritte. »Na?« sagte sie. »Schon?« Sie stand auf, wobei sie zuerst zwei- oder dreimal neben die Armlehnen ihres Sessels faßte. Sie öffnete die Haustür und fragte: »Cody?«

Cody stand drohend da, größer, als Luke erwartet hatte: der Gips an Arm und Bein leuchtete weißlich im Dunkeln.

»Hallo, Mutter«, grüßte er.

»Ja, Cody, laß dich anschaun! Und Ruth: Hallo, Liebes. Cody, bist du in Ordnung? Ich kann dein Gesicht nicht erkennen. Geht es dir wirklich besser?«

»Mir geht's gut«, antwortete Cody. Er küßte sie auf die Wange und hinkte dann herein.

»Grüß dich, Dad«, sagte Luke und erhob sich linkisch.

Cody sagte: »Darf ich fragen, was du dir eigentlich dabei gedacht hast?«

»Also, ich weiß nicht . . .«

»Weiß nicht! Sonst hast du nichts zu sagen? Du hast uns zu Tode erschreckt! Deine Mutter war außer sich.«

»Ach, Schatz, wir haben uns solche Sorgen gemacht!« rief Ruth. Sie zog ihn an sich und küßte ihn. Ihr Kleid – das eine aus fuchsrotem Polyester für besondere Anlässe – knitterte mit seinen scharfen Falten gegen Lukes Brust. Er roch ihren vertrauten Heugeruch, den er vorher nie richtig bemerkt hatte.

»Wir haben so ziemlich fast den Verstand verloren«, erklärte Ruth Pearl. »Ich glaube, ich bin ein Vierteljahrhundert älter geworden. Ich hatte das Gefühl, wenn ich aus diesem Fenster vorn noch ein einziges Mal rausschaue, werde ich verrückt, vollkommen rasend und verrückt – immer dieselbe Kurve der Straße, dasselbe Trottoir, leer. Du weißt nicht, wie das ist.«

»Oh doch, ich weiß. Ich weiß«, sagte Pearl.

Sie tastete nach dem Schalter der Lampe, die auf einem Tisch stand. Der Seidenschirm raschelte und kippte um. Dann erschien Ezra in der Tür. »Cody?« fragte er. »Bist du das?« Er schritt schnell herein und traf als erstes auf Ruth – rannte sie fast um –

und ergriff ihre Hand und schüttelte sie heftig. »Gut, dich zu sehn, Ruth«, sagte er. Inzwischen fand Cody den Schalter für seine Mutter und machte die Lampe an. Es war Zufall; er wollte nur helfen, aber Luke hatte das Gefühl, er habe die Lampe angemacht, um sie zu prüfen; Ruth und Ezra, von Angesicht zu Angesicht. Ezra blinzelte in der plötzlichen Helligkeit und umarmte Cody dann. Cody stand widerstandslos da. »Wie geht's deinem Arm? Wie geht's deinem Bein?« fragte Ezra. »Was, keine Krücken?«

Cody beobachtete weiter Ruth und Ezra. »Er sagt, er kann sie nicht benützen«, erklärte Ruth. »Er sagt, mit dem Arm auf der andern Seite im Gips . . .« Sie reichte zu Luke rüber und strich ihm das T-Shirt glatt, das schon glatt saß. Sie strich ihm das Haar aus der Stirn. »Und jetzt, wo er den Gehgips hat . . .«, sagte sie zerstreut. »Ach, Luke, Schätzchen, hast du nicht daran gedacht, daß du vermißt wirst?«

Cody wandte sich ab und sank in einen Sessel. »Möchtet ihr beiden etwas Eistee?« fragte Pearl.

»Nein, danke«, antwortete Cody.

»Oder Kaffee? Eine schöne Tasse Kaffee?«

»Nein! Herrgott. Nichts«, sagte Cody.

Luke erwartete, Pearl werde gekränkt aussehn, aber sie schenkte Cody nur ein seltsam befriedigtes Lächeln. »Du warst immer grantig, wenn es dir nicht gutging«, sprach sie zu ihm.

Eigentlich war dieser ganze Besuch äußerst erstaunlich! Gedämpft und ereignislos, direkt langweilig. Luke gab sich erst Mühe, aufrecht zu sitzen, aber allmählich entspannte er sich und ließ seine Aufmerksamkeit zu einer Unterhaltungsshow auf dem Bildschirm abwandern. Die Erwachsenen um ihn herum murmelten ganz gelassen, sprachen von Geld. Cody wollte, daß Pearl sich einen neuen Herd anschaffe; er würde ihn bezahlen, sagte er. Pearl erwiderte, sie hätte ein paar Ersparnisse, aber Cody blieb hartnäkkig, als sei etwas Befriedigendes, etwas Triumphales daran, jemand einen Herd zu kaufen. Oh, Geld, Geld, Geld. Man sollte meinen, sie könnten auf ein interessanteres Thema kommen.

Luke drückte einen Hebel an seinem Sessel, wurde zurückgeschleudert und fand seine Füße plötzlich hoch auf einer Art Fußstütze. Pearl fragte gerade, wo sie nach Petersburg hingehn würden, und Cody sagte, er wüßte es nicht; Sloan und er hofften, eine Kosmetikfirma zu übernehmen, dort in ... Der vernünftige Ton seiner Stimme gab Luke ein Gefühl, reingelegt, betrogen worden zu sein. Da hatte er die ganze Zeit so schreckliche Geschichten hören müssen! Was hatte man ihm alles von Bosheit und Bitterkeit erzählt! Dabei plauderten Cody und Pearl friedlich, wie alle zivilisierten Erwachsenen. Sie besprachen, ob man im Norden oder im Süden besser leben könne. Sie hatten eine sanfte, träge, gleichgültige Diskussion darüber, bis sich herausstellte, daß Pearl annahm, Baltimore sei Norden, und Cody, es sei Süden. Sie fragte, ob diese neue Fabrik so gefährlich sei wie die vorher. »Jeder Laden ist gefährlich«, antwortete Cody, »wenn er von Idioten geleitet wird.«

»Cody, ich mach' mir immer solche Sorgen«, sagte sie zu ihm. »Wenn du wüßtest, wie verzweifelt ich war! Höre, daß mein erstgeborener Sohn in bedenklichem Zustand ist, und darf ihn nicht besuchen kommen.«

»Bedenklichem Zustand? Ich laufe herum, oder?«

»Der wandelnde Veteran«, sagte sie und hob die Hände hoch. »Ist es nicht ironisch? Ich hatte immer gedacht, Katastrophen wären ... Sache der unteren Schichten. Wenn ich diese Unglücksgeschichten in der Zeitung lese: Frau aus ihrem Heim vertrieben, während sie versucht, die sieben Kinder ihrer Tochter großzuziehn, die in einer Bar erschossen wurde, und eins der Kinder ist behindert, und ein anderes muß soundso oft in der Woche mit dem Bus zur Dialyse gebracht werden, mit zweimal Umsteigen ... na, natürlich tun mir solche Leute leid, aber ich werde auch, ich weiß nicht, ungeduldig, als hätten sie sich alles irgendwie selbst zugezogen. Es gibt eine Grenze, möchte ich ihnen sagen; nur so viel vom Leben ist Glück. Aber nun schau: Mein Augenlicht läßt nach, und mein ältester Sohn hat einen schweren Unfall gehabt, und sein Sohn wiederum ist von zu Hause weggelaufen aus Gründen, die man uns nicht sagt, und ich habe meine Tochter seit Wochen nicht gesehn, weil sie sich ganz ihrem kleinen Mädchen widmen muß, das diese Krankheit hat, wie heißt sie noch, Anor Exia – nervöse Anorexie, oder so ähnlich . . .«

»Wie geht's Becky überhaupt?« fragte Cody, und Luke sah ihn im Geist, wie er in ein wildes Knäuel von Fäden griff und an dem einen, kurzen Stück zog, das nicht gänzlich mit den andern verwickelt war.

»Niemand weiß es«, sagte Pearl, schaukelnd.

Ruth massierte sich die Stirn, die angespannt und aufgerauht aussah, wie immer nach einem schwierigen Tag. Ezra lachte über etwas im Fernsehn. Cody, der die beiden beobachtete, seufzte und wandte sich wieder seiner Mutter zu.

»Wir sollten jetzt besser gehn«, sagte er zu ihr.

Sie richtete sich auf. »Was?« fragte sie. »Ihr fahrt ab?«

»Wir haben einen weiten Weg.«

»Aber genau deshalb bleibt ihr!« entgegnete sie ihm. »Ruht euch heute nacht aus. Fahrt am Morgen frisch los.«

»Wir können nicht.«

»Warum könnt ihr nicht?«

»Wir müssen . . . äh, den Hund füttern.«

»Ich wußte nicht, daß ihr einen Hund habt.«

»Einen Dobermann.«

»Aber Dobermänner sind bösartig.«

»Genau deshalb fahren wir lieber schleunigst zurück und füttern ihn. Wir wollen nicht, daß er die Nachbarn auffrißt.«

Cody streckte die Hand nach Luke aus, und Luke kletterte aus dem verstellbaren Lehnstuhl, um ihm auf die Beine zu helfen. Als Codys Finger sich um seine schlossen, glaubte Luke, einen besonderen Nachdruck zu spüren – einen heimlichen Handschlag, einen Wink zu dem Streich, den sie Pearl gespielt hatten. Er behielt absichtlich ein ausdrucksloses Gesicht.

»Hört mal alle her«, verkündete Ezra. »Es ist nicht mehr lang bis zum Erntedankfest, wißt ihr.«

Alle starrten ihn an.

»Kommt ihr dann wieder? Wir könnten zu einem Familiendinner im Restaurant zusammenkommen.«

»Ach, Ezra, keine Ahnung, wo wir dann sind«, meinte Cody.

»Was«, sagte Pearl. »Noch nie von Flugzeugen gehört? Amtrak? Moderne Verkehrsmittel?«

»Wir reden darüber, wenn es dann an der Zeit ist«, erwiderte Cody und tätschelte ihr die Schulter. »Ruth, hast du alles? Bis bald, Ezra, laß mich wissen, wie es weitergeht.«

Umarmungen, Händeschütteln hin und her. Später war Luke sich nicht sicher, ob er sich bei Ezra bedankt hatte – obwohl: Wofür genau wollte er ihm danken? Für was wohl . . . Sie gingen das Trottoir entlang und stiegen in Codys Wagen, wo die Luft noch abgestanden und geruchlos von der Klimaanlage zuvor war. Jeder rief Bruchstücke von Sätzen, als versuchten sie, den Eindruck zu erwecken, sie hätten noch so viel zueinander zu sagen, daß kein Platz mehr dafür blieb. »Also, paß gut . . .« – »Es war wirklich gut, euch . . .« – »Sag Jenny, wir wünschen . . .« – »Und fahr vorsichtig, hörst du?«

Sie fuhren vom Randstein weg, winkten durchs Fenster. Pearl und Ezra blieben zurück. Luke auf dem Rücksitz drehte sich nach vorn und sah, daß sein Vater am Steuer saß, Ruth auf dem Beifahrersitz. »Mom?« fragte Luke. »Meinst du nicht, daß du fahren solltest?«

»Er hat drauf bestanden«, antwortete Ruth. »Er ist auch die ganze Strecke hierhergefahren.« Sie drehte sich um und warf Luke über die Lehne einen bedeutungsvollen Blick zu. »Er sagte, er wollte, daß er es ist, der dich abholen fährt.«

»Oh«, sagte Luke.

Worauf wartete sie? Sie schaute ihn noch eine Weile an, gab dann aber auf und wandte sich wieder ab. Luke versuchte sein Bestes und lehnte sich vor, um zu sehen, wie Cody zurechtkam.

»Also, ich denke, es ist wahrscheinlich gar nicht so schwer«, sagte er, »bis auf das Schalten der Gänge.«

»Schalten ist leicht«, erklärte Cody ihm.

»Oh.«

»Und zum Glück gibt es keine Kupplung.«

»Nein.«

Sie fuhren an Reihen und Reihen von Häusern vorbei, wo

häufig vorn auf der Veranda lauter Menschen im Dunkeln in ihren Schaukelstühlen wippten. Sie bogen um einen Block, wo es keine Veranden gab, sondern Stufen, weiße Stufen bis dicht an die Straße. Auf einer solchen Treppe hockte eine ganze Familie, mit einem Bierkühler und einem elektrischen Ventilator und einem Baby in einem Netz-Kinderbett auf dem Trottoir. Ein Fernseher stand auf einer Autohaube am Bordstein, und wer zu Fuß vorbeiging, mußte zwischen Fernseher und Zuschauern durch mit einem »Verzeihung, bitte«, als ginge es durch ein fremdes Wohnzimmer. Luke schaute noch nach der Familie zurück, solange sie in Sicht war. Dann traten Reihen von Bars und Cafés an ihre Stelle, und später eine unbeleuchtete Seitengasse.

»Komisch eigentlich«, sagte Luke zu seinem Vater, »niemand hat dich je gebeten, in Baltimore etwas zu reorganisieren.«

»Sehr komisch«, betonte Cody.

»Wir könnten doch dann bei Großmama wohnen.«

Cody sagte nichts.

Sie fuhren aus der Stadt und auf die Schnellstraße, in eine Welt hoher, kalter Lichter hinein, unter einem blauschwarzen Himmel. Ruth rutschte langsam ans Fenster. Ihr kleiner Kopf hüpfte mit jeder Vertiefung in der Straße.

»Mom ist eingeschlafen«, sagte Luke.

»Sie ist müde«.

Vielleicht meinte er es als Vorwurf. Fing jetzt die Strafpredigt an? Luke verhielt sich eine Zeitlang ganz still. Aber als nächstes sagte Cody: »Es strengt sie zu sehr an, das Haus da. Deine Großmama ist so schwierig im Umgang.«

»Großmama ist nicht schwierig.«

»Nicht für dich, vielleicht. Für andere Leute schon. Für deine Mutter. Großmama findet deine Mutter ›streitsüchtig‹. Sie hat mir das mal gesagt. Nannte sie ›streitsüchtig und wild‹.« Er lachte, erinnerte sich an etwas, und Luke fing erwartungsvoll zu lächeln an. »Einmal«, sagte Cody, »ich wette, das weißt du nicht mehr, hatten deine Mutter und ich so einen lächerlichen, kleinen Krach, und sie hat dich und dein Zeug genommen und ist davongelaufen zu Ezra. Und dann, sobald sie am Bahnhof war, fiel ihr ein, was es heißen würde, mit deiner Großmutter zu leben, und sie rief an und bat mich, zu kommen und sie nach Hause zu fahren.«

Lukes Lächeln verschwand. »*Wohin* davongelaufen?« fragte er.

»Zu Ezra. Aber egal, es war bloß eine dieser . . .«

»Sie wollte nicht zu Ezra. Sie wollte zu ihren Leuten«, sagte Luke.

»Was für Leute?« fragte ihn Cody.

Luke wußte es nicht.

»Sie ist eine Waise«, sagte Cody. »Was für Leute?«

»Na? vielleicht . . .«

»Sie hatte vor, zu Ezra zu gehn«, sagte Cody. »Ich seh' das jetzt! Ich kann mir vorstellen, wie sie ihre Ehe begonnen hätten, genau da, wo unsere zu Ende war. Ach, ich glaube, ich hatte sowieso immer das Gefühl, daß es nicht meine Ehe war. Es war die von jemand anders. Es war ihre. Manchmal schien mir, ich hätte mehr davon, wenn ich so tat, als sähe ich sie mit den Augen von jemand anders.«

»Und warum *sagst* du mir das?« fragte ihn Luke.

»Alles, was ich meinte, ist . . .«

»Bist du eigentlich *verrückt* oder was? Wie kommt es, daß du an diesen Sachen hängenbleibst, selbst noch nach Jahren und Jahren?«

»Jetzt, Moment mal . . .«

»Mom?« Luke rüttelte sie an der Schulter. »Mom! Wach auf!«

Ruths Kopf sackte auf die andere Seite.

»Laß sie sich ausruhn«, sagte Cody. »Verdammt noch mal, Luke . . .«

»Wach auf, Mom!«

»Hmm«, machte Ruth, ohne wach zu werden.

»Mom! Ich will dich was fragen. Mom? Weißt du noch, wie du mich genommen hast und von Daddy weg bist?«

»Hm.«

»Weißt du, was ich meine?«

»Ja«, murmelte sie und rollte sich enger zusammen.

»Wo wollten wir damals hin, Mom?«

Sie hob den Kopf, das Haar ganz zerzaust, und gab ihm einen

verschleierten, verstörten Blick. »Was?« sagte sie. »Garrett County, wo mein Onkel lebt. Wer will das wissen?«

»Niemand. Schlaf wieder ein«, sagte Cody zu ihr.

Sie schlief wieder ein. Cody rieb sich nachdenklich das Kinn.

Sie rasten durch einen Korridor von Licht, der zu beiden Seiten von tiefster Dunkelheit begrenzt war. Sie begegneten einsamen Autos, die sekundenschnell wieder verschwanden. Lukes Augenlider wurden schwer.

»Was ich sagen will«, meinte Cody. »Wofür ich den ganzen Weg gefahren bin, um zu sagen . . .«

Aber dann verlor sich der Satz. Und als er wieder zu sprechen anfing, ging es um ein ganz anderes Thema: Zeit. Wie Zeit unterschätzt wurde. Wie wichtig Zeit sei, und all das. Luke fühlte sich erleichtert. Er hörte behaglich zu, von den Worten seines Vaters eingelullt. »Alles«, sagte sein Vater, »hat am Ende mit Zeit zu tun – dem Vergehen von Zeit, der Veränderung. Je daran gedacht? Alles, was dich glücklich oder traurig macht, beruht es nicht alles auf Minuten, die vergehn? Heißt Glücklichsein nicht etwas erwarten, was die Zeit bringen wird? Heißt Traurigkeit nicht, Zeit zurückzuwünschen? Selbst große Dinge – selbst Trauer um einen Toten: Wünscht man sich nicht eigentlich die Zeit zurück, als diese Person noch lebte? Oder Photos – hast du je auf alte Photographien geachtet? Wie wehmütig sie dich stimmen? Leute von vor langer Zeit lächeln, ein Kind, das heute eine alte Dame sein muß, eine Katze, die tot ist, eine blühende Pflanze, die längst verdorrt ist, und der Blumentopf zerbrochen oder verräumt . . . Genügt es nicht schon, daß die Zeit einmal stillsteht, um dich wehmütig zu machen? Wenn ich sie nur zurückdrehn könnte, denkst du. Wenn ich nur dies oder jenes ändern könnte, ungeschehen machen, was ich getan habe, wenn ich die Minuten entgegengesetzt rollen lassen könnte, nur ein einziges Mal.«

Er schien keine Antwort zu erwarten, und das war gut so. Luke war zu schläfrig, um eine zustande zu bringen. Er fühlte sich schwer, beladen mit den Geschichten anderer Leute. Es kam ihm vor, als rutsche oder falle er. Ihm schien es, als gleite er davon, triebe einen großen, breiten, lichterfüllten Strom von Zeit hinunter, zusammen mit allen Menschen, denen er heute begegnet war. Er ließ seinen Kopf nach vorn nicken, und er schloß die Augen und schlief.

9
Apfel Apfel

Eines Morgens stand Ezra Tull auf und rasierte sich, putzte sich die Zähne, stieg in seine Hosen und traf in der Beuge zwischen seinem rechten Oberschenkel und seinem Bauch auf eine Schwellung. Seine Finger streiften zufällig darüber und zögerten und kehrten zurück. Im Schlafzimmerspiegel sah sein breites, hellhäutiges Gesicht wie gefroren aus. Das Wort »Krebs« kam ganz von selbst, als hätte es ihm jemand ins Ohr geflüstert, aber den Ausdruck von Schock rief der Gedanke hervor, der gleich danach auftauchte: Also gut, soll es so sein. Ich werde also sterben.

Er schüttelte das ab, natürlich. Er war sechsundvierzig Jahre alt, ein ruhiger und vernünftiger Mann, und später würde er einen Termin bei Dr. Vincent verabreden. Inzwischen zog er ein Hemd an, und knöpfte es zu und faltete ein paar Socken auseinander. Zweimal, ohne Absicht, befühlte er noch die Schwellung mit den Fingerspitzen. Sie hatte fast die Größe einer Eichel, empfindlich, aber nicht schmerzhaft. Sie rollte unter seiner Haut so glatt wie ein Augapfel.

Es war nicht so, daß er wirklich sterben wollte. Natürlich nicht. Er hatte nur einer vorübergehenden Stimmung nachgegeben, befand er, als er nach unten ging; dieser Sommer war nicht gut gelaufen. Seine Mutter, deren Sehkraft seit 1975 nachgelassen hatte, war jetzt (im Jahre 1979) fast völlig erblindet, gab es aber immer noch nicht ganz zu, was es um so schwieriger machte, für sie zu sorgen: und sein Bruder war zu weit weg und seine Schwester zu beschäftigt, um ihm wesentlich zu helfen. Bei seinem Restaurant ging es noch mehr als sonst drunter und drüber; seine beste Köchin war gegangen, weil das ihr Horoskop empfahl; und eine Hitzewelle schien die ganze Stadt Baltimore zu betäuben. Es stand so schlecht um alles, daß selbst die unbedeutendsten Eindrücke seine Verzweiflung bestätigten – der Nachbarshund, hechelnd auf dem Trottoir, oder der einzige kümmerliche Hortensienstrauch seiner Mutter, der jeden Nachmittag gegen zwei Uhr welkte und die Blätter hängenließ. Selbst der Briefträger erinnerte an Unglück; seine Frau war bei einem Einbruch letztes Frühjahr ermordet worden, und seither schleppte er seine Ledertasche durch die Nachbarschaft, als sei sie unerträglich schwer, als würde sie ihn gleich zwingen, stehenzubleiben. Seine Füße bewegten sich langsamer und langsamer; seine Schultern beugten sich dem Boden entgegen. Jeden Tag kam die Post später.

Ezra stand mit seinem Kaffee am Fenster und beobachtete, wie der Briefträger trübselig vorbeischlich, und fragte sich, ob das Leben irgendeinen Sinn habe.

Dann kam seine Mutter mit tastenden Schritten die Treppe herunter. »Sieh mal«, sagte sie, »so ein sonniger Morgen!« Sie konnte es fühlen, nahm er an – erwärmte Flächen auf ihrer Haut, als sie neben ihm am Fenster stand. Oder vielleicht konnte sie es sogar sehen, da sie offenbar noch hell und dunkel unterscheiden konnte. Aber ihr Kleid war falsch zugeknöpft. Sie hatte ihr strähniges, graublondes Haar zu seinem üblichen Knoten gedreht und geschickt eine einzelne Spur Rot in die Mitte ihrer trockenen, runzeligen Lippen plaziert, aber eine Seite ihres Kragens stand im Bogen ab, und das Blumenmuster blähte sich über einer Lücke zwischen zwei Knöpfen, durch die man ihren Unterrock sah.

»Das wird wieder mal ein glühendheißer Tag«, sagte Ezra zu ihr.

»Ach, armer Ezra, ich seh' dich da gar nicht gern zur Arbeit gehn.«

Alles, was sie sagte, bezog sich aufs Sehen. Er wußte nicht recht, ob das Absicht war.

Sie ließ sich von ihm eine Tasse Kaffee bringen, lehnte es aber ab, zu frühstücken, und saß statt dessen neben ihm im Wohnzimmer, während er die Zeitung las. Das war ihre einzige Zeit zusammen – morgens und mittags, denn danach fuhr er in sein Restaurant und kam erst sehr spät in der Nacht heim, lang nach ihrer Schlafenszeit. Er konnte sich schwer vorstellen, was sie in seiner Abwesenheit machte. Manchmal rief er sie während der Arbeit an, und sie klang immer so munter – »Mach' mir gerade etwas Eistee«, sagte sie dann. Oder: »Räume meine Strümpfe auf.« Aber im Hintergrund waren die ominösen, zuckersüßen Orgelklänge irgendeiner Fernsehschnulze zu hören, und er hatte den Verdacht, daß sie einen Großteil des Tages einfach vor dem Fernseher saß, mit einer Strickjacke elegant um die Schultern gelegt, sogar bei dieser Hitze, und die kalten Hände im Schoß gefaltet. Bestimmt traf sie sich nicht mit Freunden; sie hatte keine. Soweit er sich erinnern konnte, hatte sie nie Freunde gehabt. Sie hatte durch ihre Kinder gelebt; der Klatsch, den sie heimbrachten, war alles, was sie von der Außenwelt wußte, und die Unternehmungen der Kinder allein gaben ihr ein Gefühl von Vorwärtsbewegung. Selbst damals, als sie im Lebensmittelgeschäft arbeitete, ließ sie sich nicht weiter mit den Kunden oder den anderen Kassiererinnen ein. Und jetzt, da sie im Ruhestand war, kam keine ihrer Kolleginnen sie besuchen.

Nein, dies war der Höhepunkt ihres Tages, kein Zweifel; diese trägen Vormittagsstunden, das Rascheln von Ezras Zeitung, seine sporadischen Mitteilungen über die Nachrichten. »Wieder ein Taxifahrer ausgeraubt, steht hier.«

»Ach, du meine Güte.«

»Noch eine Schießerei im ›Block‹.«

»Wo führt das alles hin?« fragte seine Mutter.

»Terroristen verüben Bombenanschlag in Madrid.«

Zeitungen, Briefe, Photos, Zeitschriften – dabei konnte er ihr helfen. Dann erlaubte sie sich, geradeaus zu starren, mit leerem Blick, während er als Dolmetscher fungierte. Aber in allen anderen Situationen war sie von fanatischer Selbständigkeit. Worauf, genau, hatten sie sich eigentlich geeinigt? Sie gab lediglich zu, daß ihre Sehkraft nicht mehr so wie früher war – daß sie so weit beeinträchtigt war, daß das Lesen lästig wurde. »Sie ist blind«, sagte ihr Arzt, und sie berichtete: »Er denkt, ich bin blind«, bestritt es nicht, ließ aber geschickt durchblicken, irgendwie, dies sei Ansichtssache – oder Willenssache: wie weit man bereit war, etwas zuzulassen oder nicht. Ezra hatte gelernt, Hinweise in einer lockeren, indirekten Art zu geben, die sie akzeptierte. Hätte er zum Beispiel gesagt: »Es regnet, Mutter«, wenn sie ausgehen wollten, hätte sie aufbegehrt und ihm geantwortet: »Das weiß ich doch.« Er lernte zu formulieren: »Die Wetterfrösche sagen, es bleibt so. Nimm lieber deinen Schirm.« Dann veränderte und glättete sich ihr Gesicht, der Information entsprechend. »Ehrlich, ich glaube ihnen nicht«, meinte sie dann, obwohl es jene Art diesiger Regen war, der ohne einen Ton fällt, und Ezra wußte, daß sie ihn nicht wahrgenommen hatte. Sie verbarg ihr Erstaunen so gut, daß nur ihre Kinder, gewöhnt an ihr stures Leugnen von allem, was sie womöglich schwächte, hätten erkennen können, was hinter diesem herausfordernden, starren, grauen Blick lag.

Vergangenen Monat, hatte Ezras Schwester erzählt, habe die Mutter angerufen, um eine seltsame Frage zu stellen. »Sie wollte wissen, ob es stimmt«, sagte sie, »daß sie von langem Liegen auf dem Rücken Lungenentzündung bekommen könnte. ›Warum?‹ habe ich sie gefragt. ›Wieso beschäftigt dich das?‹ ›Ich wollte es bloß wissen‹, hat sie geantwortet.«

Ezra ließ die Zeitung sinken und legte vorsichtig zwei Fingerspitzen auf die Schwellung an seinem Oberschenkel.

Nachdem sie ihren Kaffee getrunken hatten, wusch er die Tassen ab und räumte die Küche auf, die neuerdings einen unsauberen Eindruck machte, ganz gleich, was er auch tat. Es gab da Probleme, mit denen er sich nicht auskannte – die Vorhänge neben dem Herd waren grau geworden, und das Spitzendeckchen unter dem Gewürzständer auf dem Tisch starrte allmählich vor Staub. Wusch man solche Sachen eigentlich? Warf man sie einfach in die Maschine? Er hätte seine Mutter fragen können, tat es aber nicht. Es hätte sie nur aufgeregt. Sie würde darüber nachdenken, was ihr denn sonst noch entgangen war.

Sie kam zu ihm heraus, prüfte ihren Weg so sorgfältig, daß ihre kleinen, schwarzen Pumps wie zitternde, zarte, hyperempfindliche Organe wirkten. »Ezra«, sagte sie, »was hast du heute vormittag vor?«

»Gar nichts, Mutter.«

»Bist du da auch sicher.«

»Was möchtest du denn tun?«

»Ich habe gedacht, wir könnten durch meine Schubladen gehn, aber wenn du beschäftigt bist . . .«

»Ich bin nicht beschäftigt.«

»Du mußt es nur sagen, wenn du zu tun hast.«

»Ich helf' dir gern.«

»Als du klein warst«, sagte sie, »wurdest du böse, wenn du gemerkt hast, daß ich krank war oder Hilfe brauchte.«

»Na ja, das war, als ich klein war.«

»Ist es nicht komisch? Ausgerechnet du, das freundlichste, warmherzigste, das goldigste Kind; die andern führten immer was im Sinn, waren hinter ihren eigenen Sachen her. Aber wenn ich krank wurde, konntest du so gefühllos werden! ›Heißt das, daß wir nicht ins Kino gehn können?‹ hast du gefragt. Es war dein Bruder, der dann einsprang – der, von dem ich es am wenigsten erwartete. Ich sagte zum Beispiel: ›Ezra, könntest du mir vielleicht eine Wolljacke bringen, bitte?‹ Und du wurdest zu Stein und tatest, als hörtest du nicht. Du schienst zu denken, ich hätte dir was angetan – Kopfweh bekommen aus Bosheit.«

»Ich war noch sehr klein, damals«, sagte Ezra.

Dabei war merkwürdig, wie angespannt er sich fühlte, selbst jetzt – weniger böse als schutzlos: und schutzlos hatte er sich auch als Kind gefühlt, glaubte er. Als sie sich mit einem Schälmesser in den Finger schnitt, war er niedergeschlagen ob ihrer Unzulänglichkeit. Wie konnte er sich auf so eine Person verlassen? Warum hatte sie ihn so enttäuscht?

Er nahm sie am Oberarm und führte sie ins Wohnzimmer zurück. (Plötzlich wurden ihm seine Größe und sein solides, angenehmes Gewicht bewußt.) Er setzte sie auf die Couch und ging zum Schreibtisch hinüber, um die unterste Schublade herauszunehmen.

Dies war etwas, was er schon viele Male zuvor getan hatte. Es ging bestimmt nicht darum, daß die Schublade säuberungsbedürftig war, auch wenn sie auf einen Außenstehenden unordentlich gewirkt hätte. Kaskaden von losen Photos schlitterten herum, wenn er einen Packen nahm, andere schauten aus den angeschimmelten, auseinanderfallenden Alben heraus, die auf einer Seite aufgestapelt waren. Da war ein Schuhkarton, voll mit den Jungmädchen-Tagebüchern seiner Mutter; ein nicht zu Ende geführtes Babybuch für Cody; und eine Schrafft-Pralinenschachtel mit alten Briefen, sämtliche Marken von den Umschlägen abgeschnitten. Da war ein verblaßter lavendelfarbener Blumenstrauß zum Anstekken, steif und hart gedrückt, wie eine vertrocknete Mäuseleiche; ein einzelner Glacéhandschuh, vom Alter hart geworden; und ein morsch riechendes Schulzeugnis für *Pearl E. Cody, Vierte Klasse, 1903*, mit den hervorragenden Noten in einer so eleganten Schrift eingetragen, als hätte jemand neben jedes Fach ein *A* aus feinen, braunen Haaren gelegt. Ezra liebte diese Besitztümer. Er ging sie bereitwillig immer und immer wieder durch, beschrieb sie seiner Mutter. »Da ist das Bild von deiner Tante Melinda an ihrem Hochzeitstag.«

»Hm?«

»Du stehst neben ihr, mit einem Fächer aus Federn.«

»Das heben wir auf«, sagte seine Mutter. Sie tat immer noch so, als ginge es nur ums Sortieren.

Aber sehr bald dachte sie nicht mehr daran und lehnte sich zurück, in Gedanken vertieft, während er aufzählte, was er gefunden hatte. »Hier ist ein Bild von der Veranda von jemand.«

»Veranda? Wessen Veranda?«

»Kann ich nicht sagen.«

»Wie sieht sie aus?«

»Zwei Säulen und ein dunkler Boden, Tontopf voll Geranien . . .«

»Bin ich drauf?«

»Nein.«

»Na ja«, sagte sie mit einer Handbewegung, »vielleicht war das Lunas Veranda.«

Er hatte nie von einer Luna gehört.

Um die Wahrheit zu sagen, er glaubte nicht, daß es die Verwandten waren, auf die es seiner Mutter ankam. Damen und Herren tauchten verworren auf und verschwanden wieder; er tat sein Bestes, ihre Namen zu behalten, aber seine Mutter schob sie unbekümmert weg. Sie war auf der Suche nach sich selbst, ahnte er. »Siehst du mich denn überhaupt? Ist das das Dinner, bei dem ich das Hellblaue anhatte?« Manchmal amüsierte ihn ihre Zielstrebigkeit, manchmal ärgerte sie ihn auch. Es lag Gier darin, wie sie ihr Kinn vorreckte und erwartete, von ihrem Verbleib zu erfahren. »Bin *ich* in der Gruppe? War *ich* auf diesem Picknick?«

Er schlug ein braunes Samtalbum auf, dessen bröckeligen, grauen Seiten an den Rändern sämtlich hellgelb wie Urin geworden waren. Keins der Photos im Innern war richtig festgeklebt. Ein Sepia-Porträt eines bärtigen Mannes steckte im Einband, zusammen mit dem Farbphoto von einem rosigen Baby in einem grellfarbigen Plastik-Planschbecken, *Sept. 63* auf den Rand gestempelt. Seine Mutter reckte ihr Gesicht vor, erwartungsvoll. »Hier ist ein Mann mit Bart. Ich denke, es ist dein Vater.«

»Möglich«, sagte sie, ohne Interesse.

Er blätterte um. »Hier ist eine Gruppe von Damen unter einem Baum.«

»Damen?«

»Keine von ihnen kommt mir bekannt vor.«

»Was haben sie an?«

»Lange, sackartige Kleider«, antwortete er. »Alles scheint um die Taille zu hängen.«

»Das könnte neunzehnhundertzehn sein oder so. Vielleicht Iolas Verlobungsparty.«

»Wer ist Iola?«

»Schau nach mir im Matrosenstreifen«, sagte sie zu ihm.

»Keine Streifen hier.«

»Dann weiter.«

Sie war nie der Typ gewesen, der zurückschaut, hatte nie seine Kindheit gefüllt mit »Als ich so alt war wie du«, wie es so viele Mütter taten. Und selbst jetzt benutzte sie diese Photos nicht als Vorwand, um in Erinnerungen zu schwelgen. Sie sagte eigentlich kaum etwas dazu – selbst zu den Bildern, auf denen sie zu sehen war. Statt dessen lauschte sie aufmerksam auf alle Einzelheiten, die er ihr über ihr damaliges Ich bieten konnte.

Wollte sie vielleicht wissen, wie ein Außenstehender sie sah? Oder hoffte sie, irgendein Rätsel zu lösen? »Lächle ich, oder runzle ich die Stirn? Würdest du sagen, daß ich glücklich aussehe?«

Wenn Ezra versuchte, ihr seinerseits Fragen zu stellen, reagierte sie gelangweilt. »Wie war deine Mutter?« fragte er zum Beispiel.

»Ach, das war vor ewig langer Zeit«, antwortete sie.

Ihr Leben war nicht besonders gewesen, schien ihm. Er fragte sich, zu welchem Zeitpunkt – in ihrer gesamten Geschichte – sie wohl gern zurückkehren würde. Ihre Brautzeit, obwohl sie wußte, was daraus wurde? Die Zeit als junge Mutter? Sie sprach oft und wehmütig von den Jahren, als ihre Kinder klein waren. Aber die meisten Photos in dieser Schublade waren sehr viel früher entstanden, zu Anfang des Jahrhunderts, und die erforschte sie am gründlichsten. »Familientreffen der Bakers könnte das sein. Neunzehn-null-acht. Beulahs Jungmädchenparty. Lucy und Harolds Silberhochzeit.« Die Anlässe, die sie aufzählte, galten anderen Leuten; sie hing nur so am Rand herum, sah zu. »Katherine Rose, in dem Sommer, als sie so schön war und ihren Zukünftigen traf.«

Er betrachtete Katherine Rose. »Mir kommt sie gar nicht so schön vor«, sagte er.

»Ist auch ziemlich bald verwelkt.«

Katherine Rose, wer immer das war, trug ein strenges und kompliziertes Kleid, von der Art, wie es schon seit gut sechzig Jahren nicht mehr üblich war. Er betrachtete prüfend ihr kleines Kaninchengesicht, als sei sie eine Zeitgenossin, ein Mädchen, das ihm in einer Bar aufgefallen war, aber wahrscheinlich war sie seit Jahrzehnten tot. Er hatte das Gefühl, als zöge man ihn durch Schichten von Generationen zurück.

Er schlug winzige Tagebücher auf – einige davon nicht größer als eine Puderdose – und las die verkrampften Eintragungen seiner Mutter laut vor. *»Achter Dezember, neunzehn-zwölf. Edwina Barrett besucht. Vergoß Viertelliter saure Sahne in den Kinderwagen und hatte eine schöne Mühe, die Kissen sauberzukriegen, glaub's mir . . .«* – *»Vierter April, neunzehn-null-acht. Ging in die Stadt mit Alice und wogen uns auf der neuen Wiege-*

maschine in Mr. Salters Laden. Alice hat hundertzwei Pfund. Ich knapp hundert.« Seine Mutter hörte zu, angespannt und still, als erwarte sie etwas von großer Tragweite, aber er fand nur Dinge wie *kaufte zehn Meter Alpaka, heliotrop* und *machte Schokoladen-Mandel-Speise für den Kulturkreis der Mädchen* und *wieder in Mr. Salters Laden gewogen.* Im Sommer 1908 (ihr vierzehnter Sommer, soweit er wußte) hatte sie sich etwa jeden zweiten Tag gewogen – hatte ihr Pony Prinz gesattelt und war nur zu diesem Zweck in die Stadt geritten. *»Siebter August«*, las er. *»Ließ bei der Schneiderin Maß nehmen, und sie gab mir eine Abschrift zum Behalten. Ich habe mich in jedem möglichen Sinn entwickelt.«* Er lachte, aber seine Mutter machte eine kleine, ungeduldige Bewegung mit einer Hand. *»Neunter September«*, las er und hatte ganz plötzlich das Gefühl, ihm würde der Boden unter den Füßen weggezogen. Mein Gott, dieses flotte, junge Mädchen war diese alte Frau! Diese blinde, alte Frau, die neben ihm saß! Sie war einmal eine ganz andere Person gewesen, hatte ein ganz anderes Leben gehabt, getrennt von seinem, hatte ihre Zeit ganz anders verbracht, etwa *Schläger mit den Jungen Amazonen geschwungen, mit den Neal-Jungen schrecklichen Unsinn gemacht* und *den ersten Preis beim Herbstwettbewerb im Vorsingen gewonnen. (Ich hoffte, daß die arme Nadine gewinnen würde,* schrieb sie in einer rundlichen, unschuldigen Schrift, *aber natürlich war es schön, daß ich ihn selbst bekommen habe.)* Seine Mutter saß schweigend da, streichelte geistesabwesend das tote Blumengebinde. »Schon gut«, sagte sie zu ihm.

»Soll ich aufhören?«

»Es war doch nicht das, was ich wollte.«

Auf seinem Weg ins Restaurant verschwand Ezra in einer Buchhandlung und fand ein Gesundheitshandbuch in der Abteilung Medizin. Er suchte im Inhaltsverzeichnis nach *Schwellung,* fand aber nur *Schwellung bei Strahlenpilzkrankheit (Aktinomykose).* Offenbar mußte man den Namen seiner Krankheit zuerst kennen, aber warum sie dann noch nachschlagen? Er überlegte, was er noch aus dem Biologiekurs auf der High-School wußte, und beschloß, unter *Lymphdrüsen* nachzusehn. Schon der Ausdruck war beruhigend; Lymphdrüsen schwollen häufig an. Er hatte ein paar am Hals, die jedesmal nußgroß wurden, wenn er einen Schnupfen bekam. Aber im Verzeichnis standen keine Lymphdrüsen, und er erstarrte, als er *lymphatische Leukämie* und *lymphohämatogene Tuberkulose* las. Er klappte das Buch rasch zu und stellte es ins Regal zurück.

Josiah hatte das Restaurant bereits geöffnet, und zwei Helfer waren in der Küche mit dem Kleinschneiden von Gemüse beschäftigt. Ein Vertreter im karierten Anzug versuchte, Josiah für irgendein neues Produkt zu interessieren. »Aber«, sagte Josiah immer wieder, »aber ich glaube nicht . . .« Josiah sah so einfältig und verwirrt aus – ein ausgezehrter Riese in Weiß, dessen schwarzgraues Haar abstand, in wilden Büscheln, als hätte er es sich in der Verzweiflung wiederholt gerauft –, daß Ezra plötzlich von Liebe zu ihm überkommen wurde. Er sagte: »Josiah, um was geht's?« Und Josiah wandte sich ihm dankbar zu. »Ja, schau, dieser Herr hier . . .«

»Murphy ist mein Name. J. R. Murphy«, sagte der Reisevertreter. »Ich verkaufe Sojasauce, eigene Herstellung. Ich verkaufe sie kistenweise.«

»Mit einer Kiste würden wir nie fertig«, sagte Ezra. »Wir verwenden sie kaum.«

»Das werden Sie aber«, erklärte ihm der Vertreter. »Sojasauce ist das Ding der Zukunft; kaufen Sie sie lieber, solange es geht. Das hier ist das Gegenmittel gegen Strahlungsschäden.«

»Gegen was?«

»Nukleare Unfälle! Atomdilemmas! Schaun Sie sich mal die Tatsachen an: Diese Leute in Hiroshima hatten nicht annähernd so viele Nebenwirkungen wie erwartet. Wollen Sie wissen, warum? Wegen all dem japanischen Essen mit Sojasauce. Gute, alte Sojasauce. Halten Sie sich eine Kiste davon, und Sie brauchen sich wegen Three Mile Island keine Sorgen zu machen.«

»Aber ich mag Sojasauce nicht mal.«

»Wer sagt, daß Sie sie mögen müssen?«

»Also, vielleicht nur ein paar Flaschen . . .«, sagte Ezra.

Er fragte sich, ob an seiner Türe ein kryptisches, kultisches Zeichen sei, das allen Verrückten verriet, wie schwer es ihm fiel, nein zu sagen.

Er ging, um den Speisesaal zu überprüfen. Zwei Kellnerinnen schüttelten Tischtücher aus und glätteten sie mit einem frischen, reißenden Geräusch auf den Tischen. Josiah schleppte Stöße frisch gewaschener Servietten herein. Es gab immer einen Moment, früh am Tag wie jetzt, wenn Ezra sein Restaurant entmutigend fand. Er fröstelte angesichts der leeren Tische, der hohen, vorhanglosen Fenster und bei dem scharfen Geruch der Zigaretten vom Vorabend. Was war das für ein Beruf? Leute schlangen sein Essen hinunter, gedankenlos, viel zu beschäftigt mit Flirten oder Streiten oder Geschäftemachen, um zu merken, was sie aßen; dann gingen sie heim und vergaßen es. Nichts führte zu irgend etwas. Und Ezra war ein Mann im mittleren Alter, sein Haar am Hinterkopf wurde dünn; aber hier war er, wo er mit zwanzig gewesen war, lebte mit seiner Mutter in einem Reihenhaus in der Calvert Street und las sich mit Kochbüchern in den Schlaf. Er hatte nie geheiratet, war nie Vater von Kindern geworden und hatte das einzige Mädchen, das er geliebt hatte, verloren, aus schierem Fatalismus, aus Kraftlosigkeit und williger Hinnahme der Niederlage. (*Let it be*, Nimm's, wie es ist, war das Leitmotiv seines Lebens. Er war von einer verträumten Stimmung von Bejahung beherrscht, die teils Quelle seines ganzen Glücks und teils sein Verderben war.)

Josia kam und blieb vor ihm stehen. »Meine Stiefel schon gesehn?« fragte er.

Ezra tauchte aus seinen Gedanken auf und schaute auf Josiahs Stiefel hinunter. Sie standen unter der weißen Arbeitskleidung heraus – riesige, gummiüberzogene Leinenstiefel, die eine Überschwemmung, einen Schneesturm, eine Lawine aushalten konnten.

»L. L. Bean«, sagte Josiah.

»Ah.«

Von L. L. Bean bekam Josiah seine mysteriösen Geschenke. Sie kamen ein- oder zweimal im Jahr: ein Einmannzelt; ein Schlafsack, daunengefüllt; Jägerschuhe in seiner ungeschlachten, schwer aufzutreibenden Größe; ein schmutzigolivfarbener Umhang, in dem er einem Monsun standhalten konnte; eine Überlebensausrüstung im Taschenformat, mit Kompaß, Feuerstein, Signalspiegel und Metallhülle. All das für einen Mann, der in der Stadt geboren und aufgewachsen war und allem Anschein nach dort gerne blieb. Nie lag eine Karte oder eine erklärende Mitteilung bei. Josiah hatte an die Firma geschrieben, aber L. L. Bean antwortete, der Spender ziehe es vor, anonym zu bleiben. Ezra hatte Stunden damit verbracht, Josiah beim Prüfen von Möglichkeiten zu helfen. »Erinnerst du dich an die alte Dame, bei der du den Schnee vom Weg geschaufelt hast? Vielleicht ist sie es.«

»Sie müßte inzwischen tot sein, Ezra.«

»Oder Molly Kane, die mit dem Rollstuhl? Du hast sie immer zum Algebra-Unterricht geschoben.«

»Die hat doch gesagt: ›Laß meinen Rollstuhl los, du Riesenidiot!‹«

»Vielleicht tut es ihr jetzt leid.«

»Oh, nein. Der nicht. Nicht Molly Kane.«

»Vielleicht einfach jemand, dem du einen Reifen gewechselt hast, und du weißt es nur nicht mehr. Jemand, dem du die Tür aufgehalten hast. Vielleicht . . . Ich weiß nicht . . .«

Gewöhnlich machten ihm diese Spekulationen Spaß, aber jetzt, während er auf Josiahs Mammutstiefel hinuntersah, ging ihm plötzlich die Tatsache auf, daß sogar Josiah – der magere, stotternde Josiah mit dem Pferdegebiß – ein menschliches Wesen ganz für sich hatte, mit dem er verbunden war, ob er nun den Namen der Person kannte oder nicht, und in einem Nest von Geschenken und Geheimnis und besonderer Fürsorge lebte, von dem Ezra ausgeschlossen war.

»Neujahrstag, neunzehn-vierzehn«, las Ezra vor. *»Ich hoffe, dieses kleine Tagebuch geht nicht verloren, wie das vom letzten Jahr. Ich hoffe, ich werde nicht irgendwas Dummes hineinschreiben, wie es mir bekanntlich früher passiert ist.«*

Seine Mutter versuchte erfolglos, ein Lächeln zu verbergen. Was für Dummheiten konnte sie vorgehabt haben, vor so langer Zeit?

Ezras Blick glitt die Seite hinunter bis zu einer Zeile, die durchgestrichen war. »Da steht etwas, was ich nicht lesen kann«, sagte er.

»Ich war nie für meine Schreibkunst berühmt.«

»Nein, ich meine, du hast drübergekritzelt mit so vielen Schlingen und Sachen ...«

»Apfel Apfel«, erklärte seine Mutter.

»Wie bitte?«

»Das haben wir über Wörter geschrieben, die geheim bleiben sollten. Apfelapfelapfel aneinandergekoppelt, damit niemand raten konnte, was darunterstand.«

»Das hat aber auch funktioniert«, sagte Ezra.

»Mach weiter«, forderte seine Mutter ihn auf.

»Oh, Hm ... *habe einen Leinsamenumschlag um meinen Finger gemacht ... ein paar Strumpfhalter aus blaßrosa Band angefangen ... Popcorn gemacht und zur Hälfte gebuttert, aus dem Rest Konfekt gemacht ...*«

Seine Mutter seufzte. Ezra überflog einige Seiten schweigend.

Wie planlos das wirkliche Leben war! In Romanen führten Ereignisse zu etwas. In den Tagebüchern seiner Mutter flitzten sie vorbei, ohne erkennbare Richung. Frank brachte ihr parfümierte Löschblätter und eine Schachtel »Kakao-Nuß«-Pralinen; Roy war ausgiebig zu Besuch da und schien sich nicht losreißen zu können; Burt Tansy lud sie in die komische Oper ein und schenkte ihr danach einen Band mit den Songs; aber keiner dieser Leute wurde je wieder erwähnt. Jemand namens Arthur schrieb ihr einen Brief, *so was Empfindsames,* schrieb sie. *Ich wußte nicht, daß er so albern sein kann. Es war aber in aller Form, und ich bin nicht sehr böse.* Ein gewisser Clark Allensby versprach, sie aufzusuchen, und tat es nicht; *ich nehme an, es ist besser so,* schrieb sie, *aber ich verstehe sein Benehmen nicht, denn morgen reist er ab.* Und gerade während sie *die Vorhänge spannte,* schrieb sie, *meldete die Schwarze einen jungen Mann an. Ich sah aus wie ein Monstrum, ging aber trotzdem hinein, und da saß Hugh McKinley. Er war auf dem Weg ins Samengeschäft und kam nur ZUFÄLLIG vorbei und blieb eine Weile ...*

Ezra begann zu erkennen, daß es für seine Mutter (oder für das junge Mädchen, das sie gewesen war) doch einen Plan gab. Sie hatte sich sogar einen ganz wunderbaren Plan ausgemalt – Bedeutung in jede zufällige Begegnung gelegt, die Verheißung turbulenter Flirts, großer, weißer Hochzeiten, ungetrübter Seligkeit bis ans Ende. *James Wrayson kam ganz unerhört spät,* schrieb sie. *Stahl mein Bild vom Klavier und steckte es in die Tasche. Benahm sich unbeschreiblich komisch. Ich habe überhaupt keine Ahnung, was daraus werden soll.*

Nun, es war nichts draus geworden. Nichts wurde aus irgend etwas. Sie heiratete einen Vertreter der Tanner Corporation, und er verließ sie und kam nie wieder. »Ezra? Warum liest du mir nicht vor?« fragte seine Mutter.

»Ich bin müde«, sagte er.

Er nahm sie zu einem Baseballspiel am Nachmittag mit. In ihrem hohen Alter war sie ein großer Fan der Orioles, des Baseballteams von Baltimore. Sie hörte Radio, wenn sie nicht selbst dabeisein konnte, sie blieb sogar über ihre Schlafenszeit hinaus auf, wenn das Spiel verlängert wurde. Baseball sei der einzig vernünftige Sport, sagte sie; klar wie das Brettspiel Parcheesi, intelligent wie Schach. Sie sah selbstzufrieden aus, daß ihr das eingefallen war, aber Ezra hatte den Verdacht, es habe etwas mit den kitschigen Tagesserien im Fernsehen zu tun; die sie mochte. Gewiß betrachtete sie jedes Spiel wie ein Drama und regte sich über den Klatsch auf, den Ezra für sie aus den Sportseiten heraussuchte – Verletzungen der Spieler, Rivalitäten, Schwächeperioden, traurige Geschichten von jungen Anfängern, so nervös, daß sie ihre einzige Chance verpatzten. Sie stellte sich die Orioles gern als verarmt und tugendhaft vor, außerstande, ihre Talente einfach zu kaufen, wie das reichere Teams taten. Das Aussehen der Spieler war für sie so wichtig, als wären sie Filmstars: Ken Singletons hohe, glänzende Backenknochen, von einer ihrer Enkelinnen beschrieben, versetzten sie in eine kleine Trance der Bewunderung. Sie hörte gern, wie Al Bumbry seinen Schläger vor dem Schlag so elegant schwänzeln ließ, wie Stanhouse die Leute verrückt machte, indem er an der Abwurfstelle zögerte. Sie wünschte, Doug deCinces würde seinen

Schnurrbart abrasieren und Kiko Garcia sich die Haare schneiden lassen. Sie fand, Earl Weaver sei nicht väterlich genug für einen richtigen Manager, und wenn er einen armen, traurigen Werfer austauschte, der kaum eine Chance gehabt hatte, redete sie ernst ins Radio, nannte ihn »Merle Beaver« aus Hohn, spuckte die Worte nur so aus. »Bloß, weil einer seine eigenen Tomaten züchtet«, sagte sie, »bedeutet noch lange nicht, daß er auch ein Herz hat.«

Manchmal zitierte Ezra sie seinen Freunden im Restaurant gegenüber, und mitten in einem Satz fiel ihm ein: O je, ich mache ja . . . eine kauzige Figur aus ihr; und alles, was er gesagt hatte, wirkte gelogen, obwohl es natürlich passiert war. Sie war eben eine sehr starke Frau (sogar eine furchterregende, in seiner Kindheit), und sie mochte geschrumpft und gealtert sein, aber ihr wahres, inneres Ich war noch enorm, überlebensgroß, mächtig. Ja, überwältigend.

Sie kamen früh ins Stadion, damit seine Mutter ihr eigenes Tempo beim Gehen beibehalten konnte, das so langsam und zögerlich war, daß die Aufstellung bereits bekanntgegeben wurde, als sie Platz genommen hatten. Ihre Plätze waren gut, in der Nähe der »Home plate«, der wichtigsten Schlagplatte. Seine Mutter ließ sich dankbar sinken, mußte dann aber, fast sofort, für die Nationalhymne wieder stehen. Für zwei Nationalhymnen; das andere Team war Toronto. Bei der Hälfte des zweiten Liedes bemerkte Ezra, daß seiner Mutter die Knie zitterten. »Möchtest du dich hinsetzen?« fragte er sie. Sie schüttelte den Kopf. Er nahm sie am Arm. Es war ein sehr heißer Tag, aber ihr Arm fühlte sich kühl und fast unnatürlich trocken an, wie mit Puder überstäubt.

Was für ein klares Grün das Gras hatte! Er wußte, was seine Mutter meinte: Präzise und eben und bunt, hatte das Spielfeld etwas von einem Brettspiel. Spieler standen herum, schwangen müßig ihre Arme. Der Schlagmann von Toronto schlug einen hohen Flugball, und der mittlere Feldspieler pflückte ihn vom Himmel, mit Leichtigkeit, fast geistesabwesend. »Na!« sagte Ezra. »Das war schnell. Gleich das erste Aus.«

Sein Kommentar hatte einen Trick. Er informierte sie so, daß man es nicht merkte, in Form eines belangloses Geplauders. »Herrjeh. Schau dir den Wechsel an.« Und: »Ist das vielleicht ein Ball? Genau an seinen Knien vorbei. Mensch, so ein Ball!« Seine Mutter hörte zu, das Gesicht erhoben und empfänglich, wie jemand in einem Konzert.

Was hatte sie davon? Sie hätte genauer folgen können, dachte er, wenn sie zu Hause am Radio geblieben wäre. (Und sie wollte nie Radio mit Kopfhörern mitnehmen; sie befürchtete, die Leute könnten es für eine Art Hörgerät halten.) Er nahm an, daß sie die Atmosphäre mochte, den Beifall und die Aufregung und den Geruch von Popcorn. Sie ließ sich sogar einen Pappbecher mit Bier von ihm holen, das dann nach einem kleinen Schluck warm wurde; und wenn das Horn ertönte, rief sie: »Angriff«, ganz sanft, mit einem verlegenen halben Lächeln um die Lippen. Drei Männer hinter ihr betranken sich – buhten und pfiffen und riefen vorbeikommenden Mädchen Unanständiges nach –, aber Ezras Mutter blieb unberührt, blickte geradeaus. »Wenn man selber dabei ist«, sagte sie zu Ezra, »bestimmt man sein eigenes Blickfeld, weißt du? Die Männer im Fernsehn oder Radio achten vielleicht gerade auf den Werfer, wenn du wissen willst, was an der Platte passiert; und du hast keine Wahl und mußt es hinnehmen.«

Ein Schlagmann zielte auf einen niedrigen Ball und traf, und Ezra (mit den Augen in jeder Richtung) sah, wie das Feld augenblicklich lebendig wurde, jeder Spieler dem ihm zugewiesenen Kurs folgte. Der Zwischenspieler – zwischen der zweiten und dritten Piatte – sprang ohne eine Sekunde Vorbereitung in die Höhe und fing den Ball; der Außenfeldspieler arbeitete sich heran wie ein Kaleidoskop; der Läufer der zweiten Platte machte einen Sternschritt, und der Zwischenspieler erwischte ihn mit dem Ball, bevor er wieder die Platte berührte, und damit war er aus. »Juhu, Garcia!« brüllte ein Betrunkener hinter ihnen, mit der grießigen, heiseren Stimme, die manche Männer auf Baseballplätzen entwikkeln; und er schüttete kaltes Bier über Ezras Nacken. »Also . . .«, sagte Ezra zu seiner Mutter. Aber er wußte nicht, wie er all das zusammenfassen sollte, was passiert war, und meinte schließlich: »Wir liegen vorn, scheint mir.«

Sie antwortete nicht. Er wandte sich zu ihr und sah, wie sie in sich zusammensank, ihr Kopf nach vorn fiel, der Pappbecher ihren Fingern entglitt. »Mutter? Mutter!« Alle rundum standen auf und drängten sich aufgeregt um ihn. »Sie braucht Luft«, meinten sie, und dann bekamen sie sie irgendwie auf dem Rücken zu liegen, dort, wo vorher ihrer aller Füße gewesen waren. Ihr Gesicht war weiß, wie Papier, starr wie zerklüftetes Gestein. Einer der Betrunkenen trat vor, um ihr den Rock schicklich über die Knie zu glätten, und ein anderer strich ihr das Haar aus der Stirn. »Es wird schon wieder«, sagte er zu Ezra. »Keine Sorge. Es ist nur die Hitze. Leute, macht Platz! Laßt sie atmen!«

Sie schlug die Augen auf. Die Luft schimmerte wie Messerblätter, mit einem harten Messing-Licht, aber Ezras Mutter blinzelte nicht einmal; und zum erstenmal begriff Ezra völlig, daß sie blind war. Es schien schon vorher so, er hatte es sich nur nicht klargemacht. Er stolperte rückwärts, hockte zu Füßen von Fremden und bekam das Gefühl, sie müßten für immer hierbleiben. Sie beide, hilflos, flach gedrückt unter dem glühenden Sommerhimmel.

Jene Nacht träumte er, daß er zwischen den Tischen in seinem Restaurant umherging. Ein langjähriger Gast, Mr. Rosen, saß unschlüssig über der Speisekarte. »Was empfehlen Sie?« fragte er Ezra. »Ich sehe, Sie haben Ihr Stroganoff, aber ich weiß nicht, das ist ein bißchen schwer. Ich meine, ich bin nicht besonders hungrig, will nur was probieren, hab' ein bißchen Druck auf meinem Magen, gleich hier unter dem Brustkorb, wissen Sie, was ich meine? Was, glauben Sie, wäre gut dafür? Was soll ich denn wohl essen?«

Genauso benahm sich Mr. Rosen auch in Wirklichkeit, und Ezra erwartete es und reagierte immer freundlich und tröstlich. Aber in dem Traum überfiel ihn eine ganz untypische Panik. »Ich habe nichts! Nichts!« schrie er. »Ich weiß nicht, was Sie wollen! Ich habe nichts! Schluß mit der Fragerei!« Und er rang seine Hände beim Gedanken an seinen leeren, glänzenden Eisschrank und seinen müßigen Herd.

Er wachte schwitzend auf, verheddert in feuchte Leintücher.

Die Dunkelheit hatte etwas Weißes an sich, was ihn glauben ließ, die Dämmerung sei nahe. Er stieg aus dem Bett, hielt seine Schlafanzughosen fest, ging hinunter und goß sich ein Glas Milch ein. Dann wanderte er ins Wohnzimmer auf der Suche nach einer Zeitschrift, fand aber nur Hefte, die schon Monate alt waren. Schließlich ließ er sich auf dem Teppich neben dem Schreibtisch seiner Mutter nieder und zog die unterste Schublade auf.

Ein Rezept für Marmeladekuchen: *Aus der Küche von . . .* ohne den Namen dazu. Irgendein Zeugnis, zusammengerollt und mit einem verschmutzten blauen Band zusammengebunden. Ein Zeitungsausschnitt: *Borstenzapfenkiefern, unter Belastung, horten all ihre Lebenskraft in einer einzigen Ader und lassen den Rest absterben.* Ein Photo seiner Schwester im Abendkleid mit einem Gardenienkränzchen ums Handgelenk. Ein Tagebuch von 1909, mit einem gepreßten Veilchen zwischen den Seiten. *Mein gelbes Kleid gewaschen, salzgetriebenes Brot gemacht, Basketball gespielt,* las er. *Kaufte einen Hutstumpen bei Warner und dekorierte ihn mit grünem Seidenrips. Tomaten eingemacht. Zum Drill für den Sportaufmarsch gegangen. Fortschritte beim Mikado.*

Ihre Vitalität summte im Zimmer um ihn herum. Sie machte dauernd etwas mit ihren »Miedern«, von denen Ezra annahm, es handele sich um Blusen. Mieder besticken oder Mieder ausbessern oder Material für ein Mieder kaufen oder neues Band an ein Mieder nähen, Einsatz in ein Mieder nähen, Einsatz aus einem Mieder *trennen,* ihr rotkariertes Mieder in Biesen legen, bis der Faltenleger kaputtging, neue Ärmel an ein Mieder machen – sie hatte sogar, eine ganze Woche lang, einen Kurs besucht, »Zuschneiden einer Hemdbluse«. Sie bügelte ein Mieder, nähte eine Korsetthülle, stopfte ihre Strümpfe, änderte einen Hüftgürtel, stickte eine Steppdecke, ein Monogramm in ein Handtuch, schnitt Flanell für Röcke zu. (Und doch hatte Ezra in all der Zeit, die er sie kannte, nie beobachtet, daß sie auch nur ein Geschirrtuch säumte.) Sie ging, um einen Vortrag, »Donnerschläge von der Guillotine«, zu hören. Sie belästigte den Tierarzt mit einem Leiden von Prinz – einem verletzten Kniegelenk, was immer das war. Sie verkaufte Eintrittskarten für verschiedene Zusammenkünfte, für Amateuraufführungen und Picknicks der Missionsgesellschaft. Sie machte einen Besuch bei ihrem Onkel, fand aber seine Tür doppelt verschlossen und nur ein Dielenfenster offen.

In Ezras schlummerndem, regungslosen Haushalt kam das einzig laute Geräusch von der fünfzehnjährigen Pearl, wie sie ihre Unterröcke raffte, um durch das Fenster von damals zu klettern.

Täglich, in verschiedenen Buchläden, ging Ezra vom Merck-Handbuch zu anderen Büchern über, einfacher zu gebrauchen, für Laien bestimmt. Bei mehreren war der Index nach Symptomen angeordnet, auch *Schwellung* war darunter. Er fand, daß seine Schwellung tatsächlich ein Lymphknoten sein könnte – eine vorübergehende Verdickung als Reaktion auf eine kleine Infektion. Oder es könnte auch ein Bruch sein. Oder etwas Schlimmeres. *Fragen Sie Ihren Arzt,* las er. Aber er tat es nicht. Jeden Morgen, noch im Schlafanzug, prüfte er die Schwellung mit den Fingern und beschloß, Dr. Vincent anzurufen, änderte aber später seine Meinung. Angenommen, es stellte sich heraus, daß es Krebs war: Warum sollte er sich diesen Behandlungen unterziehen – der Bestrahlung und den toxischen Medikamenten? Besser einfach sterben.

Er bemerkte, daß er vom Sterben wie von einer Art Abenteuer dachte, etwas Neuem, das er noch nicht erlebt hatte. Wie eine ungewöhnliche Urlaubsreise.

Seine Schwester Jenny kam mit ihren Kindern vorbei. Es war ein Mittwoch, ihr freier Vormittag. Sie übernahm das Haus ohne alle Mühe. »Wo ist euer Bügelzeug? Gib mir euer Bügelzeug«, sagte sie – und: »Quin, geh da runter.« Sie hatte so viel Energie; sie verausgabte sich mit solcher Rücksichtslosigkeit. In ihren abgetragen wirkenden Kleidern, schiefgetretenen Schuhen, mit ihrem schwarzen Haar, das hinter ihr wippte, flog sie durchs Wohnzimmer. »Ich finde, du solltest eine Klimaanlage kaufen, Mutter. Hast du von der letzten Messung der Luftverschmutzung gehört? Für jemand in deinem Gesundheitszustand . . .«

Ihre Mutter, vor Mattigkeit sprachlos, überstand diesen Sturm von Worten und hob dann eine weiße Hand. »Komm näher, damit ich deine Haare sehen kann«, sagte sie.

Jenny kam näher und ließ sich anfassen. Ihre Mutter strich ihr mit einem unzufriedenen Ausdruck im Gesicht übers Haar. »Ich weiß nicht, warum du nicht mehr auf dein Aussehen achten kannst«, sagte sie. »Wie lang bist du nicht mehr beim Friseur gewesen?«

»Ich bin eine beschäftigte Frau, Mutter.«

»Wieviel Zeit brauchst du für einen Haarschnitt? Und Make-up trägst du auch keins, oder? Oder? Bei dieser Beleuchtung kann man es schwer feststellen. O Jenny. Was denkt sich bloß dein Mann. Er wird denken, du gibst dir keine Mühe. Du hast dich gehenlassen. Es könnte wahrscheinlich passieren, daß ich dir auf der Straße begegne und dich gar nicht erkenne.«

Ihr Lieblingsausdruck, erschien es Ezra: Ich würde dich auf der Straße nicht erkennen. Sie gebrauchte ihn, wenn sie von Jennys nachlässiger Pflege ihres Aussehens sprach, von Codys spärlichen Besuchen, von Ezras Neigung, Gewicht anzusetzen. Ezra sah plötzlich ein breites, leeres Trottoir vor sich, das seine verschiedenen Angehörigen entlanggingen, ihre Gesichter voneinander abgewandt.

Jennys Kinder bummelten durchs Haus, sahen gelangweilt und angewidert aus. Das Baby kaute an einer Vorhangschnur. Jane, die Neunjährige, hockte so beiläufig auf Ezras Knie, als sei er ein Möbelstück. Sie roch nach Buntstiften und Erdnußbutter – vertraute Gerüche, die sein Herz erwärmten. »Was machst du heute abend in deinem Restaurant?« erkundigte sie sich.

»Kalte Sachen. Salate. Suppen.«

»Suppen sind heiß«, sagte sie.

»Nicht unbedingt.«

»Oh.«

Sie hielt ein, vielleicht um diese Information in einem geordneten Aktenschrank in ihrem Kopf aufzubewahren. Ezra war gerührt von ihrer Bereitschaft, sich anzupassen – von ihrer liebenswürdigen Anpassungsfähigkeit. War es möglich, fragte er sich manchmal, daß Kinder Erwachsene mit Geduld ertrugen? Wenn

Erwachsene auf Sauberkeit bestanden, auf »bitte« und »danke« – na ja, schön, wenn es ihnen soviel zu bedeuten schien. Es war nicht wichtig genug, um deshalb zu streiten. Dies ist ein transitives Verb, sagte irgendein Erwachsener, und die Kinder machten es mit; auch wenn es für sie belanglos war, ehrlich. Transitiv, intransitiv, wem machte das was aus? Was war das für ein Unterschied? Es war alles eine Fremdsprache, sowieso.

»Vielleicht könntest du mich in dein Restaurant zum Abendessen einladen«, sagte Jane zu Ezra.

»Ich würde dich liebend gern zum Abendbrot einladen.«

»Vielleicht könnte ich eine Freundin mitbringen.«

»Gewiß.«

»Ich komme mit Barbie.«

»Das wäre wunderbar«, sagte Ezra.

»Und du bringst auch jemand mit.«

»Alle meine Freunde arbeiten im Restaurant.«

»Triffst du dich denn nie mit jemand?«

»Aber natürlich.«

»Ich meine nicht bloß so eine von den Köchinnen, die deine Kumpel sind.«

»Oh, zu meiner Zeit hatte ich auch Verabredungen.«

Auch das ordnete sie ein.

Jenny kritisierte den Arzt ihrer Mutter. Sie meinte, er sei zu alt, zu altmodisch – zu allgemein, sagte sie. »Du brauchst einen guten Internisten. Zufällig kenne ich einen Mann in der . . .«

»Ich bin zu Doktor Vincent gegangen, seit ich in Baltimore lebe«, entgegnete ihre Mutter.

»Was hat das damit zu tun?«

»Wir wechseln nicht alle nur um des Wechsels willen.«

Jenny rollte ihre Augen in Richtung Ezra.

Ezra schlug vor: »Vielleicht könntest du ihr Arzt sein.«

»Ich bin mit ihr verwandt, Ezra.«

»Um so besser«, meinte Ezra.

»Außerdem ist Kinderheilkunde mein Gebiet.«

»Jenny«, sagte Ezra. »Was würdest du sagen . . .«

Er sprach nicht weiter. Jenny hob ihre Augenbrauen.

»Was, würdest du sagen, ist die häufigste Krankheit deiner Patienten?«

»Mutteritis«, sagte sie zu ihm.

»Oh.«

»Warum fragst du?«

»Nicht etwa, hm, Krebs oder so was.«

»Warum fragst du?«

Er zuckte bloß die Achseln.

Nachdem sie das Bügelzeug weggeräumt hatte, eine Einkaufsliste aufgestellt und die Kinder eingesammelt, sagte sie, sie müsse jetzt gehn. Sie legte ihre Wange an die der Mutter und tätschelte Ezras Arm. »Ich begleite dich zum Auto«, meinte er.

»Nicht nötig.«

Er tat es trotzdem, nahm ihr den Wäschesack ab, während sie das Baby rittlings auf der Hüfte trug. Sie begegneten dem Briefträger. Er war so tief zu Boden gebeugt, daß er sie nicht einmal bemerkte.

Draußen beim Wagen sagte Ezra: »Ich habe so einen Knoten.«

»Oh?« fragte Jenny. »Wo?«

Er berührte seine Leistengegend. »Am Morgen ist er noch klein«, sagte er, »aber gegen Abend ist er so groß, er ist wie ein Stein oder so etwas in meiner Hosentasche. Ich frage mich, ob es – du weißt schon. Ob es Krebs ist.«

»Es ist nicht Krebs. Schon eher ein Bruch, wie es sich anhört«, sagte sie. »Geh zum Arzt.« Sie stieg ins Auto und schnallte das Baby in seinem Babysitz fest. Dann beugte sie sich aus dem offenen Fenster. »Habe ich auch alle Kinder?« fragte sie.

»Ja.«

Sie winkte und fuhr los.

Wieder im Haus sah er seine Mutter am Fenster stehn, genauso als könnte sie sehen. »Das Mädchen da hat eine zu große Familie«, bemerkte sie. »Wie kommt dir Jenny vor?«

»Ach, genauso wie immer.«

»Ich meine, findest du nicht, daß sie sich hat gehenlassen? Was hat sie denn angehabt, zum Beispiel?«

Er versuchte, sich zu erinnern. Es war etwas Blasses, aber völlig annehmbar, dachte er. War es etwas Blaues? Oder Graues? Er versuchte, sich ihre Frisur vorzustellen, den Typ ihrer Schuhe, aber das einzige, was ihm einfiel, waren die ziselierten Linien, die schon immer, schon in ihrer Mädchenzeit, um ihren Hals gelaufen waren – Ringe von Linien, die ihr ein üppiges Aussehen gaben. Aus irgendeinem Grund stimmten diese Fältchen ihn jetzt traurig, ebenso wie Jennys fast olivfarbene Hände mit den schartigen, ovalen Fingernägeln, und die Fältchen in den Augenwinkeln, und die Neuigkeit, daß sein Leben also doch weitergehen würde und weiter und weiter.

»Sechster Februar, neunzehn-zehn«, las Ezra vor. *»Ich habe ein paar Extrafeine Schottische gebacken, aber sie wurden nicht gut genug, um sie zum Tee mitzubringen.«*

Seine Mutter, die aufmerksam zuhörte, dachte eine Weile darüber nach. Dann machte sie ihre Geste des Abtuns und begann wieder, in ihrem Schaukelstuhl zu schaukeln.

»Ich sattelte Prinz und ritt in die Stadt wegen brauner Seidenhandschuhe und einem Eisbeutel. Dann holte ich meine Hutformen heraus und wusch meinen Strohhut. Machte zum Abendessen ein paar . . .«

»Geh weiter«, sagte seine Mutter.

Er fingerte durch die Seiten, überflog *Knopflochstich* und *Wassermelonenparty* und *schöner Pelzbesatz für 22.50 Dollar. »Früh am Morgen«*, las er seiner Mutter vor, *»ging ich heute hinter das Haus, um zu jäten. Kniete im Dreck beim Stall mit schmutziger Schürze und Schweiß den Rücken hinunter, wischte mein Gesicht mit dem Ärmel ab, griff nach der Pflanzgabel und dachte ganz plötzlich: Wirklich, ich glaube, daß ich genau in diesem Augenblick vollkommen glücklich bin.«*

Seine Mutter hörte auf zu schaukeln und hielt ganz still.

»Die Tonleitern der kleinen Bedloe schwebten aus ihrem Fenster«, las er, *»und eine Fleischfliege summte im Gras, und ich sah, auf was für einem schönen, grünen, kleinen Planeten ich kniete. Es kümmert mich nicht, was noch kommt, ich habe diesen Augenblick gehabt. Er gehört mir.«*

Das war das Ende des Eintrags. Er schwieg.

»Danke, Ezra«, sagte seine Mutter. »Du brauchst nicht weiterzulesen.«

Dann erhob sie sich unsicher aus ihrem Stuhl und ließ sich von ihm zum Mittagessen in die Küche führen. Er lenkte sie sanft, Schritt für Schritt. Ihm schien, er müsse sehr vorsichtig mit ihr sein. Sie überquerten die Rundung der Erde, klein und standhaft, von Gefährten umgeben: Jenny mit ihren Kindern flog vorbei, die Trunkenbolde im Stadion, die augenblicklich nüchtern wurden, als ihre Hilfe gebraucht wurde, die Baseballspieler sprangen gehorsam im Sonnenlicht in die Höhe, und Josiah, mit seinem unbekannten Spender so tief und so geheimnisvoll verbunden wie Ezra selbst mit der Frau neben ihm.

10
Dinner im Heimweh-Restaurant

Als Pearl Tull starb, befand sich Cody auf einer Wildgansjagd und war zwei Tage nicht erreichbar. Er hauste mit Luke in einer Hütte, die seinem Geschäftspartner gehörte. Es gab dort kein Telephon, und die Straßen waren nicht viel mehr als Schneisen für den Transport von Holzstämmen.

Am späten Sonntagabend, als sie zurückkehrten, kam Ruth auf die Einfahrt hinaus. Die Nacht war kühl, und sie trug keinen Pullover, sondern schlang die Arme um sich, während sie auf das Auto zuging, ihr weißes, sommersprossiges Gesicht war seltsam gefaßt, und ihr blaßrotes Haar sträubte sich im Wind. Cody dachte sich schon, daß etwas Schlimmes passiert war. Ruth haßte Kälte, normalerweise hätte sie im Haus gewartet.

»Schlechte Nachrichten«, sagte sie. »Tut mir leid.«

»Was ist passiert?«

»Deine Mutter ist nicht mehr.«

»Großmama ist *gestorben?«* fragte Luke, wie um sie zu verbessern.

Ruth küßte Luke auf die Wange, behielt aber Cody im Auge, vielleicht um das Ausmaß des Schadens zu schätzen. Cody, der müde die Autotür hinter sich zuwarf, war selbst nicht sicher über das Ausmaß des Verlusts. Seine Mutter war eine schwierige Frau gewesen, natürlich. Aber trotzdem . . .

»Sie starb im Schlaf, gestern früh«, sagte Ruth. Sie nahm Codys Hand in ihre beiden Hände und preßte sie, ganz fest – der Schmerz, den er fühlte, war rein körperlich. Er stand eine Weile da, ließ sie gewähren; dann machte er sich sanft los und ging, um den Kofferraum aufzumachen.

Sie hatten keine Gänse erbeutet – die Jagd war in Wirklichkeit ein lahmer Vorwand gewesen, um ein bißchen Zeit mit Luke zu verbringen, der jetzt in die letzte Klasse der High-School ging und nicht mehr lange bei ihnen sein würde. Cody hatte nur die

Gewehre in ihren Segeltuchfutteralen und einen Kleidersack auszuladen. Luke brachte die Kühltasche. Sie gingen schweigend aufs Haus zu. Cody hatte immer noch nicht reagiert.

»Die Bestattung ist morgen um elf«, sagte Ruth. »Ich habe Ezra gesagt, daß wir morgen früh da sind.«

»Wie nimmt er es?« fragte Cody.

»Er klang ganz in Ordnung.«

Hinter der Haustür setzte Cody den Kleidersack ab und lehnte die Gewehre gegen die Wand. Er stellte fest, daß er nicht so sehr Trauer als eine Schwere empfand. Obwohl er schlank war, noch gut in Form, hatte er das Gefühl, als sei er plötzlich in sich zusammengesunken und kompakter geworden. Seine Augen waren schwer und trocken, und sein Schritt schien zu fest für die schmalen, gebohnerten Dielenbretter im Eingang.

»Also, Luke«, sagte er.

Luke schien betäubt, oder vielleicht einfach schläfrig. Er blinzelte blaß unter dem hellen Licht.

»Möchtest du zur Beerdigung gehn?« fragte ihn Cody.

»Sicher, glaube ich«, sagte Luke.

»Du mußt nicht.«

»Mir egal.«

»Natürlich geht er«, sagte Ruth. »Er ist ihr Enkel.«

»Das verpflichtet ihn zu nichts«, erklärte ihr Cody.

»Natürlich verpflichtet es ihn.«

Da genau unterschieden sie sich. Sie hätten die ganze Nacht darüber streiten können, wenn Cody nicht so erschöpft gewesen wäre.

Auf ihrer Fahrt nach Süden fuhr Cody Ruths Wagen, weil sein eigener immer noch von der Gänsejagd dreckbespritzt war. Er nahm an, sie würden in einer glänzenden, offiziellen Begräbnisprozession mitfahren müssen. Aber als er das Ruth gegenüber zufällig erwähnte, auf der Hälfte der Schnellstraßenstrecke, erklärte sie, Ezra habe gesagt, ihre Mutter habe Feuerbestattung bestimmt. (»Du liebe Güte«, seufzte Luke.) Es würde daher nur den Gottesdienst geben – keine Fahrt zum Friedhof und kein

Begräbnis. »Sehr vernünftig«, sagte Cody. Er dachte an das ordentliche Knochengerüst seiner Mutter, an den krausen Knoten an ihrem Hinterkopf. Gab es diese stolze, kleine Gestalt überhaupt noch? War sie bereits zu Asche geworden? »Ach, Gott, es ist barbarisch, wie immer man es betrachtet«, sagte er zu Ruth.

»Was, Feuerbestattung?« fragte sie.

»Tod.«

Sie eilten dahin – Cody in seinem feinsten grauen Anzug, Ruth in steifem Schwarz neben ihm. Luke saß hinten und blickte aus dem Seitenfenster. Sie fuhren jetzt am Ring entlang, auf Baltimore zu. Es ging an Bäumen vorbei, lodernd von rotem und gelbem Laub, an Einkaufsstraßen, vollgestopft mit gewöhnlichem Montagmorgenverkehr. »Als ich ein Junge war, war das noch alles freies Land«, sagte Cody zu Luke.

»Hast du mir erzählt.«

»Baltimore war nur eine kleine Hafenstadt.«

Keine Antwort. Cody sah im Rückspiegel nach Luke. »Du«, sagte er. »Möchtest du den Rest des Weges fahren?«

»Nein, schon in Ordnung.«

»Wirklich. Willst du?«

»Laß ihn doch«, flüsterte Ruth.

»Was?«

»Er ist durcheinander.«

»Weswegen?«

»Deine Mutter, Cody. Du weißt, wie er immer an ihr gehangen hat.«

Cody konnte sich nicht vorstellen, wie irgend jemand an seiner Mutter gehangen haben könnte – von Ezra abgesehen, den manche für einen Heiligen hielten. Er prüfte Lukes Gesicht wieder im Spiegel, aber was sagte so ein teilnahmsloser Blick schon? »Zum Teufel«, fluchte er, »ich habe doch nur gefragt, ob er fahren will.«

Die Stadt schien noch verkommener als sonst, wie sie so hinschlitterte unter einem fahlblauen Himmel. »Schau, da drüben«, sagte Cody. »Linseys Süßwaren und Tabak. Die haben Zigaretten an Minderjährige verkauft. Bobbie Joes Barbecue. Und da ist meine alte Schule.«

An der Calvert Streeet standen die Reihenhäuser in zwei endlosen Zeilen. »Ich verstehe nicht, wie du gewußt hast, wo du zu Hause warst«, hatte Luke einmal erklärt, und Cody hatte gestaunt. Oh, wenn man hier lebte, wußte man das. Sie waren überhaupt nicht gleich, in Wirklichkeit. Eines hatte Dutzende von Rosenstöcken in seinem winzigen Vorgarten aufgereiht, ein anderes eine beleuchtete Madonna, die Tag und Nacht im Wohnzimmerfenster glühte. Manche hatten ihre Verzierungen in erstaunlichen Farben angemalt, selbstbewußt, wie Leute, die das Kinn vorstrecken. Der Umstand, daß sie aneinandergebaut waren, bedeutete nichts.

Er parkte vor dem Haus seiner Mutter. Er glitt aus dem Wagen und streckte sich, während er auf Ruth und Luke wartete.

Inzwischen wäre Pearl schon aus der Tür gekommen und halb die Stufen herunter, ihre eifrigen, juckenden Finger nach den dreien ausgestreckt.

»Ist das der Wagen deiner Schwester?« fragte ihn Ruth.

»Keine Ahnung, was für ein Auto sie fährt.«

Sie stiegen die Stufen hinauf. Ruth hatte sich mit der Hand von hinten in Lukes Gürtel eingehakt. Er war zu groß, als daß sie ihm noch den Arm um den Nacken hätte legen können, wie früher.

Als Cody das erstemal von zu Hause weggegangen war, pflegte er anzuklopfen, wenn er zu Besuch kam. Es war ein Akt, absichtlich und geplant; es war eine Kränkung für seine Mutter. Sie hatte das gewußt und protestiert. »Kannst du nicht einfach reinkommen? Mußt du dich wie Besuch benehmen?« »Aber Besuch bin ich doch«, hatte er gesagt. Sie hatte angefangen, ihn auszutricksen; hatte auf der Lauer gelegen, war losgerannt beim allerersten Geräusch seiner Schuhe auf dem Trottoir. (Also war es, vielleicht, nicht Liebe allein, was sie die Treppen hinunterstürzen ließ.) Jetzt, quer durch die Veranda, wußte Cody nicht, ob er klopfen oder einfach die Tür aufmachen sollte. Nun, vermutlich gehörte dieses Haus jetzt Ezra. Er klopfte.

Ezra sah traurig und erschöpft aus, er füllte kaum den Khakianzug, den niemand außer ihm passend gefunden hätte. Wie immer wirkte er schnurrbartlos, jungengesichtig. Zwischen seinem Kragen und seinem Krawattenknoten war ein Abstand. Ein Taschentuch bauschte sich unordentlich aus seiner Brusttasche. »Cody. Komm rein«, sagte er. Er berührte Codys Arm auf diese vorsichtige Art, die ihm eigen war – es war mehr als ein Händedruck, aber weniger als eine Umarmung. »Ruth? Luke? Wir haben uns schon Sorgen um euch gemacht.«

Aus den düsteren Tiefen des Hauses trat Jenny vor und gab jedem einen Kuß. Sie roch nach irgendeinem komplizierten Parfum, schien aber wie immer hastig gekleidet – ihr maßgeschneiderter Mantel stand offen, ihr dunkles Haar wirkte struppig und verwirrt. Ihr Ehemann kam hinter ihr angewandert, fett und bärtig, wohlwollend. Er schlug Cody auf die Schulter. »Nett, dich zu sehn. Zu schade, das mit deiner Mutter.«

»Danke, Joe.«

»Wir müssen jetzt sofort zur Kirche aufbrechen«, sagte Jenny. »Wir müssen früh losfahren, weil wir unterwegs ein paar von den Kindern aufsammeln müssen.«

»*Ich* bin fertig«, sagte Cody.

Ezra fragte: »Aber wollt ihr vorher nicht noch Kaffee?«

»Nein, nein, wir wollen los.«

»Schaut mal«, sagte Ezra, »ich hatte Kaffee und Gebäck geplant, ehe wir aufbrechen. Ich hatte angenommen, ihr kämt früher.«

»Wir haben schon Frühstück gehabt«, erklärte ihm Cody.

»Aber es steht alles auf dem Tisch.«

Cody fühlte, wie die alte, vertraute Gereiztheit in ihm aufstieg. »Ezra . . .«, sagte er.

»Das war aufmerksam von dir«, meinte Ruth zu Ezra, »aber wirklich, es geht uns gut, und wir möchten die Leute nicht warten lassen.«

Ezra sah auf die Uhr. Er schaute hinter sich, in Richtung Eßzimmer. »Es ist erst zehn Uhr fünfzehn«, sagte er. Er ging zu einem Fenster, das auf die Straße blickte, und hob den Vorhang hoch.

Jetzt wurde klar, daß er etwas im Sinn hatte, und die andern standen wartend herum. (Er konnte einen rasend machen mit seiner Langsamkeit, und er wurde um so langsamer, je mehr man ihn drängte.)

»Es ist so«, sagte er endlich.

Er hustete.

»Ich habe eigentlich Dad erwartet.«

Eine leere, platte Pause trat ein.

»Wen?« fragte Cody.

»Unseren Vater.«

»Aber wie soll er das wissen?«

»Also, hm, ich habe ihn eingeladen.«

»Ezra, du lieber Gott«, sagte Cody.

»Es war nicht meine Idee«, erklärte Ezra, »es war die von Mutter. Sie sprach davon, als sie so krank wurde. Sie sagte: ›Schau in mein Adreßbuch. Bitte alle, die drinstehn, zu meiner Bestattung.‹ Zuerst habe ich mich gewundert, wen sie meint. Ihr wißt, sie hat nie jemand geschrieben, und die meisten ihrer Verwandten sind tot. Aber sobald ich das Adreßbuch aufmachte, hatte ich's vor Augen: Beck Tull. Mir war nicht mal klar, daß sie wußte, wohin er weggelaufen war.«

»Er hat ihr geschrieben; dadurch hat sie's gewußt«, sagte Cody.

»Wirklich?«

»Von Zeit zu Zeit kamen solche Briefe, in denen er angegeben hat, geprahlt. *Geht mir gut . . . erwarte Gehaltserhöhung* . . . Ich hab' reingespitzt, wenn Mutter nicht hinsah.«

»Davon hatte ich überhaupt keine Ahnung«, sagte Ezra.

»Was hätte das geändert?«

»Ach, ich weiß nicht . . .«

»Er hat uns im Stich gelassen, als wir klein waren. Wieso bist du jetzt an ihm interessiert?«

»Ach, bin ich nicht«, antwortete Ezra. Und Cody, der sich so oft über Ezras weiches Herz aufgeregt hatte, sah, daß es stimmte, in diesem Fall: Es war ihm wirklich gleichgültig. Er sah Cody mit seinen so besonders klaren, lichterfüllten Augen direkt an und fuhr fort: »Mutter wollte es; nicht ich. Ich habe ihn nur angerufen und gesagt: ›Hier ist Ezra. Mutter ist gestorben, und wir bestatten sie Montag um elf.‹«

»Ja, und dann habe ich ihm gesagt, er könnte vorher hier zu Hause vorbeikommen, wenn er früh genug dran ist.«

»Aber du hast nicht gefragt: ›Wie geht's dir?‹ oder ›Wo warst du?‹ oder ›Warum bist du weg?‹«

»Ich habe nur gesagt: ›Hier ist Ezra. Mutter ist gestorben, und . . .‹«

Cody lachte.

»Jedenfalls«, meinte Jenny, »sieht es nicht so aus, als ob er kommt.«

»Nein«, stimmte Cody zu, »aber überlegt mal. Ich meine, kapiert ihr nicht? Zuerst läuft er weg, und Mutter tut so, als wäre es nicht so. Aus Stolz, oder Trotz, oder was immer – nie verliert sie ein Wort darüber, macht uns allen vor, daß er nur auf einer Geschäftsreise ist. Einer Geschäftsreise von fünfunddreißig Jahren. Dann ruft Ezra ihn an und macht genau dasselbe. ›Hier ist Ezra‹, sagt er, als hätte er Dad gestern gerade gesehn –«

Jenny fragte: »Können wir jetzt losfahren? Meine Kinder werden sich zu Tode frieren.«

»Aber sicher«, antwortete Ruth. »Cody, Schatz, ihre Kinder warten auf uns.«

»Mutter hätte das gemacht, ganz genau«, sagte Cody. »Wenn Dad hereingekommen wäre, hätte sie gesagt: ›Ach, da bist du ja. Sag mir doch, ob mein Unterrock vorschaut.‹«

Joe lachte kurz und bellend. Ezra lächelte, aber seine Augen verschleierten sich mit Tränen. »Das stimmt«, bestätigte er. »Das hätte sie gemacht. Wißt ihr? Ja, wirklich, genauso.«

»Also, schön, ganz genau«, meinte Jenny. »Gehn wir jetzt?«

Sie war schließlich noch sehr klein gewesen, als ihr Vater weglief. Sie behauptete, ihn ganz vergessen zu haben.

Bei der Feier trug der Geistliche, der ihrer Mutter nie begegnet war, eine Lobrede vor, so vage, so allgemein, so generell anwendbar, daß Cody an das Gesellschaftsspiel dachte, wo Leute wahllos Wörter ausfüllen und dann über die Geschichte, die sich ergibt, hysterisch kichern. Pearl Tull, sagte der Pfarrer, war eine aufopfernde Gattin und liebende Mutter und eine Säule der Gemeinde.

Sie hat ein langes, erfülltes Leben gelebt und war am Busen ihrer Familie gestorben, die um sie trauerte, aber Trost fand in dem Wissen, sie sei nun an einem viel schöneren Ort.

Es war dem Geistlichen entfallen, oder vielleicht hatte er es nie erfahren, daß sie über ein Dritteljahrhundert von niemand die Gattin gewesen war; daß sie eine verzweifelte, zornige, manchmal furchteinflößende Mutter gewesen war; und daß sie nie das blasseste Interesse an ihrer Gemeinde gezeigt hatte, sondern sich vielmehr in ihr aufgehalten hatte wie ein Besucher aus einer vornehmeren Nachbarschaft, auf der Straße immer nur mit Hut, und die Türen fest verschlossen, wenn sie zu Hause war. Daß ihr Leben zwar tatsächlich sehr lang gewesen war, aber nie erfüllt; *verkümmert* wäre schon richtiger. Oder kleingemacht. Oder ... wie hieß der Ausdruck, den Cody suchte? Am Spalier gezogen. Verdreht und an die Wand gedrückt – und das um so mehr, je mehr sie gealtert und geschrumpelt war, das Augenlicht verloren und sich immer schwerer auf Ezra gestützt hatte. Daß sie überhaupt nicht fromm war, ihren Fuß seit Jahrzehnten nicht in diese Kirche gesetzt hatte; und wenn sie auch in gewissen, launigen Stimmungen vielleicht die Möglichkeit eines Paradieses erwähnt hatte, so war doch die Vorstellung, sie könnte dort weilen und zapplig und vorwurfsvoll Verdruß verbreiten, für Cody nicht gerade tröstlich.

Cody saß rechts in der vordersten Bank, der Inbegriff eines verwaisten und braven Sohnes. Aber skeptische Gedanken ergossen sich so laut durch seinen Kopf, daß er fast glaubte, die Gemeinde müsse sie hören. Er war in seine Kindheit zurückversetzt, schien es, und voller Angst, seine Mutter könne seine Gedanken so fließend lesen, wie sie die Temperatur im Innern eines Brathuhns feststellte, indem sie seinen Schenkel ein einziges Mal verächtlich zwickte. Er sah Ruth von der Seite an, aber sie hörte dem Geistlichen zu.

Der Pfarrer gab das Schlußlied an, das Pearl für diesen Anlaß vorgesehen hatte: »Nach und nach werden wir es alle verstehen.« Reverend Thurman wirkte verwirrt, als er sein langes, knochenloses Gesicht hob, um den Gesang anzuführen – vielleicht weniger durch die geheimnisvollen Wege des Herrn als durch die verschlossene Art dieser Trauergesellschaft. Die meisten starrten nur in aufgeschlagene Gesangbücher, folgten stumm jedem Vers. Und sie waren nur so wenige: ein paar von Ezras Mitarbeitern, einige verdrossene Enkelkinder – Teenager, die schmollend über etliche Bänke verstreut saßen – und fünf oder sechs unbekannte, alte Leute, die wahrscheinlich als Gemeindemitglieder hier waren, aber den Eindruck machten, als seien sie schutzsuchend von der Straße hereingewandert, Einkaufstüten mit Griffen aus Bindfaden neben sich.

Als der Gottesdienst zu Ende war, stieg der Geistliche von der Kanzel herab und blieb vor Cody stehn, um ihm als dem Erstgeborenen Händedruck und Beileid zu entbieten. »Mein ganzes Mitgefühl . . . weiß, was für ein Verlust . . .«

»Danke«, sagte Cody, und er und Ruth und der Pfarrer gingen den Mittelgang hinunter. Jenny und Joe folgten, als letzter kam Ezra und schnaubte sich die Nase. Von Rechts wegen hätten die Enkelkinder auch aufstehen müssen, aber dann wären kaum noch Trauergäste vorhanden gewesen.

Die Kälte draußen war eine Erlösung, und Cody war dankbar über den polternden Verkehrslärm auf der Straße. Er stand zwischen Jenny und Ruth und nahm das Gemurmel von Fremden entgegen. »Schöner Gottesdienst«, sagten sie zu ihm.

»Vielen Dank«, antwortete er.

Er hörte, wie eine Frau, drüben beim Kircheneingang, zu Ezra sprach: »Tut mir so leid, Ihr Kummer«, und Ezra sagte, ganz freundlich: »Oh, schon in Ordnung« – obwohl für Ezra allein, als einzigem der drei, dieser Tod eindeutig *nicht* in Ordnung war. Womit würde er jetzt sein Leben ausfüllen? Er war die Augen seiner Mutter gewesen. Zuletzt auch ihre Hände und Füße. Jetzt, nachdem sie nicht mehr da war, würde er jede Nacht nach Hause kommen und . . . ja, was? Was würde er tun? Einfach allein auf dem Sofa sitzen, stellte Cody sich vor; oder auf dem Bett liegen, komplett angezogen, und in die flirrende, bräunliche Luft über seinem Bett starren.

Jenny fragte: »Hat Ezra dir gesagt, daß wir uns danach in seinem Restaurant treffen?«

Cody stöhnte. Er schüttelte einem alten Mann die Hand und

antwortete Jenny: »Ich hab's gewußt. Ich hab's einfach gewußt.« Hatte er es nicht bereits zu Ruth gesagt? Im Auto, auf dem Herweg, hatte er erklärt: »O Gott, ich nehme an, da wird es wieder so ein Dinner geben. Wir werden eins von diesen ewigen Familienessen in Ezras Restaurant absitzen müssen.«

»Wahrscheinlich ist er zu durcheinander«, sagte Ruth. »Ich zweifle, ob er jetzt ein Dinner veranstaltet.«

Das zeigte, daß sie Ezra nicht so gut kannte, wie sie es sich immer eingebildet hatte. Natürlich würde er ein Dinner machen. Jeder Vorwand war ihm recht – Hochzeit oder Verlobung oder Name des Neffen auf der Ehrenliste. »Dinner im Heimweh-Restaurant! Die ganze Familie! Einfach eine gemütliche Familienzusammenkunft . . .«, und er würde sich die Hände reiben, in seiner irritierenden Art. Ohne Zweifel war sein Personal genau in diesem Augenblick bei der Arbeit, bereitete die . . . wie hieß es noch? . . . die Trauerbraten vor. Cody seufzte. Aber er befürchtete, daß sie alle teilnehmen mußten.

Der alte Mann mußte etwas gesagt haben; er wartete auf eine Antwort von Cody. Er legte sein gerötetes, hageres Gesicht schief, unter einem gepflegten, silbrigen Haarbusch, der die Sonne durchscheinen ließ. »Danke«, antwortete Cody. Doch das war offenbar die falsche Reaktion. Der alte Mann arrangierte seinen Mund irgendwie enttäuscht. »Hm . . .«, sagte Cody.

»Ich sagte«, erklärte ihm der alte Mann, »ich sagte: ›Cody? Kennst du mich?‹«

Cody kannte ihn.

Er hätte nicht so lange brauchen dürfen. Da waren Hinweise, die ihm gleich hätten auffallen müssen: diese fächerförmige Tolle, noch stark und scharf gewellt; das leuchtende Blau der Augen; das Gangsterhafte seines schlecht sitzenden blauen Nadelstreifenanzugs.

»Ja«, sagte der alte Mann, mit einem triumphierenden Nikken. »Dein Vater spricht zu dir, Cody.«

Cody sagte zu Jenny: »Ich bin nicht sicher, ob Ezra dran gedacht hat, ein Gedeck für Vater aufzulegen.«

»Was?« fragte sie und sah Beck Tull an. »Oh«, meinte sie dann.

»Im Restaurant. Hat er dran gedacht?«

»Aber ja doch, wahrscheinlich«, antwortete sie.

»Keine große Angelegenheit«, sagte Cody zu Beck.

Beck starrte ihn an.

»Nur ein leichter Imbiß im Heimweh.«

»Wovon redest du?« fragte Beck.

»Dinner hinterher natürlich, im Heimweh-Restaurant.«

Beck strich sich mit der Hand über die Stirn. Er sagte: »Ist das hier Jenny?«

»Ja«, erklärte Jenny.

»Jenny, das letzte Mal, als ich dich vor Augen hatte, warst du gerade an die acht Jahre alt«, sagte Beck. »Warst du acht? Oder neun. Dein Lieblingsschlager war ›Mairzy Doats‹. Du hast das Ding Tag und Nacht vor dich hingebabbelt.«

»Ach ja«, meinte Jenny vage. »Und kleine Lämmer fressen Efeu.«

Beck, der Luft geholt hatte, um weiterzusprechen, hielt ein und machte den Mund zu.

»Du erinnerst dich doch an Ruth«, sagte Cody.

»Ruth?«

»Meine Frau.«

»Wie sollte ich mich an sie erinnern? Ich war weg! Ich war nicht hier!«

Ruth trat vor, um ihn zu begrüßen. »Also Cody ist verheiratet«, sagte Beck. »Man stelle sich das vor. Und Kinder?«

»Na, Luke, natürlich«, sagte Cody.

»Ich bin Großvater!« Er wandte sich an Jenny. »Und du? Bist du verheiratet?«

»Ja, aber er ist weggefahren, um die Kleinen abzuholen.« Jenny winkte irgend jemand nach.

»Und Ezra?« fragte Beck. »Wo ist Ezra?«

»Da drüben bei der Treppe«, sagte Cody.

»Ah.«

Beck marschierte flott los und fuhr sich mit einer Hand durch seinen Haarbusch. Jenny und Cody sahen ihm nach.

»Hätte ich ihn unvermutet auf der Straße gesehn«, meinte Jenny, »wäre ich bestimmt vorbeigegangen.«

»Wir sehen ihn ja unvermutet auf der Straße«, sagte Cody.

»Wie? Ach so.«

Sie beobachteten, wie Beck mit einem Satz vor Ezra landete, wie ein Kind, das vorführt, was es Neues kann. Ezra neigte höflich den Kopf, um Becks Worte zu verstehen, dann schenkte er ihm ein mildes Lächeln und schüttelte ihm die Hand.

»Also so was!« hörten sie Beck sagen. »Schau mal einer an! Meine Söhne sind beide größer als ich.«

»Dinner gibt's in meinem Restaurant«, erklärte ihm Ezra ruhig.

Becks Gesichtsausdruck versagte wieder, erholte sich aber. »Wunderbar!« sagte er. Er ging auf die Teenager zu, die von dem Ereignis Wind bekommen hatten und in einem Klumpen daneben standen – schweigend, mit starrem Blick, feindselig wie gewöhnlich. Beck schien es nicht zu bemerken. »Ich bin euer Großvater«, verkündete er ihnen. »Euer Grandpa Tull. Je von mir gehört?« Wahrscheinlich nicht, falls sie nicht von sich aus nachgefragt hatten. Er ging die Reihe entlang, strahlend. »Ich bin euer lang verlorener Großpapa. Und ihr seid ...? Was für ein hübscher, junger Bursche!«

Er pumpte die Hand des größten Teenagers, der leider keineswegs ein Enkel war, sondern einer von Ezras Salat-Boys.

Cody, Ruth und Jenny gingen zu Fuß zum Restaurant voraus. Die andern trödelten unordentlich hinterdrein. Die erste Gruppe schwenkte in die St. Paul Street ein und kam an mehreren geschäftigen, kleinen Gebäuden vorbei – einer Reinigung und einem Drugstore und einem Blumenladen. Alle anderen Passanten waren Schwarze; die meisten hielten sich kreischende Radios ans Ohr, und so kamen und schwanden in einem fort Fetzen von Songs über Liebe und Eifersucht und hartherzige Frauen. Dann hing Ezras Holzschild über ihnen, und die drei stiegen die Stufen hinauf und gingen hinein.

Im frostigen Tageslicht war das Restaurant von einer grellen Leere. Ein langer Tisch war mit weißem Leinen, mit Kristall und Porzellan gedeckt. Dreizehn Plätze – zählte Cody; denn Jennys

Joe würde noch mehr Kinder bringen: die Kleinsten, noch zu jung, um in einem Gottesdienst auszuharren. Eine rundliche Kellnerin mit liebem Gesicht rückte gerade einen Hochstuhl für das Baby heran. Als sie sie hereinkommen sah, blieb sie stehen und umarmte Jenny. »Tut mir so leid, Ihr Kummer« sagte sie. »Für Sie und Ihre ganze Familie, hören Sie?«

»Danke, Mrs. Potter«, antwortete Jenny. »Kennen Sie meinen Bruder Cody? Und das ist Ruth, seine Frau.«

Mrs. Potter schnalzte mit der Zunge. »Ein schrecklicher Tag für Sie.«

Cody wandte sich rechtzeitig zur Tür, um Beck und Ezra eintreten zu sehn, gefolgt von Teenagern. Ezra hatte sich offenbar entspannt und war gesprächig geworden; er konnte nie allzu lang gegenüber irgend jemand kühl bleiben. »Ich habe also die Wand hier herausgenommen . . .«, erklärte er gerade.

»Richtig hübsch. Richtig Klasse«, sagte Beck.

»Diese Fußböden abgezogen . . .«

»Ich hoffe, bei dir gibt es nicht die Art Essen, die kein Mensch identifizieren kann.«

»Oh nein.«

»So einen Mischmasch von Essen, alle Sachen durcheinander.«

»Nein, nie«, sagte Ezra.

Cody beobachtete die beiden voller Interesse. (Ezra servierte solches Essen sehr oft.) Ezra führte Beck durch den Raum, schwenkte seinen Arm hierhin und dorthin. »Schau, diese Tische kann man zusammenrücken, falls jemand . . . und das ist die Küche . . . und das sind zwei meiner Köche, Sam und Myron. Sie sind extra für unser Dinner gekommen. Abends habe ich noch drei: Josiah, Chenille und Mohammad.«

»Ein richtiges Unternehmen«, sagte Beck.

Die andern hingen inzwischen um ihren Tisch herum. Niemand nahm Platz. Codys Sohn Luke und Jennys Sohn Peter – beide unnatürlich offiziell in weißen Hemden mit Krawatte – rauften miteinander in einer ziellosen, befangenen Art, warfen heimliche Blicke auf Beck. Wahrscheinlich sahen diese Kinder in ihm eine brandneue Chance – einen Neubeginn, endlich jemand, der sich etwas aus ihnen machen würde. Und doch nahm dann, als sie sich schließlich hinsetzten, keiner von ihnen neben Beck Platz. Es war Schüchternheit, vielleicht. Selbst Ezra setzte sich weiter weg. Da Joe und die Kleineren noch nicht da waren, hieß das, daß Beck von etlichen leeren Stühlen flankiert blieb. Er schien es nicht zu bemerken. Königlich saß er alleine da, die Hände vor seinem Teller gefaltet, und strahlte in die Runde. Ein Geflecht von roten Adern, deutlich wie Flüsse und Seitenarme auf einer Karte, war auf seinen Wangen zu sehen. »So«, sagte er. »Mein Sohn besitzt ein Spezialitäten-Restaurant.«

Ezra wirkte erfreut und verlegen.

»Und meine Tochter ist Ärztin«, sagte Beck. »Aber Cody? Was ist mit dir?«

Cody antwortete: *Du* mußt das doch wissen; ich bin ein Rationalisierungsberater.«

»Ein was?«

Cody antwortete nicht. Ezra erklärte: »Er überprüft Fabriken. Er sagt ihnen, wie man die Leistung steigert.«

»Ah! Ein Zeitstudien-Mann.«

»Er gehört zu den Allerbesten«, sagte Ezra. »Er wird immer in Artikeln herausgestrichen.«

»Tatsächlich. Also, ich bin wirklich stolz auf dich, Sohn.«

Cody hatte plötzlich eine Vorahnung, daß es am nächsten Tag seine Kräfte übersteigen werde, sich zur Arbeit zu schleppen. Sein Erfolg hatte endlich seinen Zweck erfüllt. War das alles, worum er gekämpft hatte – dieser kurze Moment von Respekt, der über das Gesicht seines Vater huschte?

»Ich habe oft über dich nachgedacht, Cody«, sagte Beck und beugte sich zu ihm. »Ich habe oft an dich gedacht, nachdem ich weggegangen war.«

»Oh?« meinte Cody höflich. »Warst du weg?«

Sein Vater lehnte sich zurück.

»Wie auch immer«, sagte Ezra. »Also. Dad. Arbeitest du noch für die Tanner Corporation?«

»Nein, nein, ich bin im Ruhestand. Ausgeschieden fünfundsechzig. Sie gaben mir ein wunderbares Bankett und Schreibzeug aus schwerem Silber. Zweiundvierzig Jahre Dienst habe ich geleistet.«

Ruth murmelte etwas – ein bewundernder, fraulicher Laut. Er wendete sich ihr zu und sagte: »Um die Wahrheit zu sagen, es fehlt mir ziemlich. Ich vermisse die Kontakte, das Leben . . . Im Leben eines Vertreters ist immer was los, weißt du, was ich meine? Man ist ständig aktiv. Heute scheint mir manchmal, es gibt nicht genug, um mich zu beschäftigen. Aber ich bin nicht ungesellig, spiele Karten. Hab' ein paar Kumpel in meinem Hotel. Hab' eine Freundin, mit der ich mich treffe.« Er spähte unter seinen buschigen Augenbrauen in die Runde. »Ich wette, ihr denkt, ich bin zu alt für solche Sachen«, sagte er. »Ich weiß, was ihr denkt! Aber dies ist wirklich eine feine Dame; sie hält viel auf mich. Und ihr versteht – nichts gegen eure Mutter, aber jetzt, wo sie nicht mehr da ist, und ich frei bin, um wieder zu heiraten . . .«

Irgendwie war Cody entfallen, daß seine Eltern immer noch verheiratet gewesen waren. Auch Jenny und Ezra schauten verdutzt drein und zogen sich etwas zurück.

»Einziges Problem ist die Tochter dieser Dame«, erzählte Beck. »Sie hat diese Tochter, diesen Nichtsnutz von einer Tochter, fünfunddreißig Jahre alt, mindestens, und wohnt immer noch zu Hause. Eustacia Lee. Taugt überhaupt nichts. Hat vor Jahren zwei Finger an der Bohrmaschine verloren und nie wieder gearbeitet, ihren Schadenersatz für einen Motorschlitten ausgegeben. Ich bin mir nicht sicher, ob ich mit ihr leben möchte.«

Niemand schien dazu ein Kommentar einzufallen.

Dann kam Joe. Er platzte durch die Tür, wie von einem Ballon frisch riechender Luft umgeben, das Baby auf dem Arm, einen ganzen Haufen Kinder im Schlepptau. In Wirklichkeit waren es nur drei, aber es sah nach mehr aus, weil sie mit soviel Geschnatter durcheinanderwirbelten. »Mrs. Nesbitt hat mich fast nicht aus der Schule gelassen« und »Wenn du wüßtest, was das Baby gegessen hat« und »Phoebe mußte nachsitzen, weil sie eigensinnig in Mathe war!«

»Wer ist das?« fragte ein Kind und schaute Beck an.

»Euer Großvater Tull.«

»Oh«, meinte das kleine Mädchen und setzte sich. »Kriegen wir Kinder Wein?«

»Joe, ich möchte dich meinem Vater vorstellen«, sagte Jenny.

»Wirklich?« sagte Joe. »Na, so was.« Aber dann mußte er ergründen, wie der Gurt des Hochstuhls funktionierte

Die beiden letzten Kinder schlüpften in die leeren Stühle rechts und links von Beck. Sie wanden ihre Füße durch die Sprossen, stützten spitze Ellbogen auf den Tisch. Eingerahmt sah Beck erst nach links und dann nach rechts. »Schaut euch das an!« sagte er.

»Bitte?« fragte Jenny.

»Diese Gruppe. Versammlung. Diese ... Ansammlung!«

»Ach so«, meinte Jenny und zog ein Lätzchen aus der Handtasche. »Ja, ein ganzer Verein.«

»Elf, zwölf ... dreizehn ... das Baby mitgerechnet, vierzehn Personen!«

»Es wären eigentlich fünfzehn, aber Slevin ist auf dem College.«

Beck schüttelte den Kopf. Jenny band dem Baby das Lätzchen um den Hals.

»Was wir da haben«, sagte Beck, »ist eine ... na, eine Mannschaft. Eine ganze Mannschaft.«

Phoebe, die was für Religion übrig hatte, begann laut einen Segen zu sprechen. Mrs. Potter stellte eine dampfende Suppenschüssel vor Beck. Er schnupperte daran, wirkte aber nicht überzeugt.

»Es ist Auberginensuppe«, erklärte ihm Ezra.

»Na ja, ich glaube nicht ...«

»Auberginensuppe Ursula. Ein Rezept, das eine meiner besten Köchinnen dagelassen hat.«

»An diesem Todestag«, sagte Phoebe, »könnten einen manche Leute doch wenigstens in Stille beten lassen.«

»Sie kochte nach Astrologie«, fuhr Ezra fort. »Ich sage zum Beispiel: ›Laß uns heute abend den Endiviensalat machen‹, und sie sagt: ›Nichts mit Essig, die Sterne stehen falsch‹, und dann erschien ein Gericht, das mir nie in den Sinn gekommen wäre, etwas, was ich für einen absoluten Fehler gehalten hätte, aber es funktionierte; es hat immer funktioniert. Vielleicht ist doch etwas dran an dieser Horoskop-Geschichte, weißt du? Aber letzten Sommer rieten ihr die Sterne, wegzugehn, und sie ging, und dieses Lokal war nie mehr dasselbe.«

»Sag uns die geheime Zutat«, neckte ihn Jenny.

»Wer sagt denn, daß es eine geheime Zutat gibt?«

»Gibt es nicht immer eine? Einen besonderen, überraschenden Trick, den du nur Blutsverwandten verrätst?«

»Also – es sind Bananen.«

»Aha.«

»Ohne Bananen ist diese Suppe nichts wert.«

»An diesem Todestag«, sagte Phoebe, »müssen wir da vom Essen reden?«

»Es ist kein Todestag«, ließ Jenny sie wissen. »Nimm deine Serviette.«

»Die Sache ist die«, begann Beck. Er hielt ein. »Was ich sagen wollte, ist – ja, dies hier sieht aus wie eine von den ganz großen, vergnügten, lauten, geschwätzigen . . . nun, *Familien!*«

Die Erwachsenen blickten um den Tisch herum. Die Kinder schlürften ihre Suppe weiter. Beck, der bisher nicht einmal seinen Löffel eingetaucht hatte, lehnte sich ernst vor. »Ein Clan, will ich sagen«, ergänzte er. »Wie im Fernsehn. Mengen von Cousins und Onkeln, Witze, Wiedersehensfeiern . . .«

»In Wirklichkeit ist es überhaupt nicht so«, sagte Cody zu ihm.

»Wieso nicht?«

»Laß dich mal nicht irreführen. Es ist nicht so, wie es aussieht. Nein – höchstens zwei oder drei von diesen Kindern sind überhaupt mit dir verwandt. Die anderen gehören Joe, von einer früheren Frau. Was mich betrifft, nun, ich war mit diesen Leuten jahrelang nicht zusammen – könnte dir nicht mal sagen, wie dieses Baby heißt. Junge oder Mädchen, übrigens? Hat man mir überhaupt seine Geburt mitgeteilt? Also, *mich* rechne nicht zu deinem Clan. Und Becky da unten, am Ende vom Tisch . . .«

»Becky?« fragte Beck. »Ist sie vielleicht nach mir so genannt, zufällig?«

Cody verstummte, mit offenem Mund. Er wandte sich an Jenny.

»Nein«, entgegnete Jenny und wischte das Kinn des Babys ab. »Ihr Name ist Rebecca.«

»Du denkst, wir sind eine Familie«, sagte Cody und wandte sich wieder Beck zu. »Du denkst, wir sind so eine lustige Situationskomik-Familie, dabei sind wir nur lauter Teile, auseinandergerissen, überallhin verstreut, und unsere Mutter war eine Hexe.«

»Oh, Cody«, sagte Ezra.

»Eine rasende, kreischende, unberechenbare Hexe«, sagte Cody zu Beck. »Sie hat uns gegen die Wand geschleudert, uns Abschaum und Vipern genannt, hat uns den Tod gewünscht, uns so geschüttelt, daß die Zähne geklappert haben, und uns ins Gesicht geschrien. Nie wußten wir von einem Tag auf den andern: Ist sie in Ordnung? Oder nicht? Die winzigste Sache konnte sie in Gang bringen. ›Ich schmeiß dich durch dieses Fenster‹, sagte sie dann zu mir. ›Dann schau ich aus dem Fenster raus und lache darüber, wie dein Hirn über das ganze Pflaster verspritzt ist.‹«

Das Hauptgericht wurde aufgetragen, auf Zehenspitzen, von Mrs. Potter und einer zweiten Frau, die standhaft lächelte, als sei sie entschlossen, nichts zu hören. Aber niemand nahm die Gabel zur Hand. Das Baby lutschte sanft an einem Pilzknopf. Die anderen Kinder beobachteten Cody mit entsetzten, erblaßten Gesichtern, während die Erwachsenen an etwas anderes zu denken schienen. Sie hielten ihre Blicke gesenkt. Sogar Beck.

»So war es nicht«, sagte Ezra schließlich.

»Willst du es vielleicht leugnen?« fragte ihn Cody.

»Nein, aber sie war nicht immer zornig. In Wirklichkeit war sie sehr selten böse, nur ein paar Male, in weitem Abstand, und die sind zufällig in deiner Erinnerung haftengeblieben.«

Cody fühlte sich ausgelaugt. Er schaute auf sein Essen und fand Lamm vor, innen rosafarben und buntes Gemüse – ein perfektes Arrangement von Farben und Strukturen, eines von Ezras Meisterwerken, aber er konnte keinen Bissen anrühren.

»Denk an die Kehrseite«, sagte Ezra zu ihm. »Denk daran, wie oft sie Monopoly mit uns gespielt hat. Mit uns Fred Allen gehört hat. Dieses kleine Lied mit dir gesungen – wie hieß noch mal das Lied, das ihr beide gesungen habt, vom Efeu oder so, ›Ivy, sweet,

sweet Ivy‹ . . . und einen kleinen Schieber habt ihr getanzt. Habt euch untergehakt und seid in die Küche geschoben.«

»Ist das wahr?« fragte Beck. »Ich wußte nicht mehr, daß Pearl Schieber konnte.«

Mrs. Potter goß Wein in Codys Glas. Er nahm den Stiel zwischen die Finger, konnte es aber nicht heben. Er spürte, wie Ruth zu seiner Rechten ihn mit Besorgnis beobachtete.

Dann sagte Ezra: »Also! Was hältst du von diesem Wein, Dad?«

»Oh, ich fürchte, ich bin nicht sehr für Wein, Sohn.«

»Das ist ein wirklich guter.«

»Kleiner Schuß Bourbon ist eher mein Geschmack«, sagte Beck.

»Und der Beste von allen ist der Dessertwein. Sie machen ihn aus diesen Trauben, die einer bestimmten Art von Moder ausgesetzt waren, weißt du . . .«

»Also, warte mal«, meinte Beck. »Moder?«

»Du wirst begeistert sein.«

»Und was ist das weißliche Zeug hier?«

»Das ist Kascha.«

»Ich glaube, davon habe ich noch nie gehört.«

»Es schmeckt dir bestimmt«, sagte Ezra.

Beck schüttelte den Kopf, sah aber befriedigt aus, als gefiele ihm der Gedanke, wie weit Ezra ihn überholt hatte.

Dann stieß Cody seinen Teller zurück. »Ich habe einen Partner, Sloan«, sagte er. »Junggeselle sein Leben lang. Hat nie geheiratet.«

Jedermann befleißigte sich übertriebener Aufmerksamkeit – sogar die Kinder.

»Letztes Jahr«, erzählte Cody, »traf Sloan zufällig irgendeine alte Freundin, eine Frau, die er vor Jahren gekannt hatte, und sie hatte ihre kleine Tochter bei sich. Sie feierten den Geburtstag der Tochter. Sloan fragte nach ihrem Alter, bloß so nebenbei, und als die Frau es ihm sagte, ging ihm ein Licht auf. Er berechnete die Daten und sagte: ›Aber! Mein Gott! Sie muß von mir sein!‹ Die Frau sah zu ihm hinüber, irgendwie geistesabwesend, sammelte sich dann und erklärte: ›Oh, ja, natürlich, das stimmt.‹«

Sie warteten. Cody lächelte und gab ihnen einen kleinen Salut, zum Zeichen, daß sie nun wieder essen konnten.

»Na. Was für eine seltsame Dame«, sagte Beck schließlich.

»Überhaupt nicht«, erklärte Cody.

»Man sollte denken, sie hätte zumindest . . .«

»Was sie damit ausdrückte, war, daß der Mann nichts mit ihnen zu tun hatte. Er war niemals da, weißt du, und so zählte er nicht. Er gehörte nicht zur Familie.«

Beck wich scharf zurück. Seine Augen schienen nicht mehr so blau; das Blau war dunkler geworden.

Dann sagte Joe: »Das Baby!«

Das Baby kämpfte lautlos, schüttelte sich in Krämpfen – der Mund stand offen, und das Gesicht lief blau an. »Sie erstickt«, rief Jenny. Mehrere Leute sprangen auf, und ein Weinglas fiel um. Joe versuchte, das Baby aus dem Hochstuhl zu ziehen, aber Jenny hielt ihn zurück. »Laß das! Laß mich zu ihr!« Offensichtlich war das Tablett festgeschnallt, und sie konnten das Baby nicht darunter hervorziehn. Ein älteres Kind fing zu weinen an. Etwas krachte zu Boden. Jenny boxte das Baby in die Magengrube, und ein Pilzknopf schoß auf den Tisch. Das Baby heulte und färbte sich rosa. Es mußte aufstoßen, wurde aus dem Hochstuhl gezogen und auf den Schoß seiner Mutter gesetzt, wo es zufrieden sitzen blieb und begann, Jagd auf eine Erbse rund um den Rand von Jennys Teller zu machen.

»Ob ich das noch erlebe, daß sie alle erwachsen werden?« fragte Jenny die Tischrunde.

»Er ist weg«, sagte Ezra.

Sie wußten sofort, wen er meinte. Jeder blickte auf Becks Stuhl. Er war leer. Becks Serviette lag hingeworfen da, mit einer Ecke im Teller, wo sie das Fett aufsaugte.

»Wartet hier«, sagte Ezra.

Sie warteten nicht nur – sie unterbrachen die Unterhaltung, bremsten jede Bewegung, während Ezra durch den Speisesaal rannte und zur Vordertür hinaus. Es gab eine Pause, während der sogar das Baby still war. Dann kam Ezra zurück, fuhr sich zerstreut mit den Fingern durchs Haar. »Er ist nirgends zu sehn«, sagte er. »Aber es ist nur eine Minute her. Wir können ihn einholen! Los, ihr alle.«

Noch rührte sich niemand.

»Bitte!« sagte Ezra. »Bitte. Wenigstens *einmal* möchte ich, daß diese Familie ein Essen gemeinsam beendet. Bei jedem einzelnen Dinner schließlich, zu dem wir je zusammenkamen, lief irgend etwas schief. Jemand ist beleidigt abgehaun oder hat geheult, und alles ist auseinandergefallen . . . Los! Alle gehn raus, decken die Umgebung ab und suchen ihn, bis wir ihn haben! Wir können uns dann hier treffen und weitermachen, wo wir aufgehört haben.«

»Oder«, erklärte Cody, »wir könnten das Essen ohne ihn beenden. Auch eine Möglichkeit.«

Aber es war keine; sogar er sah das ein. Ein leerer Platz am Tisch ruinierte alles. Sogar der Stuhl, mit seinem harfenförmigen Holzrücken, wirkte verlassen, vorwurfsvoll. Langsam standen die Leute auf. Die Kinder sammelten sich um Ezra, der wie ein Militärstratege Direktiven ausgab. »Du und die Kleinen probieren Bushnell Street . . . mit Joe auf der Prima treffen . . .« Dann stand Ruth auch auf, um das Baby zu halten, während Jenny den Mantel anzog. Sie gingen zur Tür. »Weidmannsheil!« rief Cody, ließ seinen Stuhl weit nach hinten kippen und bat Mrs. Potter um ein weiteres Glas Wein.

Innerlich fühlte er sich jedoch ernüchtert. Er dachte an die Zeiten in der Grundschule, als er irgendeinen Mitschüler bis zu Tränen aufgezogen hatte und dann um sich sah und bemerkte, daß alle seine Freunde mit Lachen aufgehört hatten. Herrschte hier in diesem Speiseraum, zwischen den gedeckten Tischen, nicht dasselbe hohle Schweigen? Mrs. Potter stellte eine neue Flasche Wein auf einen Untersatz mit Silberrand. Sie trat zurück und faltete die Hände über dem Bauch.

»Ich glaube, ich schau' mal nach, wie sie vorankommen«, sagte Cody zu ihr.

Draußen hatte der Himmel ein so tiefes Blau angenommen, daß es fast kitschig wirkte. Eine schwache Sonne beleuchtete die Spitzen der Gebäude, und es schien nicht besonders kalt. Cody stand breitbeinig und mit den Händen auf den Hüften da – unerschüttert, allem Anschein nach – und blickte die Straße hinauf und hinunter. Eine Abteilung der Suchtrupps verschwand gerade um eine Ecke: Joe und die Teenager. Eine stattliche Schwarze, Tücher um den Kopf gewunden, war stehengeblieben, um den Inhalt zweier Einkaufstaschen besser zu verteilen.

Cody wählte die Seitenstraße rechts vom Torweg, einen schmalen Streifen Beton, gesäumt von alten Versandkisten und bis zur Unkenntlichkeit zerbeulten Mülltonnen. Er ging am Küchenfenster des Restaurants vorbei, wo ihm ein Ventilator eine Erinnerung an Ezras Lamm entgegenblies. Er wich einer spindeldürren, verhungerten Katze aus, mit einem Schwanz, so verfilzt wie eine verbrauchte Flaschenbürste. Codys Nacken nahm die gewisse Wachsamkeit an, die auf den Straßen Baltimores erforderlich war, doch er schlenderte locker mit den Händen in den Hosentaschen dahin.

»Immer ein Ziel haben«, pflegte sein Vater zu ihm zu sagen. »Tu, als ob du zielbewußt wohin gehst, und es wird sich auch kein Gesindel mit dir anlegen.« Er hatte auch gesagt: »Traue nie einem Mann, der seine Sätze mit ›Offen gesagt‹ anfängt« und »Neun Zehntel eines guten Wurfs aus der Seite heraus stecken im Ruck des Handgelenks« und »Wenn du einer Person etwas verkaufen willst, schau woandershin, während du sprichst, nicht direkt in die Augen!«

»Wir miteinander ist alles, was wir haben«, pflegte Ezra zu sagen, um eines seiner ewigen Essen zu rechtfertigen. »Wir müssen zusammenhalten; niemand sonst hat dieselbe Vergangenheit gemeinsam wie wir.« Aber die magere Handvoll an Ratschlägen, die Beck Tull anbot – bestimmt die einzigen, die Cody von ihm in Erinnerung hatte –, schien nicht viel an Vergangenheit zu enthalten, um darauf aufzubauen. Wie es klang, hätte man annehmen müssen, die drei hätten nur ein zielstrebiges Auftreten gemeinsam, Mißtrauen gegen Offenheit, ein flinkes Handgelenk und einen ausweichenden Blick.

Cody sehnte sich plötzlich nach seinem Sohn – nach Lukes Blondkopf und gebeugten Schultern. (Er würde eher sterben, als ein eigenes Kind im Stich zu lassen. Als Junge hatte er sich geschworen: alles, nur nicht das.) Er dachte an ihre Gänsejagd zurück, wobei sie einander nicht viel zu sagen gehabt hatten; sie waren scheu und distanziert miteinander umgegangen. Er fragte sich, ob Sloan ihm die Hütte nächstes Wochenende wieder leihen würde, damit sie einen neuen Versuch machen konnten.

Er kam auf der Bushnell Street heraus – sonniger als die Seitenstraße und fast leer. Er schützte die Augen mit der Hand und sah um sich und – na so was! Da war Luke, wie herbeigezaubert, saß da aus irgendeinem Grund auf dem Vorplatz eines holzverschalten Gebäudes. Cody ging rasch auf ihn zu. Luke hörte seine Schritte und hob den Kopf, als Cody näher kam. Aber es war nicht Luke. Es war Beck. Sein Silberhaar erschien gelblich im Sonnenlicht, und er hatte seinen Überzieher ausgezogen, so daß man sein weißes Hemd und seine spitzen, schiefen Schultern sah, die so merkwürdig an Luke erinnerten. Cody blieb stehen.

»Ich habe gerade nach der Trailways-Station gesucht«, sagte Beck zu ihm. »Ich dachte, ich könnte es zu Fuß schaffen, aber jetzt bin ich mir nicht so sicher.«

Cody zog sein Taschentuch heraus und wischte sich die Stirn.

»Weißt du, Claudette wird mich erwarten«, sagte Beck. »Das ist die befreundete Dame, die ich erwähnt habe. Ich dachte, ich gehe lieber und suche einen Bus. Tat mir leid, so vom Essen aufzuspringen, aber du weißt, wie das mit Frauen ist. Ich hab' ihr gesagt, daß ich vor dem Abendessen zurück bin. Sie verläßt sich auf mich.«

Cody steckte das Taschentuch wieder ein.

»Ich nehme an, sie wird heiraten wollen, nach dem hier«, sagte Beck. »Sie weiß von Pearls Hinscheiden. Ganz bestimmt macht sie Pläne.«

Er hielt sein Jackett hoch, als prüfe er es auf Flecken hin. Er faltete es sorgfältig, die Innenseite nach außen, und legte es sich über den Arm. Das Futter war etwas Seidiges, leicht regenbogenfarben, wie der Schimmer auf alterndem Fleisch.

»Um die Wahrheit zu sagen«, sagte Beck, »ich möchte sie eigentlich nicht gern heiraten. Es liegt nicht bloß an dieser Tochter; es liegt an mir. Wirklich an mir. Du denkst, ich habe vorher keine Freundinnen gehabt? Oh, sicher, und hätte fast jede davon heiraten können. Viele haben mich angebettelt: ›Schreib deiner Frau. Laß dich scheiden. Laß uns die Sache festmachen.‹ ›Na ja, vielleicht später‹, hab' ich dann gesagt, hab's aber nie getan. Ich weiß nicht, hab's einfach nie getan.«

»Du hast uns in ihren Klauen zurückgelassen«, sagte Cody.

Beck sah auf: »Hm?«

»Wie konntest du das nur tun?« fragte ihn Cody. »Wie konntest du uns der Gnade oder Ungnade unserer Mutter ausliefern?« Er beugte sich näher, nahe genug, um den Kampfergeruch von Becks Anzug riechen zu können. »Wir waren Kinder, wir waren erst Kinder, wir hatten keine Möglichkeit, uns zu schützen. Wir haben Hilfe von dir erwartet. Wir haben auf deinen Schritt an der Tür gelauscht, um wieder in Sicherheit zu sein, aber du hast uns einfach den Rücken gekehrt. Du hast keinen Finger gerührt, um uns zu verteidigen.«

Beck starrte an Cody vorbei auf den Verkehr.

»Sie hat mich verschlissen«, sagte er endlich zu Cody.

»Verschlissen?«

»Meine guten Seiten aufgebraucht. Alle meine guten Seiten aufgebraucht.«

Cody richtete sich auf.

»Ach, am Anfang«, sagte Beck, »fand sie mich wunderbar. Du hättest ihr Gesicht sehen sollen, wenn ich ins Zimmer kam. Als ich sie traf, war sie schon eine alte Jungfer. Sie hatte aufgegeben. Niemand hatte seit Jahren um sie geworben; ihre Freundinnen baten sie als Babysitter zu sich; die Kinder dort nannten sie Tante Pearl. Dann kam ich daher. Ich hab' sie so glücklich gemacht! Und das ist mein Untergang, Sohn. Ich meine, bei jeder, jeder dieser Freundinnen – ich kann einer Person, die ich glücklich mache, einfach nicht widerstehn. Ach, die konnte Zahnlücken haben oder spießig sein, oder dick – um so besser! Ich nehme an, wenn ich die Scheidung von deiner Mutter bekommen hätte, hätte ich sechsmal nacheinander geheiratet, wäre einfach weitergewandert zu jeder neuen Frau, die sich ein bißchen freute, wenn sie mich sah, und wieder weitergewandert, wenn sie mir dann nahekam und gar nicht mehr so erfreut war. Ach, Nähe ist das, was einen fertigmacht. Komm den Menschen nie zu nahe, Sohn – hab' ich dir das gesagt, als du jung warst? Im Anfang der Ehe zwischen deiner

Mutter und mir war alles vollkommen. Es schien, als könnte ich überhaupt nichts falsch machen. Dann, Stück für Stück, erkannte sie meine Fehler, glaube ich. Ich hatte sie nie verborgen, aber jetzt schienen sie doch eine Rolle zu spielen. Ich machte Fehler, und sie hat sie bemerkt. Sie sah, daß ich zuviel von zu Hause weg war und sie nicht genügend unterstützt habe, daß ich in meiner Arbeit nicht vorwärtskam, Gewicht zulegte, zuviel trank, falsch redete, falsch aß, mich falsch anzog, falsch Auto fuhr. Ich gab mir die größte Mühe, aber anscheinend war alles verpfuscht, was ich tat. Verdorben. Wurde zur Katastrophe. Ich bringe ein einfaches Spielzeug mit, sagen wir mal, um euch allen eine Freude zu machen, wenn ich heimkomme, und irgendwie löste es einen Streit aus – eure Mutter sagte dann, es sei zu teuer oder zu gefährlich oder zu schwierig, und ihr drei Kinder habt darum gezankt, wer als erster damit spielen darf. Erinnerst du dich an den Pfeil und Bogen? Ich hatte gedacht, es würde solchen Spaß machen, ein Ziel an einem Baumstamm zu befestigen und mit unseren Bögen und Pfeilen danach zu schießen. Aber es wurde nicht so, wie ich es geplant hatte. Zuerst behauptet Pearl, sie ist unsportlich, dann sagt Jenny, es ist zu kalt, und dann geraten du und Ezra in eine Art, ich weiß nicht, Auseinandersetzung oder Streit, balgt euch schließlich, schießt einen Pfeil ab und trefft eure Mutter.«

»Das weiß ich noch«, sagte Cody.

»Habt ihn ihr durch die Schulter geschossen. Eine Katastrophe, eine typische Katastrophe. Dann, die Woche drauf, während ich weg bin, passiert etwas mit der Wunde. Ich komme heim von einer Vertreterreise, und sie erzählt mir, sie sei fast gestorben. Irgendwas, ich weiß nicht, irgendeine Infektion oder so was. Für mich war es der letzte Strohhalm. Ich saß mit einem Bier in der Küche an dem Sonntagabend damals, und ganz plötzlich, ohne daß ich es selber vorher wußte, hab' ich gesagt: ›Pearl, ich gehe.‹«

Cody sagte: »Du meinst, *das* war es, als du weg bist?«

»Ich packte eine Tasche und ging davon«, antwortete Beck.

Cody setzte sich neben ihn.

»Schau«, erklärte Beck, »was es wahrscheinlich war: Es war dieses Grau – daß alles so grau war: dieses halb Richtige, halb

Falsche der Dinge. Alles verworren, vermischt, nicht mehr vollkommen. Ich konnte das nicht aushalten. Eure Mutter schon, aber ich nicht. Yes, Sir, das muß ich eurer Mutter lassen.«

Er seufzte und strich über das Futter seines Jacketts.

»Ich will ehrlich sein«, sagte er, »als ich wegging, dachte ich, daß ich euch Leute bestimmt nie wiedersehen wollte. Aber später kamen mir dann Gedanken: ›Was wohl Cody inzwischen macht? Was hat Ezra vor, und Jenny?‹ ›Mit meiner Familie war nicht viel los, aber sie ist alles, was bleibt, zu guter Letzt.‹ Das war vielleicht zwei, drei Jahre, nachdem ich weggegangen war. Eines Nachts kam ich durch Baltimore und parkte einen Block weiter und stieg aus und ging zum Haus. Hab' mich fast zu Tode gefroren, als ich da auf der anderen Straßenseite stand und wartete. Ich nehme an, ich hätte mich vorgestellt oder so, wenn jemand herausgekommen wäre. Wer kam, warst du. Zuerst habe ich dich nicht einmal erkannt, mich gefragt, ob vielleicht jemand anders eingezogen ist. Dann wurde mir klar, daß es daran lag, daß du so gewachsen warst. Du warst schon fast ein Mann. Du bist den Weg dahergekommen und hast dich nach der Abendzeitung gebückt, und wie du dich wieder aufgerichtet hast, da hast du sie so irgendwie in die Luft geworfen und wieder aufgefangen, und da sah ich, daß du ohne mich leben konntest. Du konntest so was Sorgloses tun, weißt du – eine Zeitung hochwerfen und auffangen. Aus dir würde etwas werden. Und ich hatte recht, oder nicht? Schau! Ist denn nicht aus euch allen etwas geworden – lebt ihr nicht gut, ihr drei? Sie hat es geschafft; Pearl hat es geschafft. Ich wußte, daß sie zurechtkommen würde. Also hab' ich mich umgedreht und bin zu meinem Wagen zurück.

Danach hielt ich mich einfach an meine eigene Routine. Hatte ein paar Kumpel, eine Freundin von Zeit zu Zeit. Jemand fing an, große Stücke auf mich zu halten, und ich sagte mir dann: ›Ich wünschte, Pearl könnte das sehn.‹ Ich schrieb ihr sogar kurz, von Zeit zu Zeit. Ich schrieb und gab ihr meine neueste Adresse, immer wenn ich umzog, aber eigentlich habe ich nur geschrieben, um ihr zu sagen: ›Es gibt einen wichtigen, neuen Boß, der mich sehr hoch schätzt.‹ Oder: ›Hier gibt es eine Dame, die ganz aus dem Häuschen ist, wenn ich vorbeikomme.‹ Verrückt, nicht? Ich glaube wirklich, daß ich all diese Jahre, jedesmal wenn ich den geringsten Erfolg hatte, ihn in meiner Phantasie vor eurer Mutter hochhob, damit sie ihn bewundert, irgendwie. Schau dir das bloß an, Pearl, dachte ich dann. Ach, was soll ich nur tun, jetzt, wo sie nicht mehr da ist?«

Er schüttelte den Kopf.

Cody suchte gerade nach einer Antwort, als er zufällig in Richtung Prima Street blickte und seine Familie um die Ecke kommen sah, nacheinander, als ob sich ein Fächer öffnete. Die Kinder kamen zuerst angerannt, die Teenager trotteten hinterher; und um Schritt zu halten, rannten die Erwachsenen beinahe selbst, so daß alle unerwartet fröhlich wirkten. Die trüben Farben ihrer Trauerkleidung ließen ihre Gesichter besonders hell erscheinen. Die Arme und Beine der Kinder ruderten durch die Gegend, und das Baby hüpfte auf Joes Schultern. Cody fühlte sich überrascht und gerührt. Er hatte das Gefühl, als zögen sie ihn zu sich – daß nicht sie unterwegs waren, sondern er selbst in Bewegung war.

»Sie haben uns gefunden«, sagte er zu Beck. »Gehn wir fertig essen.«

»Na ja, ich bin nicht so sicher«, meinte Beck. Aber er ließ sich auf die Beine helfen. »Sagen wir mal, vielleicht noch diesen einen Gang; aber ich warne dich, ich habe vor, zu gehn, ehe dieser Dessertwein serviert wird.«

Cody hielt ihn am Ellenbogen und führte ihn den andern entgegen. Hoch oben schwebten Möwen durch einen Himmel so klar und blau, daß er alle Ausflüge seiner Kindheit zurückbrachte – die Autofahrten, die Picknicks, die Herbstwanderungen, die Suche nach wilden Blumen im Frühling. Er dachte an das Bogenschießen, und ihm schien, als sähe er jetzt noch den Pfeil, wie er bebend und graziös seinen Lauf nahm. Er erinnerte sich an die aufrechte Gestalt seiner Mutter neben den Gräsern: ihr golden leuchtendes Haar, ihre schmalen Hände, wie sie den Strauß glätten, während der Pfeil seine Reise fortsetzt. Und hoch oben, so schien ihm jetzt, war ein kleines braunes Flugzeug gewesen, fast reglos, das durch das Sonnenlicht brummte, wie eine Hummel.